让我护佑你的心

『心佑工程』纪实

张茂龙 著

江苏凤凰文艺出版社

图书在版编目（CIP）数据

让我护佑你的心："心佑工程"纪实/张茂龙著
. -- 南京：江苏凤凰文艺出版社，2021.1
ISBN 978-7-5594-5250-4

Ⅰ.①让… Ⅱ.①张… Ⅲ.①纪实文学-中国-当代Ⅳ.
① I25

中国版本图书馆 CIP 数据核字（2020）第 190909 号

让我护佑你的心："心佑工程"纪实

张茂龙 著

出 版 人	张在健
责任编辑	傅一岑
装帧设计	张尹波　薛顾璨　马海云
责任印制	刘　巍
出版发行	江苏凤凰文艺出版社
	南京市中央路 165 号，邮编：210009
网　　址	http://www.jswenyi.com
印　　刷	苏州市越洋印刷有限公司
开　　本	787 毫米 ×1092 毫米 1/16
印　　张	24.5
字　　数	362 千字
版　　次	2021 年 1 月第 1 版
印　　次	2021 年 1 月第 1 次印刷
书　　号	ISBN 978-7-5594-5250-4
定　　价	52.00 元

江苏凤凰文艺版图书凡印刷、装订错误，可向出版社调换，联系电话 025-83280257

谨以此书献给在中国全面小康进程中，
为健康扶贫做出贡献的医务人员！

目　录

开　篇　　001

第一章　一个沉重的话题　　007
神奇的器官　　007
拯救"蓝婴"　　010
"皇冠上的明珠"　　014
"看不起"的先心病　　022
比先心病更可怕的　　031

第二章　心的呼唤　　039
"辣子村"老板娘慷慨解囊　　039
从"倒霉蛋"到"幸运儿"　　046
心的希望　　054
老教师的三个鞠躬　　058
从医者仁心到"心佑工程"　　065

第三章　团队　　071
"短板"　　071
梦想　　073

机缘　　086
　　硬道理　　093
　　圆梦　　098

第四章　心佑行动　　103
　　心佑苏北行　　103
　　万里架"心桥"　　117
　　心佑青海行　　142
　　心佑西藏行　　166

第五章　生命的呐喊　　177
　　绝路逢生　　177
　　"我想活着！"　　186
　　一位胃癌晚期父亲的心愿　　196
　　一捧哀愁一掬泪　　207
　　半颗心女孩重生记　　215

第六章　真情无价　　223
　　在同一片蓝天下　　223
　　缘定今生　　228
　　谁言寸草心　　244

第七章　艰难的心佑　　259
　　常常不受待见　　259
　　曲妙人不能尽和　　263
　　带着微笑，仰望天空　　273

第八章　一片冰心在玉壶
心佑工程团队人物素描　281
人物素描之李庆国　281

人物素描之李小波　289

人物素描之汪露　295

人物素描之耿直　301

人物素描之袁振茂　309

人物素描之钟小雨　316

第九章　只要人人都献出一点爱　325
用我的心护佑你的心　325

在心佑中净化心灵　340

绿叶对根的情意　349

第十章　长风破浪会有时　355
只恐双溪舴艋舟　355

春有百花秋望月　360

我们的未来不是梦　365

尾　声　373

开篇

在中国，大约有近 3 亿不同年龄的孩子，他们生长在不同的地区、不同的家庭，有着不同的命运、不同的故事，绽放着不同的笑容，流淌着不同的泪水。

他们中绝大多数在阳光雨露的滋润下，享受着人生中最快乐、最天真烂漫的幸福时光。

也有一群孩子，他们没有正常的心跳，大口呼吸都会觉得痛苦，苟延残喘，有的甚至在等待死亡或正在走向死亡。

2015 年 1 月 28 日，距马年春节仅有三天时间，正是四处夜歌销腊酒，家家高烛候春风。

皖北某县某镇农民王某外出打工回家过年，其患先天性心脏病的五岁儿子浩浩见到爸爸喜出望外，奔跑过来，想投进爸爸温暖的怀抱。

就在距爸爸不到一米的时候，浩浩"咚"的一下摔倒在地。浩浩爸爸赶紧上前将浩浩抱起来，可是经常在梦中叫喊"爸爸"的浩浩，此时因兴奋过度，先天性心脏病发作，出现心力衰竭，再也叫不了"爸爸"了。

浩浩是王某唯一的儿子，生下来三个月时被诊断为先天性心脏病，室间隔缺损和房间隔缺损。这两种心脏畸形在当时已不属于不治之症，及时手术修补，心跳就能恢复正常，但是王某拿不出 5 万多元的手术费用。

期盼着幼小的儿子能治愈，也为了能攒钱早点给儿子做手术，王某外出打工很少回家。

没想到的是，儿子的室间隔缺损已导致肺部充血，出现肺动脉高压，过于激动即会出现突发的悲剧。

2015年4月16日，本是最美人间四月天，草长莺飞的日子。

陕北农村一对夫妇带着心爱的六岁女儿豆豆，到上海一家医院给女儿做先天性心脏病手术。

心外科专家诊断后，摇了摇头无奈地告诉他们，这种右室双出口为复杂的先天性心脏畸形，在出生三至六个月手术是可以康复的，可是豆豆已经六岁了，严重的病变导致不能进行手术治疗，他们无能为力，豆豆只能依靠吃药维持生命。

豆豆的父母绝望地带着孩子回到家。

两年后，豆豆因肺动脉高压并发缺氧发作死在妈妈的怀里。

2019年5月，盛开的石榴花艳红似火，一朵本应含苞待放的生命之花却正在枯萎、凋谢。

这天，苏北某乡村十二岁上小学四年级的秦可欣，放学回到家后跟爷爷说："爷爷，我喘不过气，憋得好难受。"

"那你趴床上歇歇。"爷爷对她说。

可欣有先天性心脏病，爷爷只以为可欣是心脏病又发作了，以前也有过，趴在床上歇歇也就好了。

可欣是个品学兼优的好孩子，不仅语文、数学成绩好，而且特喜欢画画，可是很不幸，她生下来两个月便被诊断为患有先天性心脏病，法洛四联症。

这是一种复杂的先天性心脏病。

更不幸的是，因为没钱治疗，可欣的爸爸妈妈相互埋怨，时常争吵，妈妈一气之下离家出走，爸爸则将可欣丢给了他患眼疾的父亲，外出打工很少回家。

与爷爷相依为命的可欣很懂事，她知道自己有病不能剧烈运动，平时走路都小心翼翼，有时病情发作，喘不过气憋得难受，为了不让爷爷担心，也都是自己忍着，硬扛过去。

可今天，可欣放学后走在路上，感觉心口被什么堵上了，喘不过气来，比以往任何时候都难受，就告诉了爷爷。

爷爷害有青光眼，视力模糊，没看到此时可欣的嘴唇和整张脸都因气喘，已经胀得发紫。

到了傍晚，可欣的病情仍没有好转。

爷爷急了，赶紧请邻居给可欣爸爸打电话，要他回来带可欣去医院。

等了一晚上，可欣的爸爸也没有回来。

可欣的家到镇上有好几里路，晚上也叫不到车，爷爷只能守在孙女的床头，等待天亮送她去医院。

第二天一大早，可欣没了喘气的声音，爷爷叫了几声"可欣"，没有回应，立刻请邻居一起将可欣送往医院。

可是，已经晚了。可欣没有了脉搏，瞳孔散大，医生已回天无术。

爷爷看到，可欣到死都睁着双眼，他知道，听话的孙女多想活着，多想看到爸爸妈妈呀！

是的，三朵含苞待放的生命之花均就此凋谢于先天性心脏病，这个靠药物还不能治好的"心病"。

其实，先天性心脏病并非不治之症，导致三朵含苞待放的生命之花凋谢的，除了先心病本身，还因为家长对这项疾病没有清楚的认知，没有及时发现孩子的病因，并进行及时的手术救治，而他们之中有许多由于家庭贫困，付不起手术治疗的费用，是主要因素。

三月沐风，空山凝云。

三月的春风虽然不像冬风般凛冽激昂，也不如夏日的凉风般宜人，却让我们获得新一轮的生命与感悟。

2020年3月24日。

一场肆虐全国的新型冠状病毒感染肺炎疫情，终被攥指成拳、守望相助的14亿中华儿女战胜，一个朗朗的蓝天中华重回人间，停摆了两个多月之久的各行各业陆续复工开业，城市乡村重新焕发生机。

江苏省南京市萨家湾。

南京医科大学第二附属医院萨家湾院区 15 楼心脏外科手术室的无影灯下，第二附属医院副院长、心血管中心主任李庆国的手术团队正在进行一例先天性心脏病手术。

患者是七岁的女孩冬冬，她患有肺动脉闭锁，这是最严重的复杂先心病之一，目前，中国能做这种手术的医生和医院并不很多。

主刀的医生叫李小波，他是南京医科大学第二附属医院心血管外科副主任、小儿心脏病专家。在全国数量不多的小儿心脏病专家中，李小波技术精湛，称得上医术高超。

五个小时后，手术室的大门打开了。

"怎么样？怎么样？我孩子怎么样？"一直守候在手术室外的患儿父母和家人急忙迎了上去。

"手术很成功，你们的孩子有救了！"护士长汪露说。

"谢谢，谢谢！"孩子的家人激动不已，相拥而泣。

冬冬也是贫困家庭的孩子，生下来一个月就被诊断出先天性心脏病，医生告诉他们，冬冬的先天性心脏病必须尽快手术，否则会越来越严重。

冬冬父母一打听，做手术得去省城的大医院，手术费用需要 15 万元以上，他们只能摇摇头，抱着冬冬回了家。

他们没钱。

冬去春来，冬冬七岁了，心脏畸形导致她的病情一天天加重，出现了心衰、胸闷气短、心悸心前区不适、颜面口唇发绀等症状。七年来，冬冬一直忍受着先天性心脏病的折磨。

而冬冬一家仅仅几亩地的耕作只能解决口粮，父亲外出打工的钱还不够她平时打针吃药的，更别说攒到她的手术费。

不过他们很幸运。

正当冬冬在死亡线上挣扎、一家人一筹莫展时，"天上掉下馅饼"——他们遇到了李庆国团队自 2014 年 1 月发起的，专门为贫困家庭先心病患儿进行免费手术救治的"心佑工程"。

心佑工程帮助解决了冬冬医保不能报销的近 7 万元治疗费用。

李庆国团队的心佑工程不仅修复了冬冬破损的心，挽救了冬冬的生命，

2018年，国家卫生健康委员会公布了我国出生缺陷人群监测主要结果：先天性心脏病患病率在所有出生缺陷疾病中持续排名第一，在所有出生缺陷疾病导致死亡数中同样排名第一位。

而且也拯救了这个贫困的家庭。

这是李庆国团队的心佑工程救治的第305个先心病患儿（者）。

从2014年1月至2020年12月，七年的时间里，李庆国团队的心佑工程挽救的不仅仅是405条饱受先天性心脏病折磨的生命，更是405个备受煎熬的贫困家庭。

医路初心，大爱无疆。

我，是因一个偶然的机会，从而认识李庆国和他的团队，走进心佑工程的。

第一章 一个沉重的话题

神奇的器官

在人体的器官中,最常用于表达情愫的,莫过于心脏。

有诗为证:

"一个人只有一个心脏,却有两个心房,一个住着快乐,一个住着悲伤。不要笑得太大声,不然会吵醒旁边的悲伤。"

"左心房刻着你的名字,脑海里装的都是你说过的句子。伤在右脚跟,痛在左心房。爱是一颗幸福的子弹,镶嵌在左心房里,融进我心房,成为心室壁上最美好的花纹。"

"我的世界太过安静,静得可以听见心跳的声音,心房的血液慢慢流回心室,如此这般的轮回。看到那些美到心尖的诗句,我想跟他说,我用心跳,给你个承诺,心跳多久,我爱多久!"

心房、心室、心尖……

应当说这些诗人是了解一些医学知识的,对于心脏的结构和功能也是熟知的。

每个人心中都有自己的善恶。

生活中,我们评判一个人的善恶,最通俗、最简单、最入木三分的就是"心好"还是"心坏"。

而在生理上,"心好"与"心坏"只是心脏健康与不健康的区分,并不代表一个人的善恶,"心坏"的可能很无辜,"心好"的未必是好人。

人的心脏如人的拳头,外形像桃子,位于横膈之上,两肺间而偏左。心脏主要由心肌构成,有左心房、左心室、右心房、右心室四个腔。左右心房之间和左右心室之间均由间隔隔开,故互不相通,心房与心室之间有瓣膜,这些瓣膜使血液只能由心房流入心室,而不能倒流。

心脏是维持血液循环的一个泵。身体内的静脉血带着全身各部位的代谢产物和二氧化碳,通过许许多多根静脉,回到右心房,然后通过右心室把血泵到肺部,在肺部把二氧化碳呼出去,将氧气结合到血液中;有氧的血液回到左心房并进入左心室,通过主动脉泵至大脑和全身。

心脏是一个十分神奇的器官。

人类的心脏简直是个强大的喷泉,心脏收缩足以将血液喷射到9米开外。

在人的一生中,心脏输送的血液量超乎你的想象——大约相当于水龙头拧到最大,连开四十五天所流出的水量。

心脏是人体最发达的肌肉。

人体心脏平均每天跳动10万次,每年跳动3500万次。人的一生中,心脏总共跳动约25亿次。

人体中任何一个器官都可以稍微休息一会儿,唯有我们的心脏不能休息。心脏只需要停跳四到六分钟就可以使人脑死亡,如果没有及时送医院抢救,存活几率少于1%。

成年人的心脏重约300克,它的作用是巨大的,例如一个人在安静状态下,心脏每分钟约跳70次,每次泵血70毫升,则每分钟约泵5升血。如此推算一个人的心脏一生泵血所作的功,大约相当于将3万公斤重的物体向上举到喜马拉雅山顶峰所作的功。

人体心脏的肌肉结构非常复杂,即便离开身体,也依然能够跳动。这是由于心脏有独立的启动系统,因此只要供氧足够,便能够在体外跳动。

美国加州大学戴维斯分校的一项研究表明,当两个人坠入爱河时,他们的心跳会同步,就异性情侣而言,女方的心跳会减缓至男方的速率。

这个世界上最灿烂的不是阳光,而是心动女生的微笑。

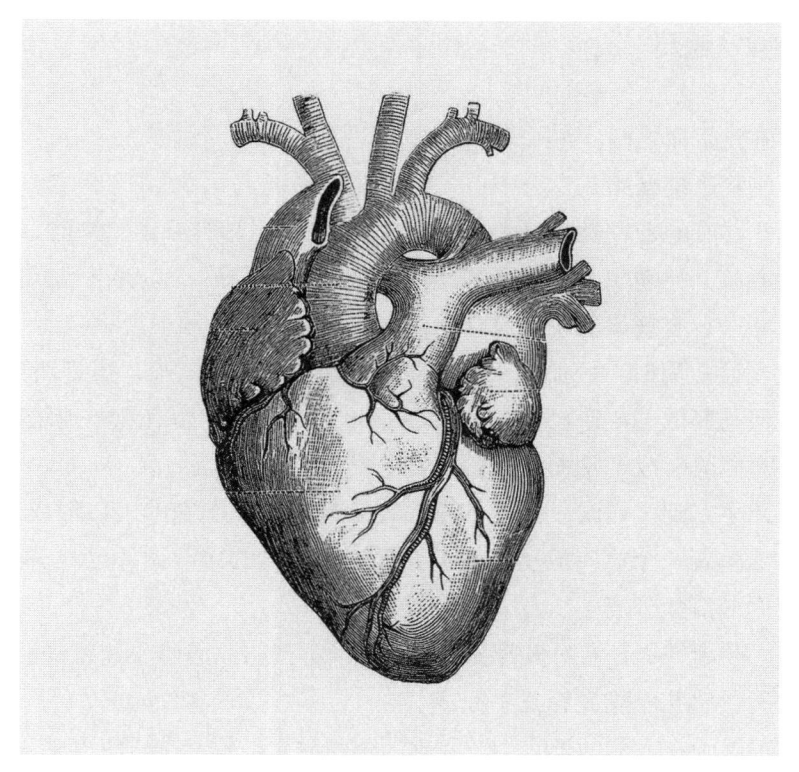

人类常见的疾病有百余种，出生缺陷是其中一类，每20个出生的孩子中，就有1个可能患有出生缺陷，其中先心病的患病率为28%，是最常见的先天性畸形。

著名的社会学家约瑟夫·乌辛斯基说,生活的目标是人类美德和人类幸福的心脏。

拯救"蓝婴"

心脏是生命之门。

心血管系统是胎儿发育中首先有功能的系统。

胎儿心脏的发育是从母亲怀孕第二周开始,也即怀孕第二周时,他(她)的原始心脏开始萌出。第五周房间隔形成。第六周后,心脏已经开始划分心室,并进行有规律的跳动及开始供血。

进入第七周时,胚胎像一颗豆子,大约有 12 毫米长,虽还听不到胎心音,但是胚胎的心脏已经划分成左心和右心,并开始有规律地跳动。第八周心室间隔形成,从而完成四腔心的发育。

在怀孕九到十周时,独特的瓣膜在胎儿心房和心室的出口形成,确保血液只能顺着一个方向流动,而不会反流,胎儿的血液循环也就与孕妈妈的血液循环清楚分离了。

进入孕十一周,借助多普勒仪器,可以听到胎儿心脏快速跳动的声音。孕十七周,胎儿心脏发育几乎完成。

也正因为在人体的器官中,心脏地位特殊、结构复杂,所以稍不留神,在生长发育时便会出现畸形和残缺。心房上长出一个洞,成为房间隔缺损;心室上长出个洞,成为室间隔缺损;提供肺部血液的肺动脉闭塞,成为肺动脉闭锁,如此等等。

医学上,在胚胎发育时期由于心脏及大血管的形成障碍或发育异常而引起的解剖结构异常,或出生后应自动关闭的通道未能闭合(在胎儿属正常)的情形,即胎儿心脏生长发育中出现的先天性畸形,也就是先天性心脏病,简称"先心病"。

心脏是人体的"泵",如果"出厂"时这台泵被标为不合格产品,事情就不是退换货那么简单。

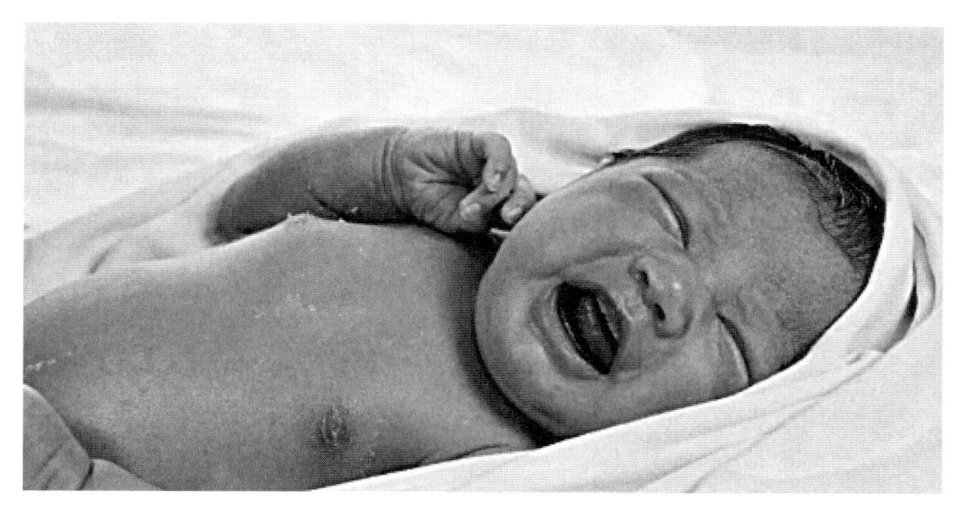

先心病患儿也被称为"蓝嘴唇",有的全身发青发紫,被称为"蓝婴"。

人类常见的疾病有百余种,出生缺陷是其中一类,每20个出生的孩子中,就有1个可能患有出生缺陷,其中先心病的患病率为28%,是最常见的先天性畸形。

先心病的种类很多,其临床表现主要取决于畸形的大小和复杂程度。其主要症状有:经常感冒、反复呼吸道感染,易患肺炎;生长发育差、消瘦、多汗;吃奶时吸吮无力、喂奶困难,或婴儿拒食、呛咳,平时呼吸急促;儿童诉说易疲乏、体力差;口唇、指甲青紫或者哭闹或活动后青紫,杵状指趾;喜欢蹲踞、晕厥、咯血;心脏有杂音。

先心病孩子的心脏不正常,会造成心、肺功能的减退,以及反复呼吸道感染和缺氧,严重危害孩子的健康,更危及生命。

复杂而严重的心脏畸形在出生后不久即可出现严重症状;一些简单的心脏畸形如室间隔缺损、房间隔缺损等,早期可能没有明显症状,但疾病仍然会潜在地发展和加重。

很多复杂的心脏畸形由于进入肺的供血通道发育异常,故患儿全身处于缺氧状态,很多患儿的指甲、脸颊、嘴唇会呈现出不同程度的蓝紫色。因此,他们也被称为"蓝嘴唇",有的全身发青发紫,又被称为"蓝婴"。

还有一类先心病患儿,刚开始没有紫绀,但肺血非常多,导致肺动脉高压，孩子反复呼吸道感染，最后也出现了紫绀，这类孩子手术起来就非常困难。

导致先心病的原因有很多，其中遗传因素仅占8%左右，而占92%的绝大多数则为环境因素，如妇女妊娠时服用药物、感染病毒或遭遇环境污染、射线辐射等，都会使胎儿心脏发育异常。尤其母亲妊娠前三个月感染风疹病毒，会使孩子患上先心病的风险急剧增加。

当今世界，大约每出生100个婴儿，就有1个患有先心病。别小看这1%，先心病已是新生儿患病率最高的先天性畸形。

以色列前总理沙龙、围棋大师聂卫平等名人都曾患有先心病。

先心病婴儿中，有三分之一到二分之一出生后因心血管畸形复杂或肺充血而处于高危状态，若早期不及时治疗将夭折，一岁内的自然死亡率约为20%—50%。有的即使度过一至二岁，亦可能因肺血管梗阻性病变导致手术机会的丧失；有的即使手术，手术及术后的风险也大为增加，且术后一些婴儿的肺动脉高压仍会进行性加重。

全国政协常委、北京安贞医院小儿心脏中心主任刘迎龙教授接受记者采访时介绍道，二十年来，其他先天性缺陷患病率大幅下降，而先心病却明显上升，名列第一。在北京，先心病的患病率已经达到了9‰，像西藏、新疆等海拔较高的区域，通过学校普查的方式得知的患病率已经达到了14‰。

2018年，国家卫生健康委员会公布了我国出生缺陷人群监测主要结果：先天性心脏病患病率在所有出生缺陷疾病中持续排名第一，在所有出生缺陷疾病导致死亡数中同样排名第一位。

综合各方面统计，普遍认为我国现在先心病的发病率约为7‰—14‰，也就是说每1000个新生儿中大约有7—14名先心病患儿出生。

《中国医药》2019年第9期《建国70年来我国先天性心脏病诊治回顾与进展》中介绍，我国是世界上先心病发病率较高的国家之一，每年约有30多万先心病患儿出生。

先心病由于发病率和致残率高，被称为新生儿的头号"杀手"。如不经治疗，一半的患儿会在一岁内死亡，到两岁时有三分之二的患儿会死亡，

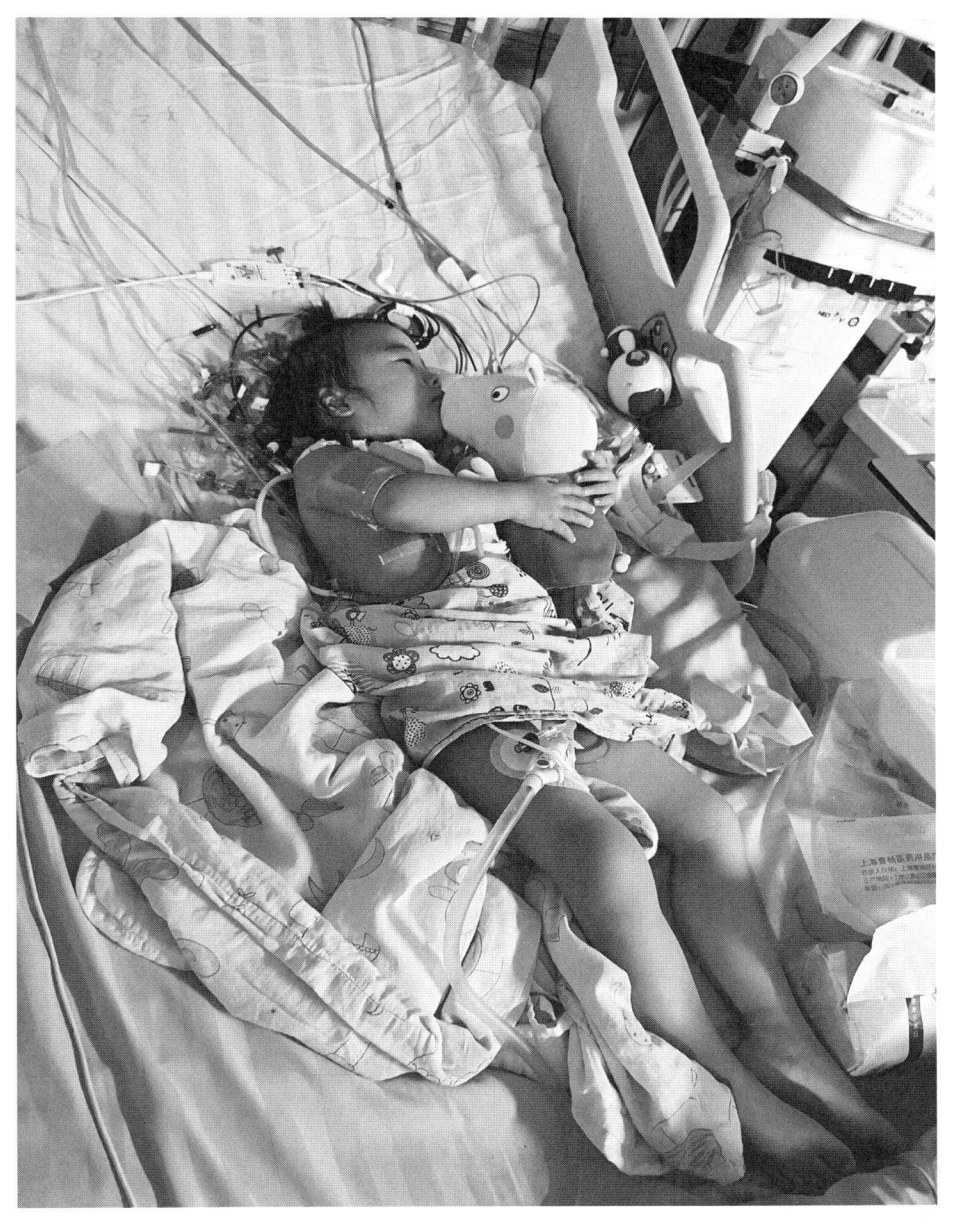

先心病由于发病率和致残率高，被称为新生儿的头号"杀手"。如不经治疗，一半的患儿会在一岁内死亡，到两岁时三分之二的患儿会死亡，且心脏畸形越复杂，病情越重，死亡越早。

且心脏畸形越复杂，病情越重，死亡越早。

年轻的父母无比欣喜地迎接孩子的出生，而后却眼睁睁地看着他变得羸弱、青紫，直到最后在挣扎中走向衰竭死亡，这是怎样的人间悲剧！

因为是胎儿时期心脏血管发育异常导致的疾病，先心病关键在于早发现，需要限期治疗，即使是复杂先心病，如法洛四联症、大血管错位，只要及时手术，也能得到很好的缓解。

复杂先心病如不及时治疗，很快就会形成肺动脉高压，形成右向左分流，出现紫绀、呼吸困难、活动耐力下降，失去畸形纠治的机会；而心室收缩负荷增加，会发生心力衰竭，慢性心力衰竭是症状逐渐加重，而急性心力衰竭则起病急，常致患儿死亡；此外，还会引发感染性心内膜炎和中枢神经系统损害。

对于简单先心病而言，如不及时治疗，患儿缺血缺氧会造成消耗过多、供给不足，影响正常的新陈代谢，导致生长发育迟缓；严重者，天长日久也有可能会形成肺动脉高压，从而失去畸形纠治的机会。

而紫绀型先心病患儿常有缺氧发作（突然发生呼吸困难、全身紫绀加重、失去知觉、惊厥），影响大脑供血，长期严重的缺血缺氧将导致患儿智力下降，最终因心力衰竭、感染性心内膜炎、中枢神经系统损害等死亡。

先心病谱系特别广，包括上百种具体分型，有些患者可能同时合并多种畸形，症状千差万别，大部分先心病患儿（者）都有明显症状。

对于正常人来说，紧张也好放松也罢，只不过是心脏跳动快慢的区别而已；但对于心脏先天抱恙的人们来说，就连大口呼吸都会觉得痛苦。

"皇冠上的明珠"

心脏外科学是医学科学的重中之重。

哈尔滨市儿童医院心胸外科有位颇有才华的医生名叫李清晨，他曾经写了一本书叫《心外传奇》，以科普的形式，向我们生动地讲述了心脏外科学创立和发展历尽艰辛的一系列极富传奇的人和事。

到 19 世纪末，医学界依然普遍认为，先天性心脏畸形是超越了手术纠治极限的，也许这是造物主早已判定了的死亡，心血管外科被认为是外科手术的禁区。

对于心脏外科手术的研究，连世界级外科大师们都持坚决反对的态度。

在心脏外科出现之前的漫长岁月里，那些先心病患儿的家庭，只能眼睁睁地看着病魔摧残可怜的孩子，在一片愁云惨雾中静静等待死神的不期而至。

只有极少数孩子能侥幸获得相对较长的生存时间。

为此，医学界先辈们付出了艰辛的努力甚至生命的代价。

1777 年，荷兰医生桑迪福德对先天性心脏畸形有了重大发现。

18 世纪末，德国医生雷恩成功地进行了心脏外伤的缝合，这是世界第一例心脏外科手术，虽然很原始，但是应称之为心脏心外手术的开端。

而心脏畸形的难题得到初步解决，已经是一百多年之后的事了。

1944 年 11 月 29 日，心脏外科手术史上一个值得纪念的日子——美国佐治亚州的布莱洛克医生通过心脏（BT）分流手术，将一个出生不久就被诊断出法洛四联症的先天性心脏畸形的女婴的嘴唇颜色由深蓝色转变为令人愉快的粉红色。

BT 分流术这种手术虽然没有改变心脏畸形，但由于增加了肺的血氧血供，从而使先心病婴儿的青紫出现了明显的缓解，运动的耐受力也得到极大的提高。

1953 年 5 月 6 日，一个值得心脏外科发展史大书特书的日子——美国医生吉本经过二十年研究，用橡胶、玻璃、废金属、自制辨膜、橡皮手指套等制成了一台人工心肺机，转流二十六分钟，修补了患者房间隔缺损，完成心内直视手术。

世界首例临床体外循环下心内直视手术终获成功。

心脏外科是极富挑战且集中了最多前沿技术的外科分支之一。

这朵最年轻的外科之花，在经历了无数凄风冷雨之后，终于可以在万丈霞光之中精彩绽放。

1958 年，毕业于哈佛医学院的约翰韦伯斯、特柯克林改进了吉本的

约翰·吉本（John Gibbon）

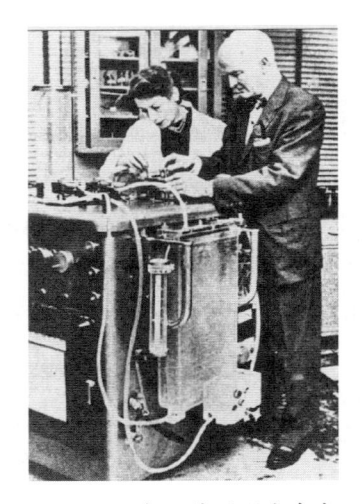

1953年，美国医生吉本经过二十年研究，制成了一台人工心肺机，转流二十六分钟，修补了患者房间隔缺损，完成心内直视手术。

世界第一台人工心肺机

心肺机，发展了安全、可行、可靠的体外循环，使之成为心内直视手术的首用方法。由于有了体外循环技术，心外科医生可以从容地在无血手术视野下，对心脏进行精细的矫正与修补，挑战更为复杂的心脏手术。

经历一百余年的历史沧桑，在无数心胸外科先驱不断的探索及努力下，心胸外科已经发展成为具有独立理论基础、又与各学科相互渗透的独立体系。

近百年来，心脏外科手术虽然有了较快发展，但在医学界，真正能主刀在心脏上起舞的心外医生并不多。在追逐生命的历程中，心外科依旧高处不胜寒，只有少数心外医生能够挑战医学之巅。

因此，心外科手术被称为"皇冠上的明珠"。

我国心外科研究及学科建设起步较晚，医疗技术相对落后。20世纪50年代末，先进国家已经开始开展冠状动脉搭桥手术，到20世纪80年代，技术已经非常成熟；而我国自20世纪70年代才开始做冠状动脉搭桥手术，一直到20世纪90年代中期，技术水平与国际水准相比还差距很远。

在20世纪，因为心外医生奇缺，先心病手术成为"稀缺资源"。

南京医科大学第二附属医院心血管中心团队的年轻医生戴一鸣，曾向我讲述过一个真实的故事：

苏北有一位医生叫李志，1991年他的儿子出生后被发现得了先心病，室间隔缺损。

这要在今天，手术半个小时便可搞定，而且不用开胸手术；但在当时，只有北京、上海几家大医院的几个专家才能做这一手术。

李志自己本身是医生，消息还算灵通，打听到上海一家医院有个专家能做此手术，便带着儿子赶到上海。

到了医院才知道，要做手术的人太多，专家根本忙不过来。这种手术做完后，患者几天就可以出院，但术前排队却要等三年——三年里，有的孩子早已失去了手术的机会。

没办法，李志等不及，只能将儿子带回家。

手术正常排队要等三年，身为医生，李志知道儿子的病拖不得，怎么办？

为救儿子，只能想"招儿"。

事在人为，功夫不负有心人。

不久，李志独自一人再次来到上海。

一开始，李志无法靠近那位专家，甚至一句话都说不上，于是，他就守在专家办公室门口，专家下班了他就悄悄地跟着。一连两天，他弄清了专家几点下班，坐几路公共汽车，中途换乘几路车，家住哪里。

李志打听到这位专家爱喝当时流行的雀巢咖啡，就买了两大听雀巢咖啡送了过去。

见了不速之客，专家很惊诧，李志只说，自己本是学医的，慕名来看望专家老师，没有他事，忍着只字不提儿子手术的事。

一来二去，他们成了朋友。

几乎走动了大半年，李志才跟专家提及儿子的手术，专家二话没说，道："你把孩子带来吧！"

就这样，李志让儿子顺利地进行了手术。

这个手术保住了儿子的性命，也成就了儿子的事业。目前，李志的儿子从英国留学归国，在一家大型国企工作。

在 2018 年 8 月 5 日召开的中国心脏大会上，国家心血管病中心主任、中国医学科学院阜外医院院长胡盛寿院士介绍，我国医疗可及性和医疗质量明显提升，进步幅度位列中等收入国家首位。

胡盛寿院士介绍，近十年来，我国每年心脏外科手术量从 8 万例增至 21 万例，增长超过 1.6 倍，77 家大医院的搭桥水平有显著进步，搭桥患者院内死亡率降至 2.2%，与美国不相上下。

我国婴幼儿心脏外科技术的发展，被认为是先心病外科治疗的重大进步。

我国的少儿先心病外科起步较晚，从 20 世纪 70 年代中期组建专业队伍，历经老一辈的艰苦经营、中生代的奋发图强，终于在世纪之交的十余年迎来蓬勃发展的新时期。

现在，一般的先心病如房间隔缺损、室间隔缺损、动脉导管未闭等，只要及时治疗，采取介入手术或修补术，99% 的患儿都可以通过手术治疗得到康复，发育、生活、学习不受影响。

在复杂先心病的手术矫治方面，我国也取得了长足的进步，一些大型医学中心已经可以常规开展包括大动脉调转术、房室双调技术等在内的复杂手术。

中国先心病手术治疗已接近或达到国际先进水平。

尽管如此，由于我国人口众多，平均医疗服务能力相对落后，先心病患病率一直居高不下，积压量大，先心病治疗依然面临压力。

由国家心血管病中心组织编撰的《中国心血管病报告2018》指出，中国心血管病患病率及死亡率仍处于上升阶段，据推算，我国心血管病现患人数为2.9亿，死亡率居首位，占居民疾病死亡构成的40%以上；农村心血管病死亡率持续高于城市……

我国14亿人口中至少有700万病人可能需要进行心脏手术，而心脏手术可进行的实际数量尚难以满足需求的1%。

全国能做心脏手术医院多在北京、上海、广州等一线城市，包括先心病手术8万例在内，全年心脏手术量约21万例，也多集中于北京、上海、广州等地的大医院。

据2019年国家卫健委医政医改局公布的数据，我国执业医师数量达到360.7万人，而我国心脏外科专业医师不足2000人。

心脏手术是最复杂的手术，心脏病中常见的主动脉夹层，即主动脉壁发生异常，导致血管破裂或者各个分支血管供血不足，这种疾病必须及时手术处理换上人工血管，能做这种手术的专家全国只有100多人，而能做法洛四联症等复杂先心病手术的心外科医生只有200多人，许多三甲医院甚至没有心外科。

在"国家心血管病专家委员会先天性心脏病专业委员会"成立大会上，胡盛寿院士指出，尽管经过了四十多年改革开放的积累，中国医疗水平大幅提升，但随着生活方式的改变，我国心血管发病仍然呈上升趋势，心血管疾病危险因素控制形势严峻，而随着二胎时代的来临，先心病防控和诊疗面临更加严峻的挑战。

在我国每年大约30万名新出生的先心病患儿中，全年手术和介入治疗的先心病患者加起来有8万例左右，其他20多万名先心病患儿不能得

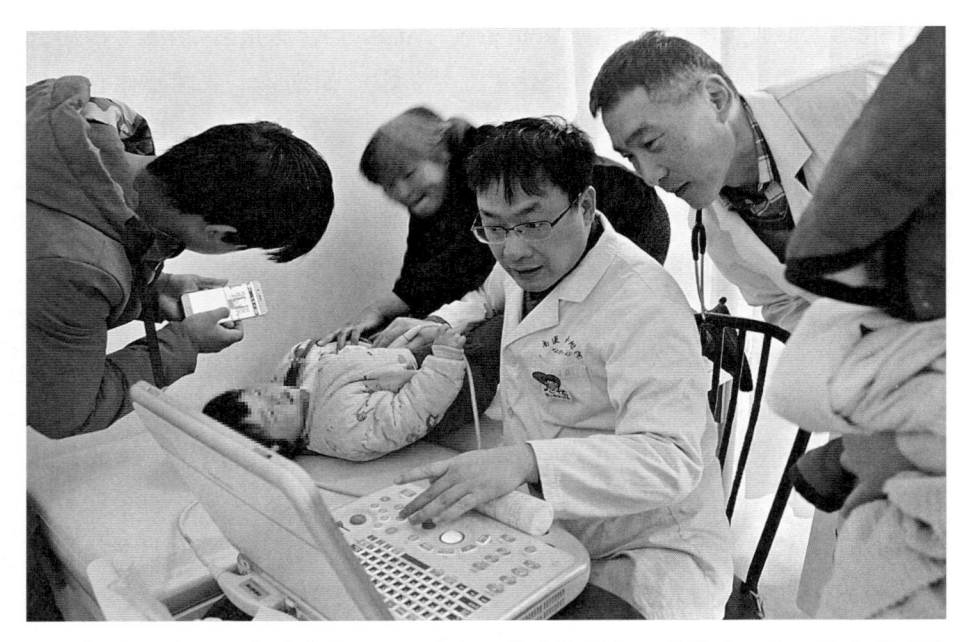

我国14亿人口中至少有700万病人可能需要进行心脏手术，而心脏手术可进行的实际数量尚难以满足需求的1%。

到及时治疗，成为成人心脏病的来源。

据中央电视台、中国新闻社等多家媒体报道，我国现有先心病患者400多万人，其中等待手术治疗的先心病儿童超过一半，有200多万人。

就在三年前，很多大型儿童医院的先心病手术每年超过千例，但医院周边的宾馆、旅社里依然住了很多等待手术的先心病患儿。

中国医学科学院阜外医院是国家心血管病医疗、科研、预防和人才培养的重要基地。阜外医院也是我国为数不多的治疗小儿先心病规模最大、技术实力最强、设备最先进、权威专家最多的医院之一。

据阜外医院发布的2018年度外科年度报告显示，2018年阜外医院外科全年手术量达14455例，居世界各心脏中心前列，其中先心病手术共4434台，危重和复杂先心病手术所占比例超过60%。

不仅先心病医疗资源与实际需求相距甚远，而且在许多地区，孕检、筛查、确诊等发病源头尚未得到有效控制。

孕前检查、产检是提高出生人口素质、避免出生缺陷最有效、最经济的方法之一。但是，很多地方的妇女做不到孕前检查、产检。

这种现象主要集中在一些农村和在城市务工的农民身上，特别是欠发达地区农村和贫困家庭。

在县市级医院中，许多医院没有心脏彩超等心脏病诊断设备，先心病确诊主要靠听诊器听心脏杂音；有的农村和欠发达地区医院即便有心脏彩超等心脏病诊断设备，医生或不会使用，或诊断水平有限，不能准确确诊先心病，误诊、漏诊现象并不鲜见。

本书的主人公，南京医科大学第二附属医院心佑工程团队的医务人员，在青海、西藏等高原地区进行先心病筛查时，曾目睹内地捐赠的心脏彩超等心脏病诊断设备躺在医院诊室或仓库"睡觉"的情形，因为虽然有人捐赠了诊断设备，却没有专业医生能够使用。

由于医疗条件所限和医学常识的缺乏，很多成人先心病患者都是在出现心功能衰竭症状之后到医院检查，才发现自己患有先心病的，这当中有很多人甚至是到五十多岁才发现的。

2018年11月，中国生物医学工程学会体外循环分会公布了《2017年度中国心外科手术和体外循环数据白皮书》。

《白皮书》指出，先心病外科手术的治疗对象正向复杂畸形、再次手术、多次手术人群发展。

此外，十八岁以下的先心病手术患儿占到2017年先心病总量的80%，凸显了我国部分区域先心病诊治水平相对滞后，有一定数量的患者延误至成人才得到矫治且预后欠佳，而有些患者将因错过最佳手术时机而无法矫治的现状。

"看不起"的先心病

先心病侵犯了心、肺两个系统，孩子喂养困难，呼吸道反复感染，引发肺炎，甚至危及生命。

孩子得了肺炎就得治疗，病情轻的费用一两千元，严重的则要几千上万元，给家庭和社会带来了非常沉重的负担。

医疗技术并不是困扰多数先心病患者家庭的主要问题，只要早发现、早诊断、早治疗，大部分先心病患儿是能够通过手术恢复正常生活的。真正困扰他们的，还是昂贵的医疗费用！

先心病有简单与复杂先心病之分，医疗手术费用根据病情从几万元到几十万元不等。

简单的先心病如房间隔缺损、室间隔缺损、动脉导管未闭等，根据病状不同，医疗手术费用一般在2.5—5万元之间。

复杂先心病如法洛四联症、完全性大动脉转位等，自然生存率低、治疗难度大，医疗手术费用一般在5—20万元不等，有的患者要做两次以上手术，费用高达30—50万元甚至以上。

在经济欠发达地区，由于心外专家稀缺，多从北京、上海等大城市外请专家来手术，一个专家一般一次出诊1—5万元，往返路费还不算在内，这个费用自然也是要患者家庭承担的。

这样一来，经济欠发达地区的先心病患者的治疗费用，相比经济发达地区还要高一些。

先心病的手术材料和药费都很昂贵。

房间隔缺损、室间隔缺损手术治疗必须用到的封堵伞只有大拇指头大小，第一代的价格为 1.6 万元，招标价也得 1 万元，后降为 9000 元，而且这种封堵伞的材料不能被人体吸收。第二代封堵伞做了改进，材料可以被人体吸收，但价格更高，每只要 3 万多元。

有的先心病需要用的特效药品国内没有，只能靠进口，更加昂贵。

作为最常见、发病率最高、致死率最高的出生缺陷类疾病，先心病已成为影响我国儿童身心健康及人口生存质量的重大公共卫生问题，引起了国家重视。

2010 年 6 月，国家卫生部下发了《关于开展提高农村儿童重大疾病医疗保障水平试点工作的意见》，将儿童所患急性白血病和先天性心脏病两类重点疾病中治愈率较高的六类病种纳入了试点范围，原则上新农合（新型农村合作医疗）对试点病种的补偿比例应达到本省（市、区）限定费用的 70% 左右。

2010 年 6 月 10 日上午，卫生部在湖南长沙召开"提高农村儿童先天性心脏病医疗保障水平现场工作会议"。

先心病的手术材料和药费都很昂贵。封堵伞只有大拇指头大小，却要数千元至数万元不等。

在这次会议上，时任卫生部部长陈竺要求，各省（区、市）卫生厅、局应成立省级儿童白血病和儿童先天性心脏病专家组，对辖区内定点医院试点疾病的诊疗提供专业技术指导和监督，帮助辖区内定点医院加强相关学科建设。

会议特别强调，要加强质量控制和监管，保证医疗安全，患者出院即时结报新农合和医疗救助补偿的医疗费用。

2011年3月，第十一届全国政协四次会议和第十一届全国人大四次会议在北京召开，作为卫生部长，陈竺是最受关注的人物之一。在此次会议上，陈竺宣布：今年（2011年）儿童先天性心脏病和急性白血病两病不再试点，将全面推开免费治疗。

他特别强调：“对于儿童的大病，在财政部的支持之下，我们和民政部的大病救助形成了老百姓称之为'一站式'的衔接，我们选择了两个儿童的大病，一个是儿童的先天性心脏病，另一个是儿童的白血病，总共两类六种。我在这儿说明一下，并不是完全地免费，实际上是由新农合报销70%，然后由大病救助的基金根据家庭的情况给予20%的补偿，加在一起对于困难家庭能够达到90%或者更高一点儿的补偿。”

由于种种因素，先心病诊疗难题的解决虽然有一定进展，但是在许多地区，尤其在农村，特别是经济欠发达地区的农村，先心病免费治疗或者"对于困难家庭能够达到90%或者更高一点儿的补偿"并不容易。

对于贫困家庭而言，不仅仅是先心病患儿，还有他们的家人，每一颗心都在艰难地跳动。

贵州东部农民李云庆的儿子呱呱坠地，然而李云庆还来不及高兴，就发觉了不对劲：儿子的一根红色的血管直通指甲，每个月都感冒，并伴随着拉肚子的症状。由于县医院的技术和设备有限，医生也诊断不出是什么病症。

三年后，李云庆才得知孩子是患了先心病，而且很严重——肺动脉狭窄，静脉引流异常。儿子经常感冒、发高烧，一年总有五六个月在生病。

李云庆紧张不安，让他揪心的，不仅是儿子"大喘一口气都会让人担心"的身体状况，还有昂贵的医疗费。

为了给儿子治病，李云庆到处打零工，还干过挑沙子的活。为了多挣钱，一般的壮劳力一天可以挑两方沙，他硬撑着挑四方沙。

多年的重体力活使他内火上升，现在他已经无法干重活，扛 100 斤的东西肠胃就会出血，排不了便，只有吃药降火。

李云庆夫妻俩带儿子在北京治疗期间，妻子照看孩子，他打零工。每天挣 200 元，住宿每天 50 元，吃饭花去 20 元，每天还剩下 100 多元。李云庆省吃俭用，舍不得多花一分钱，住在寒冷的房子里，手和脚都冻伤了。

一些农村贫困家庭和经济欠发达地区的群众看不起先心病，除了被昂贵的医疗救治费用压弯了腰，还有相关医疗保险政策落实不到位的原因。

2003 年，国家卫生部、财政部、农业部出台了《关于建立新型农村合作医疗制度的意见》，推行农民自愿参加，个人、集体和政府多方筹资，以大病统筹为主的农民医疗互助共济新型农村合作医疗制度，主要补助参加新型农村合作医疗农民的大额医疗费用或住院医疗费用。

从 2003 年起先行试点逐步推开，到 2010 年实现在全国基本覆盖农村居民，据统计，全国参加合作医疗保险人数 8 亿人。

事实上，2017 年以前，农村居民参加新型农村合作医疗，城镇居民参加城镇居民基本医疗保险，城镇居民与农村居民参加基本医疗保险的筹资标准、待遇水平、医保目录、定点医院、经办机构等各方面都不统一，新农合各县区之间也不统一，各地医疗保险报销比例不尽相同。

各地医疗保险异地就诊报销比例根据一、二、三级医疗机构住院就诊不同，报销比例不等，如在三级医疗机构即三甲医院多在 40%—50% 之间，患儿家庭依然要承担 50%—60%。

2017 年之后，报销比例虽有所提高，也只在 50%—60% 之间，而未按规定程序转诊直接在市外定点医疗机构住院治疗的，在三级医疗机构医保基金支付比例为 40%—50%。

苏北一些地区规定，到市外定点医疗机构就医的，在一、二、三级医疗机构住院发生的政策范围内的医疗费用，起付标准以上的部分，医保基金支付比例分别为 80%、70%、60%。如未按规定程序转诊直接在市外定点医疗机构住院治疗的，在一、二、三级医疗机构医保基金支付比例分别为60%、50%、40%。

如参保人员患有先心病，江苏省有些地区居民医保延用了原新农合二十二类重大疾病待遇政策，符合江苏省有关文件要求的，实行按病种付费，明确救治对象，规范就诊程序，确定就治医院，统一结算标准，在限额范围内报销比例为70%。

目前，全国绝大部分三线以下城市的医院还不能进行先心病手术，必须转往异地就诊。

各地对异地就诊有很多规定，得按规定程序办理转诊手续，跨市的比在本市报销比例低，跨省的比在本省报销比例低。

还有一种情况。

关于小儿先心病医疗费用能否报销，各地政策有所不同。

农村合作医疗规定，在母亲生产的这一年里，如果母亲参加了农村合作医疗，孩子在同一年中也可享受70%—85%的医疗费用报销比例。

很多地区的规定是如果孩子出生三个月以内加入了医保，那么从孩子出生算起所产生的医疗费，可以得到70%—85%的报销，否则无法报销。

这是指住院发生的在政策范围内的起付标准以上的医疗费用部分，而许多手术材料费、药费并不属于报销范围。

以一例手术费用5万元计算，患者家庭要承担2—3万元，这对于有固定收入的富裕家庭来说不是大问题，但对于农村年可支配收入较低的家庭而言，负担甚重。

这仅仅是手术治疗费用，并不包括住院陪护和医保报销范围之外的费用。

一个简单先心病患者从入院检查到安排手术，直至康复出院，至少需要十到十五天，至少需要一个人陪护；复杂先心病患者从手术到康复一般需要一个月至三个月才能出院。患儿及陪护人的吃喝拉撒以及往返差旅花费，算算也得几千元到几万元不等。

对于贫困家庭来说，这同样是一笔巨款，而且这些费用无法通过医保报销。

因此，许多贫困家庭即便已被告知手术免费，他们也不肯送孩子来手

作者走访的先心病患儿家。在农村，特别是经济欠发达地区，一个家庭有一个先心病患儿，很快就会因病致贫。

术，除了心存孩子的病可能会自愈的侥幸，多是因为付不起高昂的医治费用。

我国出台了一系列针对贫困人口关于生活、养老、医疗和教育方面的专项补助政策。在这场脱贫攻坚战中，我们总能看到"贫困户""建档立卡贫困户""低保户"这些字眼。

"贫困户"是一个泛称，主要是指生活比较困难，低于国家或者是地方相应标准收入的人群或者是家庭。目前，我国所界定的脱离"贫困户"的判断标准是"一收入两不愁三保障"。"一收入"是指收入高于当地贫困线标准线；"两不愁"是指不愁吃不愁穿；"三保障"是指基本医疗有保障，义务教育有保障，住房安全有保障。只要有一条不满足，就会被识别为贫困户。

"贫困户"包括"绝对贫困户"和"一般贫困户"。"绝对贫困户"

指的是生活非常困难的贫困家庭，这类贫困户就是"在册贫困户"，需要国家进行兜底保障；"一般贫困户"指的是贫困程度比较低，可能是因意外负担等致贫的家庭。

"低保户"是指家庭成员人均收入低于当地的最低生活保障标准，"低保户"自然也是"贫困户"。

但是，"贫困户"不一定是"低保户"，因为"贫困户"可能是因为教育或住房、医疗等意外负担致贫的。

在农村，"低保户"和"贫困户"的区别很明显，比如评定依据不同、补助发放标准的不同等。对"低保户"而言，目前重点低保保障标准为每人每月220元，一般兜底保障标准为每人每月120元。

我国对于"贫困户"的界定是相当严格的，通常来说有这样几种划分标准：年人均纯收入绝对贫困人口低于627元，相对贫困人口628元至865元，低收入人口866元至1205元，一般收入和高收入1205元以上。

我们一般把年人均纯收入低于1205元的家庭人口统称为弱势群体，当然这些评定标准是根据不同地区的发展水平而言的。

教育、医疗、住房、养老是最基本的民生，最能体现社会制度的优越性。

改革开放前，国家虽然不富裕，但这四大基本民生是免费的，老百姓不用为此烦神。

因为全部由国家掏腰包，这些管理部门及相关产业出现了许多弊端，如在医疗行业，人浮于事，医院管理不善，服务态度不好，医院严重亏损等。

改革开放后，实行市场经济，教育、医疗、住房、养老四大基本民生走向了市场。国家虽强调"两手硬"，社会效益、经济效益都要抓，但实际运行中往往更注重经济效益，强调教育产业化、医疗产业化、住房产业化、养老产业化，许多学校、医院成为民办学校、民营医院。

医疗产业化带来的结果是医院楼高了，设施漂亮了，服务态度好了，管理滴水不漏，成本控制了，浪费杜绝了，税收贡献也确实提高了；但是，住院费高了，药费高了，手术费高了，护理费高了，更多老百姓看不起病了！

有人调侃说，以前看病卖只鸡够了，后来看病卖头猪够了，再后来看病卖头牛够了，现在看病倾家荡产还不够！

虽然有些夸张，但看病越来越贵是不争的事实，也因此，因病致贫的多了，因病返贫的多了！

2017年1月15日，曾在农村工作并多次调研的卫生部原副部长朱庆生在主题为"中国新型农村合作医疗"的新闻发布会上说，至今，中国农村有一半的农民因经济原因看不起病。疾病是中国农村居民致贫或返贫的主要原因。

按照中共中央的战略部署，2020年是全国脱贫攻坚、全面实现小康之年。

脱贫攻坚的主战场能解决绝对贫困问题，但相对贫困问题依然会长期存在，难以绝迹。

在相对贫困人口中，因病致贫、因贫返贫的现象依然会有很多。

值得欣慰的是，党的十八大以来，党中央、国务院一直致力于解决这些基本民生问题。

2018年，国家医保局会同财政部、人力资源社会保障部、国家卫生健康委员会联合印发了《关于做好2018年城乡居民基本医疗保险工作的通知》。

《通知》规定，2018年城乡居民医保财政补助和个人缴费标准同步提高。各级财政人均补助标准在2017年基础上新增40元，达到每人每年不低于490元。2018年城乡居民医保人均个人缴费标准同步新增40元，达到每人每年220元。

《通知》明确，巩固完善异地就医住院费用直接结算工作，妥善解决农民工和"双创"人员异地就医问题，为城乡居民规范转外就医提供方便快捷的服务，减少跑腿垫资。

2019年，根据《人力资源社会保障部 国家医保局关于全面实施全民参保计划的指导意见》，全国范围内统一的城乡居民医保制度全面启动实施。

全国实施全民参保计划以来，各地就医报销比例仍有差别。

有的地区规定在本地就医报销比例为70%，异地就医需要办理转诊手续，报销比例为50%。

医保是社会基础保障，对于参保人员的保障是"保而不包"。也就是说，对于绝大多数人来讲，如果不幸患了大病，仍然需要一大笔治疗费用。图为作者走访的一位先心病患儿的家。

有的地区的报销比例更少。这看上去堵住了转诊外地小病大医的漏洞，但同时也将本地看不了必须转送外地医治的患者的医疗费用应该报销的路堵上了。

事实上，医保作为社会基础保障，对于参保人员的保障是"保而不包"。也就是说，对于绝大多数人来讲，如果不幸患了大病，仍然需要一大笔治疗费用。

就我国目前的医疗水平和条件而言，先心病在大部分三级以下的医院还无法医治，必须转诊省城或北京、上海的各大医院救治。

按照有些地区医保规定的异地就医报销比例，低收入家庭依然出不起这些钱，而且在医保报销的项目中，许多手术材料和药品并不在其中，只能由患者自费。

截止到目前，肺动脉高压等常用的缓解药品，均不在医保报销范围内。

此外，还有患儿及陪护人的衣食住行费用。

很多有先心病患儿的家庭因为难以承受治疗费用，孩子不能及时得到手术治疗，病情加重，并发肺动脉高压等，只能通过药物维持生命。

因此，许多人哀叹：看不起的先心病！

一个人得了重大疾病意味着什么？意味着短则一年、长则数年的治疗和看护；意味着巨额的医疗开支，以及没完没了的营养费和护理费；意味着自己没有了收入，照顾自己的家人也成了"全职护士"，挣不了钱；总之，一旦个人不幸患上重大疾病，随之而来的经济及精神压力是相当大的。

有时候，一场大病对于一个家庭来讲就是一场灾难，常常是一个病人拖垮一个家庭。在一些山区农村，流传着这样的顺口溜："辛辛苦苦忙多年，一夜回到解放前"，"脱贫三五年，一病回从前"。于是，这些家庭很快就因病致贫、因病返贫了。

比先心病更可怕的

前面讲到，李志带着患先心病的儿子赴上海求医，正常情况下做手术排队要等三年，无奈之下，他想办法先与专家建立联络、加深感情，终于使儿子得到及时救治。

李志虽然生活在经济欠发达地区，但他毕竟在医院工作，身为医生，对先心病也较为了解，非面朝黄土背朝天的农民所能及。

欠发达地区农村的农民没有受过先心病的知识普及教育，对先心病的认知基本为空白。由于对先心病了解甚少，孕妇没有孕检意识和条件，孩子出生前没有进行胎儿心超检查，孩子生下来后也不知有先心病筛查，直到出现症状才知道。

心脏先天性缺陷人群中，四分之一的人平时无症状，有的一段时间内可能还不被注意，只有在做了心脏彩超和心电图之后才知道患有心脏病。这些患儿的家长常常疏忽大意，待症状明显后，已然只能姑息手术，而无法根治，有的孩子甚至失去了手术机会，导致令人痛心的悲剧。

除了昂贵的费用令农村贫困家庭"看不起"先心病，更有一些愚昧落后的旧观念误导，使先心病患儿失去救治的机会。

有人把先心病当作洪水猛兽，认为先心病是不治之症，孩子生下来若被确诊为先心病，只能听天由命。

还有人认为先心病无法治愈，谈"心"色变，一旦知道邻居家的孩子得了先心病，就很是嫌弃，躲之不及，教自己的孩子远离他们，不能一起玩耍，唯恐被"传染"，或在一起玩出闪失，怪罪牵连。

有些孩子被诊断为先心病，家长唯恐别人知晓，想方设法遮掩，担心人家若知道真相，孩子长大后娶不到媳妇或嫁不出去。

有的先心病患儿开始时症状反应不明显，家长认为没事，长大可以自愈，心存侥幸，掉以轻心，待孩子症状明显时已经失去了手术机会。

这样的糊涂家长不仅在农村，在城里也有。

某省城有位女孩叫丁珊，小学五年级时因一次感冒被查出了先心病，医生告诉丁珊的父母孩子需要手术。

父母觉得丁珊平时与正常孩子没有什么不同，而且马上要小升初了，怕学校知道了影响孩子学习和择校，便一直保密。

后来，丁珊上了初中又上了高中，直到上大学，父母一直想方设法保

欠发达地区农村的农民没有受过先心病的知识普及教育，对先心病的认知基本为空白。

守着丁珊患有先心病的这个秘密,尽管她的症状已经开始越来越明显。

丁珊大学毕业后,父母托了关系安排她在一家银行工作。再后来丁珊找了男朋友,很快结婚成家。

过去,丁珊的父母怕学校知道孩子有先心病,影响孩子读书;等丁珊有了工作,父母又怕单位知道了让她丢了工作;甚至丁珊找了男朋友,父母怕男方知道了亲事告吹,还一直固守着这个秘密。

但是,丁珊结婚成家,这个秘密再也保不住了。

这时,丁珊的病已经出现并发症感染性内膜炎,引起了败血症。丈夫一家知道后,感到被欺骗,最终没能过心里这个坎,丁珊和丈夫的婚姻走到了尽头。

此时,丁珊年纪已大的父母悔之晚矣!

更让他们后悔的是,丁珊不得不长期请病假,四处求医。她去过北京、上海等各大医院,可是终因体力虚弱,心功能衰竭严重,而失去了手术的机会。

苏北的刘荣在讲述先心病儿子的救治之路时,声泪俱下。

今天虽然已是 21 世纪,但在一些偏僻的农村,重男轻女的封建观念依然根深蒂固。

刘荣的丈夫家里姐弟五个,只有丈夫一个是儿子,在当地称之为"单传"。

刘荣嫁过来后一连生了三个女儿,村里人风言风语,有的说他家"风水不好",有的说他家"要绝种了"。

尽管孩子多,家里负担已经很重,但是刘荣夫妻还是要生,想生个儿子。

刘荣第四胎终于生了儿子,她想这回可以堵住一些人的嘴了。

可是儿子生下来就很虚弱,在保温箱里待了二十二天。七个月大时感冒住院,医生当肺炎治,久治不好,转到一家部队医院,被诊断为先心病,室间隔缺损。当时,缺损还不算大,医生告诉他们要尽快送孩子到大医院手术。

但是,刘荣夫妻家里无钱,也担心孩子太小,手术有风险,怕好不容

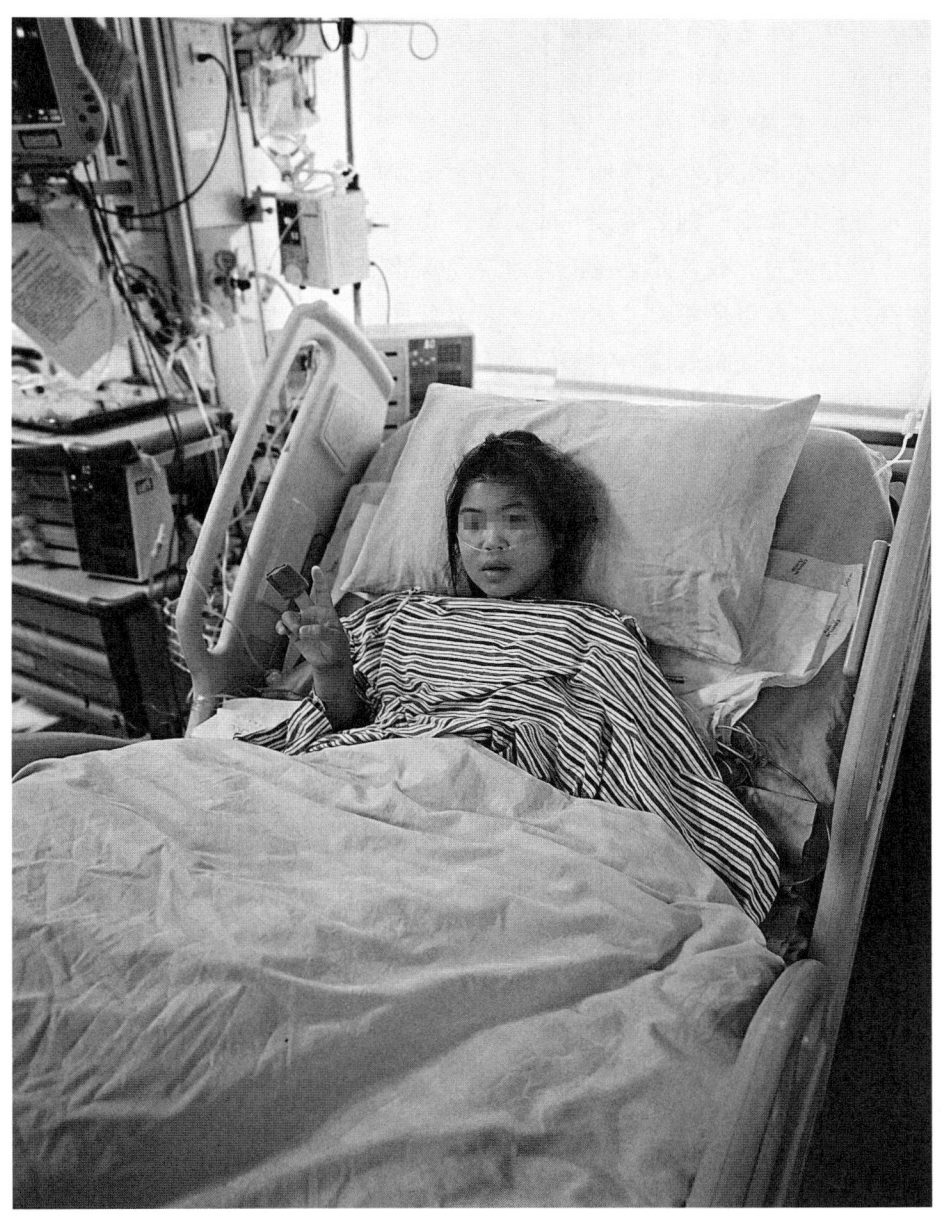

有些先心病患儿本来的病情并不重，由于未能及时筛查、确诊和手术治疗，错过了最佳手术时间，导致心脏或肺部出现不可恢复的病变，失去了手术根治的机会，不得不靠昂贵的药物缓解痛苦，维持生命。

易有个儿子再夭折了,便寄希望于儿子的室间隔缺损慢慢可以长好,带他回了家。

全家统一口径,孩子的病对外保密。

人家有个儿子欢天喜地,左邻右舍都会抱抱逗逗开心,但他们家的儿子不敢给人家抱,刘荣带孩子回娘家,甚至亲戚也不让抱。

因为有先心病,儿子免疫力差,经常感冒,一感冒就喘不过气,憋得浑身发紫,就得住院,一住就是十天半个月。

儿子每次住院看病,刘荣的家人都会说带孩子出去走亲戚啦,旅游去啦。他们最怕的就是一旦人家知道儿子患有先心病,他这一辈子就完了。

纸包不住火。

村里人还是知道了刘家儿子得了先心病,有人背后说"他们家祖坟没埋好",与他家有点小矛盾的人更是刻薄地说,"缺德事做多了!"

家里穷,能扛;东奔西跑,带子看病的罪,能受;吃的苦,能忍。可这些的风言风语让一家人抬不起头来。

家里人下决心就是讨饭也要给儿子看病,把病看好。

谈何容易?

刘荣的公公婆婆年老体弱,不能打工,家里还有地要种,还有几个孩子要带,全家只有刘荣的丈夫能外出打工挣点钱。转眼儿子八岁了,病情也加重了,寸步离不开大人。

听说上海一家大医院能看这种病,刘荣独自一人带着儿子来到了上海。

在门诊,刘荣放下儿子排队挂号的时候,眨眼间儿子却走失了,她几乎急疯了,报了警。

警察和保安调监控,问行人,找了两个多小时,才在医院门口的一个小卖部门前找到了孩子。

在上海差点弄丢了儿子,儿子的病却没有看好——做了核磁共振,发现儿子不但是室间隔缺损,还有主动脉狭窄,手术费需要5万多元!

刘荣只能带儿子回了家,直到她遇到"心佑工程"。

其实,饱受折磨的何止是家长。先心病患儿由于得不到及时的手术救治,病情随着年龄增长而加重,他们的生存质量极度低下,甚至成为社会与家庭的包袱。

一些幼儿园、学校拒收有先心病的孩子，即使入园、入学时勉强收下来，也会要孩子家长写下保证书，立下"生死状"，保证一旦孩子在校园里发生任何问题，与幼儿园、学校无关，而且很多孩子都被禁止参加体育课、课外活动和学校组织的郊游。

在一些乡村，每每听到先心病孩子的遭遇，我的心情就会很沉重，如同连日阴雨的天气，始终晴不起来。

心外科医疗资源紧张，孕检、新生儿筛查等先心病发病源头控制措施不力，群众对先心病知之甚少、观念落后，特别是手术费用昂贵、许多人囊中羞涩看不起病等因素，是导致我国儿童先心病发病最高、死亡率最高的综合原因。

也因此，有些先心病患儿本来的病情并不重，由于未能及时筛查、确诊、手术治疗，错过了最佳手术时间，导致心脏或肺部出现不可恢复的病变，失去了手术根治的机会，不得不靠昂贵的药物缓解痛苦，维持生命。

因为没有正常的心跳，他们进不了幼儿园，上不了学校，读不了书，不能与其他小朋友一样尽情享受儿童时代的欢乐与温情。

于是，一个又一个因先心病而引发的人间悲剧，就在我们的身边不断出现。

第二章 心的呼唤

"辣子村"老板娘慷慨解囊

南京姜家园街道有个"小辣子村饭店",老板娘叫郭建霞,齐耳短发,心直快语,办事利索,南京浦口人。

郭建霞小时候家境一般,初中没毕业就到南京城里一家饭店打工做服务员。

饭店里有一位四川籍的厨师小魏,老实憨厚,能吃苦,平日对郭建霞多有照顾,一来二去两人日久生情,谈起了恋爱,规划着未来的生活。

这对同为"天涯沦落人"的年轻人知道,要想改变自己的命运,必须自力更生,艰苦创业。

小魏初中毕业就学了厨师专业,做得一手好川菜,郭建霞做的又是服务员,两人一合计——创业,自己当老板。

郭建霞、小魏双双辞去工作,在姜家园盘下一个100多平方米的小店,开起了名为"小辣子村"的饭店。

小魏根据南京人的口味对川菜进行了改良,郭建霞本来就热情、勤劳,两人用心经营,善于管理,小饭店很快在这条街上做出了名气,尤其是距饭店几百米的南京医科大学第二附属医院本部的医生护士,纷纷成了常客。

小饭店虽不大,但顾客盈门,生意挺旺,小两口的日子也开始红火起来。

2014年5月10日,一个春光明媚的日子,草木繁盛,花儿娇艳。

像往常一样，上午九点钟，郭建霞打开饭店大门，做营业准备。

"郭总！"一位年轻妇女走了进来。

"你是？"郭建霞望着来人，一时没认出来。

"郭总，你不认识我啦？我是宁丽啊。"来人说。

"哎哟，你是宁丽啊，怎么变化这么大，都认不出来了，快坐快坐！"郭建霞认出来了，来人叫宁丽，安徽来安县人，两年前曾在她的饭店打过工。

郭建霞记得，宁丽在饭店打工期间，经人介绍认识了南京浦口的小伙子王某。没过几个月，宁丽就辞去了饭店的工作，与王某结婚成家了。

当时郭建霞问宁丽："怎么认识才几个月就匆匆嫁人呢？"宁丽说出的嫁人理由极简单："因为他家有房子。"

郭建霞曾经去过宁丽的家，一家四口人，只有两间又破又旧的老房子。也因为家里太穷，宁丽初中没毕业就辍学到了南京打工。

再见宁丽，郭建霞心里涌起一股酸楚。

原来长相挺端庄的宁丽二十出头，比郭建霞小很多。虽然只有两年没见，郭建霞却感觉她老了很多，变化很大，以至于她站在对面猛一下竟没有认出来。

毕竟宁丽在饭店工作过好几年，郭建霞又是端茶又是倒水，好不热情。

"郭总，你们饭店还需要人吗，我可不可以再回来打工？"

"什么郭总郭总的，还是叫郭姐吧。怎么你又要回来打工呢？"郭建霞问。

"我孩子住院了。"宁丽说。

"你有孩子啦，男孩女孩？多大啦？孩子怎么住院了呢？"郭建霞性子急，一连串地问道。

"是女儿，九个月了，叫晨晨。"

"孩子在哪？谁带呢？"郭建霞再问。

"孩子在医院住院了，我妈带着的。"

"那你老公呢？"

"我们离婚了。"

"哎哟，你这才结婚几年啊，孩子这么小怎么就离婚呢？"

"唉，因为，因为孩子……"

"因为孩子？孩子怎么了？"郭建霞一头雾水，接着问。

谁知这一问，宁丽"哇"的一声哭了起来。

"哎哟，好妹妹，别哭别哭，你这是怎么了，跟姐姐说说。"郭建霞很怕见别人哭。

宁丽抽噎半响，终于平静下来，向郭建霞道出了原委。

原来，宁丽本想找个城里富裕人家，跳出"农门"。王某虽家在浦口，但毕竟与南京市区仅一江之隔，家里又有房子。所以，尽管两人恋爱时间不长，宁丽还是刚二十岁就把自己嫁了。

结婚后，宁丽才知道，王某家除了有三间新房子，经济并不宽裕，而且为盖房子还欠下了几万元的债。

宁丽也没后悔，她想，既然嫁了就好好过日子。

2013年8月，宁丽生下了女儿晨晨。

晨晨眼睛大大的，看着挺招人喜欢。

不过，宁丽很快发现晨晨有点奇怪，经常感冒咳嗽，嘴唇绀蓝，一哭便全身乌紫。而且，不知道是怎么回事，晨晨的身体看上去一直没有长。

家人不放心，让他们小两口带孩子去医院做了检查。

这一检查，让全家傻了眼：晨晨患有先天性心脏病。而且，医生告诉他们，晨晨心脏上有两个洞，一个在心房，一个在心室，是先心病中常见的房间隔缺损和室间隔缺损，需要到城里的大医院做手术。

房间隔与室间隔缺损是左右心房和左右心室之间的间隔发育不全，遗留缺损造成血流可相通的先天性畸形，有的婴儿于出生后一年内并发充血性心力衰竭，婴儿如有药物难以控制的心力衰竭及顽固性反复性肺炎，就应手术。

宁丽一问，手术费要好几万，他们拿不出钱，只能把孩子抱了回来。

小王的家人对宁丽生了个女儿原本就很不高兴，现在孩子又得了先天性心脏病，听说手术费用要好几万，脸色就阴沉下来了。

由于晨晨时常感冒发烧，每次送到医院打针、吃药、挂水，都得几百上千元，这对于本来就入不敷出的王某家来说，负担是可想而知的。

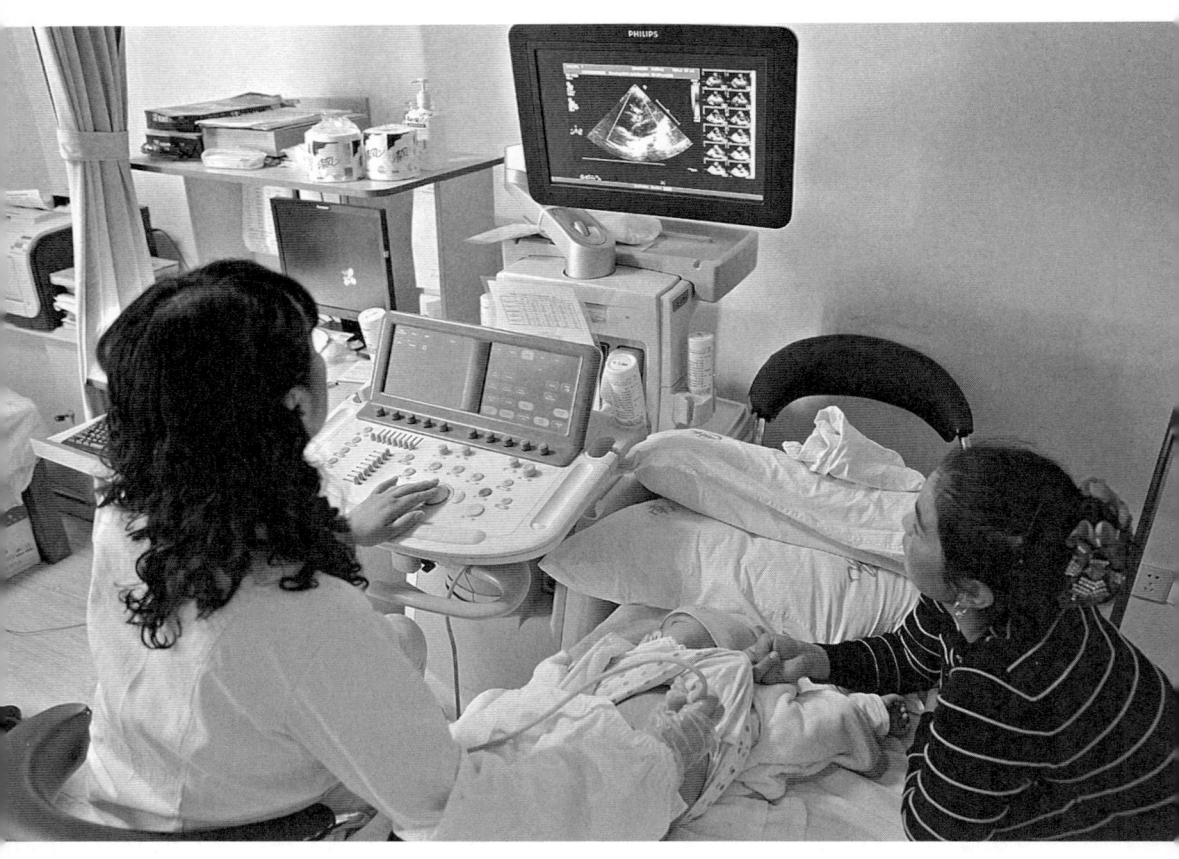

只要早发现、早诊断、早治疗，大部分先心病患儿都能通过手术恢复正常的心跳。

自晨晨查出先天性心脏病，宁丽的丈夫王某便开始埋怨，夫妻俩经常为点小事闹矛盾，争吵赌气，后来王某不仅不设法筹钱给孩子动手术，还整天泡在网吧里，对孩子不管不问。

　　无奈之下，宁丽在晨晨三四个月大的时候和王某离了婚，把晨晨带回了安徽老家，发誓要挣钱给女儿做手术。

　　宁丽让自己的妈妈帮忙照看孩子，自己则到县城饭店继续打工。可在小县城里打工，每个月工资只有2000元，要给晨晨买奶粉和尿不湿，还要看病，全花在她身上也不够。

　　时间一天天过去了，晨晨的生长发育缓慢，不长个儿，都九个月了，连牙都没有长。

　　宁丽开始着急了，决定带她到南京的大医院再检查看看，她一下子就想到了自己在南京打工的"小辣子村"饭店附近的南京医科大学二附院。

　　宁丽与母亲抱着晨晨来到了南京。

　　巧的是，二附院引进了心外科博士李庆国，他刚刚组建了心外科团队。

　　心外科医生检查后发现，当初晨晨心脏上的两个洞，其中的房间隔缺损已经长好了，但还有一个室间隔缺损情况比较严重，洞大了许多。动脉的血跑进了静脉，产生巨大的压力差，若不及时手术封堵，缺损越来越大，就会失去手术机会，危及生命。

　　宁丽问了医生，光孩子的手术费用就需要25000元，到哪里去弄这25000元钱给孩子做手术呢？

　　绝望中的宁丽想到了"小辣子村"饭店，她想央求郭建霞能让自己再回饭店打工，挣够给孩子手术的钱。

　　"宁丽，孩子的病耽搁不起，手术要紧，25000块钱我给你。"郭建霞对宁丽的处境深表同情，看着愁眉苦脸的她，爽快地说。

　　"这，这，这怎么好啊？"宁丽很不好意思。

　　"没关系，谁没有穷的时候，我小时候家里也是很穷的。"郭建霞真诚地说。

　　"那，那老板会同意吗？"宁丽担心郭建霞的爱人不同意。

　　"他也是从农村出来的，过过苦日子，知道没钱的难处，他会同意的。"

郭建霞说。

想了想,郭建霞接着说:"听说二附院来了个能做心脏手术的专家,技术很厉害。我来给你找个人,就在二附院手术吧,医院靠近我们饭店,给孩子弄点好吃的也方便。"

郭建霞拿起手机拨通了一个电话。

郭建霞要找的这个人叫张国强,是二附院宣传科的副科长,也是一位临床医生。郭建霞与张国强的爱人算是"产友",那年她生孩子,与张国强的爱人同住一间产房,就这样两家人成了朋友。

张国强已近四十岁了,长着一张娃娃脸,看上去还是个毛头小伙子。他出生在镇江丹徒,小时候家境贫困,也属于"穷人的孩子早当家"。

工作后的张国强刻苦努力,不仅考取了执业医生资格,而且文章和书法也写得很棒,成为二附院的"秀才"。

难能可贵的是,张国强一向有爱心、有热血、有情怀。

在贵州偏远山区有一所小学,一位独臂校长带着十几个学生。独臂校长的心愿是能像其他学校一样每周升国旗,让孩子们从小有国家意识,但学校没有升国旗的标准旗杆。旗杆网上有得卖,要1000元,他们买不起。

张国强在网上看到这个帖子后,以"南京医生"的名义汇了1000元钱,委托当地教育局买了标准旗杆送了过去。

听说"小辣子村"饭店昔日员工离婚后经济陷入困境,无钱给先心病女儿做手术,老板娘慷慨解囊自掏25000元给孩子治病的经过,张国强很是感动,二话没说,立即找到李庆国团队的心血管外科护士长汪露。

有着近二十年"护龄"的汪露心地善良,更容易感动,听说此事后,马上向科主任李庆国做了汇报。

李庆国是无影灯下以精巧双手在毫厘之间架起生命之桥的心外主刀医生,是绿色通道旁匆匆而过的身影,也是休息片刻时说起女儿便莞尔一笑的父亲。

或是每天待在手术室少有日晒雨淋的缘故,李庆国皮肤白晰,眼睛不大,却满是憨厚、真诚与智慧,爽朗的神情之中透出热情,说话面带微笑,给人一种踏实、放心的感觉。

"哦，这个老板娘乐善好施，品德高尚，值得学习。我们马上安排手术，你告诉她，孩子是单亲家庭，生活困难，我们也要帮助他们，对孩子的住院费、护理费、手术费等，能减免的尽量给予减免。"李庆国毫不犹豫地说。

宁丽和母亲听到这个消息，感动得抱头痛哭。

晨晨很快被送进了手术室，李庆国亲自给晨晨进行了室间隔缺损修补术。这个手术对于李庆国来说轻车熟路，不在话下。

晨晨的先心病很快痊愈，宁丽一颗悬着的心放了下来，紧皱的眉头舒展了。

李庆国说到做到，晨晨出院的时候，二附院对她的5000多元住院费、护理费、手术费等费用全部减免。

更让宁丽开心的是，郭建霞理解一个单身母亲的艰难，满足了宁丽回饭店工作的愿望，宁丽又回到了"小辣子村"。

人间自有真情在。

故事皆大欢喜，本来到此也就结束了。

让大家没想到的是，正是这个故事，催生了一个关爱贫困家庭先心病患儿（者）的"心佑工程"。

张国强颇具新闻敏感性，他觉得郭建霞古道热肠、侠肝义胆，自掏腰包帮助前员工的孩子做先心病手术，体现了人间真情大爱，很有新闻报道的价值。于是，他拨通了当时南京日报社龙虎网新闻部主任周桂华的电话。

记者出身的周桂华自然不会放过这一新闻，即以"仗义老板娘慷慨解囊出钱救治先心病患儿"为题撰写了报道。这篇报道经龙虎网独家发布后，立刻在石头城泛起一片爱的涟漪。"南京发布"等官方微博纷纷转发，众多网友为其点赞，对郭建霞的举动表示敬佩。

滴水之爱暖人心，寸草之心三春晖。

从"倒霉蛋"到"幸运儿"

这一天,李庆国刚到办公室,手机铃声便响了。

"喂,庆国吗?"电话里传来母亲的声音。

李庆国是母亲的骄傲,母亲知道儿子是心脏外科医生,天天有手术,工作时间一般不给儿子打电话。

"我是庆国,妈,您有什么事?"李庆国是个孝子,母亲这么早打电话来,一定有事,他忙问道。

"庆国啊,咱们村里于大雄的儿子于小军先天性心脏病好多年了,家里穷没钱治,快不行了,你救救他吧!"母亲央求道。

李庆国自小读书,十五岁考上盐城卫生学校后,一直在外求学、工作,逢年过节回村里看望父母家人也是来去匆匆,对村里的事知之甚少。

母亲口中说的于大雄,李庆国虽依稀记得有这么个人,但对他家的情况和患先心病的小军没有印象。

既然是先心病患者,又是同村的,还是母亲亲自拜托的,李庆国马上说:"您让他们来找我吧!"

两天后,李庆国在二附院大门口接到了于大雄父子。

于大雄五十出头,皮肤黝黑,满脸皱纹,头发稀疏,看上去十分苍老。他的儿子小军只有十五岁,嘴唇乌紫,面色苍白,毫无血色,一看就知道是先心病患者。他个头瘦小,身高不足1.5米,弱不禁风的样子让人担心,似乎一阵风就能将他吹倒。

李庆国先给小军做了检查。

虽然母亲已说过小军病得很重,但李庆国看了检查结果还是愣住了。

正常人有左心房、左心室和右心室、右心房。身体内的静脉血带着全身各部位的代谢物和二氧化碳,通过许许多多条静脉回到右心房,然后到达右心室,把血泵到肺部,在肺部把二氧化碳呼出去,将氧气结合到血液中,有氧的血液通过肺动脉导管回到左心室,并通过左心房动脉导管把血泵到全身。而小军却只有单心室、单心房、共同房室瓣。

像小军这样的病情,在五岁前手术治疗效果比较好,可现在他已十五岁了。就像一台漏油的需要修理的汽车在高速公路上跑了十几年，已到了极限。小军早已错过了最佳手术时机，只能进行姑息手术，而且需要不止一次的手术才能延长他的生命。

李庆国对小军的病情感到十分惋惜，医生的职业习惯使他忍不住责问于大雄："你孩子病得这么重，早就该发现了，为什么不早点带他到医院手术啊？"

"孩子心脏病早知道了，可我家里老母亲八十七岁了，有哮喘，我要照顾儿子，还要照顾老母亲，我没办法！"于大雄吞吞吐吐，唉声叹气，脸涨得通红。

"他妈妈呢？"

李庆国这么一问，于大雄的眼泪一下就滚出了眼窝。

"孩子查出病时他妈就走了！"于大雄垂下了头。

李庆国通过母亲了解到于大雄一家的境遇。

在村里，于大雄家原本并不穷。自从父亲去世后，母亲患了气管炎、哮喘，又盖了两上两下的房子，欠下账，日子便紧巴起来。

因为穷，于大雄家几年前砌的房子至今没有粉刷；因为穷，他过了而立之年说不上媳妇，在他们那儿这么大年纪还娶不上媳妇，差不多就要打光棍了。

于大雄还算有姻缘，到了三十五岁，经人说媒找了个姑娘结了婚。成了家的于大雄本来也有梦想：自己没文化，却有力气，农忙的时候种种地，农闲的时候出去打工，挣点钱贴补家用，把小日子过好。

第二年，媳妇就给他生了个儿子，一家人自然是开心的。

可是，小军生下来后不久，他们发现他浑身发紫，嘴唇绀蓝，时常感冒。

于大雄没有什么医学常识，当地医疗条件也有限，他们只以为孩子身体弱，每次感冒发烧，都是找乡村医生开点药、吊瓶水。

小军五岁那一年，因为走得急了，"扑通"摔了一跤，一头栽在地上口吐白沫，不省人事。夫妻俩吓坏了，赶紧将孩子送到县医院抢救。

孩子虽抢救过来了，但医生告诉他们，孩子患有先天性心脏病，与生俱来的，而且挺严重，要尽快手术，否则活不长。

一打听，小军的病得送去大城市的医院手术，要花十几万元。

家里本来就不富裕，还有一个患病的老人，外面欠着账，到哪里弄钱给孩子做手术呢？夫妻俩愁眉不展，回到家两天没说上一句话。

第三天，小军的妈妈借口说出去一下，离开了家。这一走就没有再回来。

小军哭着喊着要妈妈，于大雄只得抱着孩子找到小军妈妈的娘家，可是人家大门紧闭，根本不让他们进来，他只好又把孩子带回来。

母亲上气不接下气的哮喘，孩子沙哑的啼哭，让于大雄心烦意乱。他觉得日子没法过了，实在坚持不下去，就动起了歪脑筋。

那天，于大雄把小军带到离家十多里路的一个集镇上。

望着熙熙嚷嚷赶集的人流，于大雄让小军坐在一个小摊贩的摊子前，对他说："爸爸去给你买吃的，你在这儿等着我。"说罢就离开了。

小摊贩忙着做生意没有在意。

于大雄想，小军毕竟是男孩，虽然有病，但一定会有人家收养，给他治病的。

丢下小军，于大雄独自回到家。母亲不见孙子，就问："小军呢？"

于大雄吞吞吐吐不敢说出实情，只说上街走丢了。

"孩子走丢了不去找回来，自己跑回家？"在母亲的再三逼问下，于大雄只得道出了实情："咱家没钱给小军做手术，他活不长，我将他放在街上，那么多人，肯定会有好心人把他带回家，给他治病。"

老母亲大骂"孽子"，气得直跺脚，坚决要他去把儿子找回来。

无奈，于大雄又赶到那个集镇。

此时，集镇早已下市，哪还有儿子的影子？

于大雄想，兴许儿子已经被好心人收留，送他去医院了。于是，他闷着头又回来了。

可是，于大雄刚回到家门口，就听见一声"爸爸"，儿子小军竟然自己回家了。

小军见到爸爸，跌跌撞撞，从家里跑出来，扑进他的怀里。

原来，于大雄丢下儿子独自离开后，听话的小军就傻傻地坐在摊子前

父亲外出打工，获得心佑工程免费救治的于小军与年迈的奶奶相依为命。

第二章　心的呼唤

等爸爸。

一个孩子坐在自己摊前不动，小摊贩有些莫名其妙，问他叫什么，爸爸妈妈呢，怎么坐这儿，小军只说"等爸爸"。

小摊贩要收摊了，仍不见有大人来接孩子，无奈，只好报了警。

警察见了小军，从他的只言片语中，查到了孩子的情况，就将小军送回了家。

于大雄见此情景，又羞又愧，赶紧伸出双手，将小军揽在怀中。

望着又羞又愧的儿子，看看茫然无知的孙子，小军的奶奶抹着老泪，说："穷归穷，病归病，自己的亲生骨肉不能丢。留着吧，小狗小猫都能活，就当小狗小猫养着吧。"

"唉，这个倒霉蛋真是要我的命哟！"于大雄连声哀叹，无可奈何。

这以后，于大雄再也没动过丢掉小军的歪主意。

家里只有一亩多地，只能收点口粮，老人、孩子看病都得要钱，于大雄只得离开家，外出打工。

小军基本上跟着奶奶生活，虽然没有饿着冻着，可是他的先心病也一直没能得到手术治疗。

随着年龄的增长，小军的病一天比一天严重，三天两头感冒发烧，多走几步路便气喘吁吁。

起先，小军发病时，于大雄在家还能将他送到乡村医院、卫生所，后来于大雄不在家，小军发了病，奶奶送不了，就只能自己忍着。

疾病的折磨导致小军身体发育迟缓，十五岁的他看上去要比同龄人至少小三四岁。

就在前不久，小军因为一口气憋住没过来，倒地抽搐，大家都以为他这次没救了，没想到过了一会儿，又有了呼吸。

经过检查，李庆国发现小军的先心病是一种比较少见的心脏畸形。如果不治疗，自然寿命较短，很可能会因为心力衰竭和心律失常而死亡。

类似情况在临床上患者平均寿命仅有十八到二十岁。

患有这种先天性心脏畸形，虽有可能存活十八至二十年，但会伴有严重缺血、缺氧的症状。随着年龄增长，缺血、缺氧症状逐渐加重，严重影响孩子的生长发育，若不及时治疗，大多无法存活至成年。

长期的先心病已经导致小军哭吵时气急、紫绀和杵状指、趾，出现了一系列的并发症，心衰的症状很明显，这种情况必须马上进行姑息手术。

姑息手术虽然不能根治，但可以延长生命，手术效果好，能够大大改善孩子的生存质量，而如果不及时手术，小军的心脏恐难以继续维系生命。

李庆国知道，小军这个手术风险非常大，死亡率可能在50%以上。尽管于大雄再三保证手术出现任何情况，他们都认了，不会找医院，更不会找李庆国的麻烦，但毕竟是一条生命，又是同村的孩子，李庆国的压力很大。

这样的病别说病人家里没钱，就是有钱，一般的医院也不会收治的。

不仅如此。这是一个大手术，怎么也要十多万元。

可是，于大雄掏空口袋，全部家底只区区3000多元，可谓杯水车薪，就连手术期间父子俩的吃喝拉撒也不够。

凭临床经验，李庆国对手术还是有信心的，手术的风险可以承担，但这一大笔费用怎么办？

市场经济下，极少有医院愿意让病人赊账做手术的，何况是一个显然付不起手术费的贫困家庭，一个需要十几万元并存在很大风险的手术。

"不管怎么样，先救人再说！"李庆国毅然做出决定。

李庆国为小军制定了一个非常完善的手术方案。

小军被推进了手术室。李庆国亲自为他做房室瓣置换+Glenn手术。

切开前胸，小军畸形的心脏出现在李庆国的眼前，他要对其将要报废的心脏进行大修。

人工心肺机开始替代小军的心脏跳动，小军的心脏跳动暂停。

如果手术完成，人工心肺机停不下来，小军就下不了手术台。这样的病人，这样的手术，这样的结果，在医学上也不算是意外。

整整六个小时，手术完成了。

李庆国开始复苏小军的心脏，同时停止人工心肺机的工作。

成功了！小军大修过后的心脏恢复了正常的跳动。

李庆国和助手们一阵欣喜。

小军原本单心室、单心房的心脏改变了，鲜红的血液欢快地在他的心脏里有序地流淌着，小军绀蓝的嘴唇也变为粉红。

小军从手术室转进重症监护室。作为危重病人，他必须要经过重症监护，没有问题才能转入普通病房，再经过相当一段时间的精心护理，才能康复。

欣喜过后的医护人员发愁了，小军的医疗费算一算得十几万元，手术费、护理费都可以作为义务劳动免除，但材料费、药费等怎么着也得8万元，这也不是小数目呀！

"小军从小母亲出走，没有享受过母爱，又多年被疾病所折磨，非常可怜。而于家上有老下有小，小军奶奶年老又有病，生活不容易。我们得想办法帮助他们。"李庆国首先表态。

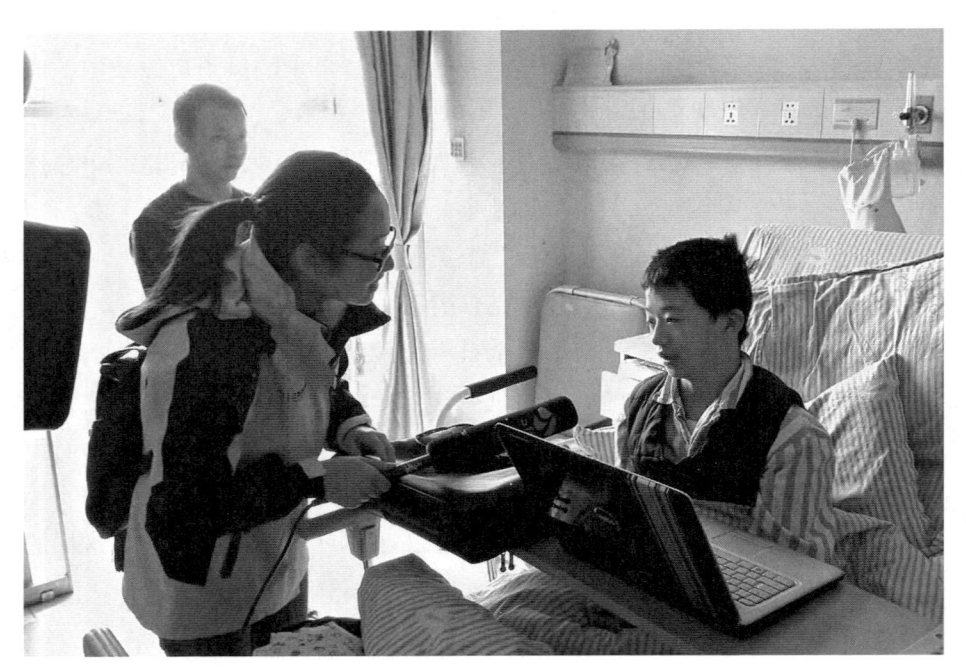

记者采访手术后的于小军。

"虽然是市场经济,但我们这个社会有爱,热心慈善事业的人很多,我们发动朋友圈一起来献爱心吧!"汪露说。

小军家的情况很特殊,需要大家帮助,怎么才能让热衷慈善的爱心人士了解小军的情况呢?

正当李庆国、汪露他们为小军的手术费用发愁的时候,张国强、周桂华来了,他俩带来一个消息让他们喜出望外。

"告诉你们一个好消息,上次我们在媒体上报道了'最美老板娘'帮助员工孩子完成先心病手术的事迹后,周桂华接到一位马先生的电话。马先生说,他愿意出资帮助救治10个贫困家庭的先天性心脏病孩子,让他们有正常的生活。"张国强兴奋地说。

10个贫困家庭先心病患儿,救治费用怎么着也得几十万哩!

"太好了!"汪露听到有人愿意救助先心病患儿,高兴地差点跳了起来。

周桂华说:"龙虎网的爱心人士马先生看到本网关于'最美老板娘'帮助员工孩子做先心病手术事迹的报道后,非常感动,想尽自己的一份力去帮助更多的先心病儿童。为此,他决定与龙虎网和你们医院一起开展此次活动,拿出钱帮助10个看不起病的贫困家庭先心病患儿。"

周桂华补充说:"马先生有一个条件,他不愿意让大家知道他的姓名、单位和住址。"

"哦哦,这马先生真好,没问题!"汪露一脸灿烂,立马保证。

李庆国说:"不管马先生是什么人,他能拿出资金救助贫困家庭先心病患儿,品德高尚,我们共同制定一个贫困家庭先心病患儿救助计划。为了多救几个患者,我们手术、护理等所有的人工费免收,就当大家捐款了!"

就这样,于小军成了被救助的第一个幸运儿。

经过一段时间的护理后,小军病好了,可以出院了。

周桂华特意来到医院,问小军此时有什么愿望。

小军想了想说："我想要一台电脑，旧的也行，只要能用。"

"为什么要电脑？"周桂华问。

"有了电脑以后学习上遇到困难就可以上网查资料了。"小军说。

周桂华当天晚上将小军的愿望做了报道。南京市民纷纷献爱心，一下送来好几台电脑。周桂华帮助小军选了一台七成新的电脑。

小军的愿望实现了。

小军痊愈，就要告别医院了，汪露给他们父子订了返程票。

于大雄接过回程的车票，双眼含泪，一时竟不知如何表达内心的感激和感动。

小军则抬起头，认真环视着住了一个月的病房和病区的医护人员，依依不舍，反复念叨着："谢谢叔叔，谢谢阿姨！"

心的希望

就在于小军得到马先生救助的同时，2014年6月4日，由李庆国、汪露、张国强、周桂华商议拟定的一个"心的希望——先心病患儿免费救助"启事，通过李庆国团队医护人员的朋友圈，通过龙虎网发布出来。

南京医科大学第二附属医院、龙虎网与爱心人士马先生成立的"龙马爱心资金"为10名符合条件的江苏地区贫困特困家庭先心病患儿手术（含于小军）提供全额费用支持。

征集对象及报名条件：

1. 江苏城乡低保或贫困家庭；

2. 经县级以上医院确诊为室间隔缺损、房间隔缺损、动脉导管未闭、法洛三联症、法洛四联症的先心病患儿；

3. 体重在5公斤以上的幼儿及儿童；

4. 报名者自愿提出申请，提供医院确诊病历、贫困证明、户口证明等相关书面材料，可以直接到南医大二附院心血管外科门诊报名。

南京医科大学第二附属医院、龙虎网与爱心人士马先生成立的"龙马爱心资金"为10名符合条件的江苏地区贫困特困家庭先心病患儿（含于小军）手术提供全额费用支持。由此，李庆国团队发起"心佑工程"。

公开征集需要救治的贫困家庭先心病患儿，虽然名额有限，但这个爱心行动在社会上迅速涌动和传递。

"心的希望——先心病患儿免费救助"启事一经发布，立即有众多先心病患儿家庭报名，请求为孩子进行手术救治。

为了确保救助款切实高效地使用，龙虎网与马先生及南医大二附院的医生共同把关，根据患儿家庭提交的材料，多方核实后，筛选出最终救助名单，最大限度地保证只有贫困患儿才能够得到救助。

继于小军之后，第二个获得救助的先心病患儿是来自盐城的六岁男童小海明。

龙虎网记者周桂华向我讲述了小海明的故事。

小海明在两岁时被查出先心病，因家庭贫困一直没有进行手术。

小海明的父亲名叫李张飞，时年四十二岁，是盐城滨海县乡下的农民，靠种几亩田和做瓦工为生。李张飞在三十六岁时，与比自己小十多岁的邻村女子结婚。妻子不会说话，是残疾人，一直需要人照顾。

小海明被诊断出先心病后，李张飞没有经济能力给儿子做手术。小海明因患先心病没有上幼儿园，甚至不能入学，六岁了体重只有 19 公斤。热心邻居筹借了 5000 元让李张飞来南京给小海明手术。

李张飞带着儿子赶到南京，住进了南医大二附院。医生诊断后发现小海明为法洛四联症，病情较重，需通过手术加宽主肺动脉和左肺动脉，跨瓣环补片并用自体心包制作单叶肺动脉瓣，流出道用补片加宽。这是一种根治手术，恢复好了将来就是一个正常人。

手术费用需要 5 万多元。

而李张飞只有邻居们筹借的 5000 元。

陪同小海明来南京手术的还有爷爷。

住院期间，为了省钱，爷孙仨就吃方便面。后来，小海明的父亲在距医院门口步行十多分钟的一个巷子里发现了价格比较便宜的面条，每碗 4 元，而别的地方都要十几元一碗。于是，他每顿饭买两碗面条，先给小海明吃，吃不完的他们父子再吃。

李庆国决定先给孩子做手术。

手术很成功，小海明恢复得也很顺利。

但是，小海明治疗费用账单越拉越长，越欠越多。

正当小海明一家一筹莫展时，护士长汪露突然一脸微笑地走进病房，告诉他们，他们的家庭符合"心的希望——先心病患儿免费救助"项目条件，小海明的治疗费用全免啦！

周桂华说，李张飞和他的老父亲听到这个消息时，两个爷们热泪直流，已无法形容他们当时感激的心情。

2011年，江苏省泗阳县的一对"90后"恋人许春与李瑶结婚了，虽说家庭条件一般，但是小两口日子过得很甜蜜。

随着一双儿女出生，家庭的负担也变重了，不过儿女双全，许春与李瑶夫妻俩觉得苦也值得。

儿子小睿出生时并没有异样，五个月的时候咳嗽多日不见好，许春与李瑶夫妻抱着小睿来到当地医院，竟被查出患有先心病。

许春父亲去世后，母亲身体不好，无法干活，家里日子过得很紧，李瑶娘家也不富裕。看着孩子日趋严重的病情，小夫妻着急得像热锅上的蚂蚁。

由于还有一个两岁大的女儿，小睿又有先心病，李瑶只能在家照顾两个孩子，没办法出去工作。

要给儿子治病，又要管妻儿生活，许春在建筑工地上打了两份工。

一年后，许春夫妻俩好不容易攒了20000元，以为可以给儿子手术了，带着儿子来到南京某医院。医生告诉他们，小睿的病情比较严重，手术费要5万多元，而且医院经过检查，发现小睿不仅有心脏病，还有先天性白内障。

许春夫妻俩一共就只有20000元，付不起手术费。如果等待打工挣钱，至少又得一年。担心儿子病情加重，失去手术机会，为了救儿子，小两口甚至想到，实在不行，就坐在医院门口求助好心人帮忙……

就在这时，小两口看到了"心的希望——先心病患儿免费救助"启事。开始，他们不敢相信有这样的好事，但救子心切，还是将信将疑地把小睿带到了南京医科大学第二附属医院心血管外科。

医护人员在详细了解情况并经过确认后，认为小睿符合龙马爱心资金对先心病儿童救助的要求，决定给予全额资助，不仅帮小睿修补破损的心，还要为他做白内障手术。

许春与李瑶得知这一消息，顿时喜出望外，热泪滚滚。

接着，因家庭贫困患先心病三年未治的盐城男童石小明等，也接受了"心的希望——先心病患儿免费救助"的免费救治。

很快，由马先生出资的"心的希望——先心病患儿免费救助"的10个江苏地区特困家庭先心病患儿手术完成了。

此时，报名渴望获得救助的先心病患儿越来越多，而且，河南、山东、安徽等地的患儿家庭也来恳求救助，有的甚至打来电话，找上门来，请求帮助。

可谓"都来此事，眉间心上，无计相回避"。

老教师的三个鞠躬

冬日阳光细微，从漫天的白云间洒下来，落在南京医科大学第二附属医院17楼的病房玻璃上，落在病床上，折射到楼道。

午饭的时间到了。

"7号床病人家属，你们订的一份炖鸡蛋，请来拿。"送餐的工作人员吆喝着。

"哎，来了。"坐在病房走廊墙角椅子上的一位年逾古稀的老者，放下手中的茶缸，撑着椅把站了起来走过去。他取了餐，推开病房门，走到7号病床前，将饭盒递给了一个中年男人。

"周菊，坐起来吧，吃饭了。"中年男人对躺在病床上一位病恹恹的女子说。

女子虽羸弱，脸颊却被窗外的阳光照得绯红。

古稀老人放下饭盒，弯腰从病床的床头柜下面拖出一只旅行袋，打开拉链，从里面拿出一个装食品的塑料袋，走回到原来放着茶缸的楼道一角。

老人一边扯开塑料袋，从里面拿出一张煎饼，一边拎起放在椅子旁的热水瓶，给茶缸里倒上白开水，而后蹲在地上，就着开水吃起了煎饼。

可能是煎饼放的时间长了，也可能是人老了牙口不好，老人嚼得很费劲，额头上的青筋都凸了出来。

不一会，病房里的中年男人走了出来，他径直走到老人跟前，也从塑料袋里扯下一张煎饼，又从另一个小塑料袋里拿出两根萝卜条卷了进去，也蹲在一边啃了起来，与老人一样，一口煎饼，一口开水。

刚打完饭的其他病人家属边吃饭边聊着什么，并没有在意这一对啃着煎饼喝着开水的父子，似乎已经习以为常。

"护士长，7号床病人家属，那位老爷爷和他的女婿又在吃煎饼，喝白开水呢！"护士吕家梅从病房回到办公室，对护士长汪露说道。

"我知道，他们一日三餐煎饼开水，已经十二天了。而从住院到现在

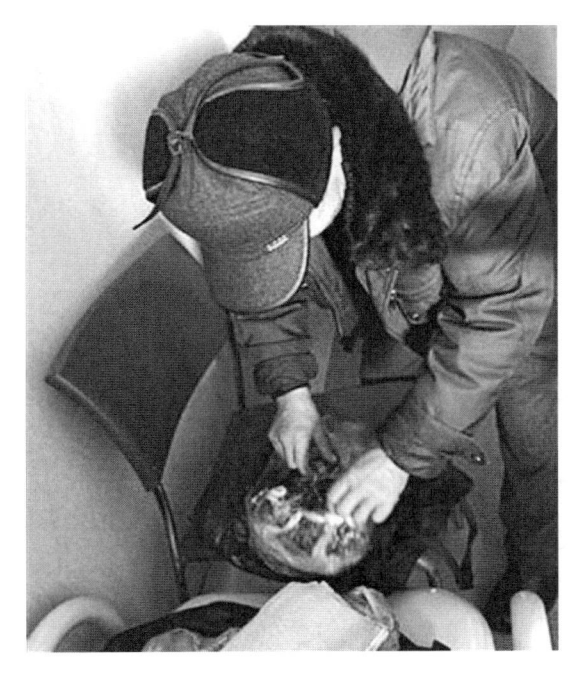

退休的老教师为了省钱给女儿做手术，平时只吃煎饼就咸菜，喝白开水。

只穿一身衣服，都没换过哩，唉！"汪露边说边叹了口气。

汪露与他们交流过，了解到一些情况。

这家人来自徐州某县，老人叫周仕，已经七十三岁了，曾经是新沂草桥镇大头村小学的一位民办老师。老人在三尺讲台上站了三十八年，据说退休前才转正，如今退休十多年了。

老人有三个女儿、一个儿子，躺在病床上的是他三十六岁的小女儿周菊，中年男人是他的女婿、周菊的丈夫。

周菊刚出生的时候，还算正常，只是时常感冒发烧。周仕天天忙于教书，只以为孩子身体弱，抵抗力差，并没引起重视。

由于当地医疗条件和医生水平有限，周菊每次感冒发烧时，也见医生戴着听诊器在她胸口上听，也有中医捏着她的手腕把脉，但都没有查出周菊究竟是什么病，要么开点药，要么挂两瓶水，治疗方案都差不多。

直到周菊即将小学毕业的时候，一次体育课上突然晕厥了，送到县城医院抢救，医生才诊断出她患的是先天性心脏病，叮嘱她往后不能剧烈运动。

那时的医疗技术水平对先心病治疗也没有太好的方法，即便是省城的大医院也很少能治愈。

县城医院的医生虽能查出先心病，却无能为力，能帮助患者的，除了开点药，就是无关痛痒的一句"不要剧烈运动"的叮嘱。

在苏北，孩子中最小的最得父母疼爱，称之为"老儿子、老闺女"，是掌中宝。

老闺女得了这么个大病，让周仕夫妻心痛不已，两口子怨恨自己粗心大意，没有在小时候就带她去大医院检查治疗。

为了给女儿治病，每年寒暑假，周仕什么也不干，都要带周菊去北京、上海、南京等大城市大医院求医。

让他失望的是，一些大医院不肯收治，医生告诉他，这个病只有在五岁前做手术才有希望，现在错过了最佳手术时机，手术风险很大。

听到这个消息，周仕很绝望。

每次看到女儿发病时，上气不接下气，一口气憋在那里要死要活的样子，周仕就心如刀绞。

虽然大城市大医院的医生直接告诉他，女儿已经失去了手术机会，治愈不了，但他依然没有放弃，每年仍利用寒暑假带她奔走于各大医院。

周仕有个小本子，专门记录了这么多年，他们跑了多少地方，去过多少医院，看过多少医生。平日只要听到哪里能够救治先心病，哪儿有专家，哪有偏方，他从不犹豫，想方设法赶过去。

周仕一直是民办教师，收入不高，那点工资根本不够女儿看病花销的。一家人省吃俭用，周仕烟酒不沾，一两茶叶舍不得买，一件衣服要穿好多年。

看不好女儿的病，只能悉心照料。

三十多年来，周菊每次发病，都在死亡线上挣扎，周菊准备放弃的时候，周仕会用充满父爱的眼神看着她、安慰她、鼓励她，给她活下去的信心和希望。

父爱是一道光辉。

周菊在父亲的精心呵护下带病成长，后来结了婚，生了孩子，还活了这么久，医生都感叹生命力的顽强。

风吹草易折，弱极却不死。

尽管如此，周仕仍觉亏欠女儿太多。

退休后的周仕更是倾尽全力，想方设法让女儿生活质量更高一些。

周菊的心脏病患病时间较长，出现了并发症，主动脉瓣、二尖瓣与三尖瓣都出现了严重问题，瓣膜的关闭不全导致心脏无法正常工作，头晕、心慌、恶心、呕吐的症状越来越重。

周菊之前还能做简单的家务，到后来连走路的力气也没有了，每天只能躺在床上，过去服用的药物作用越来越小，生命之光越来越暗淡。

女儿受折磨，周仕的心像刀锉一般。他知道难过没用，着急没用，唯有去治疗！

一个偶然的机会，周仕打听到南京南医大二附院有个叫李庆国的专家，心脏外科手术水平很高，他抱着试试看的心理与李庆国联系上了。

李庆国看了周菊的病历，了解了她的病情，知道她的手术时机已经被耽误了，肺动脉高压导致心力衰竭，随时都有可能出现无法挽回的意外。

"手术虽然有很大风险，但手术成功可以大大改善周菊的生存质量，延长寿命。"李庆国对周仕说。

李庆国的话给了周仕很大的信心，也使他知道抢救女儿生命的紧迫。

手术费用需要15万元。

周仕这么多年的工资，还有女婿打工、种地卖粮所得，连几个儿女的钱都用来给周菊治病了，家里没有钱，更没有余钱。

上哪去弄这15万元救命钱呢？

周仕想到了家中唯一的财产——他们住的房子。他决定把房子卖了，给女儿做手术。

周菊听说父亲要卖房子，死活不肯，坚决反对。

"你这个病再也拖不起啦，房子没了，可以想办法买，大不了租个小房子住，人没了就啥也没用了，生命重要啊！"周仕执意卖房。

好说歹说，最终商量了一个折中的方案，用房子抵押贷款，待病好了，挣钱还贷。

周仕决定亲自与女婿陪女儿前往南京住院手术。

15万元是女儿的救命钱，周仕与女婿商量，在南京吃喝花销大，为了省下钱给周菊手术，他们在家忙了一整天，摊了十多斤煎饼，装上一袋萝卜干就上了路。

到了南京，给周菊办了住院手续后，爷俩舍不得开间房，晚上与护士协商了就躺在楼道椅子上。一日三餐，只给女儿订了一份饭，保证她的营养，而他们爷俩就只吃带来的煎饼、萝卜干，喝白开水。就这样，从周菊住院的第一天起，周仕与女婿一日三餐就是煎饼就萝卜干喝白开水。

周菊心脏二尖瓣、三尖瓣主动脉反流严重，入院的时候情况危急，需要调理，具备手术指征后才能手术。

爷俩心里虽然很急，因为多住一天就多一天的开销，但他们理解，就这么默默地等着，一等就过去了十天。

"主任，7号床病人周菊家里太困难了，就订了一份饭菜给病人，爷俩天天啃煎饼、萝卜干，就白开水。病人父亲年已古稀，她丈夫正值壮年，

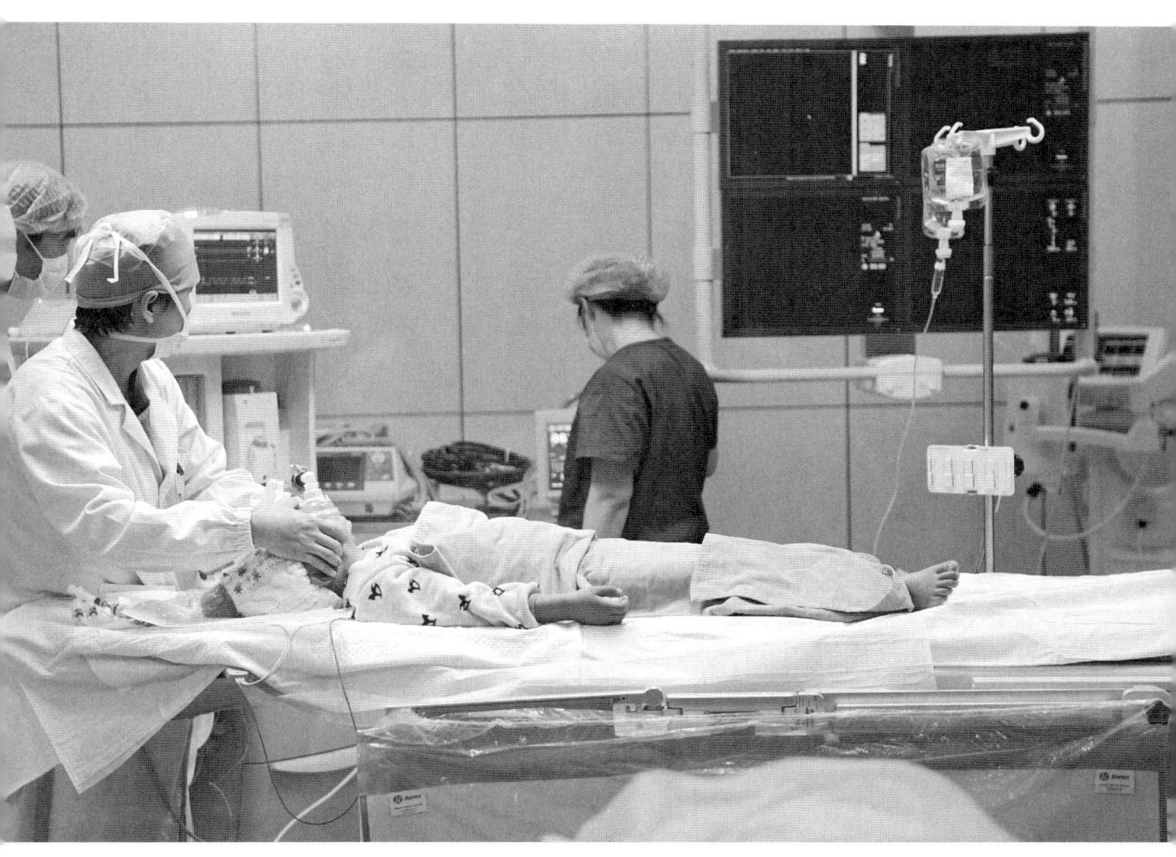

就我国目前的医疗水平和条件，先心病在大部分三级以下医院还无法医治，必须转诊省城或北京、上海等地的大医院。

天天这样怎么行呢？"汪露向李庆国汇报。

汪露知道，"心的希望——先心病患儿免费救助"活动开始后，马先生承诺救助的 10 个贫困家庭先心病患儿已经满员，可报名求助的贫困患儿家庭每天不断，她也知道李庆国是心外专家不是企业家，但还是忍不住向李庆国汇报了周仕一家的情况。

李庆国听后想了想，从口袋里掏出钱包，将钱包里的 500 元现金全部拿了出来交给汪露，说："周菊病了这么多年，耗干了这老教师家的积蓄，不能让他们爷俩每天总啃煎饼就白开水，我们要帮他们，我来跟医院申请，减免他们一些费用，同时科室里发动一下，力所能及帮他们一把。"

那会儿，二附院心外科组建时间不长，科里人还不多，但大家听说是帮助老教师，二话没说，你 200 元他 300 元，很快筹集了 5000 元。当天，汪露就代表科里的医护人员将 5000 元爱心善款交到了周仕手中。

汪露觉得，5000 元虽然能让周老师爷俩不再一天三顿啃煎饼就白开水，可是他们一家太困难了，这 5000 元远远解决不了问题。

如何帮他们多分担一些呢？

汪露想到了院里的"秀才"张国强和记者周桂华。

"对，请他们通过新闻媒体报道一下周老师家的困难，兴许能有更多的好心人伸出援助之手的。"汪露想。

张国强、周桂华不愧是汪露的好"哥们"，他们很快帮忙联系上了江苏广电总台城市频道的记者。

"老教师抵押房子，啃煎饼就白开水，省下钱给女儿做手术"的故事让城市频道的记者十分感动，当天就做了采访报道。

一位记者还将报道发到了他的朋友圈。

朋友们看了这个故事，纷纷捐款，表达心意，一天就为周仕一家募得了 6100 元爱心款。

一位家住江宁年已花甲的李姓阿姨看到报道，换乘了好几趟公交车，奔波了两个小时才找到医院，来到了病房，给周仕送来 500 元，还买了水果。

南京雨花小学一位三年级的女生听了父母说的周老师一家的故事，马上道："爸爸妈妈，我过年时有 2 万元压岁钱，本来要买新衣服的，都送给老爷爷，让他们渡过难关吧。"父母看到女儿有这份爱心十分欣慰，专门陪着女儿来到医院，将 2 万元送到了周仕的手中。

小女生的爱心行动引起了学校领导的重视，特别在学校电子屏幕上做了表扬，并号召全校同学向她学习，献出自己的爱心。

全校学生举行了一次爱心义卖，为老教师的女儿募集救助款。

就在周菊手术的当天下午，雨花小学三位师生代表将 10630 元爱心义卖善款送到了周仕手中。

周仕激动得老泪纵横。

……

周菊手术康复后，周仕向汪露请求联系上了雨花小学，做了一辈子乡村教师的他，要去向充满爱心的师生们表达一点心意。

雨花小学对这位老教师十分尊敬，专门请周仕参加了升旗仪式，并请他与学生升旗手共同升旗。

升旗仪式后，老教师弯下腰来，向全校师生深深地鞠了三个躬！

二附院给周菊减免了住院费、护理费等一部分费用。

出院的时候，周菊的丈夫，这位话不多、不善表达的苏北汉子见了李庆国和管床医生邵峻，说："俺不会说话，不知怎么感谢，俺给你们磕个头吧！"说罢就跪了下来。

李庆国和邵峻赶紧把他拉了起来。

从医者仁心到"心佑工程"

世道人心，大爱无疆。

社会关爱老教师先心病女儿的故事，深深感动着李庆国。

一人有难，八方支援。谁说我们的社会冷漠？谁说我们的社会没有爱心？

感动的同时，李庆国也深受触动。作为心外科专家，他明白，周菊的心脏病如果及时发现、及时手术，她就不会受这么多年的折磨，病情也不会发展到如此严重，一家人更不会这么穷，连 10 块钱一份的盒饭都订不起，一天三餐只能吃煎饼喝白开水，老教师古稀之年便不会这么煎熬。

李庆国联想到了"小辣子村"饭店老板娘郭建霞救助的晨晨和马先生救助的于小军等 10 个贫困家庭先心病患儿，还有天天不断地报名期望得到"心的希望——先心病患儿免费救助"活动帮助的广大先心病患儿们。

每一朵鲜花都应当盛开，每一个生命都应当被尊重。李庆国陷入思考——还有多少个像晨晨这样的"蓝婴"等待拯救，还有多少个于小军、周菊这样的先心病患儿（者）畸形的心脏因没能及时手术导致出现肺动脉高压等并发症，在遭受疾病折磨？

还有多少个先心病患儿（者）亟待手术延长生命，改变生活质量？

还有多少个家庭因为不了解先心病，令家中的先心病患儿（者）正在经受折磨甚至失去手术根治的机会？

还有多少个贫困家庭的先心病患儿（者）因为没钱手术，正等待死亡？

还有多少个像周菊、于大雄那样的家庭因心脏病患儿（者）被拖垮？

医者仁心。不忘初心，方得始终。

李庆国觉得，天天讲"牢记使命、不忘初心"，而共产党人的初心和使命，就是为中国人民谋幸福，为中华民族谋复兴。自己既是共产党员，又是一名医务工作者，初心是什么？救死扶伤，治病救人，是医生的天职；用自己的技能和知识为百姓服务，竭尽所能救治患者，帮助他们的家庭，才能体现人生价值。

医学科技不断进步，先心病已不是不治之症，特别是简单先心病，只要及时手术，99% 的患者都可以治愈，与正常人一样。

作为刚组建的心外科团队，李庆国相信自己的队伍有技术能力和实力，不仅可以修复普通先心病患儿一般破损的心脏，而且能使复杂先心病的患儿恢复正常心跳，改善他们的生存质量。

李庆国知道，虽然医院不是福利慈善机构，身为医务工作者能力也有限，但是普及宣讲先心病救治知识，尽力帮助贫困家庭的先心病患儿

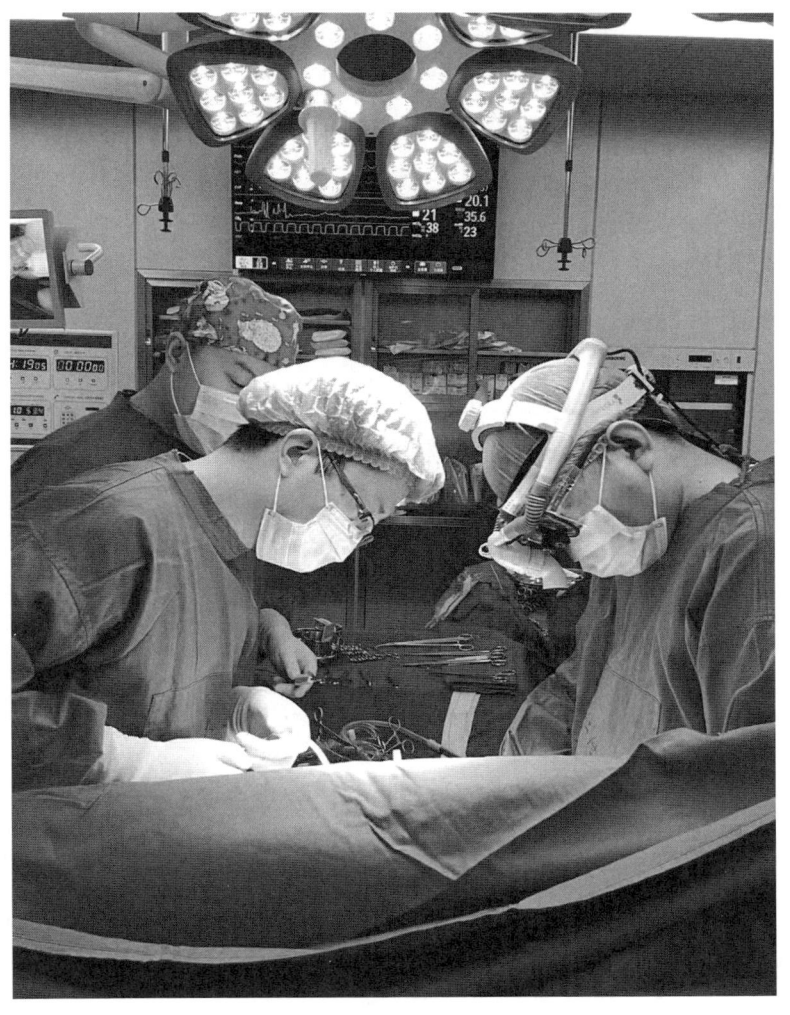

我国现有先心病患者 400 余万人，其中，等待手术治疗的先心病患儿超过一半，约 200 余万人。

手术，能救一个就一个，能帮一家是一家，能救多少救多少，这是医生的本分。

李庆国决定，将"心的希望——帮助贫困家庭先心病患儿免费救助"活动作为他的心外科团队"不忘初心，牢记使命"的一种行动，长久地坚持下去。

针对先心病的科普宣传自然不成问题，可是免费救助贫困家庭先心病患儿，钱从何来？如何实现？

李庆国与团队的医护人员一同出谋划策，一个救助方案形成了——

对于贫困家庭先心病患儿手术医保之外无力承担的费用，经团队申请由医院减免一部分，所有的护理费、手术费、住院费等涉及医护人员奖金考核的部分全部奉献；联系和争取社会公益慈善基金资助，请他们帮助解决一部分；对情况特殊的患儿和家庭，通过媒体报道等形式，发动社会爱心人士捐助一部分。

李庆国下定决心，由心外科团队牵头，争取八方之力，关注先心病，帮助贫困家庭先心病患儿免费手术，修补他们畸形的心脏，让他们的心与正常人一样健康地跳动。

汪露有个闺蜜叫宋娟，是她当年南京卫生学校的同班同学。宋娟毕业后，有过一段简短的护士经历，后来投入了商海大潮。两人虽职业不同，却时常相聚，无话不谈。

有一天，汪露把李庆国的想法及他们科将开展的对贫困家庭先心病患儿进行免费救治的活动告诉了她。

宋娟对医护人员的这份大爱很是钦佩，主动表态，由她的广告策划班子免费为他们设计一套宣传方案。

宋娟的广告策划班子对李庆国团队的设想理解得很透彻，将这个"心的希望——贫困家庭先心病患儿免费救助"活动定义为"心佑工程"，并为他们奉献了一套以"心佑工程"为主题的设计方案。

李庆国把"心佑工程"的想法与理念向时任院长鲁翔和党委书记季国忠做了汇报。

鲁翔、季国忠两位院领导表态：先心病患儿是特殊群体，不能让孩子倒在健康起点上,健康扶贫是脱贫攻坚奔小康的一部分,免费救治贫困家庭先心病患儿,就是健康扶贫的实际行动,医院支持"心佑工程",并尽力给予方便;医院的基金虽然要救助的项目和人员很多,但将对"心佑工程"提供力所能及的协助。

其时,南京医科大学第二附属医院引进李庆国和他的团队,创建心脏外科,刚刚六个月。

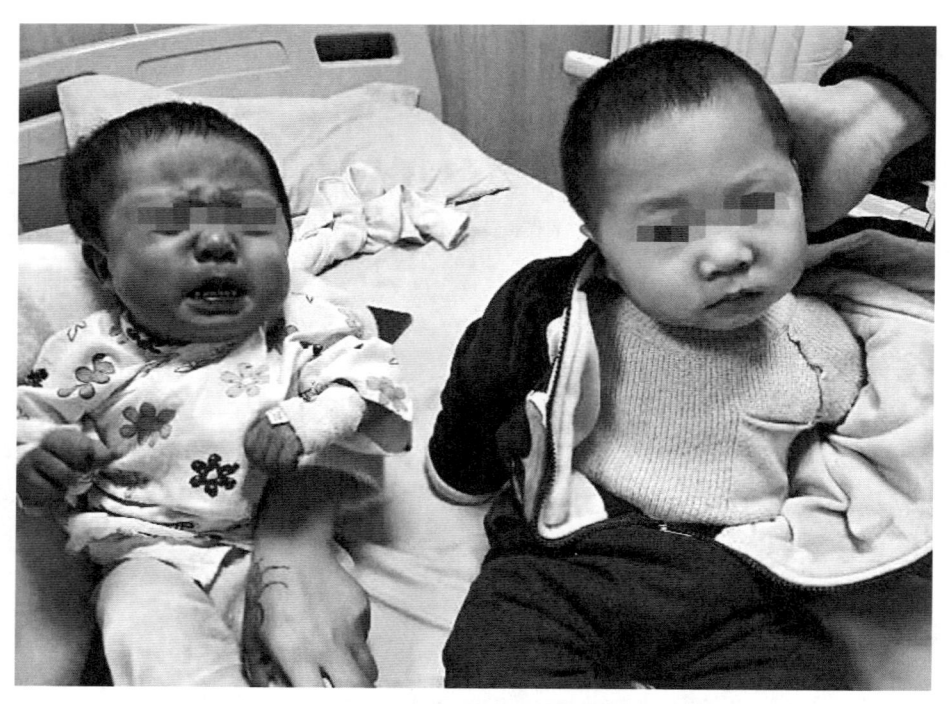

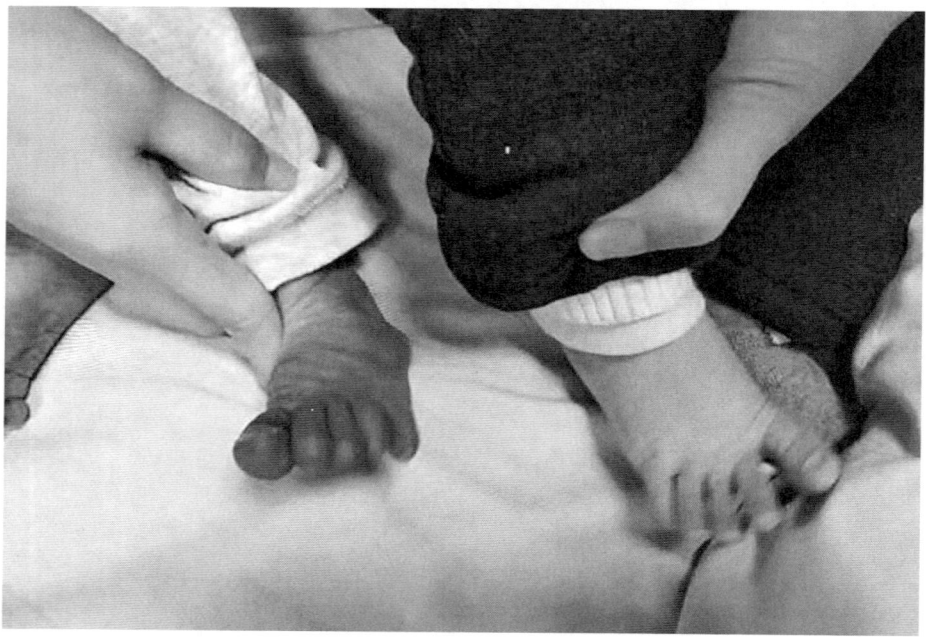

先心病患儿（左）与正常孩子（右）。

第三章 团队

"短板"

南京医科大学在南京鼓楼区有两所综合性附属医院，一所是坐落在清凉山脚下的江苏省人民医院，也叫南京医科大学第一附属医院；另一所就是位于挹江门古城墙边美丽的小桃园畔的第二附属医院。

岁月悠悠。

南京医科大学已经走过了八十六个春秋。

南京医科大学创建于1934年，最早由陈果夫在当时江苏省政府所在地镇江创办，其时名为江苏省立医政学院。

1957年，江苏省立医政学院由镇江迁至南京，更名为南京医学院；1962年，南京医学院被列为全国首批六年制医药院校；1981年，南京医学院被批准为全国首批博士、硕士学位授予单位。

1993年，南京医学院更名为南京医科大学。

2015年9月，南京医科大学获准成为首批教育部、国家卫生计生委与省政府共建医学院校。

截至2020年5月，学校建有江宁校区、五台校区以及康达学院连云港校区，设有19个学院（包含康达学院），拥有25所附属医院和50多所教学医院。在全国第四轮学科评估中，学校公共卫生与预防医学在全国54所参评高校中获评A+等级。

位于挹江门古城墙脚下小桃园旁的南京医科大学第二附属医院建院已近七十年。

2019年，南京医科大学获得296项国家自然科学基金项目资助，项目数位居独立设置医科大学的第一位。

抚今追昔，今日的南京医科大学与当年创办时相比，无论是办学规模还是科研成就，早已不可同日而语。

屈指一数，南京医科大学所属的第二附属医院也有近七十年的历史了。

1951年，中华人民共和国成立第三年，在南京下关的江边成立了一所贫民医院，这就是今天的二附院，当时只有25张床位。其间还曾迁往六合，更名为东方红医院。

1953年，东方红医院更名为南京市立第四人民医院；1981年，成为南京医学院（南京医科大学）第二附属医院。

作为三甲医院，二附院的建设今非昔比，知名度大幅提升，是江苏省卫生健康委员会直属的三级甲等综合医院，担负着医疗、教学、科研、公益等重要任务。

截至2020年5月，二附院现有临床科室37个，其中省级临床重点专科 15 个（含建设单位）。儿童医学中心、妇产科、消化科、肾脏病中心等科室的建设与发展已成为知名品牌。

如今的二附院还是国家卫生健康委员会（原卫生部）全科医师培训基地、消化内镜诊疗培训基地、妇科四级腔镜诊疗培训基地、临床药师培训基地和住院医师规范化培训基地（24 个专业）。

不过，二附院曾经一直有个"短板"：基本做不了心脏外科手术。

一工作就进入二附院的老院长谭钊安在二附院当了二十多年的院长，在他任上就一直有补上这个"短板"的设想：建立一个一流的心外科。

为此，二附院投入了 1000 多万元，购买了体外循环等医疗设备。

但是，硬件设备添置容易，引进一个实力派心外专家、一个心外科学术带头人并非易事。

医院曾经引进过几批心外科专家，均因技术实力等原因，没有成功。

2008 年，曾任江苏省人民医院副院长、援藏干部，后任南京医科大学副校长的鲁翔任二附院院长。

鲁翔任职七年间，二附院引进人才，改善软硬件，新建医务大楼，医院旧貌换新颜，整体实力得到了很大提高。

作为老年科心脏专家，鲁翔意识到，此时，二附院创建一流心脏外科不仅十分需要，而且很迫切。

鲁翔的想法与时任二附院党委书记、消化专家季国忠不谋而合。

于是，创建一流心脏外科写进了医院发展战略规划，鲁翔与季国忠都在着手寻找能担此大任的"千里马"。

李庆国就在这时引起了鲁翔与季国忠的注意。

李庆国何许人也？

梦想

1974 年出生的李庆国，江苏省盐城市滨海县人。

天道酬勤，这句话用于李庆国的成长之路是再恰当不过的。

李庆国现在虽已是颇有建树的心外科专家，但在他的老家滨海县果林乡龙港村，老人们一直都记着当年背着书包走在乡间小道上的那个腼腆、憨厚、勤奋的村娃子。

滨海位于黄海之滨，淮河尾端，黄河故道，苏北平原。

"盐城滨（滨海）阜（阜宁）响（响水），穷得叮当响"，这是当年曾经流传于盐城民间的一句顺口溜。

在李庆国的童年和少年时代，与苏北大部分农村一样，滨海还很贫穷，学校破败，小学教室空空荡荡，课桌与小板凳都是学生各自从家里带来的。

李家至今保存着李庆国三十多年前上学时带往学校的小课桌和小凳子，那是父亲专门找木匠为他打制的。

父亲当年并没想到，趴在这张课桌上念书的儿子，日后会成为医学博士，而且是国内居指可数的年轻心外科专家。

每个人都有儿时的梦想。

说实话，憨厚老实的李庆国儿时并没有什么具体的梦想，他印象最深的就是母亲体弱多病，经常在家里整月整月地喝中药。自小学五年级开始，李庆国每天早上就和妹妹两个人起床做早饭，吃完后背上书包走3公里的路上学。

少年时期的李庆国不仅要读书，还要帮家里干农活，现在他那双灵巧的心外科大夫的手的手背上还有好几道儿时割猪草留下的伤痕。

有一年八月十五中秋节，他和妹妹放学回家已是傍晚，妈妈病倒了下不了地，自家地里的棉花必须及时采摘，他随即和妹妹背起篮子赶往棉花地。中秋之夜，村里村外节日的鞭炮声响个不停，皎洁的月光下，年少的兄妹二人饿着肚子在棉花地里忙着摘棉花。这个场景，李庆国现在想起来还鼻头发酸。

儿时的他能够拥有的梦想就是早点有份工作，让面朝黄土背朝天的父母亲少晒点太阳，少吃点辛苦。

李庆国小时候勤奋好学，从小学到中学，学习成绩一直在班里拔尖。初三毕业在即，果林中学的班主任卢金城老师替李庆国报考了中专，一来早点跳出"农门"，二来早点工作减轻家里负担。

那时，国家对大、中专毕业生包分配工作，考上中专就等于跳出了"农门"，也等于有了一份正式的工作。

李庆国选择学医其实也并非自己的本意，是当年在滨海师范学校当教师的舅舅于广伟替他做的决定，舅舅觉得亲戚家里已经有做老师的了，还缺做医生的。

就这样，李庆国进入了盐城卫生中等专业学校医士专业，虽然那时他并不真正了解医生这个职业的责任，但他知道农村缺医少药，学医好找工作，"吃香"。

四年后，李庆国中专毕业，顺利地被分配到滨海县八滩医院（也称滨海县第二人民医院）外科，成为穿白大褂的医生，走出了他人生道路上重要的第一步。

八滩医院虽是乡镇医院，但作为中心医院，管着附近好几个乡近30万人口的疾病医治，医院的规模和条件在当时当地还是数一数二的。

冥冥中，李庆国天生与外科有缘。

手术刀、手术钳之类是外科医生吃饭的家伙，李庆国在实习的时候就最喜欢听手术刀、手术钳的咔咔声和放入手术盘时金属撞击发出的叮当声。他觉得，这些声音比任何优美的乐曲都动听。

多年以后，李庆国跟他的夫人庄艺第一次约会时就说到过这个感受，而专业钢琴教师出身的庄艺也被深深吸引，产生共鸣。

李庆国在外科医生生涯的第一例手术，迄今让他难以忘怀。

那是在滨海县医院外科实习时，洪凤华老师的外科手术刀法麻利，外科技术让他敬佩和羡慕，他想，什么时候自己也能像老师一样成为主刀医生呢？

看着老师手术挺潇洒，可当真正轮到自己主刀的时候还是不一样的。

实习期间，李庆国平生第一次作为主刀医生站在手术台上，是为一位阑尾炎患者进行阑尾切除手术，这是最普通的一种外科手术。

李庆国观摩过无数例，本以为早就对手术程序了然于胸，可是上了手术台拿起手术刀时，他突然就懵了，不知该怎么下刀。

"庆国怎么了？麻药打过了，怎么不手术啊？"

老师的一句话将他唤醒，在老师的指点下，他总算把手术给做下来了。当年所有的同事，都对李庆国的勤奋好学记忆深刻。

凭着这股劲，李庆国在八滩医院手术技能提高很快，几年后，一些胃切除、胆囊切除手术便不在话下了。

工作了两年，李庆国觉得卫校所学的知识越来越不够用，中专的文凭也太低了，必须"充电"。1995年，他考入了江苏职工医科大学，继续临床大专的学习。

1998年，二十四岁的李庆国拿着大专文凭又回到了八滩医院。

通过三年学习，李庆国不仅补充了理论知识，对外科手术也有了深入的理解，加之他特别享受手术台上的感觉，每天手术都排得满满的。除了心脑手术，其他手术他均可以做，成为八滩医院的"一把刀"。

促使李庆国继续深造的动因，源自一起医疗事件。

那年夏天的一个晚上，李庆国正在值夜班，夜里十点钟的时候，护士来喊："李医生，不好了，白天送来抢救的车祸重伤的老人心脏停跳了！"

老人是白天送过来的，医生诊断后发现是小腿骨折，也做了固定处理，交班的医生告诉过他。

李庆国想，老人车祸造成的小腿骨折已经处理了，没有生命危险，不应该会死亡啊！

在抢救室，李庆国对老人进行了心脏复苏抢救，但无济于事，老人已经死亡，回天乏术。

李庆国经过仔细诊断，惊讶地发现这是一起漏诊引起的患者死亡。

老人坐三轮车翻车后，送到医院时只是喊腿疼得厉害，当班医生就为他的腿做了拍片检查，发现是骨折，于是做了固定处理。

其实，老人要命的是肋骨骨折，刺破了胸腔导致气胸，由于腿疼掩盖了胸痛，当班医生只根据老人的感觉进行了相应处理，没有对其全身进行检查，如果当时发现问题及时处理，老人是不会死亡的。

这起事件让李庆国毕生难忘。

人命关天，医生看病不仅要心细，还要有高超的专业技术，善于发现问题，及时处置。

虽是八滩医院"一把刀",但李庆国在实际工作中常常遇到这样或那样的问题。

肠梗阻肠坏死的病人即使把坏死的肠子切除了,但是在基层医院最终还是逃不脱死亡,这是怎么回事?他问了很多医生,一直搞不明白。

李庆国不愿做井底之蛙,他觉得自己的业务水平和对外科深层次问题的理解还需要提高。

2000年,李庆国前往南京军区总医院普外科进修。他首先弄懂了肠梗阻肠坏死病人的手术救治问题:感染性休克等危重病人手术,不仅需要处理原发病,同时对全身重要脏器功能的支持也是非常重要的,对于肠坏死导致的感染性休克仅仅切除肠子显然是不够的。

李庆国在这个专家云集的军队医院开了眼界,弄清了很多问题,同时也很受刺激:在军区总医院实习的学生大多数是研究生,有的甚至是博士,自己却只是个大专生;他带学生做阑尾炎手术,他是大专生,学生却是本科生,甚至研究生。

李庆国感到了压力:"自己这样出去怎么混啊?!"

李庆国在军区总医院进修期间,天天就在手术室里打转,有一次转进了心脏外科手术室,他记得那次是心胸外科著名专家张石江教授做的手术,跟普外科手术不一样的是,心脏外科手术时,体外循环机就摆在主刀医生的对面。

人的心脏是可以停跳,由体外循环机替代进行手术的,这太神奇了!

头一回看到这样的手术,李庆国内心激荡万分。

一年的进修时间很快就过去了。

进修刚结束,李庆国就下决心要报考研究生。

李庆国回到八滩医院,同事听说李庆国还要读研究生,各种议论纷至沓来。

"庆国工作了几年,都在学习。"

"庆国在外进修,心大了,考上研究生,肯定不会回到八滩医院。"

……

好在八滩医院有两位好院长,张士梯和朱铁。

副院长朱铁听李庆国说要报考研究生，很高兴、很支持，拍着他的肩膀说："好，有志气。做医生学无止境、艺不压身，学到的东西越多，看病的本领就越强。"

对于各种议论，张士梯说："不用嫉妒，有本事你们都可以报考研究生，医院不仅支持，而且在复习期间时间上尽量给予照顾。考上了研究生，愿意回来的，当然更好；人往高处走，水往低处流，在外头有更好的发展，为他庆贺。只要记住是从八滩医院走出来的就行啦！"

老院长的鼓励和支持，李庆国至今难以忘怀，充满感激。

李庆国知道自己没有上过正规的本科，直接考研是很难的。只有比别人付出更多的努力，才能够成功。

李庆国考研准备十分刻苦，虽没有古人"头悬梁，锥刺股"般晨夕不休，但除了工作，就是学习，床板上、房顶上、门后贴的都是英语和专业问题的解答小纸片。

与李庆国一同准备考研的还有同事加室友戴斌，戴斌后来成为滨海县人民医院副院长。

滨海的夏天很热，李庆国和戴斌就住在八滩医院一间 10 平方米的小厨房里面，年轻医生也没有钱装空调，天热就去井里打一桶凉水，双脚泡在水桶里面降温看书。

第一年考试，李庆国没有通过。

副院长朱铁鼓励他："别灰心，再考，人家有的考了几年才通过。"

又一年辛苦付出，终修成正果。

2002 年，李庆国的研究生考试考了 363 分，这个分数在当时算很高。

李庆国填报的志愿是南京大学医学院，因为南京大学是当年少数几个还招收大专生的学校，而且研究生录取只看分数，不看出身，李庆国到现在还由衷感谢南京大学的"有教无类"。

中间有个小小的插曲。

南京军区总医院普外科是全军普通外科研究所，系国家和江苏省重点学科、军队"重中之重"学科，在国内、国际上都具有很高的知名度。

李庆国本来填报的研究生专业志愿正是普外科。

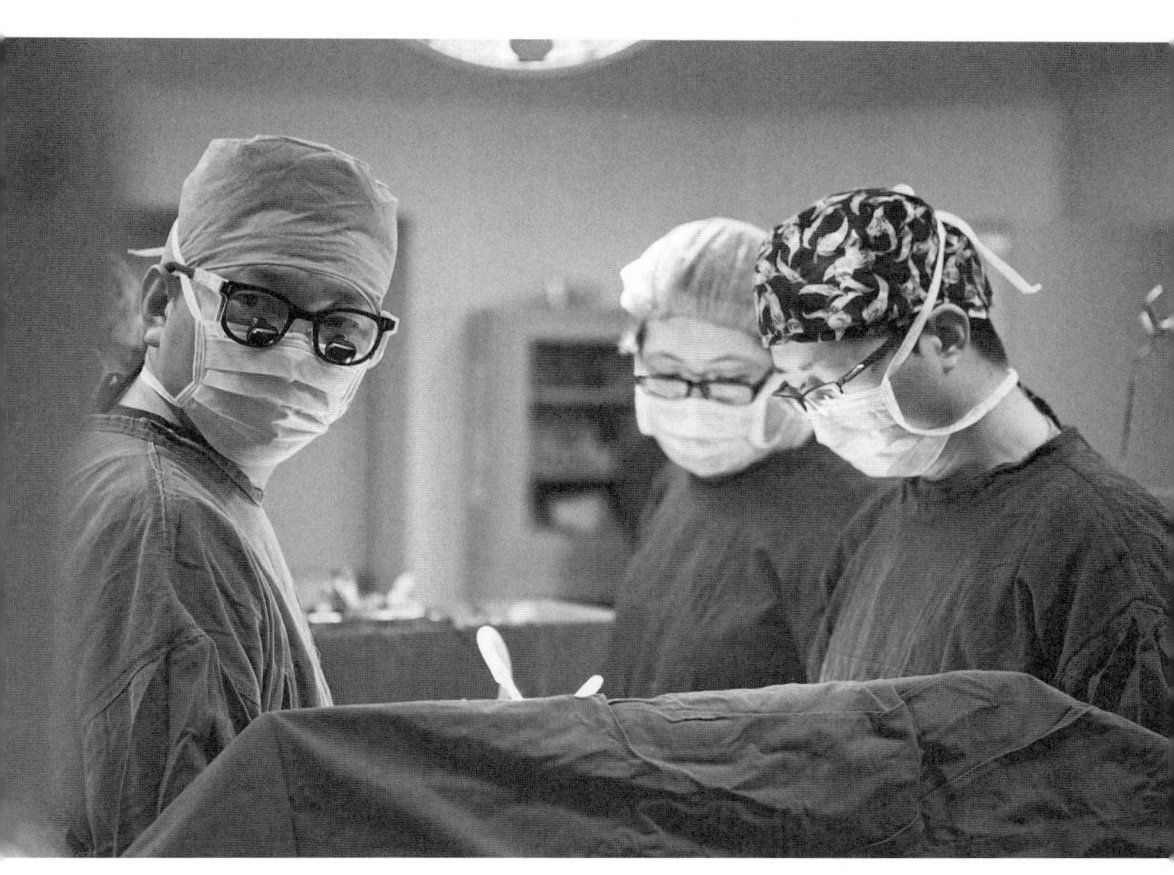

李庆国（左）手术中。李庆国三十七岁时就主刀做A型主动脉夹层心外大手术，当时能做这种手术的专家，全国也就100多位。

但被正式录取后，李庆国向学校提出了改专业的申请，由普外科改为心胸外科。

李庆国还是忘不了两年前在南京军区总医院实习时看到的那次由心胸外科著名专家张石江教授做的心脏手术。

在医学界，心脏外科是"皇冠上的钻石"。

心脏是人体内最精密的"仪器"，一天10万次跳动，每跳动一次都伴随着瓣膜的开合，片刻之间，血液流过血管，向全身进发。

有人形容心胸外科是最具挑战、最高难度的医学领域，每一台手术中，手术刀下的"战场"仅在毫厘之间。

医学院领导问李庆国，改专业的理由是什么？

李庆国说："我来自苏北盐城乡镇医院，在我们全盐城，就没几个心外科医生，心脏外科所有的疾病都不能处理，大病小病都往大城市送，不仅增加了群众的费用，更让一些病患由于没有得到及时救治而失去救治的机会。我想做一个心外科医生，将来学成后能为家乡做出贡献。"

李庆国朴实无华的改专业理由，得到了医学院领导的认可。

就这样，李庆国放弃了进入南京军区总医院普通外科学习的机会，毅然决然地选择了心胸外科。

李庆国这一专业研究方向的改变，自然也改变了他的一生。

读研后，李庆国师从南京鼓楼医院心胸外科主任王东进。

王东进从医三十多年，已带领团队完成各类心脏手术过万例，成功率高达99%，被称为"心脏上的拆弹专家"，2019年被中宣部和国家卫生健康委评为全国"十大最美医生"之一。

鼓楼医院是南京大学医学院附属医院，因为离南京大学很近，所以李庆国选择在鼓楼医院学习。研究生期间，单身的李庆国基本就住在心胸外科值班室，很多时候一周都不下楼，把病房当成了家，无论他值不值班，只要有手术，他都上。

李庆国曾经这么描述他在鼓楼医院工作的前五年光阴：自己没有体会到夏天作为"火炉"南京的热，因为每天都是七点左右到医院，夜里十一点左右回到宿舍，白天都在手术室里面度过，气温变化跟他没多大关系。

2004年，读研第二年时，一个晚上，李庆国正在值班，急诊科送来一位心脏外伤的大学生。

某大学两位学生同时喜欢上了一位女同学，"天下芳菲何其多，偏就单恋一枝花"。终于，两人都爱到飞蛾扑火，醋心大发，大打出手，冲动的李同学拿起水果刀刺向了王同学，这一刀刺中了他的心脏。

受伤的学生送到医院时已经昏迷，心还在跳；送到手术室，开始麻醉的时候出现了心脏室颤，血压没了，这种情况若三五分钟内不抢救，大脑无供血，就会出现不可逆转的情况。

平时情况下，该叫专家来处置，但此时叫任何专家已经来不及了。

不能眼睁睁地看着年轻的大学生死在面前，李庆国觉得自己有能力处置。

救人要紧！

李庆国立即消毒洗手，上了手术台。

这是他行医以来第一次做这种心脏手术。

李庆国凭借自己在实习中和书本上看到过的类似手术，从左侧第四肋骨间切口打开胸腔，切开心包后，用大拇指将心脏伤口堵住，另外四指按压心脏；三十秒后，心脏恢复了跳动，血压有了，他立即快速将心脏伤口缝合，整个抢救过程在三分四十秒内完成。

王同学的心脏创伤手术成功了，心脏跳动正常了，生命保住了。

李庆国的这次急救手术挽救了一条年轻的生命，更挽救了两个家庭。如果王同学死了，他的家庭就得承受失去儿子的痛苦；而那位李同学毫无疑问得承担刑事责任，朝气蓬勃的前程就此断送，他的家庭同样将承受折磨。

对此，李庆国无比欣慰与自豪，深切体会到心脏外科医生这个职业的崇高与神圣——不仅可以治病，还可以救命！

在他成为研究生导师后，常教导自己的学生："心外医生不到最后一刻，不到万不得已，绝不放弃生命！"

研究生毕业之时，李庆国已经能做二尖瓣替换这样的手术。在他2011年博士毕业的时候，已经可以主刀做A型主动脉夹层这种心外大手术。那时，能做这类手术的专家，全国也就100多位。

研究生毕业后，李庆国未能回到家乡医院工作。

通过几年学习，李庆国深刻理解到心脏外科之难，理解到为什么地市级很多三甲医院心脏外科搞不起来的原因。

心脏外科绝不仅仅是外科医生这一个环节，还包括麻醉、体外循环、术后监护、术前超声、围手术期处理等多个环节，每个环节缺一不可。

何况，心脏外科医生培养的难度更是不比飞行员、宇航员低。

李庆国决定继续留在鼓楼医院工作，继续在心脏外科锻炼，有机会再回报家乡。

而十几年后，李庆国学习心脏外科专业报效家乡的愿望终于实现。

2017年底，盐城市第一人民医院"李庆国专家团队工作室"正式成立；2018年至2019年，盐城市第一人民医院心脏外科手术量不断上升，心脏外科医生的水平也在李庆国团队的帮助下不断提高。

曾经，主动脉夹层手术的死亡率很高，差不多达到50%左右，最关键的难题就是手术当中出血难止。

曾经，有人用三个词、12个字形容主动脉手术的残酷与艰难："披星戴月""血流成河""非死即伤"。"披星戴月"，患者一般都是半夜发病，由家人送来抢救；"血流成河"，主动脉手术止血困难，有时手术室里甚至到处是血；"非死即伤"，手术死亡率高，并发症、后遗症多。为了学会这一技术，2005年，李庆国争取到了科室委派去北京阜外医院学习的名额。

北京阜外医院和安贞医院的心外科在全国首屈一指，有国内顶级的心外专家，但即使是北京的这些医院，主动脉夹层手术也是到2003年左右才比较完善的。

李庆国所在的科室也曾派多名医生前往学习。

一般医生在学习的时候，多是看手术中深低温体循环等最精彩的部分，完了就换个手术间继续看。

李庆国却不是。每次手术观摩，他都要看到病人手术完毕被送进监护室为止，不错过专家手术过程中的每一个细节。

这让李庆国有了新发现。

主动脉手术止血问题的关键步骤在最后：主动脉根部包裹与右心房分流，主动脉包起来后，右心房打个洞，根部出的血流回心脏，而大家往往忽略了这个步骤。

李庆国豁然开朗，他认为这一技术是一个医院早期开展主动脉手术时最重要的技术之一。

回到鼓楼医院后，李庆国开始在实际操作中运用这个技术，这使鼓楼医院主动脉夹层手术的死亡率大幅度下降。

2011年李庆国博士毕业时，他的A型主动脉夹层手术已经名声鹊起。2012年底，李庆国前往美国费城宾夕法尼亚大学医学院进修，这使得他对现代医学有了全新认识。

在手术室里面，麻醉医生从动脉穿刺开始，使用超声引导穿刺，气管插管使用可视喉镜引导，麻醉深度也有仪器监测，术前食管超声检查心脏病变，术后再复查修复，所有的治疗过程和方法尽可能使用客观仪器和设备进行监测。这样的理念在中国还没有得到普及。

更让李庆国震惊的是，他可以穿自己的皮鞋进入人家的心脏外科手术室，这在国内哪家医院也绝无可能，为什么？难道美国的土地、美国的手术室就没有细菌了吗？

答案肯定不是。

李庆国自己的理解是这样的——

在层流手术室里面，净化后的空气从手术室顶部吹入手术室，从手术室四壁下缘出手术室，这样，即使穿皮鞋进手术室，皮鞋上的细菌和尘埃也不会飞到手术切口里面去，因此穿什么鞋进手术室不是很重要。

无菌最重要的是接触到病人伤口的最后一步——净化后的空气、手术器械、手术衣、手术单、手术野消毒等，还有经常被外科医生们忽视的一环——外科医生的手。外科医生上手术台戴手套绝不允许自己拿手套戴，都是护士帮助戴，外科医生的手缩在手术衣里面戴上手套，在手术过程中也是如此。这样就降低了手上的细菌接触伤口的可能性。

李庆国在美国待的时间不长，收获却很大。

DAVID 手术，是保留主动脉瓣的主动脉根部替换术，一个大手术。

在当时的南京，主动脉瓣只能换人工瓣膜；如果换机械瓣膜，需要终身服用抗凝药；如果换生物瓣，则需要十年换一次。DAVID 手术还没人做过。

在美国的手术室里，DAVID 手术比较流行，外科医生们也对自己能够完成这样的高级手术而自豪。

在美国，进修生是不允许上手术台的，只能站在边上看，李庆国硬是看会了这个当时国内心外医生还很生疏的技术。

2014 年 8 月，李庆国在一个油漆工小伙子的身上使用了这一技术。当手术完成，小伙子心脏复跳没有出血的那刻，李庆国感到自己的人生又上了一个台阶。

2013 年底，李庆国又去了台湾学习。在亚东医院看邱冠明副院长小切口搭桥取乳内动脉使用的牵开器特别好，暴露清楚，而自己在鼓楼医院的时候并没有这种牵开器，当时就拍了照片，回国后请人按照照片的样子自行造了几副这样的牵开器。现在完成的右前外侧小切口搭桥都是使用这样的器械，切口很小，创伤也小。

2014 年 10 月，李庆国有机会到美国梅奥医院学习，看到著名的 Hartzellu Schaff 医生针对肥厚性梗阴型心脏病的外科手术如火纯青，心肌阴断大概三十分钟就能解决问题。李庆国向这位著名专家请教了几个问题，并将他使用的特殊暴露手术视野的器械拍照后带回国，找人造了相同功能的牵开器。一下子，李庆国就学会了这个在国内还不常开展，甚至很多心内科医生都不知道的手术方式，即改良 Morrow 手术。

2019 年 10 月，北京安贞医院的孟旭教授接受邀请，到科室传授风湿性心脏病二尖瓣修复的理念和技术。李庆国觉得这个技术对于中国那么多风心病二尖瓣病变的病人来说太重要了。传统手术方式都是换人工瓣膜，机械瓣膜需要终身抗凝，而生物瓣使用寿命有限；有人做过研究，二尖瓣修复和二尖瓣人工瓣膜替换术后十年的生存率和生活质量有明显差别。

在跟孟教授做过一台手术后，李庆国已经深深领会到这个手术的精髓。至 2020 年 3 月，他已经独自做了 10 多例这样的风心病二尖瓣修复手术，令更多的患者获益。

刀尖在心脏上起舞，考验着心外科医生的手术技术，技术过硬才能为更多患者带来生的希望，争分夺秒与死神赛跑，挽救更多心脏病患者的生命。

在距离生命和死亡都最近的心脏外科，无影灯越来越先进，手术刀也不断更新换代。

李庆国在自己最熟悉的那个"战场"，用执着的追求构建了一座生命之桥的初心，走得严谨而踏实，矫健而自信。

李庆国成长于鼓楼医院，成才于鼓楼医院，对鼓楼医院深情笃厚。

自2002年进入鼓楼医院后，因为年轻，因为享受站在手术台前的工作状态，因为有精湛的手术实力，李庆国很快成为心胸外科主动脉夹层等大型手术的主刀。

一个又一个心脏病患者从死亡线上有惊无险地走下手术台，康复出院。

李庆国的大名不胫而走。

尽管李庆国的心外手术和学术水平已经在江苏乃至全国崭露头角，但十二年后的2014年，李庆国也只是一个副主任医师，一个病区组长。

李庆国从没想过当什么官，他炽烈地热爱着心外医生这个职业，他还爱思考，是一位志在心外学科有所作为的青年专家。

从南京到北京，从大陆到台湾，从国内到国外，十二年的经历，让李庆国看到了心血管学科在我们这个人口众多的国家的作用和责任，看到了心外科发展缓慢的症结，看到了医疗体制中存在的学科交叉、资源浪费、管理僵化、论资排辈等种种弊端。

单说心血管疾病的治疗，同样的主动脉支架、搭桥，心外科在做，心内科在做，急诊科也在做，病人在哪就落在哪。如此庞大的心血管疾病诊疗、护理、重症监护、麻醉等与手术各自为阵，无法形成合力。

李庆国觉得，资源整合、合理化配置专业、让病人享受同质化的医疗服务，这才是医院、医生更应该做的事情。医疗模式必须创新，才能更好地利用优质医疗资源服务百姓。

李庆国有一个梦想：创建一个在全中国"与众不同"的心外科。

当然，梦想终归是梦想，思考还只是思考，医疗现状并不是一个副主任医师、一个病区组长所能改变的，他再怎么努力，充其量也不过是每年多做几台手术。

机缘

速则济，缓则不及，此圣贤所以贵机会也。

李庆国很相信机会和缘分，他觉得做事业的机缘是千载难逢的，遇上了就要迅速抓住和利用。

机缘只青睐有准备的头脑。

2013年初，一次偶然的机会，李庆国与南京医科大学副校长、二附院院长鲁翔不期而遇。

对于这位曾任江苏省人民医院副院长的老年病心脏专家，李庆国仰慕已久；而让他没想到的是，鲁翔与二附院党委书记季国忠对他这个年轻医生也关注了很久，而且已经悄悄对他的业务能力、思想表现等做过调查，看法一致。

第二次见面，鲁翔与李庆国有了一次深谈，李庆国向这位令他尊敬的前辈掏出了心里话。

鲁翔觉得，李庆国虽然只是一个副主任医师，但是他在心外专业有过硬的学术水平和业务能力，年轻、有思想、有朝气、有情怀，这样的人才正是二附院所需要的。

与李庆国深谈后，鲁翔与季国忠交换了意见，共同认为：二附院要发展心血管学科、组建心外科，学术带头人非李庆国莫属。

鲁翔不绕弯子，直接对李庆国说："二附院与你所在的单位不在一个级别，你那儿人才济济。但是通过这些年的努力，二附院已具备较强的临床科研教学能力，只是缺人才，尤其是缺心外科人才。你的想法很好，欢迎你到二附院组建心外科，二附院可以为你提供施展本领、有所作为的舞台。"

原江苏省援助青海省海南州前方指挥部总指挥王显东与南京医科大学第二附属医院院长顾民、党委书记季国忠为接受心佑工程救助、成功修补心脏的孩子们切蛋糕，庆祝他们重生。

"鲁院长，这，这是您的个人意见吗？"听了鲁翔的话，李庆国觉得很突然，也很意外。

"应当说，这是我们二附院主要领导的共识。"鲁翔认真地说。

李庆国很激动。

显然，这对李庆国来说既是一次机缘，又是一次挑战。而且，二附院主要领导的如此信任，让他心潮难平。

李庆国站了起来，对鲁翔说："感谢二附院对我的信任，请给我时间考虑！"

鲁翔充满期待地说："没问题，我们等你！"

那个晚上，李庆国失眠了。

虽然二附院早已进入三级甲等医院的序列，这些年医院建设也上了一个台阶，消化科、妇科、儿科等学科建设也有良好的口碑，但在人们的印象中，无论从其出身还是所在地区而言，这都是一所"平民医院"。

二附院心外科几乎一直是空白，在此之前，李庆国与二附院几乎没有交流。

而南京鼓楼医院，创建于1892年，已经拥有一百二十八年历史，前身是由美国基督会资助、由加拿大籍传教士威廉·爱德华·麦克林医学博士创建的一所教会医院，如今是集医、教、研为一体的大型综合性三级甲等医院，也是全国较早的西医院。

作为"百年老店"，悠久的历史积淀着深厚的文化底蕴，鼓楼医院创造了中国医学史上一个个"第一"，国内外知名。

虽同样是医生、护士，但鼓楼医院出来的医生、护士有着天然的优越感。

人生中只要是选择，必然会带来放弃，带来割舍的痛苦。

李庆国明白这个道理。

李庆国认为，鼓楼医院人才济济，不缺专家。鼓楼医院心胸外科医护人员几十人，主任、副主任医生十余个，实力已很强；可那么多人窝在一起，论资排辈，日复一日年复一年，某种程度上也束缚了想象力和创新力。人一辈子不能只图安逸、享受，要发挥所长，有所作为。

李庆国知道，二附院也许没有他现在所处的平台高大上，尤其心外科还是一张白纸，一切要从零开始，而且之前院里几次引进人才失败的名声在外；但他觉得，平台再好，关键要看有无你施展本领、发挥更大作用的舞台，一张白纸，也可以画出最新最美的图画。

人生重要的不是所站的位置，而是所朝的方向。

李庆国也明白，到了一个新单位，人生地不熟，创业艰难，开辟新的根据地并非易事；但是他充满信心，他自信自己有这个能力。

李庆国很快做出抉择：接受邀请，离开待了十二年的鼓楼医院，去南医大二附院创建一个"与众不同"的心外科。

李庆国经过慎重考虑，给了鲁翔肯定的回话。

在心胸外科，李庆国的人缘没得说。科里的年轻人尤其喜欢他，不仅敬佩他的勤奋钻研和高超的手术技术，更因为他平易近人、朴实憨厚、坦诚豁达、有主见，平时有什么难事，找他帮个忙或拿个主意准没错。工作之余，李庆国时常与他们聚会，从人生理想到家庭生活，无话不谈。

在一次聚会时，李庆国向几位好友透露了自己打算辞职去二附院创建心外科的想法。

没想到一石激起千层浪，李庆国的想法引起了几位年轻人的共鸣。

"李主任，敬佩你的才华和胆量，我们还年轻，不能就这么按部就班地过日子，如果你去二附院创建心外科，算我一个！"汪露说。

汪露，土生土长的南京人，1996年毕业于南京卫生学校护理专业。进入鼓楼医院工作后，曾去阜外医院进修心血管围术期护理，精通心外术后护理。2011年，汪露担任心胸外科重症监护室护士长，属于科里的中层干部。对于一个普通护士而言，这个位置来之不易。

"李主任，一个人若想成功，要么组建一个团队，要么加入一个团队。我们同一年进的鼓楼医院，我早想干点自己想干的事了。你辞职创业，别拉下我！"麻醉医生姚昊说。

姚昊，1981年出生，江苏灌云人，本科毕业进入鼓楼医院工作。别看他年轻，可他在麻醉方面的学术研究和新技术应用，不仅在国内，甚至在国外都是领先的。

"李主任，我觉得干事业条件差些，工作累些，这都不重要，重要的是团队的氛围能让你心甘情愿，心情舒畅。我信得过你，算我一个！"1979年出生的外科医生邵峻说。

与姚昊一样，邵峻也是南医大本科毕业就进入了鼓楼医院。他与李庆国同在一个病区，李庆国又是病区组长，两个人自然交流更多。

几位同道好友的真心表白，让李庆国激动不已。

人生难得一知己。

在这个瞬息万变的世界里，选择志同道合的伙伴就是选择了成功。

李庆国知道，汪露、姚昊、邵峻都是独当一面的业务骨干，人品没话说；但他更知道，对于他们而言，一旦迈出这一步，会失去很多，是没有回头路的。

其实，汪露、姚昊、邵峻何尝不知，无论是工作环境、学科建设还是工资待遇，当时的二附院与鼓楼医院是不能相提并论的，而且，鼓楼医院这里毕竟是"铁饭碗"，一旦辞职就再也回不来了。这里不缺人才，甚至不缺专家、教授，医科大学每年毕业的学士、硕士、博士，想到鼓楼医院工作的排着长队、挤破头。一旦他们辞职，可能还没有走出医院大门，就有人接上岗了。

但是，他们毅然决然，重新出发，志在未来。

同在一个科，尽管工作都会有人接手，李庆国还是与几位伙伴商量，必须有一个时间过渡，不能突然提出辞职，否则一下子走几个人，会耽误科里的工作，影响也不好。

汪露提前半年递交了辞职申请，成为"待业青年"，她得等待半年才能工作。正好利用这段待业时间，汪露去了武汉亚心心血管专科医院学习充电。

接着是姚昊。

姚昊的爱人在某大医院做行政管理，能理解姚昊的选择，但是丈母娘有想法了："这孩子怎么从大医院辞职了，会不会犯了什么错误啊？！"

在心佑工程发起五周年的时候，邵峻专门在微信朋友圈发布了一篇文章，记述了当年辞职到二附院工作的情景：

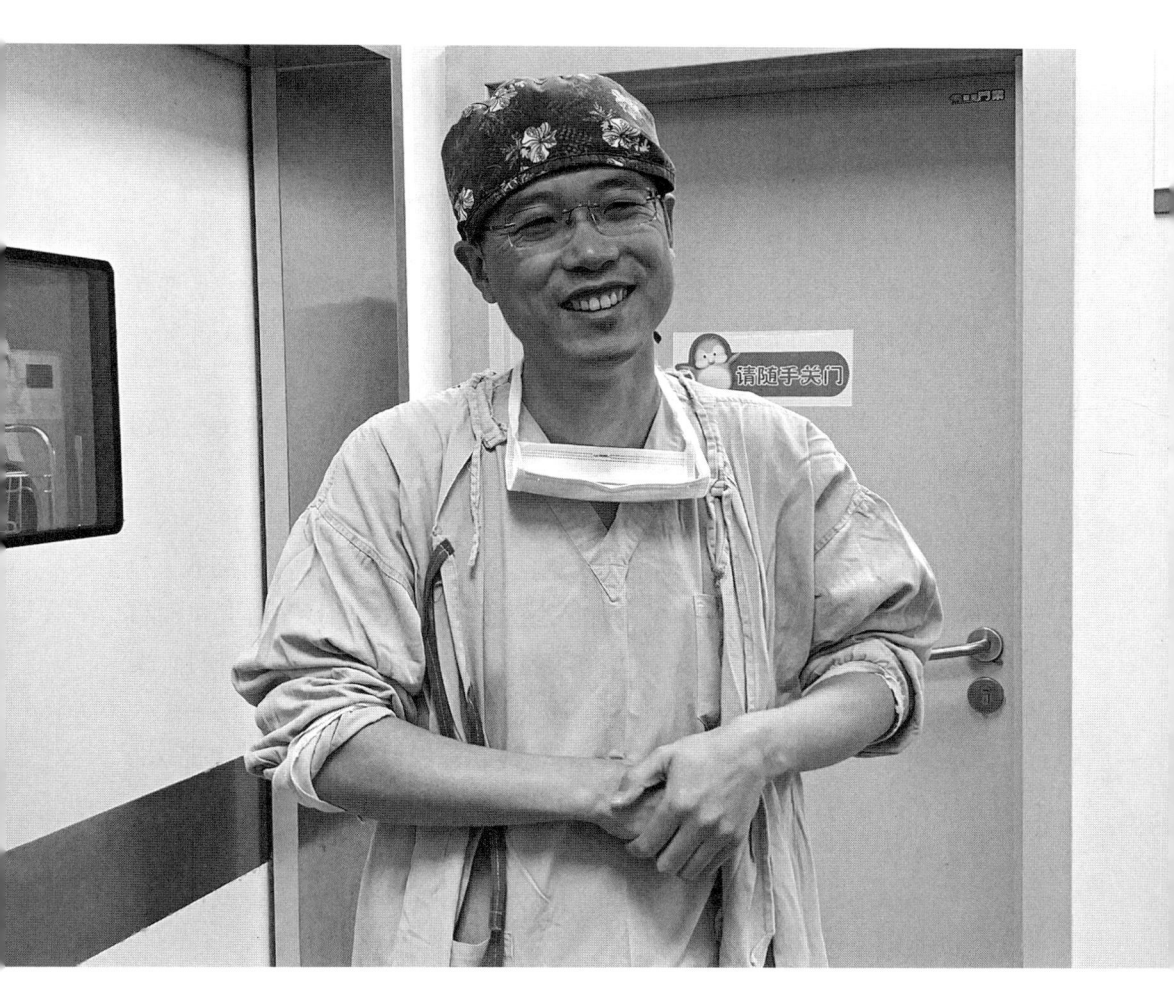

麻醉师姚昊不为当初选择后悔。

我们几个人，因为各自的原因离开鼓楼医院，又因为某个原因一起来到南医大二附院。

仍然清楚地记得递交辞职信前的那一晚，我辗转反侧，难以入眠，然后在朋友圈发了《亵渎》里的一段话——"冲锋只需要勇气"。当时大部分人可能都觉得莫名其妙，直到后来很多人才明白这句话的含义。辞职，很多时候只需要勇气。

2008年研究生毕业之后，我在监护室呆了五年，大家一起工作、生活，像一家人一样。临走前大家一起吃了顿散伙饭，饭后去KTV唱歌。好像有个节目，我之前在QQ群发过一大段想念大家的话，也和几乎每个人都说了一两句离别的话，那天又拿出来在KTV重新读了一遍。我应该没有哭，但心里真的是非常难受。

再难受，还是要分别，这一别，很多人可能就不再相见，即便还在同一个城市。这一走，也带走了我在鼓楼医院的十年青春。

半年后，李庆国最后一个向鼓楼医院递交了辞职申请并得到批准。他与志同道合、有志在心血管学科有所作为的邵峻、汪露、姚昊等几位同事重新相聚在南医大二附院，决心创办一个在全中国与众不同的心外科，实现他们的人生梦想。

2014年1月8日，李庆国、邵峻、姚昊、汪露等正式来到姜家园262号南京医科大学第二附属医院上班，二附院心外科正式诞生。

没有揭牌仪式，没有领导剪彩，甚至连独立的办公室都没有。

刚刚组建的心外科还没有落地生根、形成气候，说他们连"总共十几个人七八条枪"都没有也不过分。

不过，二附院领导对李庆国有信心，之所以将李庆国及他的团队作为专业人才引进，创建和发展心血管外科，首先是基于他们在心脏外科专业方面的实力与能力。

硬道理

说实话，当时听说二附院又引进了几个人开设心外科，院内院外说什么的都有，总之并不看好。

尤其听说领头的李庆国还未满四十岁，虽然他是博士，但一个心外医生没有几十年的临床经验，成不了真正的专家。

尤其这些年二附院引进过几拨心外专家能人，开始都信誓旦旦，但是均没能坚持多久，有一位专家甚至一连做几台手术都不成功，吓得一病房的病人全跑了。

初来乍到，心外科甚至没有固定的病房，二附院将心外科临时设在住院部17楼，那是医院的老年科，给他们腾出了3间病房。

老年科没有多余的办公的地方，大厅里摆了张桌子放了两台电脑，就充作心外科临时办公室了，全开放式的。

邵峻后来记述道：

老年科的医生和护士对我们都很好，之前他们经常接待外宾，所以每个人都有一个英文名字，而且是花的名字，比如 Lily, Rose, 姑娘们也都和花一样美丽。当然，还是少了一点家的感觉。

缺少病源是我们到了新单位之后最大的也是最现实的问题。要生存、要展示自己，首先要有手术可做。开头的一个月我们没有开张，几个人一上班就围在一起商议怎么找病人，整天脑子里想的就是病人怎么来。那段时间，我们尝试了各种办法。打电话联系老同学、好朋友，回老家让亲戚朋友帮着张罗，挨个到医院内的相关科室毛遂自荐。我们还用了一种最土的办法，从网上找来周边各个基层医院的通讯录，像做传销一样给心外科、血管外科的主任分发我们自己制作的宣传单。没有人帮忙，都是我们自己设计、打印、裁剪，用胶水一个个粘好，然后抱着一大摞信封到邮局去寄。

刚来的时候没有住院医生，临床的所有事情都要自己来：写病历，开医嘱，换药，办出入院。早期病人不多，虽然不熟悉，我一个人倒也应付得过来。但当我们收了第一个手术病人的时候，麻烦来了，我不太会用医院的医嘱系统开手术医嘱。由于我之前在监护室的缘故，好几年没有开手术医嘱，而且两个医院的医嘱系统不一样，如果开错了可能会影响手术。关键时刻，我只能向烧整科的同学李磊求助。于是在手术前一天，我抱着病历颠颠地跑到烧整科病房，让他帮着我开手术医嘱、备血啥的，忙乎了一上午才把手术前的一整套流程搞定。后来陆续有手术病人，我都是让他帮我代劳。这种状态一直延续到我们第一个住院医生的出现，小宋医生。

小宋医生是个个子高挑的女孩子，但心思细腻，因为戴7号手套，江湖人称"宋小七"。小七的到来一下子把我从繁杂并有点混乱的医嘱系统里解放出来，她工作很细心，所有事情都处理得很有条理。宋小七最初想做外科，每天跟着我们一起上台、拉钩。但在这里，她恐怕经历了一年噩梦般的心外科生涯，心脏外科对于女孩子来说实在是不可承受之重。而这个噩梦，就是让我们又爱又恨的——主动脉夹层。

邵峻所说的主动脉夹层，就是李庆国擅长的、业内称之为"披星戴月、血流成河、非死即伤"的心脏大手术。

这是心血管外科一类急症。

这种疾病来势凶险，四十八小时的死亡率高达50%，绝大多数需要急诊手术。

主动脉夹层手术的风险很大，早年手术死亡率甚至达到50%以上，手术对技术的要求高，对整个团队的配合要求也很高。那时，南京能开展这种手术的医院只有3家。

由于病人常常是半夜发病被救护车送来，多数需要夜里急诊手术，搞得医生护士都疲惫不堪，愿意做的医生其实也不多。

"别人做不了的手术、不太愿意做的手术，咱们来做！"李庆国很自信地对同伴们说。

于是，李庆国的小团队决定把抢救主动脉夹层病人手术当作心外科一个最主要的立足突破点。

邵峻后来对我说，那时，他们一听说要来主动脉夹层的患者，早早地就在医院守着，病人到了都是绿色通道，立即手术。

汪露记得，一夜手术下来，经常要八九个小时，但即使再疲劳，她也不会去休息，而是一直在病人床边守着，生怕出一点意外。

姚昊说："医生总想体现自己的价值，起初一段日子，值班的时候我们一听见救护车的呜呜声就会'摩拳擦掌'，因为这意味着可能又有一位主动脉夹层病人需要抢救。"

每一个病人都是他们的"宝贝疙瘩"。

没有人比他们几个更渴望手术，其实，他们心里是急着想证明自己。

频繁的急诊手术对每个人来说都不容易，尤其是对女孩子来说。

还没恋爱的小宋医生也要陪着大家做手术，经常夜里不能回家。有一次妈妈不放心，半夜找到医院来，到了手术室门口，看见女儿在手术室里忙活。妈妈一句话没说，在那里站了一会儿，心疼地回家了。

后来小宋医生又在手术室、监护室轮转，最终在监护室找到了适合自己的岗位，还和科里的一位外科医生喜结良缘，成就了科里的一段佳话。

对心脏外科的病人而言，手术只是第一关，术后康复更是一道难关。

很多病人手术做下来了，但若术后的处理不到位，会导致前功尽弃。

更有一些病人手术过程就颇为曲折，更需要术后有精确到位的重症监护与治疗。

监护室团队当时也是零，护士长汪露成了"光杆司令"。

邵峻熟悉术后监护，于是开始的时候，邵峻和汪露两个人就承担起术后监护的责任。守着病人两三天不回家是正常状态，甚至有的重病号需要一整周都在医院守着。

后来邵峻与汪露戏称，那会儿他们两个人每天不分昼夜，轮流值班，几乎"抛家弃子"。

他们一边看护病人，一边还要培训年轻医生和护士。后来，监护室陆续来了两名专职的监护医生和十多个护士。

心脏手术非同一般，送来的病人大都已与死神一臂之遥，而心脏大手术的死亡率一向很高。

手术成功才是硬道理。

2014年5月,一位八十三岁的老人家被送来二附院刚组建五个月不到的心外科。一次突发胸痛,CT报告证实老人不幸患上了最为凶险的Stanford A型主动脉夹层。

李庆国发现,老人主动脉夹层累及了供应下肢的动脉,造成了右侧小腿坏疽。主动脉夹层是心血管疾病中致死率最高的一种,手术是拯救老人生命的唯一方法。可是老人高龄,不仅患有A型主动脉夹层,还有高血压、糖尿病等多种基础疾病,加上右下肢坏疽,种种不利因素聚集在一起。

老人的儿女实话实说:已送往南京、上海多家知名大医院,请多名知名医生看过,一次次地求医,得到的却是一次次悲观的答复和拒绝。

尽管李庆国已做过多例A型主动脉夹层手求,但这位八十三岁老人家治疗方案的确定着实是一个难题。

看着家属哀求的眼神和老人家痛苦的表情,李庆国不想放弃。

老人儿子是某市的一个处级干部,他曾经找过某医院心外科的王主任,王主任说先做夹层后锯腿;他又找到另外一家医院心外科的陈主任,陈主任说应该先锯腿后做夹层。

同样的专家,却给出了两种不同的方案,但他们有一个观点是一致的:老人不手术肯定活不了,但是手术不一定能下手术台。

老母亲危在旦夕,这可怎么办?老人的儿子处于绝望的边缘。

此时,有人给他推荐了李庆国,告诉他,别看李庆国年轻,却救过很多已被有的专家放弃手术的患者的生命!

没有时间犹豫,老人的儿子找到了李庆国。

李庆国看过病人后,给予他明确的答复:这个问题我们来解决。

这样一位特殊的病人,该如何去救呢?

下肢坏疽是一种"污染"手术,而主动脉夹层手术则要求绝对无菌。如果先行完成主动脉夹层手术,坏疽的下肢是个感染源,不符合无菌手术原则;如果先做截肢手术,但是手术中血压波动等因素也很有可能导致夹层破裂,令患者死亡,这是一个两难选择。

李庆国还是很快地确定了手术方案。

科学安排手术流程,协调多学科共同治疗。经过一次又一次紧锣密鼓的协商，李庆国团队开始了又一场拯救生命的战斗。

手术当天上午九点，由身经百战的心血管麻醉医师姚昊完成麻醉，精准控制老人的生命体征，老人先被安排在骨科手术间完成了右下肢截肢手术。

截肢手术一完毕，在麻醉医生的保驾护航下，老人被迅速转移至最为洁净的心血管专用百级层流手术间，李庆国开始进行主动脉夹层手术。

一次麻醉，两场手术，八个小时，十余名医生通力协作，终于呵护住了最美的夕阳红。

生命垂危、八十三岁高龄的老人终于得救。

老人出院的时候，他的儿子领着一家人来到医院，给李庆国送来一面锦旗，上面写道："难疾不挡良医，困惑止于智者。"

跨年之夜，除了满城的红灯笼与空气中的烟火味，还会有什么？

2014 年的最后一天，就在李庆国团队结束了一年忙碌的工作，准备迎接新一年的到来时，一阵急促的电话铃声打破了辞旧迎新喜气洋洋的氛围。

四十五岁男性，突发剧烈胸痛，急诊 CT 明确又是最为凶险的 Stanford A 型主动脉夹层，手术迫在眉睫。

接诊病人，问诊查体，李庆国得知这位患者恰好是十年前参与建设二附院病房楼的建筑工作者。

而进一步的检查则让李庆国皱起了眉头：根据患者的病情，常规的主动脉夹层需要更换患者的主动脉瓣，而替换人工机械瓣需要长期服用抗凝药物，对生存质量有很大的影响。

能不能保存患者自体的主动脉瓣，来完成这样一个特殊的手术呢？

李庆国想到了 DAVID 手术，而在当时的江苏，还从来没有一位专家在主动脉夹层病人身上做过这种手术。

心外医生注定是刀尖上的舞者。

李庆国与团队迅速做好术前准备后，开始手术，要在进行升主动脉、主动脉弓以及降主动脉替换后，再将患者自体的主动脉根部与人工血管进行吻合，重建冠状动脉等连接。

手术顺利完成。

一条生命重获新生，一个家庭重获温馨。

十年前，他建设了二附院；十年后，二附院拯救了他。

而且，二附院心外科团队采用的这种较高水平的手术方法，不仅保住了患者的生命，也保证了他将来更好的生活质量。

所谓大爱人间，莫过于此。

就这样，二附院心外科手术了得的知名度开始在社会上传扬开来。

心外科团队的急诊手术逐渐多了起来，经常白天刚做完一个大手术，晚上又一个主动脉夹层来了，再接着连夜干。

最夸张的一次是2015年2月14日，那是西方的情人节。这天连着来了三个"夹层"患者，麻醉、体外和外科都只有一组人，大家中间轮换着休息一会儿，差不多整整做了二十八个小时手术，硬是把三块"硬骨头"啃下来了。

治病救人、救死扶伤是医生的本分，没有什么比让心脏衰竭、濒临死亡的生命恢复正常心跳，令心外医生更有成就感。

圆梦

手术量开始稳步增加，李庆国团队的人员也有了很大的补充，增添了很多新鲜血液，17楼的老年科病房已经远远不能满足心外科的手术需要。

仅仅两年，心外科就成为二附院彰显技术实力的一张名片。

2016年7月，李庆国向二附院提出组建心血管中心的建议方案：整合医院心血管各科室资源，将心内科、心外科两科业务合并，心电图、心超室划入心血管中心，独立设立手术室、重症监护室，建设旨在方便群众、为群众提供更优质服务的一站式心血管诊疗中心。

长期以来，全国各大医院的心血管系统疾病科室林立，各自为阵，交叉重复，既浪费了医疗资源，又给群众诊疗带来麻烦和负担。

在很多大型三甲医院，同一种疾病很多科室都可以治。比如 B 型主动脉夹层，急诊科可以治，血管科可以治，介入科可以治，心外科可以治，甚至在有的医院心内科也可以治。

冠心病、肥厚性梗阻型心肌病、主动脉瘤、房颤等心血管疾病也是如此，哪个科先接诊就用哪个科的方法治。

李庆国的理想是，集中人才优势，整合利用医疗资源，让群众省却咨询、排队挂号等众多烦恼，享受优质医疗服务。

李庆国想让所有到二附院诊疗的心血管疾病患者，只挂一个号，就能在心血管中心获得诊断、住院、治疗、手术、护理、康复的一站式医疗服务。

更重要的是，这让每个心血管病患者，在一个科室就能获得适合自己的最佳治疗方法。

国家心血管病中心组织编撰的《中国心血管病报告 2019》概要公布：我国心血管病患病率持续上升，心血管病死亡率仍居首位，高于肿瘤及其他疾病，每 5 例死亡中就有 2 例死于心血管病，且农村高于城市。

加强心血管学科研究和建设势在必行，李庆国的方案得到了院领导的肯定。

2017 年初，二附院将多个与心血管疾病诊疗手术有关的科室合并，新组建的普通病房、心超室、麻醉室、手术室、监护室一体的心血管中心在萨家湾院区住院部 15 层宣告成立。

家有梧桐树，引得凤凰来。

2014 年 7 月，身材高大、年仅二十七岁的耿直加入了李庆国的团队。

出生于苏北沭阳县的耿直，人如其名，一根直肠子，与人打交道直来直往。

耿直毕业于南京医科大学心外科专业，研究生毕业后却因为身为警察的父亲的职业情结，改行进入公安机关，在常州市的一个派出所当了一名民警。

两年的民警生活没有改变他对救死扶伤的医生职业的向往，耿直最终还是选择了辞警从医，加入了李庆国的团队。

耿直既是心外科医生，了解先心病，又做过两年民警，有一定的组织

南京医科大学第二附属医院李庆国心血管团队的诊疗中心。心血管疾病的患者，只挂一个号，就能在这个心血管中心获得诊断、住院、治疗、手术、护理、康复的一站式医疗服务。

能力，他到来后，很快成为心佑工程团队的主力队员。

二附院心内科主任张博晴擅长复杂冠状动脉的介入治疗、缓慢型心律失常的起搏治疗以及心衰的同步化治疗，是二附院首届十佳服务明星、首届十佳青年医生。

张博晴还是《心内科疾病诊疗实践》的主编，编写这本专著对心脏专业学术水平要求很高，须具备专业的心脏结构、解剖、血流动力学等专业方面知识。

张博晴的到来，使心血管中心名副其实。他加入后，心脏造影、冠脉支架、心电生理方面的技术得到普遍开展。

一般来说，人体器官发生问题，常规检查手段是CT、B超或者核磁共振；但对于心脏来说，心脏彩超是最常用、最直观也最有价值的检查手段。

2016年12月，心脏彩超专家袁振茂从南通辞职加入李庆国团队，把二附院心血管中心的心脏超声检查又带到一个全新的高度。

袁振茂擅长胎儿及小儿先天性心脏病的诊断，成人疑难心脏病的超声诊断，熟练掌握食管心脏超声检查及介入治疗的超声引导。

2017年10月，身材高挑、温文尔雅的李小波走进心血管中心。

李小波毕业于第二军医大学，长期从事小儿心脏外科专业，曾经在南京军区总医院心胸外科、上海交通大学医学院附属新华医院心胸外科等三级甲等医院的心脏外科，以及上海远大心胸医院小儿心脏中心从事临床教学科研工作三十二年。

李小波在上海远大心胸医院担任小儿心脏中心主任的十年间，将该中心发展成在华东乃至全国都有较高知名度的小儿心脏中心，累计完成各类心脏外科手术7000余例。

李小波尤其擅长复杂先天性心脏病的手术、先天性心脏病的微创手术、成年先天性心脏病的再次手术、保留自身瓣膜的换瓣手术、冠状动脉搭桥术、心脏肿瘤的手术治疗、小切口胸部手术及需要大血管重建的胸部纵隔手术。

李小波的父母及他自己的小家都在上海，而吸引他走进二附院心血管中心，加入李庆国团队的，就是这个独一无二的集诊断、心超检查、住院、麻醉手术、重症监护、康复等于一身的一体化一站式高效运行机制和这里的学术研讨氛围，还有就是"心佑工程"。

作为志愿者，李小波参加了多个救助基金项目，在西藏、贵州、山东、江西、福建等地救助了千余名先天性心脏病患儿。

2019年3月，某知名医院小儿心脏重症监护室主任陆凤霞正式加入李庆国团队。

性格爽朗的陆凤霞做了十几年小儿心脏重症监护工作，积累了丰富的经验。

其实之前的几年间，陆凤霞就经常应邀到二附院心血管中心指导心佑工程救治的复杂先心病患儿的术后监护。

二附院心血管中心虽不能说群贤毕至、少长咸集，却也是志同道合、人才济济。

李庆国团队不断壮大，"鸟枪换炮"，正式开启华东地区第一家诊治一站式心血管中心，病人在这里普遍得到了最适合、最优化的治疗方案。

这同时成为贫困家庭先心病患者的幸事。

正因为有这样一支年轻有朝气、有情怀、技术实力雄厚的队伍，"心佑工程"这个由医护人员发起，旨在帮助免费救治贫困家庭先心病患者，帮助贫困家庭摆脱因病致贫、因病返贫困扰的爱心工程，很快"星星之火，燎原天下"。

第四章 心佑行动

心佑苏北行

关键词：星星之火

2020年全面建成小康社会，是中国共产党向人民、向历史做出的庄严承诺。

全面建成小康社会，重在全面，脱贫攻坚是场硬仗。

在扶贫的路上，不能落下一个贫困家庭，丢下一个贫困群众，这是党中央的战略部署。

江苏，地处中国东部沿海，是经济大省，江苏的脱贫攻坚是在绝对贫困问题基本解决的基础上推进的，主要是解决相对贫困家庭的问题。

江苏脱贫攻坚任务主要在苏北。

李庆国的家乡盐城滨海就是苏北老区。

家乡有一个乡村医生叫李二爹。

李二爹本来与李庆国并不熟，也是因为有位亲戚患心脏病要手术，慕名找到了老乡李庆国。

李庆国为李二爹的亲戚做的手术很成功，李二爹既钦佩又感激，觉得李庆国是家乡的骄傲，就一再盛邀他和他的同伴到村卫生所指导。

那时，二附院心外科刚刚组建。

苏北的群众身体健康状况到底如何？

李庆国为了让科里的医护人员能深入了解和体验苏北农村生活，接受了李二爹的邀请，决定带着全科医护人员进行一次"滨海行"。

　　说是村卫生所，其实就是李二爹的家。

　　临行前，李庆国让李二爹通知全村五十岁以上的老人都到卫生所来，免费为他们做一次义务体检。

　　"省城南京的专家免费来给我们检查身体了！"老人们奔走相告，近百位老大爷老大妈拥到了李二爹家门前。

　　整整忙了一天，李庆国及他的伙伴们感慨不已：虽然农民的生活比以前好了，但是城乡差别依然很大！

　　全村近百位老人几乎没有一个是完全健康的，均患有各类高血压、糖尿病、高脂血症、脑梗等老年病，他们大多生病了都自己扛着，几乎没有什么医疗保健和养生知识。

　　小康不小康，关键看老乡。

　　没有全民健康，就没有全面小康。

　　健康中国的重点在农村，在农民。"滨海行"使李庆国深受触动。

　　心佑工程开展不久，李庆国就有了一个宏大的计划：竭尽所能，帮助苏北贫困家庭的先心病患儿得到免费救治，让他们的心与健康孩子的心一样跳动，让他们的家庭不至于因孩子的先心病而陷入贫困。

　　心佑工程苏北行列入了日程。

　　"行，这事交给我，我来联系！"刚加入团队不久来自苏北沭阳农村的耿直蛮有把握地说。

　　年轻朝气的耿直不仅为人爽直，而且工作雷厉风行，热情似火，眼里不容沙子。

　　耿直原以为心佑工程做的是公益，一路绿灯应当很容易，但是几个电话打下来，耿直有些不能理解了。

　　"咱们好心好意免费去为他们的贫困家庭先心病患儿手术，怎么都说忙、没时间、抽不出人手帮忙呢？"耿直向李庆国诉苦。

　　热脸碰上了人家的冷屁股。

　　李庆国安慰耿直："基层工作忙很正常，再说任何一项事业都有一个

心佑工程团队在苏北地区的学校开展先心病筛查。

认知的过程。不能怪他们，他们对我们的心佑工程不熟悉、不了解。待我们在一两个县和几个乡镇把心佑工程开展起来，他们自然就理解、就支持了。"

"怎么开展呢？"耿直觉得下面不热情、不配合，心佑工程很难做。

"你我都是苏北人，家乡有很多同学、好友，有道是近水楼台先得月嘛，找他们呗！"李庆国说。

"公益活动也要找自己的人脉关系？！"做了几年警察的耿直虽有不解，但经过李庆国这一点拨，也算明白了。

"基层乡村对先心病救治知识的科普宣传和教育不多，群众了解不够，所以咱们的心佑工程，我和你就从老家先心病科普教育，从为群众义诊做起。"李庆国对耿直说。

于是，李庆国、耿直兵分两路，一个去了盐城滨海老家，一个去了宿迁沭阳老家，各自找关系，推介心佑工程。

滨海县卫生局的领导对从滨海八滩医院走出来的心外科专家李庆国并不陌生，而且李庆国牵头组建了南京医科大学二附院心外科，他们也早有耳闻，对李庆国回报家乡的行动由衷赞赏，对心佑工程这样的好事自然热情支持，没话说。

而且，李庆国在滨海县人民医院还有一个"铁杆老同事"，对李庆国做心佑工程的想法更是完全理解，他就是滨海县人民医院副院长戴斌。

戴斌与李庆国当年一同考上中专卫校，李庆国上了盐城卫校医士班，戴斌则考上了盐城卫校中医班，两人同一年毕业回到八滩医院工作，住在一个宿舍。后来，他们一同报考研究生。戴斌在南京中医药大学研究生毕业后，因为小家庭在滨海，所以回到了滨海县医院工作，由于表现优异很快被提拔为副院长。

就这样，心佑工程首先在滨海落下了脚。

从先心病的成因、先心病的危害、先心病的手术救治，到心佑工程的基本指导思想和做法，李庆国的讲座反响热烈。

前来听讲的都是乡镇卫生院的院长、副院长和主要业务骨干，由于长期在农村基层工作，对于先心病给患儿带来的痛苦、对家庭带来的影响，他们看到的太多了。作为乡村医生，他们对先心病很无奈，心有余而力不足。

如今，心佑工程免费救治贫困家庭的先心病患儿，这当然是个好消息！

"李主任，我们乡里有好几个先心病患儿，他们生活质量很差，太可怜了！"

"李主任，我家亲戚的孩子就是先心病，已发展到肺动脉高压并发症了，打个出租车都爬不上去，孩子不堪折磨，家人不堪重负，救救他吧。"

……

与此同时，耿直在家乡沭阳的工作也取得了重大进展。

沭阳，从远古走来，历经两千多年的风霜，脚踏着淮海大地，依偎在沂淮沭河身旁。

沭阳是全国人口大县，全县200多万人，在全国县级人口数量上位列江苏第一、全国第二。

"免费来为我们沭阳贫困家庭先心病患儿手术，这是南医大二附院医务工作者不忘初心、牢记使命的实际行动，大好事啊，我们配合支持！"沭阳县领导给予心佑工程高度肯定。

心佑工程开始走进沭阳。

耿直有个同学叫葛星，是一名年轻的乡镇干部，在沭阳县扎下镇担任镇长，耿直便把心佑工程在沭阳的第一站放在了扎下镇。在扎下镇成功救助了几名贫困先心病孩子之后，葛星成了心佑工程的义务宣传员，并且帮助联系了其他乡镇的领导。

就在心佑工程拉开苏北救助行动序幕的时候，一位在江苏省人大常委会工作过的老同志到二附院看病，听说了心佑工程，被医务工作者的这份使命与初心感动，专门给从江苏省人大常委会财务处长岗位下派到泗洪县挂职县委副书记、省委帮扶工作队队长的赵正驰打去电话，向他介绍了心佑工程。

徐城洪尽到淮头，月里山河见泗州。

泗洪县是江苏脱贫攻坚的重点地区之一，泗洪的西南岗片区是江苏六大脱贫攻坚片区之一，有4万多贫困人口等待脱贫。

在省级机关工作多年的赵正驰刚到泗洪工作调研时就发现，在脱贫攻坚战中，因病致贫、因病返贫的贫困户是"难啃的骨头"，在泗洪，这样的贫困户占全县贫困户的60%以上。

一个家庭有一个病人，不仅要支出医疗费用，而且还要有专人照顾，失去一个劳动力，如果家中无固定收入来源，他们的生活就会每况愈下，很难得到改变。

赵正驰调研发现，在派驻队员的23个乡村中，有7个村没有卫生室，没有卫生健康教育平台。他带领的帮扶工作队在泗洪的第一项工作，就是积极投入并力促县卫健局与有关乡镇共同努力，在这些村全部建立合格达标的卫生室，解决老百姓家门口的看病就医和卫生健康教育问题。

赵正驰还带领帮扶工作队和泗洪县委、县政府同志一起研究，创造性地建立了泗洪"扶贫100"的精准扶贫新模式，即由县财政与社会各界共同为全县每个贫困人口每年办理100元商业保险，一个重要目的就是解决群众的大病重病救治问题。

对于心佑工程这等好事，作为县委副书记、驻泗洪帮扶工作队队长，赵正驰自然不会错过，马上给李庆国打电话，约请他到泗洪考察。

由于路况的原因，李庆国比预定到达时间晚了一个多小时，但赵正驰一直在约定地点等着他。

这让李庆国很是不好意思。

一周后，汴河之畔的泗州城苏果超市的门前广场人头攒动，李庆国团队的大型义诊和先心病科普宣传活动正在进行。

虽是寒冬，但现场热气腾腾，在偏远的苏北农村，老百姓对于这样的义诊有着非常迫切的需求。

心佑工程走进了泗洪县。

灌云县是革命老区，全县100万人口，贫困人口占总人口的10%。灌云县委副书记、省委帮扶工作队队长杨金国是江苏省交通厅机关下派的，老家也是沭阳。一次老乡聚会中，耿直认识了杨金国，杨金国了解到了心佑工程。

"辛辛苦苦忙多年，一人生病，全家又回解放前！"杨金国对因病致贫的群众疾苦感同身受，对先心病危害早有所闻，立即协调县卫健局等支持配合心佑工程。

灌云县政府和南医大二附院共同组织的"心系老区，情暖灌云"大型义诊及心佑工程苏北行灌云站启动仪式，在一个天高云淡的周末举行。

二附院消化医学中心主任缪林、康复科主任刘元标、心脏内科副主任医师程宏勇、神经内科主任医师潘凤华、眼科副主任医师袁鹏、呼吸科副主任医师高天明、普外科副主任医师雷亿群、妇产科庄明、骨科王刚、肾内科陈瑜、胰腺外科杨晓俊、心胸外科耿直和戴一鸣等组成的阵容强大的专家团与心佑工程团队，在副院长李庆国的带领下一同赶到灌云，为灌云的群众进行现场义诊，同时启动"心佑灌云"行动。

海上碧涛连白云，山中白云灌峰林。

心佑工程走进了灌云县。

星星之火，可以燎原。

关键词：大筛查

心佑工程刚开始走进苏北时，报名救治的先心病患儿并不多，送过来的都是村镇"家喻户晓"的老病号。

是苏北地区先心病发病少，还是当地先心病患儿已经及时得到了救治？

心佑工程团队很快了解到原因所在。

许多群众不了解先心病，先心病患儿中有症状的没有确诊，症状不明显或尚无症状的，父母甚至还不知道孩子得了先心病。

许多孩子由于父母长期在外打工，只能跟着爷爷奶奶生活，成了留守儿童。孩子有个头疼脑热，爷爷奶奶只会带他们到乡村卫生院卫生所开个药、挂个水，想不到带孩子去大医院检查。

还有，一些群众对先心病有着陈旧愚昧的认知，他们明知孩子有先心病，却不敢面对，更害怕邻里知晓。

李庆国决定，组织力量免费对孩子进行先心病筛查。

筛查分为两个方向，一是在义诊现场，二是与当地教育部门联系，对在校小学生统一进行有组织的筛查。

心佑工程先心病筛查分为两个方向,一是在义诊现场,二是与当地教育部门联系,对在校小学生统一进行有组织的筛查。

筛查工作量巨大。

在义诊现场好办，家长将孩子送来直接检查即可。去学校筛查则很麻烦，首先要经过学校同意，筛查只能放在课间，不能影响正常教学；其次每所学校有几百上千个孩子，每个县有几万至十几万小学生，双方都需要安排好时间。因此，筛查只能根据学校的志愿和时间来安排。

心佑工程团队的医护人员平时工作都很忙，只能利用周末双休的时间来做筛查，而且往返都得自己开车。许多乡镇比较偏远，从南京出发通常需要几个小时的车程，非常辛苦，没有奉献精神根本坚持不下去。

尽管如此，每逢周末，全科的医护人员都会积极报名，踊跃参加。

筛查开始并不顺利。有些群众不了解先心病，生怕孩子被查出了先心病会遭歧视，不肯配合。面对这样的情况，医护人员只能逐个耐心地讲解与说服。

一次又一次地宣传、做工作，讲得口干舌燥。

良苦用心没有白费，尤其在帮助群众义诊后，部分群众被感化了，特别是筛查出的先心病患儿经过免费手术后，群众总算对先心病有了一定的认知，知道了先心病并不可怕、早发现早根治的道理。群众逐步开始配合筛查了。

参加大筛查的心脏彩超室青年女医生苗芃说："每次去苏北进行先心病义诊和筛查都像打仗，现场男女老少里三层外三层，不仅是孩子要筛查，一些老人也要查，我们上厕所的时间都没有。在城里还好，到乡下筛查时，没有公共厕所，只能请同事帮着放哨，才能方便一下。"

苗芃说，他们平时上班做心脏彩超，一天的工作量是30—40人，而到了苏北哪一天都是100多人。

袁振茂有过用心脏彩超仪一天做176例筛查的纪录，这也许可以列入世界吉尼斯纪录。他说，一天筛查下来水不想喝，饭不想吃，只想睡觉。

李庆国的研究生陈志远说：有一次，他与耿直、温中源、管翔、汤璞石、徐长达5位医生到宿迁某乡镇小学进行筛查，一人负责一个年级，一个年级有600个学生。学生排着队筛查，除了徐长达带了便携式心脏彩超机，他与耿直、温中源、管翔、汤璞石等都是用听诊器筛查，一天听下来，耳朵都磨出了血。

不查不知道，一查吓一跳。

有些被诊断为肺炎、哮喘、免疫力低下、发育不良等疾病的患儿（者）被确诊为先心病，这些先心病患儿（者）在当地医院没有及时查出来，导致长期以来药不对症。

这样的结果，带来的一定是一个又一个悲剧。

不能怪基层医院和卫生所的医生。

一台心脏彩超仪器，加探头加软件再加售后服务费用，要两三百万元，县级以下医院根本买不起；有的医院即便有心脏彩超仪，也不会用，缺乏相关的专业人员。

先心病的早期检查确诊是关键，而进行早期检查确诊的医生更是关键之关键。

在基层，心外科专家、医生几乎为零，诊断靠的是听诊器，有经验的医生能从患儿的心脏杂音判定出先心病，没有经验的就很可能误诊、漏诊，错过一个就是错过一条生命，造成一个人生的悲剧、一个家庭的悲剧！

限于当地的医疗条件和缺少专业检查的医生，先心病在一些县、乡医院不能被及时发现和诊断出来。

尤其那些尚无症状或症状还不明显的孩子，平日看上去能吃能睡能玩，但筛查发现他们或是室间隔缺损、房间隔缺损，或是动脉导管未闭等，天生的心脏畸形已经每天在侵害他们的心肺，只不过这类先心病的症状暂时还不明显，可是等到症状明显，也许手术就来不及了。如同造成决堤的蚁穴，开始不过小小一个蚁穴，久而久之蚁穴成为窟窿，窟窿成为无法封堵的决口，直到决堤。

更让人痛心的是，一些孩子的先心病被发现时，已经转化为肺动脉高压等并发症，有的只能以姑息手术延长生命，有的已经失去了手术机会，等待他们的要么是换心或者换肺，要么就是死亡。

陈志远对我说，虽然他们用听诊器筛查，没有便携式心脏彩色超声仪查得精准，但即便如此，仅他负责的五年级就查出6名学生心脏跳动异常，确诊为先心病。因为他们的症状还不十分明显，只是时常感冒，所以家长

"心佑工程苏北行"大筛查,七年间已筛查近5万人。

第四章 心佑行动

并没有发现。

某镇第一次就筛查出 14 个先心病患儿（者）。

有一个家庭，一双儿女都是室间隔缺损，姐姐的手指脚趾粗壮得像紫萝卜。

一个二十岁的小伙子，原来只是房间隔缺损，由于家里没有引起重视，也无钱手术，当他出现在心佑工程筛查医生面前时，已经转变为严重肺动脉高压，无法进行手术，一个月后人就没了。

还有一个患儿家长与耿直加了微信，讨论什么时间手术，但两个月后便再无音信。后来耿直了解到，那个孩子已经不在人间。

痛心疾首！

有的孩子已被查出先心病，需要马上手术，然而——有的家长固执地认为先心病随着孩子长大会慢慢自愈；有的对心佑工程不了解，不相信有免费救治这样的好事；有的对先心病的理解就是"先心病猛于虎"，是不治之症，只要得了病花再多的钱也根治不了。

耿直记得，有一次在沭阳县一个乡镇筛查，一对老年夫妇带着一个十岁的女孩来到现场。耿直原以为女孩是他们的孙女，一问才知是他们的女儿，老两口是老年得女。

女孩的父亲说，孩子只要一活动，就会心悸气短、呼吸困难、嘴唇发紫，只能蹲着。耿直发现女孩已出现杵状指，身形瘦小，生长发育也比同龄孩子差了很多。

以耿直的临床经验，他知道，这显然是先心病，是肺动脉闭锁症状。

检查很快确认了他的判断。

耿直建议夫妻俩马上带女儿到南医大二附院做手术。

女孩的父亲说，家里穷拿不出钱，耿直告诉他，凭低收入证明可以得到心佑工程的援助，免费进行手术。

女孩的母亲听了很感动，立马要报名，可女孩的父亲不相信这等好事，而且认为女儿的症状还不严重，拉着母女走了。

一个月后，耿直他们再次来到这个乡镇筛查，这位父亲带着女儿又出现在现场。

耿直问:"你们女儿上次查过了,叫你们带孩子手术怎么没来?"

女孩的父亲有些不好意思。

"这回怎么孩子妈妈没一起来?"耿直又问。

女孩的父亲双眼立刻红了,一把抱住耿直痛哭着说:"都怪我没听你们的话,孩子前些天发烧,妈妈上街为孩子拿药,遇车祸人没了。求你们为我孩子手术吧。"

那一刻,耿直心里别提多难过了:"要是一个月前他们带孩子来南京手术,孩子的妈妈也不会带着遗憾离开。"

医护人员发现,先心病患儿(者)的家庭基本上都很贫困,因为先心病患儿(者)免疫力低,感冒发烧甚至晕厥是常有的事,平时的治疗先花光了家庭的积蓄,接着就是负债,有些特别贫困的家庭无钱医治,只能听天由命。

还有一个让心佑工程团队心痛的现象:先心病患儿中女孩特别多,因一些农民重男轻女的传统观念所致,男孩患了先心病,家里会不惜一切送去救治,女孩患了先心病,则舍不得花钱去手术。

"这么下去不行,咱们虽然可以经常来查,但毕竟不是在家门口。每年还要出生几万个新生儿,有几十上百个孩子得先心病。"心脏彩超检查诊断专家袁振茂想。

袁振茂对李庆国说:"苏北太缺心脏彩超的医生,我们想办法办培训班,免费为他们培训,力争让每个县甚至每个乡都有一个专业的心脏彩超医生,这样先心病就能及时检查确诊。"

李庆国对袁振茂的提议十分支持:"好呀,每期三个月4—6个人,进修费全免,免费安排住宿!"

为从源头解决基层的"医疗贫困"问题,二附院快速地组织心脏超声医疗专家小组,为苏北贫困县区开展"心脏超声医生免费培训计划"。

这种好事,县、乡医院当然求之不得。

袁振茂以带徒弟的方式开始做培训,教他们解剖、切面,教他们检查诊断、阅片;几百元一本的心脏彩超教材,他自掏腰包买了送给徒弟们。

两年间,袁振茂在繁重的工作之余,带出了50多个心脏彩超医生,

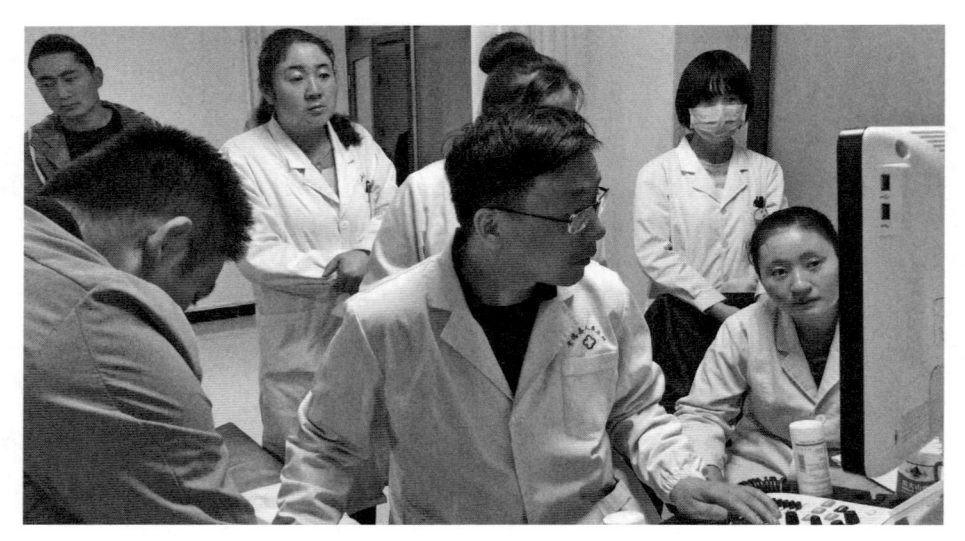

两年间，袁振茂带出了50多个心脏彩超医生，使整个苏北地区基层心脏超声医生的水平得到了很好的提升。

使整个苏北地区基层心脏超声医生的水平得到了很好的提升，这让当地群众不用走出乡镇就能得到高质量的心超检查，使先心病能够及时合理地得到诊治。

同事开玩笑说："袁振茂在苏北桃李满天下，到苏北请他喝酒要排队。"

袁振茂的理想是能为苏北贫困地区的每个乡镇医院都培训出一个心脏彩超的专业医生。

就这样，心佑工程在两年间走遍了苏北沭阳、灌云、灌南、泗阳、泗洪、滨海、响水、阜宁等10多个贫困县的200多个乡镇。

心佑工程所到之处，为老百姓进行大型义诊，并定期在县级医院举办讲座，传播先心病等疾病的诊治知识，开展公益筛查活动，免费救助贫困先心病患儿。

后来，心佑工程借鉴"苏北行"的经验，开展了"陕北行""皖北行""贵州行"，等等。

善道自然和，万里体中行。

万里架"心桥"

关键词：谭晓

克孜勒苏柯尔克孜自治州位于新疆维吾尔自治区西部，地处塔里木河流域上游，地跨天山山区、帕米尔高原、昆仑山山区及塔里木盆地边缘，山地占全州总面积的90%以上。

那是中国太阳落山最晚的一个地方。

克孜勒苏柯尔克孜自治州是江苏省对口援建地区，克州人民医院是南京医科大学援助单位，一直以来，主管业务的副院长都是由南京医科大学在其附属医院里选调干部挂职。

2013年底，时任南京医科大学二附院急诊科主任、心血管内科专家谭晓被派往克州挂职。

为更好地以南京医疗技术资源支援克州，谭晓协调二附院与克州人民

新疆克孜勒苏柯尔克孜自治州——中国太阳落山最晚的地方。

克孜勒苏柯尔克孜自治州州府阿图什市街头。

医院进行了远程医疗会诊等合作，2014年7月，两地医院通过电视举行了远程医疗会诊仪式，为此，谭晓从克州回了一趟南京。

谭晓回来后，听说医院引进李庆国团队创建了心血管外科，十分高兴，他与李庆国虽然没有很深的交往，但知道李庆国在心外科方面的研究水平和精湛的手术技术。

年近花甲的谭晓个子不高，头发花白。

在一次会议的间隙，谭晓专门与李庆国进行了一次交谈。他向李庆国介绍——

克州地处帕米尔高原，最高海拔7719米，平均海拔2000多米，空气稀薄，含氧量较低，使得儿童先心病成为这里的常见病、高发病。

农牧民饮食习惯口味重，蔬菜少，当地群众心脏病发病率很高，克州发现的先心病患者占总人口的比例是10‰—12‰，远高于内陆和沿海地区。

尤其是草原牧区，妇女没有婚检、孕检的习惯，新生婴儿几乎没有接受过先天性心脏病筛查，先心病发病很常见，甚至有的家庭几个孩子全部患有先天性心脏病。

"限于医疗条件，许多先心病患儿因为没有及时手术，发病后还没送到医院人就没了。作为医生，面对先心病患儿时无能为力，眼睁睁地看着他们被疾病折磨，心里很难受啊！"谭晓说这话的时候心情很沉重。

"克州人民医院能做心外科手术吗？"李庆国问。

"做不了呀，整个新疆也就是乌鲁木齐能做普通的心外手术，复杂的心脏手术都要从北京、上海请专家来做。"谭晓说。

"谭院长，你知道我们的心佑工程吗？"李庆国问。

"什么心佑工程？"谭晓问。

"我们心外科正在关注先心病患儿，发起了心佑工程，帮助贫困家庭的先心病患儿免费手术。"李庆国介绍。

"这可是大好事呀！"谭晓听了李庆国介绍，啧啧称赞。

"克州是江苏对口援建的地区，如果可能，我们可以为帮助克州先心病患者获得救治做出努力。"李庆国说。

"哎，如果你们能够帮助解决克州先心病的治疗问题，那可是江苏对口援建的一件实事，克州群众肯定是感激不尽的！"谭晓很兴奋。

可谭晓想了想，又不无遗憾地说："克州当地目前还不具备救治先心病的手术条件，我们医院能做先心病筛查的医生少，人手也比较紧张呀。"

"我们可以派医生去克州筛查，把患儿接到南京来手术。"李庆国认真地说。

"这好呀！只是那里距南京千山万水，条件艰苦，与当地群众语言不通，与老百姓交流比较困难，你们要受累了。"谭晓说。

"没问题，我们团队的医生护士都还很年轻，只要我们的技术能够帮助克州先心病患儿，再苦再累也开心的。"李庆国说。

"好，我这就向江苏援疆指挥部领导汇报。"谭晓握着李庆国的手，脸上露出欣喜的笑容。

江苏援疆指挥部领导听了谭晓的汇报，当即表态：二附院能帮助解决克州的先心病救治问题，正是健康援疆、精准扶贫，是大好事啊！一定大力支持！

李庆国和谭晓立即着手准备，安排医护人员前往克州开展先心病患儿（者）筛查工作。

听说要把心佑工程带到新疆克州，心外科的医生护士们好不兴奋。大家大多没有去过新疆，更没有到过克州，不知道克州在哪里。

汪露找来一张中国地图，查了一下——克州与南京距离竟有5000多公里！

"哇，克州这么大，距南京来回上万里呢，这么遥远啊！"汪露感叹道。

兴奋之后，大家开始担心：克州地处边疆，又是少数民族地区，语言不通，风俗习惯不同，心佑工程如何开展？

"我们万里驾心桥！"李庆国说。

李庆国一向认为，成就一番事业需要机会与缘分。

让李庆国没想到的是，心佑工程这次走进新疆克州，机缘就真的来到了他的面前。

关键词：阿依布拉克

这天上班开过晨会，李庆国回到办公室，接待了一位身材婀娜、美丽大方的姑娘，是经朋友介绍专程来拜访李庆国的。

姣小的脸型、精致的五官、一双会说话的碧蓝眼睛，一看就知道这是一位少数民族·姑娘，不过，李庆国还不知道她来自哪个民族。

姑娘落落大方地坐下来，与李庆国短平快地谈完事后，很好奇地问道："李院长，我刚才经过你们的会议室，看到你们医院有个横幅，你们刚举行过与新疆克州人民医院进行远程医疗会诊的仪式？"

"是啊，刚举行过。"李庆国说。

"太好了，李院长，我叫朱玛克·阿依布拉克，就是新疆柯尔克孜族人哩，叫我布拉克就行。没想到你们在南京就能为我家乡的乡亲们看病！"布拉克有些感动。

"哦，你是新疆克孜勒苏柯尔克孜自治州人吗，太好了！"李庆国激动地站了起来。

"我是克州人，怎么了？"布拉克反而有些不好意思。

"我们正要去你们克州做心佑工程，你可以帮助我们吗？"李庆国急着问。

"心佑工程，什么是心佑工程？"布拉克不太理解。

"我们的心佑工程主要是帮助贫困家庭先心病患儿，为他们免费手术。听说你们那是高原地区，先心病患儿较多，我们要去帮助他们。我们正在准备去克州做筛查，你能帮助我们吗？"李庆国问。

"哎哟，这个心佑工程太好啦，我要参加。我们那高原缺氧，我妈妈就是先天性心脏病患者。我知道，我们那很多人都有这个病。你们要去帮助克州人民，是我们的福气。需要我做什么，义不容辞呀！"布拉克很激动，也很爽快。

布拉克接着问："可我不是医生，能帮助你们做什么呢？"

"哎呀，你能帮助我们的太多了。我们人生地不熟，虽然江苏援疆办的同志会帮助我们，但是我们对当地的先心病患病情况不了解，需要进行筛查，并与病患家庭沟通，语言不通便无法与当地人民交流。如果当地政府和医院能配合做这项工作就更好了！"李庆国说。

"这个没问题。我是土生土长的克州人，我爸爸担任过克州人大常委会副主任。当地政府和医院的配合没有问题，向导和翻译包在我身上。"布拉克回答得很干脆。

听说有布拉克这样一位热心的克州人，乐意帮助心佑工程入驻克州，谭晓也非常高兴："这样我们的工作效率就会提高了！"

布拉克究竟是何许人也，家在万里之外的她又怎么会这么巧地出现在南京呢？

2019年7月2日下午，在克州阿图什市的"月亮泉"，一个店名寓意为月亮倒映在水面上的柯族风情茶餐厅，我见到了布拉克——细腻白皙的皮肤像羊奶凝乳一样，一双浅绿色的眸子，像两泓沙漠里的甘泉，清澈明亮，令人望而心喜。

1984年出生的布拉克可谓名门之后，爷爷曾经是柯族首领，母亲毕业于北京民族学院，父亲曾担任过克州人大常委会副主任，后任克州文联主席。

《玛纳斯》是中国少数民族的三大英雄史诗之一，是记述柯尔克孜族人生活的一部百科全书，在中外文学史上享有巨大声誉，是广泛流传在柯尔克孜族民间并世代传承、深受本民族人民喜爱的文学作品。这部英雄史诗的汉译工作就是由布拉克的父亲朱玛克主持并参与的。

克州与吉尔吉斯斯坦相邻，在吉尔吉斯斯坦境内生活的主要是柯尔克孜族人，朱玛克因为翻译了柯族英雄史诗，受到了吉尔吉斯斯坦人民的尊重。中国与吉尔吉斯斯坦建交后，朱玛克就成了两国文化交流的使者。

父母的开明使得布拉克从小就受到汉族文化的熏陶，幼儿园上的是汉语班，2000年读高中时，国家扶持西部发展，在内地开设少数民族班，布拉克与四名柯族中学生考上了深圳松岗中学。

布拉克在学校勤奋好学、品学兼优，还担任校学生会副主席和班长，高中毕业后考上了首都师范大学。

布拉克说，走出克州才知道祖国很大，也很美。因此，她在大学选择

布拉克与柯尔克孜族先心病女孩。

了旅游管理专业，最初的一个梦想就是游历祖国的大江南北。

在北京读书期间，为了解北京、融入北京，每逢节假日，当少数民族的同学纷纷找老乡聚会时，布拉克却揣着一张公交卡，把北京的胡同看了一个够，小吃尝了一个遍，广交了许多朋友。

2007年，布拉克大学毕业，以她的条件，回到家乡做个公务员没有问题，但她选择留在了北京。

2008年北京奥运会，组委会要接待世界各国元首、政要出席开、闭幕式，观看演出和比赛，其中吉尔吉斯斯坦总统也要来，需要志愿者提供接待、翻译等服务。布拉克被选上了，她以出色的表现赢得了组委会的嘉奖。

"那一个月，大开眼界，受益太多。"布拉克至今难忘。

也是那一年，布拉克考上了研究生，学的是民族语言比较学专业。

为了在北京生存，布拉克一边读书，一边打工，研究生毕业时，她已经成为一家软件公司的客户经理。

2013年，正当生意做得风生水起的时候，布拉克辞职了，她要自己创业，自己当老板。

布拉克离开了生活十年的北京，来到了陌生的南京。

之所以选择在南京创业，源自那一年的"五一"假日，布拉克陪同父母到南京旅游。高大的梧桐树、葱郁的林荫道、古老的六朝文化、别具风格的民国建筑，以及南京的鸭血粉丝汤，都深深吸引了她。

也正是因为这一选择，布拉克与李庆国团队的心佑工程结下了不解之缘。

布拉克是个说到做到、能力很强的柯族姑娘。

与李庆国、谭晓碰头后，布拉克立即飞回家乡，也带回了南医大二附院的心佑工程将帮助克州贫困家庭先心病患儿免费进行手术的消息。

于是，她的父亲、母亲、姑姑等亲朋好友都成了心佑工程的宣传员，克州当地的报纸也刊登了这一消息。

克州卫生健康委员会和克州人民医院更是对心佑工程给予了大力支持和积极配合。

很快，报名申请先心病手术的家庭达到了 100 多个。

值得一提的是，布拉克的心灵与她的外貌一样美丽，在协助心佑工程走进克州的两年里，她花费了大量时间和精力，并且全是义务劳动，连往返机票都是自费的。

关键词：邵峻

邵峻是最早跟随李庆国到二附院组建心外科的心血管科介入医生。

2014 年 7 月 15 日，南京正值骄阳似火，受科室委派，邵峻专程赶往克州，对报名申请手术的患儿进行筛查、确诊。

属羊的邵峻身材不算高大，平日嘴角轻扬，似带着一抹淡然的笑容，步伐不急不徐，自有一股轻松惬意的气度。

南京，乌鲁木齐，喀什，克州。飞机，汽车。

从华东到西北，邵峻平生头一回坐这么长时间的飞机，去这么远的地方。

坐在喀什到克州的大巴上，透过车窗放眼望去，一望无际的黄土沙丘、光秃秃的峰峦和褐色的峭壁，让这个生活在江南鱼米之乡的青年医生见识到了什么是辽阔与苍凉。

头一天筛查，就来了 30 多个孩子。

邵峻从早饭后便开始忙碌，听诊器戴在耳朵上都没取下过。待 30 多个孩子全部筛查确诊完毕，他抬腕一看表，已是晚上九点多。南京此时早已华灯齐放，而克州太阳还未下山，直到晚上十点，天还亮着。

连续三天，当邵峻给申报名单中的最后一个患儿做完筛查，准备午饭后带着第一批孩子返回南京手术的时候，布拉克又叫住了他。

"邵医生，不好意思，有位家长才来电话，还有十来分钟就到了，可否等他一下？这户人家到克州有 200 多里路，夫妻俩是赶着驴车送孩子来筛查的，凌晨三点就出发了。"望着疲惫的邵峻，布拉克不好意思地说。

"没关系，我等他们！"邵峻无法想象这对父母赶着驴车是如何行走了 200 多里山路的。

邵峻身材不算高大,平日嘴角轻扬,步伐不急不徐,自有一股轻松惬意的气度。

30多个贫困家庭的先心病患儿经过筛查确诊，亟待手术。

然而，就在征求家属意见、排定手术名单的时候，听说要到万里之外的南京去手术，许多家长还是犹豫了，尽管邵峻和布拉克告知他们手术是免费的，来回的机票、车票包括陪护家人的费用都由医院承担，尽管这些家长们那么渴望孩子能顺利手术，像正常人一样健康成长。

"去这么远的地方做这么大的手术，万一在手术台上下不来，我们就再也看不到孩子了。"有的家长说出了心里的担忧。

其实，担心的不仅仅是患儿的家长，还有援疆干部和二附院的领导。

行程万里，飞机、汽车辗转七八个小时，劳累紧张，水土不服，都可能导致心脏病发作。而且，任何手术都有风险，先心病的手术风险是3%，100例手术中3例死亡属于正常。

但是，心佑工程不允许出现这种情况。

心佑工程毕竟是自发的，并不是组织上安排的工作，上级领导也没有这个要求。把患儿接到南京手术救治本身是件好事，可万一有个三长两短，损害二附院的声誉不说，怎么向患儿家长交代？这些孩子来自新疆克州，民族关系、政治影响等都不是小事。

院长鲁翔专门把李庆国叫到办公室。

"都准备好了吗？"鲁翔问。

"都准备好了，院长您放心。"李庆国说。

"有绝对把握吧？"作为老年心脏专家，鲁翔知道医疗手术没有"绝对"一说，可还是忍不住问道。

"院长，百分之百，放心，我有绝对把握！"李庆国坚定地说。

"好，院党委商议过了，大力支持你们，院后勤、医务处都会配合你们。"鲁翔的表态让李庆国感动，也增添了他的信心。

为慎重起见，李庆国与谭晓、邵峻、布拉克等人商议，先从30多名患儿中挑选2名患儿第一批到南京手术，等他们在南京手术病愈，顺利返回家乡，那些担心、犹豫的家庭自然就放心了。

于是，十七岁的大男孩托依达力和三岁的小女孩思穆巴提成为心佑工程在克州的第一批幸运儿。

他们都是乌恰县牧民的孩子。

关键词：托依达力

乌恰县位于天山南麓与昆仑山的结合部，坐落于中国最西部。

托依达力的家在乌恰县玉奇塔什草原，与克州所在地阿图什市相距350公里。草原上长大的托依达力身材清瘦，五官棱角分明，是个长相俊气的柯族少年。

托依达力打小就常常发烧，父母每次都以为是感冒，便一直在乡村卫生所医治。

有一次，托依达力高烧不退，父母带他去了克州的医院。医生检查后告诉他们，托依达力患了先心病，要手术，否则病情会加重，导致肺部充血，出现肺动脉高压。托依达力的父母被告之，手术费用至少要6万元，而且克州的医院也做不了这个手术，得坐飞机到乌鲁木齐去医治。

50头羊和1顶帐篷是托依达力一家的全部家当，一年放羊的收入本可以维持一家四口的生活，但托依达力的病，让这个家庭背负着沉重的负担。

更加不幸的是，托依达力的妹妹出生后与他一样常常生病，症状相同，后来一查，也是先心病。

一双儿女都患有先心病，兄妹俩的手术费用要10万多元。

家里一年放羊的毛收入不过3万多元，要管一家人的生活，还要给兄妹俩买药，两个孩子不是今天你感冒，就是明天他发烧。

没有余钱给兄妹俩手术，托依达力的父母只能眼睁睁地看着儿女一天天长大，病症也一天比一天明显。

邵峻后来在给托依达力诊查后发现，他除了房间隔缺损，还有三尖瓣关闭不全症。

房间隔缺损是最常见的一种先天性心脏畸形，约占先心病发病总数的6%—10%。

心脏有两房两室，心房之间隔着一堵墙，心室之间也隔着一堵墙，这两堵墙就叫房间隔和室间隔；左心房和右心房之间的一堵墙出现破损，导致两个心房之间出现分流，就是房间隔缺损。

草原上长大的托依达力，是个长相俊气的柯尔克孜族少年。

因为左心房的压力比右心房要高一些,所以在心脏收缩的时候,血液会从左心房跑到右心房里来,而这些血又会最终流到肺动脉去,最后出现肺动脉压力的升高,导致肺动脉高压。

在房间隔缺损没有及时得到手术修补或者封堵,也没有自身愈合的情况下,肺动脉压力会慢慢地升高,最后达到一个非常高的水平,甚至达到乃至超过我们的血压水平,而一旦超过,就是所谓的艾森曼格综合征,即心脏病晚期的一个表现。

这类患者早期发现之后,应该尽早进行手术或者内科介入封堵治疗,可以避免肺动脉高压的发生,延长患者的生命。

托依达力由于长期的先心病没有得到矫正,已经出现了继发性的三尖瓣关闭不全,吃药是不能解决问题的。三尖瓣的病变会引起人体循环的淤血,症状主要为人的腿、脚逐渐水肿,然后出现腹水、肝大、肝硬化,甚至整个颈静脉扩张。

幸运的是,2013年当地有一项扶贫计划,给了托依达力家一个去乌鲁木齐免费做手术的指标。

父母本想先让托依达力去手术,他是老大,又是男孩,毕竟还要指望他日后成为家里的帮手。

可是,懂事的托依达力执意把这个机会让给了妹妹。

十五岁的妹妹缺损的心室补好了,而托依达力此时已很容易疲乏、腹胀,走路走快了就会气喘吁吁。

托依达力从小就有个梦想,就是将来高中毕业后考上北京大学,因此他学习很刻苦,成绩在学校一直名列前茅。

托依达力顺利考上了高中,却并不开心,因为他听说像他这样患有先心病的孩子高考上大学是受影响的,有可能上不成大学。

想到自己上不成大学,托依达力常常暗自流泪。

托依达力知道父母很辛苦,每年暑假都会跟着父母到草原上帮忙放羊。2014年的暑假,托依达力照旧回到了草原上。

托依达力记得很清楚,7月11日的那个上午,蓝天白云,阳光灿烂,正在草原上放羊的他突然接到了舅舅的电话。舅舅告诉他,南京有个心佑工程，要为克州贫困家庭的先心病患儿免费手术，乡里已经替他报了名。

舅舅是小学老师，消息总是很灵通。

托依达力听了后兴奋不已，策马扬鞭，立即把这个消息告诉了父母。

经过筛查，托依达力被列入赴南京手术的名单，在征求患儿家庭意见时，当一些牧民还在犹豫的时候，托依达力便表达了想尽早到南京手术的强烈愿望。

心佑工程的工作小组考虑到托依达力还有一年就要参加高考的实际情况，将他列入了第一批去南京手术的名单，与思穆巴提一起。

得知这个消息，托依达力兴奋得一夜没睡着。

关键词：思穆巴提

2014年7月18日晚上，由乌鲁木齐飞往南京的飞机徐徐降落在南京禄口机场。

南医大二附院的医护人员手捧鲜花，接到了两位来自新疆克州的先心病患儿——托依达力和思穆巴提，以及陪护他们的亲人。

由于托依达力的父母都不懂汉语，而且此时正是夏季放牧时节，所以陪同他来南京手术的是他在小学当老师的舅舅。

对于托依达力来说，这是他第一次离开父母，第一次离开新疆，第一次来到南京，有太多的第一次。

对于南京，托依达力在初中的历史课本上学到过，他知道那是一座六朝古都。

看着车窗外灯火阑珊的古城，托依达力特别希望等自己的病好了，能够好好地逛一逛传说中的南京中山陵和夫子庙。

一出机场，刚满三岁的思穆巴提还有点认生，躲在妈妈的怀抱里，小家伙有一双漂亮的大眼睛，对周围的一切充满了好奇。

思穆巴提的妈妈脸上则透着难掩的担心。

思穆巴提是她唯一的孩子，六个月的时候一次感冒住院被查出房间隔缺损。家里拿不出钱给孩子手术，也舍不得让女儿这么小就承受手术的痛苦。又听人家说孩子还小，等慢慢长大了，房间隔缺损会自己长好。这一

刚到南京，思穆巴提的妈妈脸上透着难掩的担心。

等就等了三年。

可天天盼着，女儿的房间隔缺损病不但没好转，而且一天比一天严重，嘴唇蓝绀，面色苍白，发育迟缓，反复呼吸道感染，父母看着揪心不已。

房间隔缺损的严重程度主要和房间隔缺损大小有关：当房间隔缺损小于5毫米时，对人体没有影响；当房间隔缺损较大时，会导致肺动脉高压、心力衰竭、心脏扩大等，可通过介入封堵术和开胸修补术及早治疗，能取得良好效果，对心脏的发育不会产生任何影响。

听说心佑工程团队到了克州，思穆巴提的父母立即带着女儿坐了五个小时汽车，赶到克州人民医院。

邵峻对思穆巴提进行诊断后告诉他们，思穆巴提患的这种先天性房间隔缺损自行愈合的几率与缺损的面积密切相关：如果其缺损的直径不超过5毫米，一般都可以孩子在五岁之内自行生长愈合，如果其缺损的直径相对比较大，达到或者超过5毫米，大多数不能够自行愈合。思穆巴提房间隔缺损已经达到10毫米，必须手术才能治愈，越拖病情越重，甚至很快会失去手术的机会。

而当思穆巴提的父母得知女儿有机会到南京免费手术的时候，他们又激动又担心，激动的是女儿这回有救了，天上掉下个馅饼，这么大的福利降临到他们的身上，担心的是听说心脏手术是大手术，万一……

邵峻向他们详细地介绍了手术的风险性与安全性，思穆巴提的父母思来想去，想到送女儿到南京手术关系到女儿的生命和整个家庭的未来，他们最终下定了决心。

关键词：小切口

二附院对两个接受心佑工程帮助来到南京进行先心病手术的新疆孩子安排得十分周到。

医务处副处长袁同洲与心外科的护士长汪露等亲自前往机场接机，给患儿和家人送上了鲜花，后勤部门为他们准备了宵夜和洗澡水。考虑到他们的饮食习惯，医护人员还特别定了清真餐。这一切，让远道而来的他们感受到了家一般的温暖。

尽管李庆国对两位小患者的手术胸有成竹，但他还是十分慎重地召集全科医护人员对手术进行了认真的评估，确定了手术方案，做了万无一失的安排。

当时，很多医院和医生习惯对室间隔和房间隔缺损进行正中开胸手术修补。

李庆国考虑到两位患者都还是孩子，手术的伤疤会随着身体发育而成长，伴随他们一辈子，于是决定采用腋下小切口微创手术，这样不仅痛苦小，恢复快，而且美观，伤好后一般看不出来。

自然，这种从腋下小切口对房间隔缺损的修补难度会大一些。

因为从右腋下进行操作，而心脏又在人体的左边，这经过肺部到心脏的路途中也是风险重重。

心脏手术是一台十分精细而且牵涉全身所有器官的大型手术，李庆国知道，自己手术中的每一步，都关乎着思穆巴提和托依达力的未来。

7月23日上午八点半，思穆巴提首先被推进了手术室。

九点，麻醉医生姚昊对思穆巴提进行了全麻。

九点半，李庆国开始进行房间隔缺损修补手术，体外循环机开始灌注。

十点五分，思穆巴提的心脏心跳停止，体外循环机暂时代替了心脏的功能。

十点十五分，房间隔缺损修补手术完成。

十点二十分，思穆巴提的心脏复跳。

思穆巴提的母亲一直紧张地守候在手术室外，屏声静气，一分一秒地数着时间。

手术结束，为了宽慰思穆巴提母亲紧张的心，汪露特意用手机拍摄了思穆巴提手术时的照片，拿出来给她看。

十一点，手术室的大门打开，躺在手术床上的思穆巴提被推了出来。

"放心吧，手术非常成功，我们用了微创小切口，没有出血，对孩子的影响很小。她在重症监护室，几天就可以出来了。"李庆国说。

"谢谢，谢谢！"思穆巴提的母亲用并不流畅的汉语连声道谢。

当女儿被送进重症监护室的时候，她立即拿出手机拨通了远在新疆的亲人的电话，与他们分享手术成功的喜悦——5000公里外，思穆巴提的父亲和家人都在等待她手术的消息。

"女儿手术做好了，很成功，很顺利。"思穆巴提的母亲边说边流着热泪。

此时，托依达力开始做相应的术前准备。

托依达力的舅舅始终放心不下，一直给他鼓劲："不要害怕，不要紧张，手术一定会成功，勇敢一点！"

术前体检必不可少，超声心电图是非常重要的一项，就在手术前几天安排的全面体检中，让李庆国较为担心的情况还是出现了。

由于托依达力的先心病一直拖到了十七岁，导致他肺动脉压力较高，肺动脉段很突出。肺动脉高压会给手术前后带来困扰，极有可能使手术前后存在潜在风险。

这样的风险对李庆国来说不算什么。

四十分钟后，托依达力的房间隔缺损修补完成，以后当他的心脏收缩的时候，血液再也不会从左心房跑到右心房里面来了。

经过一段时间的调养和护理，两位小患者已经完全康复，即将出院返回新疆克州。

托依达力已经可以跑步、爬楼，他兴奋无比，想马上就去中山陵、夫子庙，看看实地与书上写的有什么不同。

思穆巴提蓝绀的嘴唇变得红嘟嘟的，母亲脸上总算露出了宽心的笑容。

心佑工程团队的医护人员决定满足孩子们的愿望，带他们逛一逛南京城。特别是像思穆巴提的母亲，以前几乎没有出过家门，将来再出家门的机会也不会很多。

在南京海底世界，从小生活在高原上的他们，从未亲眼看到过眼前海底的景象，对海洋里的一切充满了好奇。

而对这些海洋生物，思穆巴提开始还有些紧张、害怕，后来逐渐变得活泼起来，甚至主动跟妈妈用手比画着。

托依达力则终于看到了曾经只在历史课本上见过的中山陵，拍下了很多照片。

所有的登机手续都办好了，意味着分别的时刻来临。

经过十多天的相处，两位新疆患儿以及他们的亲人与心佑工程团队的医护人员有了感情。

思穆巴提的母亲从包里拿出一幅"福"字的十字绣，交给了送行的耿直，她说："你们心佑工程救了我的孩子的命，一想到自己的孩子与其他健康的孩子一样可以跑啊跳啊，过正常人的生活，就会很激动，不知道说什么好了。这是我绣的福字，送给你们，希望你们都有福。"

直到这时，医护人员们才反应过来，这些天思穆巴提的母亲每天熬夜绣十字绣，原来是为表达心意，是专门为他们而绣的。

托依达力来南京手术的时候，家里给了他300元钱，他舍不得花，却买了一对可爱的小海狮玩偶，送给了医护人员，说："我非常喜欢南京，我考上大学后来南京看望你们，希望你们别忘记我，这对小海狮送给你们，你们看到小海狮就会想到我了。"

医护人员仔细端详，小海狮那憨态可掬的模样还真与托依达力有几分相像。

托依达力和思穆巴提成功手术，健康平安地返回克州，使克州先心病患儿家庭担忧的心放下了，纷纷请求心佑工程救助他们的孩子。

2014年9月，第二批4名先心病患儿救助手术确定。

第一批孩子手术出院后，李庆国就开始着手准备第二批先心病孩子的手术救助事宜。第一批孩子的手术费用由医院解决的，第二批孩子的费用从何而来？

又一个机缘出现在李庆国的面前。

李庆国接到了台湾大学儿童医院的老朋友、儿童心脏病科专家王主科的电话，好友告诉他最近要到大陆开会，想与他见面。

李庆国知道，王主科是国际上数得着的几位儿童心脏病介入治疗专家之一，既有高超的技术，又有情怀，若能争取到他的帮助最好不过。

李庆国立即把心佑工程对王主科做了介绍。

思穆巴提的母亲向心佑工程医护人员赠送她熬夜绣的"福"字十字绣。

不愧是好友，王主科不仅对心佑工程的理念十分认同，答应在大陆开会期间义务为孩子手术，而且为心佑工程找到了愿意承担救助这4名孩子的全部费用的一家台湾企业。

2014年11月5日，克州第二批接受心佑工程救助的4名先心病患儿来到南京。他们中年纪最大的买买提肉孜五岁，最小的别格玛依只有十个月。

两批贫困家庭先心病患儿先后得到心佑工程的成功救治，这给了江苏援疆指挥部健康援助、精准扶贫的信心，援疆指挥部专门拨出20万元专款支持心佑工程。

很快，第三批4名克州先心病患儿抵达南京，接受免费修心手术。

关键词：阿丽娜

十二岁的阿丽娜是努尔不韦唯一的女儿，浓浓的眉毛下嵌着一双乌黑发亮的大眼睛，漂亮、可爱。

阿丽娜的家在克孜勒苏柯尔克孜自治州的哈拉峻乡，那里是新疆著名的草原之一。

阿丽娜十分懂事，只要有时间，都会在家里帮忙做农活，分担一点父母亲的压力。

努尔不韦家是草原上一户普通的牧民，日子虽然过得清淡，但是有个漂亮、懂事的女儿，一家人很开心。

阿丽娜的身体从小一直都有一个奇怪的症状：流鼻血，时常胸闷气短。克州气候干燥，流鼻血对这里的很多孩子来说十分常见，所以阿丽娜的父母并没有将女儿的这些症状放在心上。

可就在一年前，阿丽娜的身体突然出现了一个明显的变化：只要走快点或跑步抑或提东西就会累，虚弱的身体状况让父母十分担心，他们决定带女儿去克州人民医院检查。

医生怀疑阿丽娜心脏方面有问题。

检查结果出来后，阿丽娜一家人惊呆了。

原来，阿丽娜经常性地流鼻血，并不是由于鼻子内部出血导致的，她得的是先天性心脏病室间隔缺损，而且因为没有及时发现和手术，已经并发肺动脉高压，正常儿童的肺动脉压力在 15 毫米到 20 毫米汞柱之间，而阿丽娜已经达到 60 毫米汞柱以上。

肺动脉高压是一种极度恶性的疾病，可以说，这种病就是心血管疾病中的癌症，致残率和病死率非常高。严重的肺动脉高压，即便做手术，预期后果也不是特别理想。

这样的诊断结果对于阿丽娜一家来说无疑是祸从天降，他们当时感觉天都黑了！唯一的乖女儿得了这个病，他们只能将希望寄托在克州人民医院的医生身上。

医生的答复却让他们几近绝望。

这类先心病一般最佳的手术年龄在三岁至六岁之间，可是阿丽娜已经十二岁了，出现肺动脉高压，已然错过了治疗的最佳时机，而且风险很大。

不仅如此，克州本地做不了阿丽娜的手术，得去外地，而如果这个手术不及时做，可能以后会直接威胁孩子的生命。

还有，治疗费用至少需要 3 万元，这笔钱对于努尔不韦一家来说可不是个小数目，更不用说其他昂贵的食宿交通费用了。

当阿丽娜一家陷入无助绝望时，努尔不韦无意中看到一个电视节目，正介绍布拉克与心佑工程的故事。

电视上说，布拉克致力于帮助克州本地贫困家庭的先心病孩子，经常往返克州与南京两地之间，好几个先心病孩子在她的帮助下已经恢复了健康。布拉克还有另外一个身份——南京医科大学第二附属医院心佑工程公益项目志愿者。

在努尔不韦看来，这位美丽的柯尔克孜族姑娘成了挽救女儿生命的最后希望，他下定决心一定要找到她。

费尽周折，辗转打听，努尔不韦终于联系上了布拉克。他立即与妻子带着女儿长途奔波，赶到克州州府所在地阿什图市，找到了布拉克。

阿丽娜的妈妈见到布拉克就哭了："孩子被查出来有先心病，我们不知该怎么办，你一定要请心佑工程救救我的孩子。"

布拉克十分心酸。为了挽救唯一的女儿，这家人已无路可走，心佑工程是他们唯一的"救命稻草"。

布拉克将阿丽娜的病情检查报告发给了李庆国。

李庆国了解了阿丽娜的病情，知道阿丽娜肺动脉的压力越来越高，她的病如果再拖延下去后果将很严重。

此前，心佑工程都是将克州的先心病患儿接到南京做手术，可是阿丽娜的病情严重，从克州到南京，路途万里，路上要花一整天时间，术后还要恢复一段时间。

"能不能不让他们麻烦，我们自己到克州当地的医院来手术呢？这样让孩子少一些辗转，多一份安慰，就可以安心地住在当地医院，没有那么辛苦。"李庆国想。

李庆国决定带着助手和必要的手术设备，亲自到克州为阿丽娜做手术。

辗转二十个小时之后，李庆国率领的医疗团队抵达克州。

一下飞机，顾不上休息，李庆国就来到了阿丽娜的病房。

经过检查发现，一般十一二岁孩子的心脏直径约七八厘米，但阿丽娜的室间隔缺损就超过一厘米，这一厘米的缺损对阿丽娜而言已经很大。

这样的情况，常规方法是开胸手术，这也是很多心脏外科医生优先采用的手术方案。即便是心外科专家也通常选择正中切口开胸手术，因为操作很方便，室间隔缺损显露很清楚。

阿丽娜是一个才十二岁的小姑娘，李庆国不忍让胸口上的手术伤疤跟随她一辈子，影响她的美丽，依然决定采用小切口，从腋下进行修补。

心脏在人体的左边，经过肺部到心脏的路径特别长，路途中风险重重。

在手术室里，李庆国刚开始手术就遇到一个必须解决的难题——防止肺的损伤。因为，要把肺脏挡开以后才能暴露出心脏，看到心包，力度大小很难掌握，相对于普通常规切口来说这是有相当难度的。

九十分钟后，手术顺利完成。

努尔不韦一家人所有的期盼终于在李庆国带领的心脏外科手术团队的努力下得以实现，压在他们心上的沉重的石头总算落了地。

任何华丽的语言都不足以表达他们对李庆国、对心佑工程的感激之情。

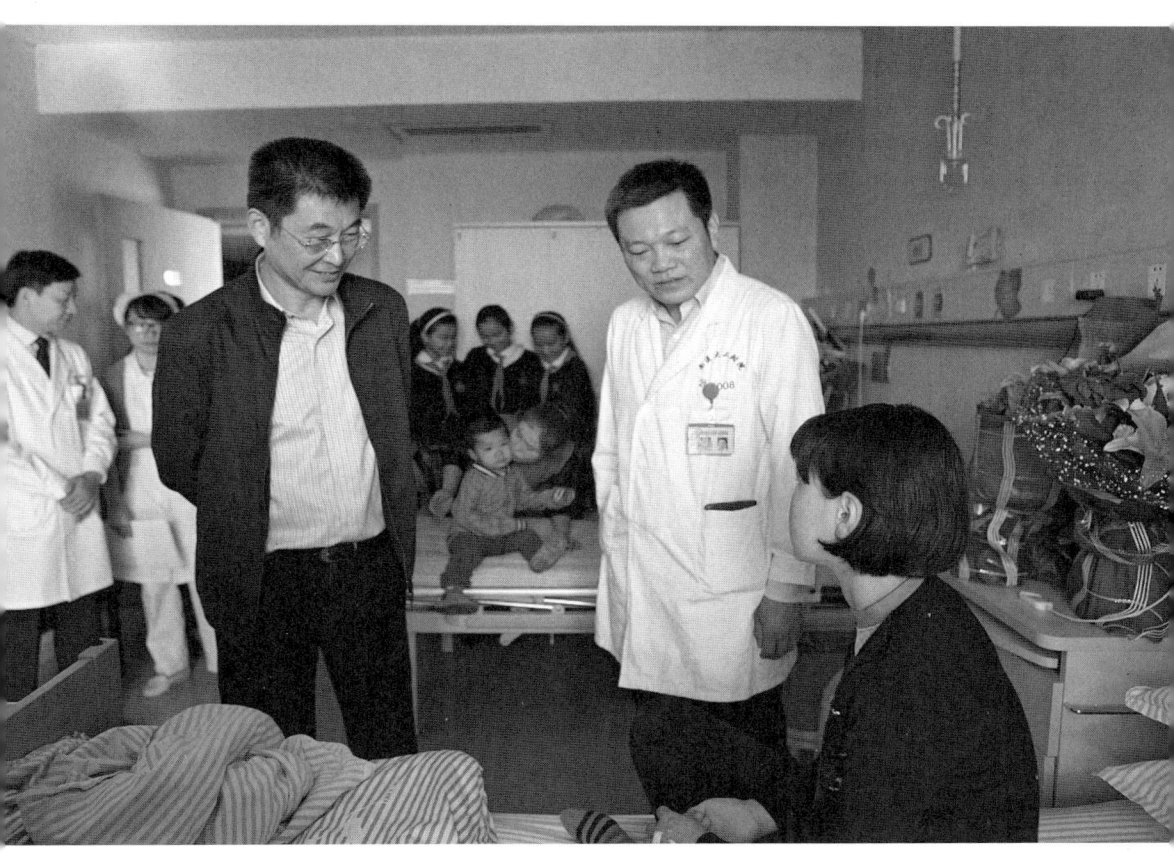

南京医科大学副校长鲁翔看望先心病手术患儿。

第四章　心佑行动

阿丽娜手术的成功让李庆国深受启发。

克州心脏病发病率较高,克州人民医院是南京医科大学与苏州大学医学院对口支援单位。李庆国了解到,医院在南京医科大学和苏州大学医学院的帮助下,正在筹建心胸外科,已经具备简单先心病的手术条件,南京医科大学已经着手在克州人民医院培养建立一支不走的医疗队。

李庆国想,一些先心病患儿(者)如能在本地医院手术,不仅省却了患儿(者)及陪护家人的万里奔波,也会大大降低救治费用。

李庆国的想法得到了南京医科大学和江苏对口支援克州指挥部的重视。

旨在帮助贫困家庭先心病患儿(者)的免费救助计划列入了江苏对口援助克州精准扶贫的惠民项目。

与此同时,一个运用心佑工程模式,旨在帮助贫困家庭先心病患儿(者)免费救治和帮助培养克州医院当地医生开展先心病手术的"润心计划"出台。

2019年7月3日,援疆的江苏人民医院副院长、其时担任克州人民医院院长的丁强欣喜地告诉我,"润心计划"已经在克州生根开花。

江苏心血管专家组团到克州对先心病患儿(者)和心脏病患者进行手术,克州医院组织医疗大巴扎,开展了"春蕾行动",抽调专家和医护人员到乡村、学校为5000多名小学生进行了先心病义诊、筛查,100余位贫困家庭先心病患儿(者)获得免费手术救治。

克州贫困家庭先心病患儿(者)的手术救治问题基本得到解决。

一颗又一颗畸形的小心脏被修复,一个又一个孩子的生命焕发蓬勃生机,一个又一个家庭重新传出欢乐的笑声。

心佑青海行

心佑工程在新疆克州有了"润心计划"完美接力,李庆国十分欣慰。

"江苏对口援建、扶贫攻坚到哪里,我们的健康援助、精准扶贫就到哪里！"这是南京医科大学开展"牢记使命，不忘初心"主题教育提出的口号。

李庆国想到了青海和西藏。

高原缺氧，是先心病高发地区，也是江苏对口支援大西北建设的重点地区，李庆国与团队筹划着如何让心佑工程走进雪域高原。

又一个机缘出现了。

关键词：孙志明

2016年7月，江苏对口支援青海省海南州指挥部的孙志明找上门来。

孙志明原是江苏省卫生健康委员会的一名干部，2015年被选派海南州挂职，担任海南州卫生局（现卫生健康委员会）副局长。

孙志明是从电视上了解到李庆国团队的心佑工程的。

"李院长，你们在新疆克州帮助贫困农牧民家庭先心病孩子手术的事迹很感人。海南州平均海拔3100多米，那儿先心病发病率很高，我们下乡扶贫，常常看到先心病患儿家庭的日子过得很艰难，孩子很受罪。海南医疗条件有限，我们王显东总指挥派我来跟你们联系，可否把心佑工程做到海南州，我们共同解决海南州先心病治疗的问题呢？"孙志明用充满期盼的眼神望着李庆国。

孙志明提到的王显东，原是江苏省商务厅副厅长，2015年被选派往海南州，任中共海南州党委常委、州人民政府副州长。

"好哇，我们也正在计划青海行哩！"真是想什么来什么，李庆国很高兴，二话没说，马上应允。

"这太好了。"孙志明心里一块石头落了地。

"我们马上想办法筹措经费，让心佑工程青海行早日成行。"李庆国接着说。

"费用你们不用太操心，我们已经与一家爱心企业联系了，他们愿意出资帮助心佑工程青海行。王显东总指挥也说了，健康扶贫是海南州脱贫攻坚的重要举措，也会协调海南州有关单位给予支持帮助。"孙志明说。

心佑团队的医护人员前往青海筛查。

这让李庆国喜出望外。

做心佑工程，最让李庆国头痛的莫过于钱，"巧妇难为无米之炊"，心佑工程两年了，常常是"等米下锅"。

团队医护人员的手术及护理费用虽然可以分文不取、义务奉献，二附院的基金也给予了很大帮助，但是毕竟能力有限，难以保障全部需要救助的先心病患儿的手术需要。

而社会上的公益基金审批程序多、时间长，许多先心病手术却是不能等的。

开展心佑工程，说穿了还是钱的问题。

"不过，海南州高原缺氧，是欠发达地区，医疗交通和生活条件都与内地有差距，做先心病筛查还得翻山越岭，你们可要做好吃苦受罪的准备啊！"孙志明提醒道。

"没问题，我们团队医护人员都很年轻，吃苦没问题。"李庆国觉得，只要心佑工程青海行的资金有保障，那点苦不算什么！

关键词：高原反应

我国是世界上最早认识急性高原病的国家。

一般来讲，生活在平原地区的人快速进入海拔3000米以上的高原时，大约50%—75%的人会出现高原反应——剧烈的头痛、头晕及呕吐。

2016年底，心佑工程青海行首次出征。

李庆国知道这是一趟苦差。

不同于新疆克州，青海的海南州平均海拔3100米，有的县海拔3700米以上，高山环绕，道路崎岖，农牧民住地分散，筛查任务艰巨，去的人既要业务好，还要身板好。

耿直当然名列其中。他本是心外科专业出身，一米八五的大个，年轻力壮，精力旺盛，自2014年7月加入心佑工程团队到现在，他已成为心佑工程的"大使"，是与各界联系的桥梁。

还有一位就是邵峻。

心佑工程新疆克州行中，由于当时心外科人手少，邵峻只身一人往返万里前去筛查，任务完成得很出色。

那一次，谭晓、布拉克等先行将疑似先心病患儿集中到了克州人民医院，邵峻在克州的三天里筛查了100多个孩子，除了晚上回宾馆睡觉，几乎没有出过医院的大门。

尽管邵峻和耿直听说过高原反应，但他们毕竟没体验过，于是跟首次去新疆克州一样，两位来自内地平原的年轻人对青海充满着好奇。

在他们的想象中，青海应该是群山环抱，气势巍峨，蓝天白云下，一望无际的草原，牛羊成群。

无奈那些天，青海的天气阴沉沉的。虽是初春，却没有蓝天，没有白云，甚至大地都还没有绿色，环抱的群山就在眼前，却是光秃秃的。

坐了两个多小时的飞机后，邵峻、耿直走出西宁机场驱车前往海南州共和县。车一驶出西宁城外，他们立刻感到这青海与他们想象的不一样：初春时节，青海高原依然寒风刺骨，冰天雪地，尚未返青的群山一片苍凉。

按照筛查计划，耿直和邵峻要去两个地点，第一站是海南州首府所在地共和县，第二站是贵德县。

这两个地方原本让邵峻和耿直兴奋不已。

他们查过地图，从西宁开车到共和县，必须经过青海湖。在他们的脑海里，这个神话传说中王母娘娘的后海、二郎神方天画戟练就的地方、中国最大的咸水湖，当是群鸟翱翔，湖水蔚蓝，风景如画，美不胜收。

贵德县更是有"天下黄河贵德清"一说。黄河由于河水中的泥沙含量较多，河水混浊，但青海境内黄河水较清，尤其贵德一段更是清澈无比。

汽车很快进入盘山公路。车窗外是一望无际的苍凉，没什么好看，他们只能寄希望于青海湖。

旅途疲劳，耿直与邵峻打起了盹。

"青海湖到了！"两个小时后，司机叫醒了他们。他知道两位年轻人是头一次到青海，正好路过青海湖，不能错过。

耿直与邵峻几乎同时睁大眼睛，情不自禁地望向窗外。

眼前的青海湖，湖面上覆盖着厚厚一层冰，四周雾气笼罩，白茫茫的一片，冷峻、萧瑟。

这就是青海湖？！翱翔的鸟呢？青蓝色的水呢？！

司机是青海人，他解释道，冬季的青海湖本也非常美，但是今天天气不佳，不是欣赏湖景的时机，同时这里也不是欣赏青海湖的最佳位置。

来不逢时！

朝思暮想的青海湖美景没看到，传说中的高原反应却真的来了。

到达共和县，无论是高大强壮的耿直，还是中等身材、相对文弱的邵峻，都开始头昏脑涨、胸闷气短、心悸，这些本来都是先心病血液缺氧的症状。

然而他们不能休息，按计划，两人得马上下乡去筛查。

耿直和邵峻忍着高原反应，翻山越岭到了山沟里的一个筛查点，4个孩子被确诊为先心病。

两人感到头愈来愈重，在乡医院拿氧饱和度夹子一测，氧饱和度居然只有70多。到了晚上，更是多梦、失眠，翻来覆去睡不着。

更为严重的是，两人第二天便赶往贵德县，由于沿途海拔最高时达到了3800米，高原反应更加强烈——头痛欲裂，恶心呕吐，只能抱着氧气袋拼命地吸氧。

抵达贵德，耿直和邵峻已经没有力气走下车看一看"天下黄河贵德清"，连吃饭也没胃口，一头进了房间，抱着氧气袋倒头昏睡。

相对于共和县，贵德县的海拔要低一些。

休息了一个晚上，耿直和邵峻总算好了不少。

第二天在尕让乡筛查，就在这个尕让小街，县卫健局的同志请他们吃了碗面片。

也许是头天晚上没吃这会饿了，也许真的味道不错，这碗面片让两人赞不绝口，发誓要记一辈子，耿直称之为"经典尕让面片"。

贵德筛查结束，耿直和邵峻订好了从西宁飞回南京的机票。

告别贵德县卫健局的同志，司机开车上路往西宁赶。刚开出十余公里，铺天盖地的鹅毛大雪从天而降，那是南方人无法想象的一种大雪。

由于温度低、气候寒冷，雪花落到路面瞬间就结成了冰。汽车轮胎已经加上了防滑链，仍然在路上直打转，连山路都封了。

第四章 心佑行动

无奈，他们只得调转车头返回贵德。

望着窗外白茫茫的一片，困在贵德的邵峻、耿直开始想家了。

直到第三天，太阳出来了，他们才重新上路，踏上归途。

心佑工程的首次青海行，耿直、邵峻共筛查出35名先心病孩子。

2017年4月，青海海南州首批5名患儿被送往南京二附院进行先心病手术。

三个月后。

2017年7月8日，心佑工程第二批青海行小分队再次出征，包括护士长汪露、心脏彩超科主任袁振茂、副主任医师赵向东，以及二附院宣传科科长何松明。

同行的还有两位特殊人物，他们是香港海星儿童基金会的工作人员何小姐、王先生。2011年，来自河北才五个月大的孩子彤彤被诊断出患有先心病，医生周晶晶、刘嘉和许建民帮助她治好了病，并和几个朋友共同成立了海星儿童基金会（SSCF）。

海星儿童基金会本不知道心佑工程。

李庆国在网上看到了海星儿童基金的设立宗旨，觉得与心佑工程宗旨相近，便给他们写了信，希望心佑工程能与他们合作。

海星儿童基金会很快与李庆国联系上了。

那时，海星儿童基金会与心佑工程的合作正在洽谈之中，为了更多地了解心佑工程，基金会专门委派人员随行青海，实地考察。

耿直和邵峻上一次青海行所遭的罪，汪露、袁振茂等都有耳闻，但他们不以为然，都是从医的，知道各人身体状况不同，高原反应也不一样。

最重要的还在于，他们内心对青海充满好奇。

蓝天白云，草原牛羊，多美啊！而且，这次正逢夏季。

听说夏季是青海最美的季节：一碧千里的辽阔草原，无垠的荒漠戈壁，奔流不息的江河，熠熠发光的湖泊，茂密的森林；还有湛蓝的天，洁白的云，大片大片的青草地，成群结队的牛羊悠闲地散着步……

第二批青海行小分队出征前，耿直、邵峻依然很认真地要同事们做好准备应对高原反应，同时也不忘提醒，到了贵德可别错过尕让乡的面片，特够味、特劲道、特经典。

相比于耿直和邵峻，汪露和袁振茂他们很幸运。

走下飞机，从西宁前往共和县的途中，他们纷纷睁大眼睛看着窗外，绵延环抱的群山、碧绿的草地、成群的牛羊、路边的野花、一眼望不到边的青稞，让他们如痴如醉。

路过青海湖的时候，司机像上次一样，提醒道："青海湖到了！"

闻听此声，大家的目光刷地转向车窗外。

风平浪静的青海湖就像一面大镜子，远处的海水和天连成一片，分不清哪里是天哪里是海。

"哇，青海湖真大，湖水像镜子！"汪露惊叹。

"看湖面上飞翔的鸟，那是鸟岛飞过来的吗？！"袁振茂自言自语。

青海湖的天空，有着城市天空不曾见过的透明；青海湖的湖水，有着城市江水不曾有过的澄静。

"这里还不是赏湖的最佳地方，如果在视野好的位置看青海湖，会更美！"司机还是上次接耿直和邵峻的那位青海人，他颇为自豪地说。

"这里看也很好看！师傅，停一下，就停一下，我们照张相留个纪念吧！"汪露对司机说。

这个提议，自然受到了大伙的欢迎。

大家站在青海湖边，一会儿抬头看蓝天，一会儿向前看湖面，陶醉在那美丽的景色中。

拍完照片，继续上车赶路。成行于青海最美的季节，大家感到很幸运。

但是，汪露他们忘了，虽然这次心佑青海行与耿直、邵峻几个月前首次青海行的季节、天气不同，沿途海拔却是一样的，高原反应的滋味可是差不多的。

"哎哟，头晕,头疼,不行了！"宣传科科长何松明年纪最大，反应最早。

很快，赵向东、袁振茂、汪露以及两位随行的海星儿童基金会的工作人员也纷纷感觉到高原反应的症状，有的头疼欲裂，有的恶心想吐，有的心跳加速。

第四章　心佑行动

到达共和县，何松明饭也不想吃了，赶快进房间抱着氧气袋吸氧。

这还没完。

接着是水土不服，胃肠道提出抗议。

晚上躺在床上，高原反应再次来袭，翻来覆去一阵阵头昏脑胀，脑袋像炸开一样难受，眯一会醒一会，很困却睡不着，难受极了！

直到此时，他们才彻底理解了耿直和邵峻所描述的高原反应。

"天下黄河贵德清"、五颜六色的丹霞地貌，没了欣赏的情绪；耿直和邵峻极力推荐的"尕让经典面片"，也没有了诱惑力。

2019年7月6日，我跟随耿直、张国强专程前往青海海南州，对得到救治的先心病孩子和他们的家庭进行回访复查。

耿直是第二次青海行，属于重走"心佑路"，张国强与我则都是第一次。

来前听了耿直关于高原反应的描述，我也是不以为然。

二十年前，我们江苏作家去西藏采风，曾经到过海拔5000米的地方，当时虽然有些头晕，但是反应也在承受范围内。青海行沿途不过3800米的海拔，我觉得并不算什么。

然而，当我们一路奔波从共和到贵南，再从贵南往贵德的时候，我也开始头疼欲裂、心跳加速，被高原反应折腾得疲惫不堪，无精打采，整个人像被霜打的茄子。

耿直到底是年轻小伙子，又有第一次的经验，适应了高原海拔，虽一路风尘颠簸，依然活蹦乱跳。

张国强可能因为个子小、需氧量不大，虽然有点小反应，但基本无事。

而我难受极了！

到达贵德尕让，贵德县卫健局的同志赶紧给我递来氧气袋。

氧气管插入鼻孔后，耿直要我吸会氧缓一缓，等下一定要吃碗尕让的"经典面片"。

我躺在车座后排，说："你们安心去吃，让我躺着吧！"此时的我头疼欲裂，对什么美味都毫无兴趣！也因此，本来还想难得来一趟青海，"天下黄河贵德清"和闻名已久的丹霞地貌就在眼前，正好可以看看，这会儿也毫无心情了。

我吸着氧昏昏沉沉地躺在后座，耿直和张国强都来叫过我，我浑然不知，甚至被拍下了吸氧昏睡的窘态。

到了宾馆，不敢洗澡，匆匆洗把脸赶紧上床吸了一夜氧，一夜醒来十余次，深深体会到"很困，却睡不着、睡不实"的痛苦！

从第二次青海行开始，心佑工程小分队既要筛查，还要对之前已经在南京手术出院的孩子进行回访。

第一次做了5例手术，赵向东、袁振茂和汪露等必须要亲访这5个家庭，看望5个孩子，并了解他们的术后情况。

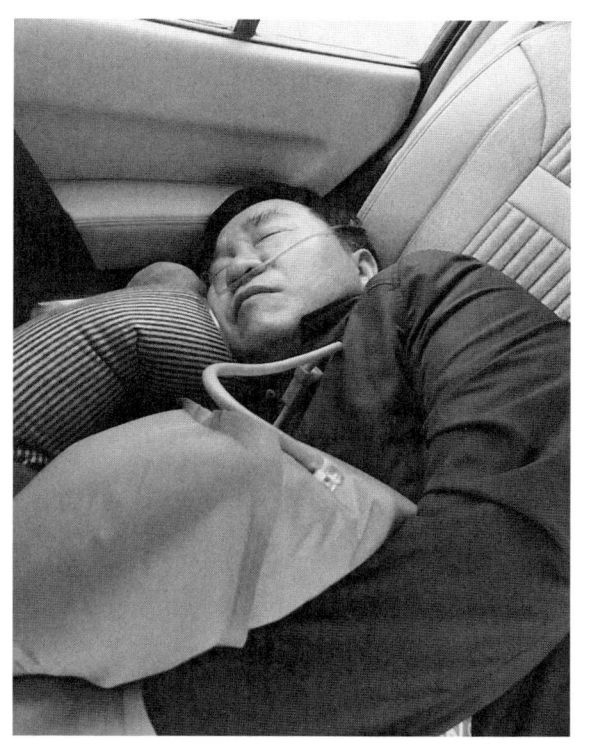

青海行之高原反应。作者跟随心佑工程医护人员赴青海回访时也出现了高原反应。

这也意味着，后续心佑青海行的医护人员要翻越的山更多，要行走的路更远。

海星儿童基金会随行的两位工作人员亲身体验了心佑工程团队的辛苦，见证了得到心佑工程救治的先心病孩子像其他正常孩子一样在高原想唱就唱、想跳就跳的快乐与幸福，不住地感叹："你们的心佑工程真不容易，你们很伟大，必须支持你们！"

海星儿童基金会很快与心佑工程达成了共同救助贫困家庭先心病孩子的合作协议。

参加心佑青海行的大部分医护人员都真正体验到了什么是高原反应，"头痛欲裂""水土不服""冰天雪地"，这些词汇他们一生都不会忘记。

第四章　心佑行动

也正因为有了这种缺氧的痛苦体验,他们对先心病的孩子更加同情,也更加理解——他们所经历的高原缺氧毕竟就那么几天,而先心病孩子每天都在承受缺氧的折磨。

直至 2019 年 10 月,心佑工程共进行了五次青海行,筛查先心病患者 1000 多人,足迹遍布海南州共和、贵德、贵南三个县一半的乡镇,已为 54 个孩子做了先心病手术,使他们破损的心脏得到修复,恢复了正常的心跳。

虽然心佑工程青海行的医护人员吃尽了辛苦,但他们也收获了很多的感动。

关键词:南玛拉毛

心佑工程共帮助青海省海南州 54 个贫困家庭的先心病患儿做了手术。

每一个孩子都有一段令人心酸的故事。

2017 年 4 月 2 日下午一点,海南州首批接受心佑工程救助的 5 名先心病患儿乘坐二十八个小时的长途列车抵达南京,入住二附院接受心脏外科手术。

5 名先心病患儿中,年龄最大的是十三岁的多杰项周,年龄最小的只有两岁,都是藏族农牧民的孩子。

两岁的小女孩南玛拉毛,是一家人的掌上明珠。

南玛拉毛的父亲索南夫壮是一位乡村藏医,南玛拉毛的母亲叫杨世先,是一位雪域美女。

索南夫壮有 5 个兄弟,他排行第三,家境不是很好,三十七岁才认识了比他小十五岁的杨世先。

二十二岁的杨世先虽然家境贫穷,初中没有毕业就辍学放羊,文化程度不高,可她非常美丽,大眼睛、翘鼻梁,贤惠温柔,索南夫壮十分喜欢。

两人你恩我爱,结婚第二年有了爱情的结晶,杨世先生下一个女儿。索南夫壮把女儿视作掌上明珠,专门去西藏拉萨请了活佛为女儿起了名字"南玛拉毛",意思是天上的仙女。

2018 年 2 月,两岁的南玛拉毛感冒发烧,送到西宁市儿童医院后被诊断出先心病——室间隔缺损。

室间隔缺损与房间隔缺损同理，一个是左右心室间的缺损，一个是左右心房间的缺损，其严重程度主要取决于缺损的大小对心脏造成影响的程度。

与房间隔缺损一样，室间隔缺损可单独存在，也可与其他畸形并存，严重的室间隔缺损也会使肺动脉的压力急剧升高，甚至接近我们的血压水平，最终出现艾森曼格综合征，而相对房间隔缺损而言，室间隔缺损会更早出现艾森曼格综合征。

尽早进行手术或者内科介入封堵治疗，减少肺动脉高压的发生，是延长患者生命的唯一出路。

手术费需要5万元。

索南夫壮只是一个普通的乡村医生，一下根本拿不出这么多钱，可作为医生，他知道女儿的这个病越早手术越好。

女儿的病成了压在小夫妻俩胸口上的石头。

2018年6月，为了挣钱给宝贝女儿做手术，索南夫壮带着妻女离开家乡，坐了二十个小时的火车来到了2000里外的西藏那曲，承包了一个私人诊所。

那曲是西藏海拔较高的地区之一，经常有内地援藏干部在那里因高原反应而倒下。

索南夫壮其实早有心脏病。他在那曲虽然也常觉得头晕，但他以为，他们夫妻从小生长在高原，那曲的海拔虽比家乡高一些，但对于青海人来说也不算什么。

女儿感冒发烧越来越频繁，有时心悸气喘、乏力，出现紫绀，发育也很缓慢。索南夫壮知道，这是女儿的先心病在一天天加重，那曲的高原反应对病情也有影响，但他没有办法，孩子还小，只能跟着父母。

转眼近一年过去了，诊所除去承包费用，并没有挣到能给女儿做手术的钱，治疗费用还差得很多，只能等。索南夫壮很着急：什么时候能挣到5万元给女儿看病呢？

2019年3月初，青藏高原虽仍寒风飕飕，但天格外地蓝，云格外地白，如同一块蓝绸上绣了盛开的百合花。

这天一大早,索南夫壮接到了兄弟打来的电话,兄弟告诉他,南京医科大学二附院有个心佑工程,他们派来了医生,免费给先心病孩子检查,并接到南京免费手术。

索南夫壮兴奋不已,马上把这个好消息告诉了妻子,夫妻俩赶紧带着孩子赶回家乡。

前来筛查的医生经过诊断,告诉他:南玛拉毛的先心病要尽快手术,符合心佑工程免费救治条件,将安排接往南京手术,等他们通知。

索南夫壮高兴极了:"这下女儿有救了!"他抱着女儿,热泪盈眶。

一周后,索南夫壮接到了心佑团队医生的电话,通知他们于两天后与其他5位家长一起带着孩子坐车到南京手术,所有费用全免,车票已经订好了。

索南夫壮连声说:"太好了,太好了!"接着就喊,"老婆,快收拾一下,明天回青海,带孩子去南京手术。"

看着丈夫兴奋的样子,想到女儿的病很快就能手术,他们不用再这么辛苦,杨世先也十分开心。

索南夫壮照了照镜子,这才想到,每天忙忙碌碌,已经几天没有洗过头、刮过胡子了。索南夫壮觉得,要去大城市了,该洗洗头、剃剃胡子,干干净净地去南京。于是,他用脸盆接了一盆水,用手捧起水来洗了洗脸,接着把头埋进脸盆里,开始洗头。

他刚把头伸进盆里,突然身子一软,歪倒在地,盛满水的脸盆"砰"的一声掉在地上,水洒了一地。

正在屋里收拾东西的杨世先听到了外面的声响,不知怎么回事,急忙问:"索南,怎么了,你怎么了?"

见无人应答,杨世先预感不好,立即跑出屋子。

她看到索南夫壮倒在地上不省人事,吓得大声哭喊道:"索南,你不要吓我,你醒醒啊!"

任凭杨世先怎么呼喊,索南夫壮也没有应答。

杨世先赶紧拨打电话,那曲医院的救护车来了,索南夫壮被紧急送往杨世先依然没有从悲痛中走出来,抹着泪说:"索南最喜欢女儿了,他要是知道女儿做了手术,病好了,不知该有多高兴哩!"

拉萨医院抢救。

医生告诉杨世先：索南夫壮心脏病发作，猝死。

杨世先悲痛欲绝。

刚刚四十岁的索南夫壮就这样走了，他没能看到心爱的女儿前往南京手术。

悲伤中的索南夫壮的家人对杨世先说："索南最大的心愿是把孩子的先心病治好，南京的专家等着孩子手术，索南的丧事我们来办，你送孩子去南京手术，不要耽误。"

就这样，杨世先抱着女儿南玛拉毛，满含悲痛的泪水，给心爱的丈夫的亡灵磕了几个头，上了开往南京的火车。

索南夫壮是当地有名的乡村医生，受人尊敬，乡亲们采用藏族人祭悼故人最普遍的一种葬俗，将他的遗体抬上了山顶，为他举行了天葬。

这是藏族的信仰和千百年来的习俗。

他们认为，人的生命就像一次轮回，死后只是灵魂与肉体躯壳的分离，秃鹫是神圣的大鸟，它们吃掉的虽然只是肉体，但可以让人的灵魂转世。

2019年5月17日，索南夫壮深爱的宝贝女儿南玛拉毛手术痊愈，回到家乡。

2019年7月6日，我跟随耿直等到青海对心佑工程团队救治的先心病患儿进行复查回访，在索南夫壮的家里见到了杨世先母女，南玛拉毛两只大大的眼睛忽闪忽闪的，像她的母亲一样美丽。

杨世先依然没有从悲痛中走出来，抹着泪说："索南最喜欢女儿了，他要是知道女儿做了手术，病好了，不知该有多高兴哩！"

杨世先告诉我们，女儿身体恢复得非常好，这两个月没再感冒发烧，只是至今她还不知道她爸爸去了哪里，经常到房间来找爸爸。

索南夫壮的家人说，索南夫壮天葬那天，成群的秃鹫在天空盘旋，他的灵魂已经被大鸟带往远方。

关键词：旺姆拉毛与切太吉

有一对患有先心病的小姐妹，姐姐叫旺姆拉毛，妹妹叫切太吉，她们上面还有一个姐姐，父母都是牧民，家里的牛羊不多，只有20多头，这在农牧民中算是在贫困线以下的。

生活本来就不富裕，偏偏旺姆拉毛与切太吉姐妹俩患了先心病。

旺姆拉毛两岁的时候被诊断出先心病，室间隔缺损、房间隔缺损，还有动脉导管未闭。

那会儿，旺姆拉毛的妈妈多吉措肚子里又怀上了她的妹妹。

这样的家庭境况下，旺姆拉毛的先心病无法及时医治，只能拖着。

天有不测风云。

多吉措不知道老天为什么总跟自己过不去，不幸总会落在她的头上。

就在她怀孕八个月的时候，她的丈夫——一个连西宁都没去过、连一次火车也没有坐过的藏族汉子，突发心肌梗塞去世了。多吉措肚子里的孩子成了遗腹子。

两个月后，多吉措生下三女儿切太吉。

一个单身妈妈带着三个女儿，靠父母的帮助生活，本来已经很不容易，可是切太吉在一岁多时，身体也出现了与姐姐旺姆拉毛一样的症状：感冒总是好不了，嘴唇、身上乌紫。

多吉措没有时间也没有钱带切太吉去西宁市的医院看病，即便诊断出先心病，她也没钱给孩子们手术。

孩子断奶后，多吉措便将三个孩子丢给父母，只身一人去了果洛，加入挖虫草的大军。三个孩子要抚养，两个孩子要治病，她必须去挣钱。

老天对多吉措并不是一直不公。

就在果洛打工期间，她认识了一位来自互助县的汉子，秦华角。也许是上天的有意安排，身材高挑、长相英俊、勤劳朴实的秦华角四十岁了，因为种种原因，竟然仍是单身。

更让多吉措感动的是，秦华角听说了她的家庭所遭遇的不幸，十分同情，在工作与生活上处处照顾她、体贴她，主动向她示爱，承诺要帮助她一起承担家庭的重担，抚养孩子，给孩子治病。

多吉措的生活中太需要这样一个善良体贴、敢于担当的男人，就这样他们走到了一起。

让多吉措欣慰的是，秦华角是个说话算话的男人。

结婚后，秦华角与她栉风沐雨，从果洛到贵南，从贵南到海西，把与自己没有血缘关系的三个孩子当作亲生女儿般疼爱，打工攒下的钱舍不得给自己买一件新衣服，全部补贴家用。

夫妻俩长年打工在外，没时间看望孩子，两个人同时回去路途遥远又耽误工作，还要多花路费，所以每次都是秦华角一路奔波回去看孩子，给孩子送吃的穿的。

夫妻俩攒下几万元钱，秦华角以为能够给孩子手术了，便与多吉措带着旺姆拉毛和切太吉去了西宁一家大医院。

医生确诊切太吉与姐姐一样也是先心病，只是少了肺动脉导管未闭。

一问手术费，秦华角夫妇傻眼了，姐姐旺姆拉毛的手术费用要18万，妹妹切太吉的费用要10万，他们攒下的钱给一个人手术都还差了一大截。

多吉措立马拉上秦华角带着孩子离开了医院。

在路上，秦华角安慰她说："咱们有一双手，只要勤劳，这个钱总能挣到，孩子的病有办法治的。"

为了增加收入，到了挖虫草的季节，秦华角有时也会去果洛挖虫草，每天起早带晚。

后来，政府将他们家作为建档立卡贫困户，重点帮扶，给了他们家两头牦牛，还有4000元的救助金和2万元贷款。

多灾多难的多吉措开始迎来人生命运的巨大改变。

2017年3月，2000多公里之外的心佑工程团队医护人员来到了海南州，旺姆拉毛和切太吉姐妹俩被列入了首批心佑工程救助手术名单。

秦华角和多吉措夫妻俩心里甭提多高兴了。

因为多吉措讲不好普通话，文化程度也不高，而且一走二十多天影响打工收入，秦华角就独自带着两姐妹来到了南京。

在南京手术期间，心佑团队的医护人员看到秦华角对两个小姐妹疼爱有加，照顾得无微不至，两姐妹对秦华角也像对亲爸爸一样，会撒娇、发脾气，也很听话，外人根本看不出来他们是继父女。

2019年7月6日，我与耿直、张国强来到了秦华角的家，对两个小

2017年，切太吉姐妹与心佑团队医生合影。

2019年，康复后的旺姆拉毛与切太吉，姐妹俩笑靥如花。

第四章　心佑行动

姐妹进行复查回访。多吉措正在果洛挖虫草，依然没能回来，穿着灰色西装外套、彬彬有礼的秦华角忙前忙后，煮了一锅羊肉等着我们。

一束娟花，引起了耿直的注意。

心佑工程团队的医护人员对从青海远道而来手术的孩子，在接机或接站的时候，都会为每人送上一束花。

2017年4月2日，秦华角带两个孩子来南京手术，也拿到了花。

如今，这两束花被秦华角从南京带回了青海老家，与藏族人敬戴的十世班禅额尔德尼·确吉坚赞的画像放在一起。

可见心佑工程在秦华角一家心头的分量很重。

临别之时，秦华角拣了一袋草原上特有的黄蘑菇，足有十斤，送给我们，说："心佑工程的医生们救了我们孩子的命，也救了我们一家，减轻了我们生活的负担，去掉了我们一块心病。我们现在再也不用为没钱给孩子手术发愁了，我们夫妻俩打工一个月有6000多元钱，家里很快就会脱贫的。"

告别了秦华角，上了汽车，耿直告诉我，秦华角今天穿的西装外套还是2017年4月带孩子们来手术时的那一件。耿直打开手机，翻出了2017年4月切太吉姐妹俩出院时的一张合影，果然，我看到站在姐妹俩身后的秦华角穿的灰色西装外套，与今天见到的他穿的是同一件。

关键词：彭毛切吉

十三岁的共和县的彭毛切吉在青海湖民族寄宿制学校念书，在这个学校念书的孩子基本上都是贫困家庭的孩子，学校就坐落在青海湖南畔。

彭毛切吉的先心病一直无明显症状，2018年1月，她开始经常感冒，走路多走几步或爬一层楼就会气喘吁吁，随便地跑跳都会上气不接下气。

有一次课外活动时，彭毛切吉一口气憋住，晕厥了，老师赶紧送她去医院，医生发现她患有先心病。

学校知道后，怕彭毛切吉出事，规定她不能参加一切体育活动，同学们课外活动时她也只能在教室里坐着。

从此，性格外向的彭毛切吉失去了活动的自由，心情特别沮丧、特别难受。

彭毛切吉家住共和县江西沟莫热村,本有个正常的家庭,有父母还有两个小妹妹,家里有40只羊、11头牦牛,一年收入2万元左右,这样的收入支撑一家五口人生活也是不容易的。

因为家境不好,父母离婚了,母亲带了小女儿改嫁到了很远的一个县,彭毛切吉和二妹就跟着父亲生活。

不幸的是,2015年彭毛切吉九岁的时候,父亲在一起车祸中去世了,于是彭毛切吉姐妹只能跟着七十五岁的爷爷生活。

彭毛切吉的爷爷叫索南才仁,虽然已经是古稀老人,但他依然像小伙子一样骑着摩托车颠来颠去,在草原上放羊。

老人头上一年四季都戴着一顶毡帽,由于长年在草原放牧,风吹日晒,紫外线照射,岁月无情地在他绛紫色的脸上刻下了一道道深深的皱纹,手背粗糙得像老松树皮。虽近八十,老人眼角已布满了密密的鱼尾纹,但那双眼睛依旧有神。

老人信奉藏传佛教,手里永远摇着一把转经筒,除了吃饭睡觉,转经筒基本不曾离手。

彭毛切吉患了先心病,让爷爷很心疼,也很为可怜的孙女的未来担心,虽然政府照顾她,让她免费上学,可这么小的孩子得了这个病,将来长大后怎么生活呢?

索南才仁打听过如何医治孩子的病,听说这种病需要尽快开刀手术,手术费要好几万元,而且当地医院做不了这个手术。他拿不出钱给孙女手术,也不知到哪里能看好孙女的病,只能每天转着经筒祈祷活佛保佑她。

2018年5月,彭毛切吉所在学校的老师突然通知他,南京有个心佑工程,可以让彭毛切吉与其他几个先心病孩子到南京免费手术,手术后将能与其他孩子一样过正常的生活,但每个孩子要有一名家长陪护。

索南才仁听了这个消息,激动地流下了热泪,边转着经筒边说:"这是上天派来的吉祥星,孙女有救了!"

彭毛切吉的父亲已经去世,母亲失去了联系,唯有索南才仁陪同彭毛

彭毛切吉的爷爷索南才仁得知孙女有救了,激动地流下了热泪,边转着经筒边说:"这是上天派来的吉祥星,孙女有救了!"

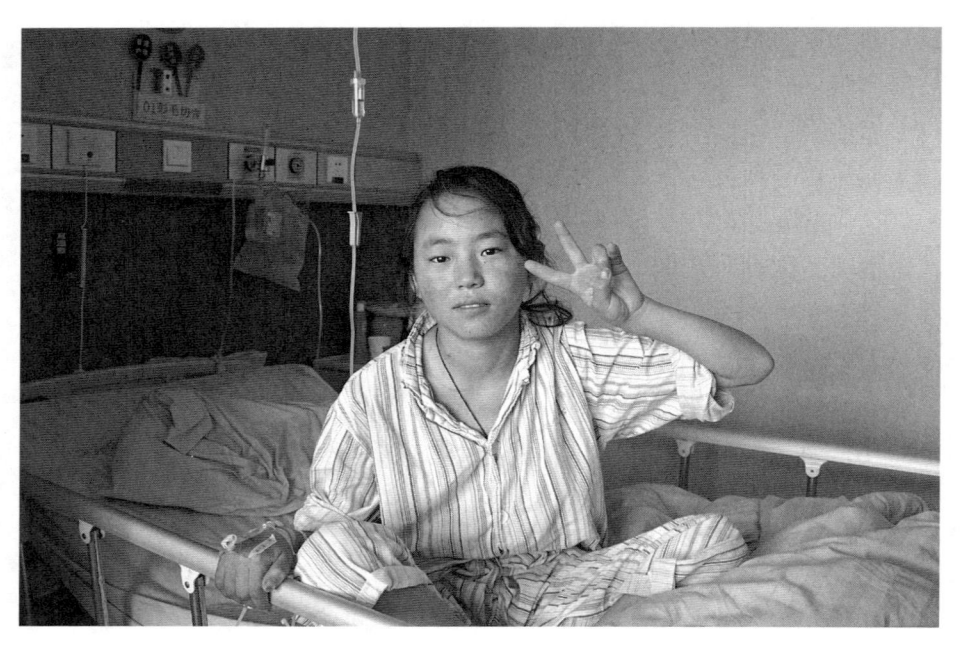

刚做完手术的彭毛切吉。

切吉去南京手术。

可就在出发的前一天，索南才仁的哥哥去世了。老人很悲痛，但为了不耽误彭毛切吉的手术，他只能委托家人为哥哥办丧事。

索南才仁陪着孙女彭毛切吉在南京手术，在医院住了二十一天。

老人一辈子在草原上放牧，从过去的扬鞭策马到如今骑着"电驴"——摩托车，每天早出晚归，生活日复一日，活了这么大年纪，他只出过远门三次，都是去寺庙朝拜，基本上没出过村。这是索南才仁离家最远，也是在外面停留时间最长的一次，而且是去遥远的大城市——南京。

彭毛切吉住院期间，索南才仁的转经筒依然不停地转着，见到医护人员他都会说："天上的吉祥星啊，谢谢你们！"

来自新疆和青海的患儿在南京手术痊愈后，心佑工程团队照例都会带他们去参观南京的风景名胜，因为都是孩子，海底世界是必须要去的，索南才仁跟着孩子们看到了神奇的海底世界，目不转睛。

彭毛切吉回去后写了一篇作文《有一种感恩叫亘古不变》，表达了她的心情。

有一种感恩叫亘古不变

青海省共和县青海湖民族寄宿制学校七年级二班　彭毛切吉

南京是赐予我第二次生命的圣地，有让我念念不忘的医生，和让我永远感恩的医院。

我有先天性心脏病，一次偶然的机会，我们当地的尼玛医生告诉我，南京心佑工程要为我们海南先心病儿童免费手术，她帮我报了名，我可以到南京去治病。尼玛是我的主治医生，她发现了我的先心病。她跟我说，我这种病吃药不会起太大的作用，要是拖久了后果会很严重。她给我爷爷打了电话，经过一家人商议，才帮我报的名。

到了南京下车后，一群人手里拿着鲜花等着我们。他们中有一位非常漂亮的小鱼姐姐（钟小雨），陪着我说了好多话，我好喜欢她。就这样我来到了这个完全陌生的城市，开始了与往日不同的生活。

八天后，我才开始做手术，这八天里我一直在进行各种体检。走进手术室前，爷爷对我说：没事的，不要怕，睡一觉后就会好了！其实我一点也不害怕。后来听医生说，我出手术室时都还是麻醉状态。醒来后，我发现自己嘴里插着管子，感到非常渴，却没法说话，只好用力跺脚。有个哥哥拿着纸和笔来到我身旁，说：你有什么需要，可以写在纸上。我就在纸上写了个"渴"字。哥哥对我说：你现在没法喝水，也不能喝，只能等到明天早上拔管后才可以。我就一直等啊等啊，等到第二天早上要拔管的时候，我几乎要哭了，因为真的太难受了！还好，我坚强，没让眼泪掉下来。拔管两小时后，我终于喝到了水。

手术过去七天后，医院里的医生叔叔阿姨带我们去了很多地方，其中我印象最深的是海底世界，我见到了很多种类的鱼。"六一"儿童节，我们是在医院过的，这天我们青海省海南州的州长也来看我们，我们一起切蛋糕，这天我开心得像个七八岁的小孩子一样。同时，也很不舍，因为我知道我们将要告别了。

走之前我收到了很多的礼物，同时医生叔叔阿姨把他们的联系方式都给了我们，说以后有什么困难跟他们说，我们也把洁白的哈达献给每一个医生。

要走了，一切都像一场梦，这场梦让我认识了这么多的好心人，这场梦让我体会到了温暖，这场梦治好了我的病。虽然是梦，可是梦里的点点滴滴我都记得很清楚，它们会永远铭刻在我的脑海深处。

2017年7月6日，我们在青海湖畔彭毛切吉读书的寄宿制学校对她进行术后回访。索南才仁骑着摩托车，早早地来到学校，等候在校门口。

耿直对彭毛切吉身体进行了检查，高兴地说："一切正常。"

和许多藏族小姑娘一样，彭毛切吉的脸蛋上有着常见的"高原红"，身轻如燕、活泼好动的状态显示出她十分健康。

彭毛切吉说，她现在一口气爬五层楼也不会气喘了，学校的体育课又让她参加了，与同学们在一起，她很开心。

彭毛切吉还告诉我们，马上放暑假了，学校组织了一个去南京的夏令营,她也被选上了,她特别兴奋,南京是她最想去的地方,今后一定要考到南京上大学。

索南才仁老人坐在一边看着孙女,一边摇着转经筒,十分满足。

心佑工程帮助海南州免费救治贫困家庭先心病孩子,深受海南州党政机关领导和广大群众的称赞。

2017年4月13日,青海省海南州委书记张文魁和江苏援青前方指挥部总指挥、海南州副州长王显东来到南医大二附院心血管中心,看望和慰问从青海到南京接受治疗的5名藏族先心病患儿。

张文魁走进心佑工程的爱心病房,看到接受治疗的5个孩子身体恢复得非常好,一张张红扑扑的小脸很是可爱,缺氧发紫的情形都没有了。

孩子们的家长表示,能来到南医大二附院治疗是他们的幸运,孩子在这里不仅得到了精心的手术治疗,医护人员也特别有耐心,照顾得很周到,感谢党,感谢政府!

李庆国向张文魁介绍,5个先心病孩子中有4个孩子使用了微创小切口体外循环手术修复心脏缺损,另一个孩子使用介入封堵手术修复心脏缺损。接受体外循环手术的4个孩子术中均采取了特别技术,不输血就能完成心脏手术,同时切口位置隐蔽,有利于孩子心理和生理健康成长。

张文魁鼓励孩子们身体好了以后要好好学习回报社会,对医护人员的精心治疗和提供资金的爱心企业表示真挚的感谢,并亲自为他们戴上了哈达。

张文魁说,孩子们能在医疗条件和技术实力更好的南京接受免费手术,得益于心佑工程。青海属于高原地带,先心病发病率较高,帮助救治先心病儿童,对当地儿童的健康成长和家庭幸福以及促进民族团结来说都是一件大好事。

江苏援青海指挥部时任总指挥王显东对李庆国说,青海海南州地区的贫困人口多,江苏援青海指挥部将与心佑工程携手将这个公益活动做下去,让更多的贫困家庭患儿能够及时得到手术治疗。

心佑西藏行

西藏，世界屋脊，平均海拔 4000 米。

先心病虽然不属于西藏的特殊疾病，但由于高海拔缺氧的关系，发病率仍然远高于平原地区。

正常情况下，胎儿肺部不呼吸，需通过动脉导管开放与母体交换氧气，出生后随着呼吸系统建立和呼吸氧浓度增高，动脉导管会自动闭合，但由于西藏高原缺氧所致，一些新生儿动脉导管无法闭合，于是促生先心病。

在西藏，大部分先心病患儿未经治疗可能在童年夭折，但如果能及时发现并实施手术，只需一个多小时，他们的命运就会完全改写，与正常同龄人一样，有充实的人生。

据对西藏部分在校学生的普查显示，先心病发病率为 12‰—14‰。

受经济条件和现有医疗技术水平限制，改善西藏地区先心病诊治状况，需要更多内地和境外医疗机构给予支持和帮助。

近些年，中国红十字会、中国慈善总会等从事人道主义工作的社会救助团体和公益慈善组织，与北京阜外医院、北京安贞医院等医疗机构合作，关注和救助西藏高原地区的先心病患儿。

心佑工程自然不能缺席。

支援西藏建设，是江苏省对口帮扶支援合作工作的一部分，江苏援藏医疗队专家团在西藏多次开展了义诊活动。

事实上，对西藏先心病患儿的救助，在心佑工程发起不久就已列入计划。

西藏距离江苏路途遥远，环境特殊，如果在当地没有接头人，是难以顺利开展工作的。

2018 年，李庆国参加了中组部第十八批志愿服务西部博士团，博士团里有个团友叫刘维新。刘维新在博士毕业后的十余年间，曾七次申请到西部和落后地区工作：一次贵州、一次江西、两次新疆、三次西藏。

2006 年，中央组织部、共青团中央选派第七批志愿服务西部博士服务团，刘维新所在的山东省对口帮扶贵州省。选派的基本条件是具有博士学位,年龄四十五周岁以下,有两年以上工作经历,副高级以上专业技术职务或副处级以上行政职务。刘维新当年三十岁,正好符合选派条件,便第一次向组织提出了申请。

但报名后不久,刘维新的工作岗位发生了变化,从高校团委副书记被遴选到地方任职团市委副书记。他只好遗憾地放弃了志愿服务贵州的机会。

在地方团委任职期间,刘维新抽出精力在武汉大学从事医事刑法学的博士后研究。当时,医事刑法学研究在我国尚属空白,难度非常大,刘维新出版了该领域首部专著《医事刑事法初论》。

2009年,江西省鹰潭市面向全国公开选拔领导干部,刘维新成为共青团鹰潭市委书记,进入江西革命老区工作。2011年,刘维新在共青团中央挂职锻炼后,又被中央组织部调京,进入中国红十字会总会工作。

江西的工作经历,圆了刘维新服务革命老区的梦,可他深知西部边疆地区的发展需求更迫切,舞台也更宽阔。

还在共青团中央挂职时,他就曾与农业部草原监理中心的同志到西藏阿里举办"保护母亲河——青年万亩示范草场"活动。当他从飞机上俯瞰阿里时,不禁热泪盈眶:"祖国还有这样偏远落后的地方,犹如万物之初的模样。"他下定决心,一定要重返西藏,在祖国最需要建设却也最艰苦、最边远的地方工作,不留下"青春匆匆过,何处觅芳华"的遗憾。

此后几年间,刘维新先后多次申请援藏和援疆,但皆因已有人员安排、岗位不匹配等原因未能成行。

2017年8月,刘维新得知中央组织部、共青团中央将继续选派第十八批博士服务团志愿服务西部时,他立即向中国红十字会总会党组递交了申请。这是他第四次申请去西藏,终于如愿以偿,被组织指派担任第十八批博士服务团赴西藏团副团长。

雪域青春,尤为精彩。

刘维新的西部情怀,折射出当代青年的人生追求和社会担当。

李庆国与刘维新年龄相仿,有着共同的理想与情怀,在博士团,他向刘维新介绍了心佑工程,并表达了"心佑工程西藏行"的愿望。

刘维新拍着胸脯说，你们的心佑工程对于藏民们来说，可是求之不得呀！放心吧，手术你们是专家，我帮不上忙，但是"心佑工程西藏行"有关先心病筛查和协调救助的相关事宜，就交给我吧！

刘维新在一年的志愿服务结束后，毅然选择了留下，任西藏自治区红十字会副会长。

在刘维新的协调安排下，"心佑工程西藏行"在2019年8月首先在西藏那曲地区成行。

南京爱心人士陆玉霞得知二附院要去雪域高原救助贫困家庭先心病患儿，她和朋友一起慷慨解囊20.5万元，用作团队的筛查费用和贫困患儿的治疗、交通、生活费用。

位于青藏高原腹地的西藏那曲地广人稀，面积约37万平方公里，大致相当于四个江苏那么大，人口却只有50万。

那曲平均海拔在4500米以上，部分县区海拔高达6000多米，热量不足，严寒干旱，含氧量仅为海平面的一半，是青藏高原气候条件最恶劣的地区之一，也是先心病发病率较高的地区。

心佑工程首先选择了那曲。

那曲市卫健局对于心佑工程要来免费救助当地先心病患儿，表示了由衷的感激。

首批赴那曲筛查派谁去？

耿直虽然在青海吃过高原反应的苦头，但二次去青海后，觉得身体已能适应高原气候，依旧当仁不让。

李庆国安排心脏彩超室再去一个人。

做事一向认真细心的心超室主任袁振茂仔细研究了心超室谁可以上西藏，研究了半天，好像只有他自己可以去。于是，他向领导汇报说，先心病在他这儿没有一个会漏诊，别人去了他不放心。

2019年8月8日，"心佑工程西藏行"成行。

耿直和袁振茂携带便携式心脏彩超机飞赴西藏。

首次西藏之行，让两人终生难忘，刻骨铭心。

对于这次难忘的经历，耿直与袁振茂在微信朋友圈分别都有详细记述。

耿直记述道：

上午八点出发前往禄口机场，本来是十一点二十分的航班，硬是晚点至下午五点多才飞。南京出发，经停西宁，降落拉萨贡嘎机场，从机场到酒店入住，躺下来已经凌晨一点多了。拉萨的海拔3600米，身体还算给力，没有什么感觉。

翌日早上六点多起床，坐九点的火车从拉萨赶往那曲，沿途风景巍峨壮丽，大草原一望无际，远处高山连绵，白云触手可及。我们无心欣赏，心里惦记着那些藏族孩子，地方的同志说有十几个孩子先心病症状都挺重，亟须尽早心超检查，明确诊断。

下午一点多到达那曲市区，马不停蹄，在色尼区人民医院展开心超检查。经过检查，我们发现每个孩子都需要手术治疗，而且有几个孩子是复杂先心病，需要尽快手术。藏族同胞们得知我们特意为他们的孩子从几千公里之外的南京赶来，可以带孩子们回南京免费手术的时候，感动得热泪盈眶，用不熟练的汉语说道："谢谢，谢谢！"

刚到那曲，我兴致勃勃，心想这高海拔地区不过尔尔。但是一路奔波过于劳累，吃完午饭之后两人开始胸闷心悸。不能怂，打起精神，下午继续筛查。好几个孩子是坐了七八个小时的车，从遥远的县里赶来那曲市做检查的。

在当地医院，我们发现杭州市援助的一台迈瑞M9便携式超声机，仪器很先进，但是没有超声探头，医院没人会使用。这使我们感慨很深，设备可以援助，内地的医生可以来援助，但是归根结底，当地的医生能掌握心超检查技能才是关键。我与袁振茂给那曲当地的同志拍了胸脯，每个县派个医生来南京二附院进修，免进修费，包住宿，不学会不回去，争取让那曲每个县都有一个能够做心超诊断的医生。就算不能做明确的诊断，能把切面打好，也可以通过远程诊断技术，由二附院的医生协助诊断。

当地同志介绍，之前也有内地大医院的专家来筛查和治疗，但是没有形成长效机制，他们担心我们的心佑工程也会是虎头蛇尾，后面有需要治疗的孩子就不管了。我说，我们这次来只是探路，心佑工程已经做了五年，将长期对那曲的先心病孩子进行救助，等孩子开学之后，我们还要去学校筛查。我们通过筛查先解决存量的先心病患者，通过培养当地的心超医生和建立远程诊断体系，来解决新发的病例，这样就慢慢地把那曲地区的小儿先心病问题解决了。

山高路远不怕，就怕不迈开步子。

筛查结束，高原反应越来越严重，当地同志见我们面如菜色，给我们拿来了氧气。晚饭没敢多吃，也没敢洗澡，七点多躺床上不能动弹。头痛欲裂，眼睛痛，没法看手机屏幕，走路飘，四肢无力，心率超过120次/分，胸口一阵一阵地隐痛，而且想吐。我心想，完了，这是要交代的节奏啊！跟袁主任沟通了一下，他也不比我好多少，忍着吧，忍过这一夜，第二天就能回拉萨了。可是这一夜也太难熬了，眼睛痛看不了手机，强迫自己睡觉，十几分钟醒一次。氧气管一会插鼻子里，一会含嘴巴里，浑身上下没有舒服的地方。又听人家说要多喝水，防止血压低，又听人家说要少喝水，减轻心脏负担，我这一心外科大夫已经没有了自己的判断。

还是少喝水吧，起码不需要起来上厕所啊，上厕所都是扶墙的。就这样睡睡醒醒，又慌又怕，心慌胸痛头疼眼疼，又害怕睡着的时候氧气没有了，在睡梦中微笑牺牲，又怕睡不好第二天更难受。辗转反侧，好不容易天亮了，也不敢起来吃早饭，其实也是没力气。地方的同志说有孩子连夜赶了七八个小时的车过来，想让我们再看下。蓄力，一二，挣扎着起来，跟袁主任一起拖着几十斤的心超机赶往医院。检查的结果比身体的不适更让我难受，有个孩子是完全型心内膜垫缺损，七岁，已经没办法手术了。

中午的火车，也不敢吃东西，害怕胃肠道充血使得大脑缺血更严重。拖着行李和心超机去火车站候车。那曲一个地级市的市区跟苏北的乡镇差不多，火车站就一个上客的口。晚点，不知道晚到几点，没辙，等。大面积晚点导致小小的候车厅里全是人，我感觉快要喘不过气来，好在办公区可能有新风系统，我就把头放在办公区大门的门缝边，试图吸取一点新鲜的氧气，虽然我知道那地儿的氧气含量可能只有平原的一半。

终于等来了车，16节的车厢，月台只到10号车厢，一群人，一个门，车厢里到那曲的旅客从10号车厢下来，我们离开那曲的人才能上去。终于知道为啥晚点了——从检票进，到上下客，到走，大概用了四十分钟。当时内心是绝望的，觉得这是上一列生命列车回拉萨。沿途依然风景如画，我依然无心欣赏，打开车厢的供氧口，使劲地深呼吸，贪婪地抽吸着伴着机油味儿的氧气。

周一晚上终于到了拉萨，回到宾馆，原以为得到了重生，可以好好睡一觉，可还是胸闷，头和眼睛不痛了，心跳还是120，每个小时都要醒，受不了，凌晨五点多打电话给总台：兄弟，有氧气吗？氧气瓶被借完了，哭，继续忍。天亮了，周二了，袁主任替我搞来一瓶氧气，让我欢快地吸了起来。稍微好点，起来吃早饭，去布达拉宫打个卡，看看几百米高的布达拉宫，算了，命要紧，下面看看就成。打完卡赶紧回宾馆躺着吸氧。

晚上和几个江苏援藏的兄弟小聚，方知刚刚内地援藏队伍又牺牲两人：日喀则的上海大夫和那曲的东北律师，他们为了援藏奉献了自己的生命！我对援藏的兄弟们充满了无上的敬意。

援藏干部的牺牲更触动着内心最脆弱的心弦。人总要多经历，多沉淀。平时自己出差多，老去苏北农村筛查，觉得自己挺辛苦。看看援藏的兄弟姐妹，他们才是真正的付出，才是最可爱的人。

我们的心佑工程西藏行才刚刚开了个头，月底，筛查出来的藏族先心病孩子将到我们南京医科大学第二附属医院接受免费治疗！

对了，西藏我必须还要来。等着我！

袁振茂专门写了篇《入西藏记》：

神奇的西藏，风景瑰丽，世界的屋脊，人类生存条件极差。平原正常气压1000百帕左右，空气氧含量21%；而在西藏，高原气压550百帕左右，空气氧含量13%左右。平原人到西藏很容易出现高原反应而有相当的生命危险！所以我对于西藏是心向往之，又是极为畏惧的。

7月31日，最终决定和耿直医生一起去那曲后，我就开始搜集去那曲的攻略。

我们中心的李小波主任已经七上西藏，他告诉了我很多去西藏的注意点：少动，多做深呼吸，带止痛片、安眠药、麝香保心丸。由于那几天我感冒咳嗽，他叮嘱我一定要把感冒控制好，否则上去容易肺水肿出人命！一一照做。在准备的同时，听到消息：上海的援藏干部中，儿童医院的一名医生由于高原反应牺牲。我当时挺崩溃的，想了几个小时，上西藏肯定有危险，自己牺牲就牺牲了，家里妻儿、父母怎么办？最后买了一堆保险——假如我牺牲的话，他们最起码会有赔偿，生活可以无忧。

8月2号，我们出发了，也许是万事开头难，飞机整整延误了五个多小时，直到3号凌晨我们才到达拉萨，当时可能就出现了一些高原反应，头昏昏沉沉的，说话不连贯。休息了两三个小时以后马上出发去那曲。嗯，平生第一次乘坐高原列车，还好高原列车是充氧的，高原反应相对比较少，一路风景不错，远处的雪山一路陪伴，还看到一些当地居民种植的庄稼（小麦和油菜），很是赏心悦目。

随着火车的运行，海拔越来越高，气压越来越低，头痛的症状开始出现，咱们已经没有精神去欣赏风景了！也是经验缺乏，其实可以向列车员要吸氧管吸氧的，而我们一路熬到了那曲，也是悲伤。

到了那曲，已是下午，在当地卫健委同志的安排下，我们稍微休息了一会，就开始给已经送过来的孩子诊断。由于地广人稀，这些孩子是前一天由家长驱车六七个小时送到那曲市的，非常地不容易。经过心脏超声检查，确认3个孩子需要手术治疗。准备离开时，当地工作人员告诉我们，还有孩子在赶来的路上，可能还需要六七个小时，只能第二天再给这些孩子做检查了。

在送我们到酒店的时候，工作人员发现我们脸色苍白，行动缓慢，一个人给了一桶氧气，说吸点氧会好一点！到了晚间，我虽然吸着氧，但是症状持续加重，头痛、恶心、胸闷、胸痛！吃了两粒麝香保心丸、一粒泰诺，稍微舒服一点。这时耿直头痛得厉害，在我这拿了一粒泰诺，但他吃了竟然没有任何效果。到了凌晨，氧气桶氧气没了，症状再次加重，打电话给酒店前台，氧气一桶（5个压力）100元，有点舍不得，反正马上天亮了，熬吧！但是三四分钟以后，我打电话给前台："给我送一桶氧气吧。""好，马上过来，请准备好现金。"我似乎听到前台服务员偷笑的声音，还是做不成葛朗台啊！小命要紧！

早上，为了节省体力，没去餐厅吃饭，在房间吃了一包饼干和榨菜，一直吸着氧，得到孩子到达的消息以后，立刻出发去医院。但是非常遗憾，有个孩子六岁，是A型的完全性型心内膜垫缺损、肺动脉高压、艾森曼格综合征，已经是先心病的晚期，失去了手术机会！孩子的父亲听到这个诊断结果泪流满面，但是孩子呆呆地看着他的父亲，完全不明白他在人世间的时间已经不长了。

带着遗憾，我们赶回了拉萨！

5号晚，援藏的几个兄弟告诉我们一个令人悲伤的消息：就在昨天，上海和辽宁两名援藏的同志在那曲牺牲了！

在新时代，如果说最可爱的人、最值得敬佩的人是谁的话，我相信必然包括所有援藏、援青和援疆的英雄们！

所谓的岁月静好，只是有人替我们负重前行！

向所有替我们负重前行的英雄致敬！

2019年8月24日，五岁的顿珠平措和一岁半的多杰罗布在家人陪护下从西藏那曲飞到南京。他们是心佑工程西藏行救助计划的首批患儿。

多杰罗布患的是法洛四联症，在儿童发绀型心脏畸形中居首位。这类先心病患儿如果无法得到救治，90%的患儿会因此夭折，重症者有25%—35%会在三岁内死亡。

相比多杰罗布，顿珠平措的病情比较轻，他患有房间隔缺损。但是，他已经五岁，症状已很严重。

2019年9月10日，顿珠平措和多杰罗布在经过十六天的手术治疗后，心脏畸形得以成功修复，康复出院。

多杰罗布与心佑工程团队还有一段特殊的缘分。

多杰罗布治愈回西藏，在拉萨下了飞机就出现了高原反应的症状，呼吸急促，口唇青紫，多杰罗布的父母赶紧把孩子带到医院。

西藏的孩子怎么还会有高原反应呢？

原来，多杰罗布的心脏病是复杂性先心病，手术很成功，术后身体完全康复才出院。但做完手术的心脏像是刚大修完的发动机,到达拉萨后,由于海拔上升,空气中氧含量急剧下降,他的心肺系统出现了不适应。

心佑团队的医生一直关注着孩子们的恢复情况,听说多杰罗布回到当地就住院了,这让李庆国焦急万分。手术和术后治疗当然没有问题,但孩子毕竟是在心脏手术后的康复期中。

而且,李庆国知道多杰罗布不但有复杂的先心病,还有先天性的气管狭窄,回到高原之后,低温和缺氧都会导致气道痉挛,严重的会致命。为不致发生意外,李庆国当即决定,派医生专程前往拉萨,帮助当地医院治疗多杰罗布。

"李院长,我是多杰罗布的监护医生,我去吧!"加入心佑工程团队不久的心血管中心重症监护室主任陆凤霞主动要求。

"80后"的陆凤霞,来自省城某大医院,虽然年轻,从事小儿重症监护工作却已有二十余年,是小儿重症监护专家,具有丰富的重症监护应急处理经验。

李庆国同意了陆凤霞的请求。

因为陆凤霞之前没有去过高原,李庆国给她派了一位助手,也是"护驾者"——耿直。

耿直立即与陆凤霞飞往西藏。

多杰罗布的父母根本没有想到,南京的医生会因为孩子住院而特意"打飞的"过来帮助他们。因事先没有得到通知,他们突然见到耿直与陆凤霞,一时不知所措,孩子的妈妈激动地抱着陆凤霞,热泪满面。

其他病房的藏族同胞听说了孩子的故事,有的双手合掌,有的竖起大拇指,向两位南京医生表达敬意。

在病房,陆凤霞看到多杰罗布一边吸着氧,一边玩玩具,悬着的心一下子就放了下来,她知道,孩子的心功能没有发生问题。

陆凤霞对孩子术后康复的心脏进行了检查,一切显示良好,证实了她来之前的判断。

耿直和陆凤霞告诉管床医生,孩子没有什么问题,就是需要适应一段时间,不要担心。他们把孩子的治疗方案向管床医生做了交代,把带来的

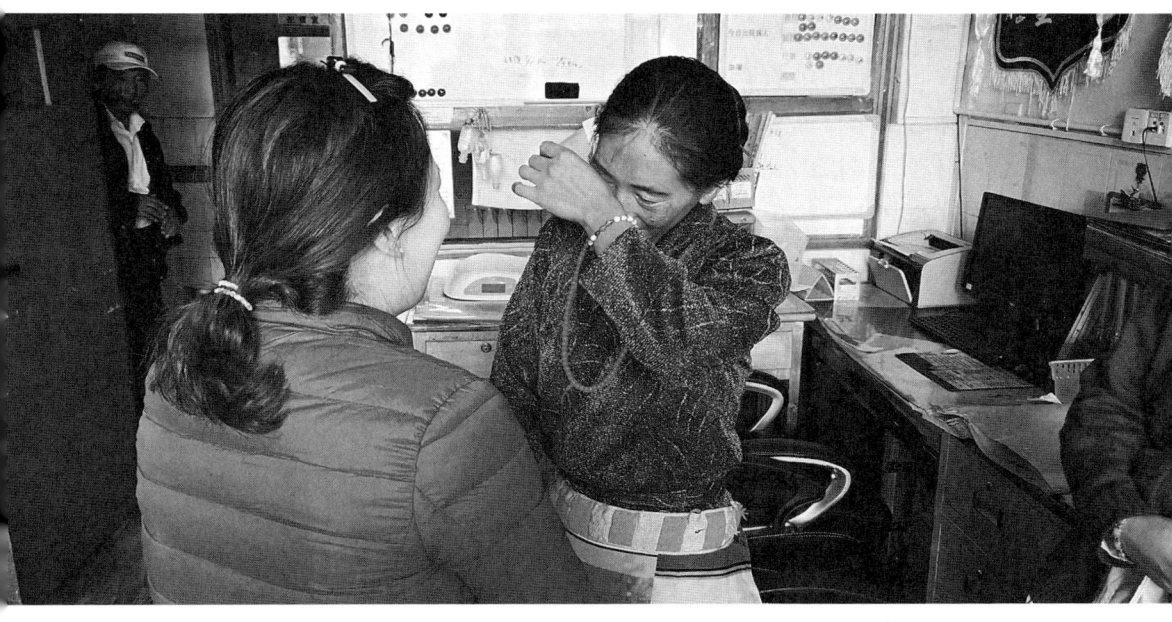

见到从南京专程赶到的陆凤霞，多杰罗布的妈妈激动得热泪满面。

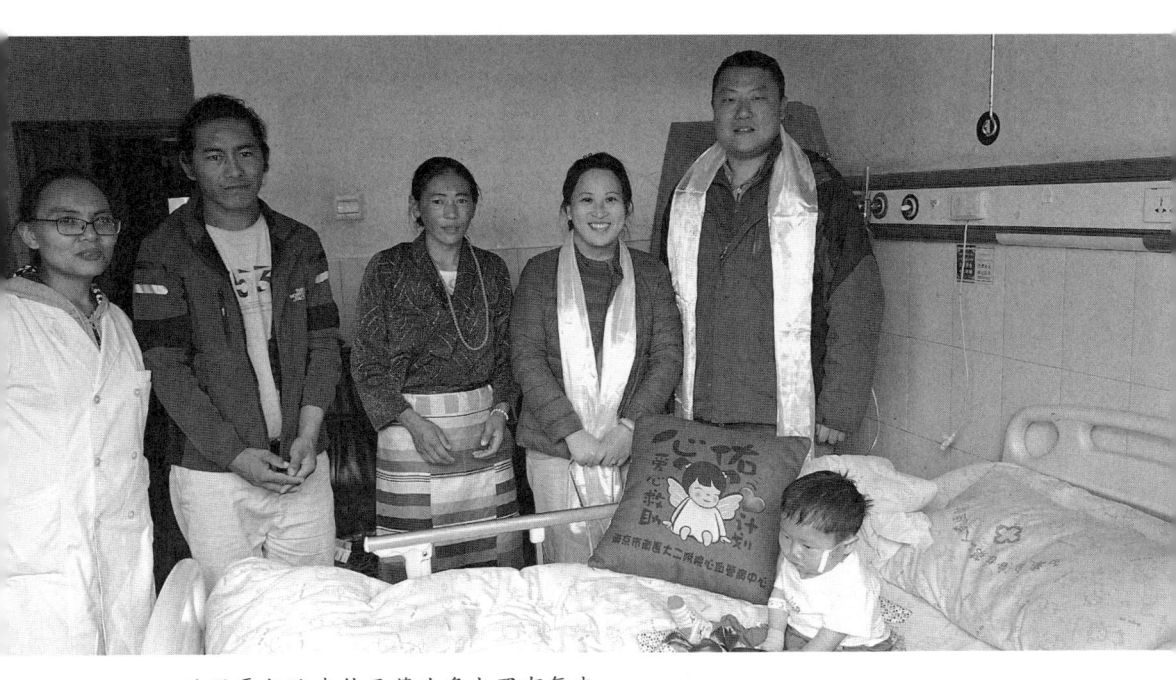

陆凤霞与耿直赴西藏为多杰罗布复查。

第四章　心佑行动

有利于术后康复的药物交给了多杰罗布的父母。

病区的主任闻讯而来，还带来了洁白的哈达，由多杰罗布的父母恭恭敬敬地献给了来自远方的两位心佑使者。

耿直和陆凤霞回到南京，多杰罗布也很快出院，管床医生给他们发来了多杰罗布健康、快乐、活泼的视频。

按计划，那曲市贫困家庭先心病患儿将陆续分批得到心佑工程的免费救治。

第五章 生命的呐喊

生命最苛刻之处，在于它会死亡；最残酷之处，在于它充满期待；有时却如烟花般，从开始到绽放，直至消失，只不过几秒钟的时间，一个生命便随风而逝，风过无痕。

罗曼·罗兰说，爱是生命的火焰，没有它，一切变成黑夜。

绝路逢生

2019年9月5日，微博上出现了一条新闻：河南许昌一个八岁的小女孩到药店买"伟哥"。

"伟哥"，学名叫作西地那非，属于5型磷酸二酯酶抑制剂的一种。在中国，几乎所有成人都知道它是治疗男子性器官功能障碍的药。

这一次，购买者却是八岁的小女孩。面对药剂师的盘问，小女孩表示：是我自己要用，它能治我的病。

小女孩得的病，叫作肺动脉高压。

把"肺动脉高压"和"伟哥"这两个看起来毫无关系的词语输入搜索引擎之后，你会发现一个令人震惊的事实——"伟哥"也被用在别的地方，比如救命。

在中国，有不少于500万人依靠"伟哥"续命，一天不吃，就可能有生命危险，他们有一个共同的身份——肺动脉高压患者。

肺动脉高压分为原发性和继发性两种，先心病是肺动脉高压的常见病因，肺动脉高压常常是先心病并发症的表现之一。

剧烈运动之后，你有过那种心要跳出嗓子眼的感受吗——呼吸困难，口干舌燥，还有点犯恶心，头晕目眩？

这就是肺动脉高压患者的日常生活，他们每一次呼吸，就像是刚跑完800米一样。

所以，他们的行动比普通人要困难得多，出门也成了每天最困难的事。

有着长长阶梯的过街天桥，是他们无法逾越的禁区般的存在。很多时候，他们都选择打车出行，但就是从小区门口到出租车停车点的距离，他们也要走走停停。

很多出租车司机等得不耐烦，常常直接开走了。所以，必须要一个人先坐到车里拖住司机，才能等到患者上车。

很多人没有办法，就直接坐轮椅出行。

有相当一部分先心病患者由于没有及时手术而导致肺动脉高压并发症，必须靠药物维持生命，他们不仅饱受病痛的折磨，而且在昂贵的医药费面前焦头烂额——目前，许多治疗肺动脉高压的药品未被划入医保范围。

肺动脉高压患者让家庭崩溃的故事，并不鲜见。

某县的小雅与河南许昌的八岁小女孩一样，也是肺动脉高压患者，也曾经靠"伟哥"活着。

小雅的肺动脉高压是由先心病引发的并发症。

小雅来到人世前，她家在当地还算富裕。父亲徐华与母亲王红勤劳能干，在上海崇明岛承包河道，养鱼养螃蟹。家里还有奶奶和一个大她十岁的姐姐。大女儿十岁的时候，徐华和爱人王红觉得一个孩子太孤单了，决定再生一个，于是就有了小雅。

可是自从小雅出生后，一家人的生活彻底改变了。

那时，计划生育政策很严，一对夫妻只允许生一个孩子，超生要被处罚。徐华夫妻俩远离家乡，在上海崇明岛承包河道，没人监督，就悄悄地怀上了。

十月怀胎，一朝分娩。2004年2月25日，王红生小雅时难产，虽然经医生抢救，母女俩的性命保住了，但也折了王红半条命。接着没过几天，家乡的计划生育干部就找上门来，对他们进行了批评教育，还要他们回去处罚，好说歹说才以罚款5000元了事。

小雅一出生，徐华夫妇就发现孩子不太正常，浑身上下绀蓝，连喘气的声音都与其他孩子不一样，夫妻俩很担心。那会儿他们还不知道，小雅就是先心病患者中一个典型的"蓝婴"。

小雅出生第四十六天时患了感冒，高烧不退，医生详细检查后的结果让夫妻俩倒抽一口凉气：房间膈缺损、室间隔缺损、肺动脉闭锁。

一种心脏畸形就能要命，小雅的心脏却有三种畸形。

医生说，这种病必须到北京、上海的大医院才能做手术，孩子太小，手术风险太大，承受不了，要养一养才能手术。

从小雅出生到出院，一下子就花掉了好几万元。

小雅刚出院回到家，她的奶奶又大病一场。

小雅回到家后，隔三差五感冒发烧，一感冒就得住院，没有十天半个月出不了院，一年下来又是几万元没了。

更让徐华夫妻发急的是，孩子小又有心脏病，必须二十四小时有人看着，一住院，夫妻俩谁也工作不了，就这样，承包的河道不仅交不起承包金，也没人看管，只能拱手让给了别人。

没了河道承包，收入来源断了，两年下来，家里的积蓄花得干干净净，还欠下了好几万元的外债。

而小雅的病对家庭生活的冲击并没有就此打住，她还在不停地感冒、发烧、住院、吃药、打针。由于长期处于缺氧状态，她的指甲、脸颊、嘴唇呈现出不同程度的蓝紫色，成为"蓝嘴唇"。

那一年小雅感冒发烧，口吐白沫，昏厥过去，徐华夫妻赶紧将孩子送到了上海一家医院抢救，一周下来不见好转，夫妻俩又急又愁。

这得花多少钱哟，上哪去弄这么多钱呢？

这种日子，什么时候是个头啊？

医生告诉他们：小雅由于没能及时手术，出现了并发症肺动脉高压，

徐华的女儿小雅患先心病多年，掏空了家底，心佑工程为其成功手术。徐华说："老天有眼，让我们遇到了心佑工程，救了孩子，也救了我们这个家，一家人总算过上无忧无虑的日子了。"

需要手术才可能延长生命，手术费用至少要 10 万元。

不要说 10 万，就是 1000 元家里也拿不出来了。

"小雅的手术风险很大，弄不好在手术台上就下不来了！"医生提醒说。

"小雅这孩子要活活把我们家给拖垮呀，唉！"徐华有些绝望，长长地叹了一口气。

"有什么办法呢，病成这样送也送不掉呀！"爱人王红自言自语。

爱人的这一句话，提醒了徐华。

"送没人要，趁孩子在医院抢救观察，丢给医院算了！"徐华萌生了这么一个念头，他将这一念头告诉了王红。

"丢在医院这怎么行呀，人家医院又不是一个家庭！"王红说。

"孩子这病我们没钱治，医院也不会给她看了，就算这次带回去跟着我们早晚也会死，丢在医院，医院不会不管的，也许还有个救。"徐华说。

夫妻俩想来想去，最终徐华说服了爱人。

徐华向王红使了个眼色，让她先去医院门口叫个出租车等着，他随后就到。

王红走后，徐华到了重症监护室，隔着窗户玻璃看了小雅一眼，心里暗自念叨："孩子，爸爸妈妈对不起你了，生下你却又把你给丢了，别怪爸爸妈妈心狠，你有个姐姐，爸爸妈妈多想你姐妹俩有个伴啊，实在没办法，你这个病爸妈没钱给你手术，把你带回家也活不长，丢在医院，医院不会不管你，会有好心人收留你，至少还有条活路啊！"

徐华使劲看了一眼，见四周无人，硬下心来，离开了监护室，撒腿就往医院门口跑。

此时，王红已经在医院门口拦下了一辆出租车在等着他，徐华拉开车门上了车就喊："开车，快开车！"

"师傅，你们去哪里？"出租车司机问。

"就往前面开吧！"徐华脑子里想着丢弃在医院监护室的孩子，怕护士追来，心里很慌张，有些语无伦次，也不知道往何处去，只希望马上离开医院，越远越好。

出租车很快开出了 30 多公里，到了城外，徐华夫妻下了车。两人默不作声，漫无目的地往前走，走了一会，一起在路边坐了下来。

夫妻俩都把头埋在腿上，沉默不语。

"他爸，不知小雅现在怎么样了？"王红忍不住，抹着眼泪说。

徐华低着头，不想讲话。

沉默良久，徐华猛地站了起来。

"他妈，回去吧。我们回医院吧，小雅是我们的女儿，不能丢啊，还是想办法借钱给孩子治病吧！"徐华说罢，伸手把王红拉了起来。

就这样，夫妻俩又赶回了医院。

见到了徐华夫妻，护士好一顿责备："这么长时间你们去哪了？到处找不到你们。今天的费用要你们签字哩！"

护士哪里会想到，这对夫妻刚刚差点把孩子丢给她们，一走了之。

肺部动脉高压阻碍了血液从心脏输送到肺部，极易造成呼吸困难、胸痛、心绞痛、晕厥、右心衰竭甚至死亡。

据不完全统计，我国大概有肺动脉高压患者 800 万人，如果没有药物干预，他们平均存活时间不足三年。

市面上治疗肺动脉高压的药物主要有三种，前列环素、内皮素受体拮抗剂和 5 型磷酸二酯酶抑制剂。

"伟哥"是 5 型磷酸二酯酶抑制剂的一种。它可以舒缓肺部血管，利于血液循环，在一定程度上可以减轻肺动脉高压患者的痛苦。"伟哥"不是最有效的治疗药物，规格种类较多，售价并不统一，一片大概是 60 元左右。

有一些诸如波生坦、安立生坦的药物，比"伟哥"效果更好一些，但"伟哥"是它们中最便宜的，也是贫困家庭肺动脉高压患者唯一能抓住的救命稻草。

可即便如此，还是有很多人承担不起高额的医药费用，选择等死。

小雅只能靠药物把肺动脉高压降下来，怠慢一步，就得抢救，否则命就没了。每一次抢救都得几千上万元，这样的情况每年至少六七次。小雅的免疫系统功能很弱，感冒发烧是常有的事，手背上、头皮上满是挂水的针眼，每一次生病，一家人都跟着遭罪，焦虑、担忧、心疼，无法入睡。

徐华打工的一点收入要给小雅买药，还要维持家里的生活，所欠外债数字越来越大。

那年，山东微山湖煤矿招聘挖煤工人，这个工作多劳多得，招聘的人说，只要能吃苦，不怕危险，收入比打工好多了。

为了多挣钱，徐华应聘成了煤矿工人。

徐华在500多米深的井下挖煤，每天都要工作十二个小时以上，有时节假日也不休息，直干到这个煤矿挖不出煤了。

井下多年的劳累，使徐华后来落下了一身的病。

小雅长大了，虽然被疾病折磨，发育迟缓，却很懂事，知道父母为了她、为了家很辛苦，吃药打针从来都很配合，发病的时候再痛苦、再难受也不哭。

徐华夫妻看着女儿这副乖样，很心疼，时常转身抹泪。

十多年里，徐华夫妻为给小雅治病，带着她跑遍了上海、南京、北京各大医院，得出的结论几乎一个样：手术不能根治，可以缓解和控制病情，但手术风险太大，存活率很低，而且费用都在10万元以上。

徐华夫妻渐渐对通过手术治疗小雅的病失去了信心，只能用药物维持着她的生命，听天由命。

2014年8月，村里有人告诉徐华，南京医科大学第二附属医院的心佑工程正在县里搞先心病筛查，贫困家庭先心病患儿（者）可以免费手术。

徐华听了，并不抱希望。

徐华知道，先心病有多种，人家有一种就不得了，可自己的女儿占了三种，且发展到肺动脉高压。这种病很难治，大手术，大风险，去了那么多大医院，看了那么多专家，始终解决不了问题。

徐华觉得，心佑工程不过是一个医院的公益项目，而且其所在的医院与上海几家大医院相比，名气实力小多了，能救小雅的命吗？

虽不抱希望，却也不愿放弃，试试看吧。徐华带着小雅找到了心佑工程团队。

医护人员尽管见过太多的先心病患儿，可见到小雅时，他们还是很吃惊：十五岁的女孩体重只有几十斤，呼吸短促，蓝嘴唇，手指粗壮发紫，腿部和踝部水肿，肺动脉高压该有的特征都有，头大，身子小，胸部畸形，左胸凸起。

经过检查，更让医护人员吃惊的是，正常人的心脏拳头大小，而小雅的心脏膨胀得几乎占据了整个胸腔，小雅的病情已到了濒危的边缘，心脏已出现衰竭，如同一台使用达到极限就要报废的发动机。

"我女儿有救吗？"徐华平静地问心佑工程的"头儿"李庆国。

在徐华见过的专家中，面前的李庆国显得年轻了一些，以他的经验，他几乎能想象出这位专家将给予的结论。但是，让徐华意外的事发生了。

"小雅已出现肺动脉高压危象，长时间的肺动脉高压，引起肺动脉血流减少，血管硬化，正在向艾森曼格综合征发展，很危险，必须马上手术。"李庆国说。

肺动脉高压危象是在肺动脉高压的基础上发生肺血管痉挛性收缩，肺循环阻力升高，右心血排出受阻，导致特发性肺高压和低心排血量的临床危象状态。

而艾森曼格综合征是手术禁忌，患者如果进行修补手术，容易导致右心衰、血压下降甚至死亡，不仅手术风险大，而且即使手术成功，术后恢复效果差，死亡率也非常高。

李庆国向徐华介绍着小雅的病情及手术的理由。

"她还能手术吗？上海的专家说手术也不能根治，而且风险很大。"徐华问。

"小雅的病手术成功，病情可以得到控制，基本能像正常孩子一样生活；但是，不手术会很快心脏衰竭，而一旦发展到艾森曼格综合征，就没有机会手术了。"作为心外专家，李庆国十分清楚小雅的病情。

"我们去了很多大医院，专家们都说手术风险大，不愿意给她手术哩！"徐华说。

"专家们都没说错，小雅这个手术较为复杂，风险是很大，但是任何心脏手术都有风险，对于小雅来说，手术才有生存的机会。我们会制定一个很周密的手术方案，降低手术的风险。"李庆国解释说。

"谢谢，谢谢李专家！"此时，徐华已认定面前这位年轻的专家能救女儿的命。

"手术费用要多少？这些年为治小雅的病，我们家真是山穷水尽了！"徐华苦着脸说。

徐华明白，虽然他们已给小雅买了医保，但他计算过，一场手术下来，至多可报销50%。他们无力承担必须自费的另外50%。

"你家情况我们已了解，手术费用不用担心，你们按医保规定报销之外的，我们心佑工程想办法为你们解决。"李庆国说。

徐华听了李庆国这番话，眼泪一下就流了出来。

"谢谢，谢谢你，李专家，求你尽快给我女儿手术，救救我的女儿，救救我们一家！"

无疑，小雅的手术又是一次医学上的挑战。

正常人主动脉与肺动脉压力差是四分之一，而小雅的压力差几乎不存在；正常人肺动脉压力在15—20毫米汞柱之间，而小雅达到了90—100毫米汞柱，这样的高压少有。

正常人动脉血回流到右心室，通过肺动脉进入肺脏，氧合后流向左心室，再由主动脉泵往全身。肺动脉高压患儿在手术中，往往人工心脏机根本停不下来，只要停下来，心脏就会停止跳动，人就没了。

不过，李庆国分析认为，虽然小雅肺动脉压力高，但不能单纯凭心超判断，还要对其进行血气分析，通过胸片、右心导管检查，分析肺阻力到底怎么样。

六个小时后，小雅的手术顺利完成。

2014年11月16日，小雅康复出院。

2019年6月22日，我与耿直在小雅的家乡见到了徐华和小雅父女。

徐华一脸轻松地说："小雅的病好了，教育局特批让她上了特殊学校，家里没了负担，大女儿工作了，老婆在外地打工，我办了退休，家里欠的外账也还得差不多了，日子总算熬出头。感谢心佑工程的救命之恩！"

十五岁的小雅出院后成长很快，左右胸、头部和整个身材都匀称了，个头长了10公分，体重长了几十斤，原来嫌瘦，现在要动脑筋减肥了。

小雅说，她出院后上了学，现正上小学四年级，一般的活动如好友聚会、秋游什么的，她都能参加。

"就是有点不好意思，我在班里年龄最大、个头最高，像我这样的年纪一般都已经上初中，有的都上了高中了。"小雅说这话时，粉面含花的脸蛋透出少女的羞涩。

小雅还告诉我，他们那儿有一个六岁的孩子，就因患先心病过世了。他们班里有两个同学，老师说不能碰他们，课外活动只能待在教室里。她一看，就知道他们跟过去的自己一样，也是先心病。他们的父母都在外地打工，还没有带他们去手术。

"我想活着！"

二十九岁的小唐是出生十四个月的时候被诊断出法洛四联症的。

一百三十年前，法国医生法洛总结了四种先天性心脏畸形：室间隔缺损、肺动脉狭窄、主动脉骑跨、右心室肥厚。为了纪念法洛的贡献，这一类心脏畸形就被命名为"法洛四联症"。

这是一种复杂的，也是常见的先天性心脏畸形，病人表现为发绀、呼吸困难和缺氧性发作，可累及心血管、呼吸系统，患者多因慢性缺氧引发红细胞增多症，导致继发性心肌肥大和心力衰竭，最终由于心律失常而死亡。

法洛四联症患儿，轻症者不做手术很难活到五十岁，而重症者有25%—35%的人会在一岁内死亡，50%的病人死于三岁内，70%—75%的病人死于十岁内，90%的病人会在五十岁前死亡。

根据目前的医学发展，如果患儿在被发现法洛四联症时及时进行根治手术治疗，这个病就不会影响患者的寿命。

但在二十九年前，法洛四联症还如同绝症。

面对小唐的父母，医生摇头叹息，目前医学界只有极少数的几所医院几个医生能够对这种病进行手术干预，而且手术费用很昂贵，非一般家庭能承受，这孩子怕是活不到三岁！

当年农村还不富裕，小唐家里只有两间草房，即便在不富裕的农村也算是穷的。

小唐的母亲听说后，当天晚上就悄悄地离家出走了。从此，小唐再也没有见过妈妈。

狠心的母亲撇下患先心病的亲生儿子走了，幸运的是，小唐还有一位特别慈爱的奶奶。奶奶不识字，没文化，但明事理。对着一岁多的孙子，她又当奶奶又当妈妈，小心翼翼地呵护着，让小唐首先度过了医生判定的三岁死亡期。

小唐的父亲正值壮年，勤劳、孝顺，时常有做媒的给他提亲，奶奶和他的条件一致——不能嫌弃有病的小唐。

有几个上门相亲的妇女看到这个家本来就不富裕，孩子又得了这样的重病，觉得是一个无底洞，纷纷摇摇头离开了。

就在小唐三岁这一年，一位长相端庄、温柔贤惠的姑娘刘清上门来相亲。

通情达理的刘清看中了小唐父亲的人品，没有嫌弃他家贫，又觉得孩子十四个月就没了妈妈很可怜，虽然有病但挺可爱，就留了下来，成了小唐的后妈。

刘清嫁过来后，第二年有了自己的亲生儿子，但她不仅没有歧视过小唐，而且像待亲生儿子一样照顾他。因为父亲常年在外打工，小唐从幼儿园到小学、中学都是刘清每天负责接送，每次发病，也都是由她背着去医院。

一家五口人挤在两间草房里，上有老下有小，还有个生病的天天要吃药，隔三差五就感冒住院，几亩地只能解决一家人的口粮，日子过得很艰难。

为了维持生计以及给小唐看病，刘清不得不在距家十几里地的一家纺织厂打工，三班倒，一天要干十二个小时，每天骑自行车来回，风里来雨里去，很辛苦。

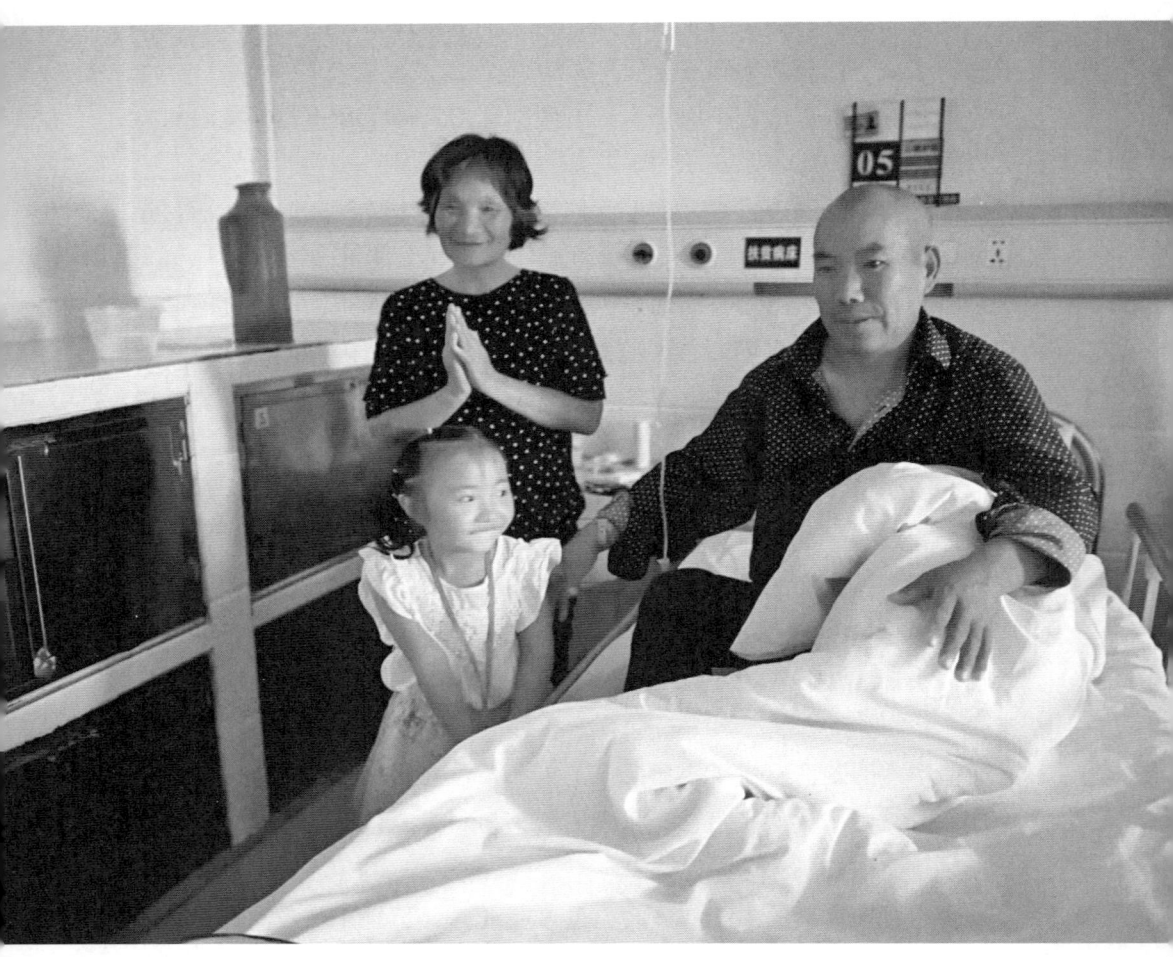

我国每年有 20 多万名先心病患儿不能得到及时的治疗，成为成人心脏病患者的来源。

即便是这样辛苦的工作,也没能维持多久——工厂倒闭了。

刘清只好四处打零工,挖土、送货都干过,硬是靠着这份辛苦,家里盖起了新房子。

刘清知道,治不好小唐的病,日子就富裕不起来。

小唐七岁时,刘清娘家一个住在上海的亲戚说,上海新华医院能治这个病,她便带着小唐赶到了上海。

从亲戚家住的地方到新华医院要换乘四趟公交车,刘清背着小唐每天早上四点就赶去医院,下午五六点钟才能回到亲戚家,一住就是半个月。

医生检查后说,这孩子能长到这么大已经是奇迹。不过随着年龄的增长,小唐的病情也在加重。要延长他的生命,需要手术,手术费用至少10万元,而且手术风险很高,上了手术台也不一定下得来。

二十年前的10万元,对于普通百姓来说,无疑是天文数字。

家里拿不出这10万元,刘清夫妻更害怕孩子上了手术台就没了,回去跟他奶奶无法交代,就带着小唐回了家。

奶奶听说了小唐的病情,抹着眼泪,叹了口气,说:"算了,就当小猫小狗养着玩吧,让他自己长,能活多大算多大,看他的命了。"

小唐家一个邻居的女儿也得了先心病,平时,其他小朋友的家长知道他俩有先心病,便不允许孩子跟他们玩,怕出事受连累。同病相怜,小唐与这个女孩成了好朋友。

但是,小唐八岁的时候,这个小女孩发病死了。

小唐很难过,哭着问奶奶:"我是不是跟她一样会死呀?"

奶奶哄他说:"你不会死,你心没长好,阎王爷不要你!"

小唐十岁那年,一天,不知什么原因,突然胃痛剧烈,整个人被疼痛憋得喘不过气。

小唐的父母将他送到医院急救,医生检查后,对他们说:"孩子不行了,你们给他准备后事吧!"

"孩子还有救啊,救救孩子吧。"刘清央求道。

医生知道小唐是法洛四联症,不敢给他随便用药。

小唐父亲看了,心疼得不住流泪,猛然想到了电视广告里的一种胃药,就跑到药店买了给小唐吃。

折腾了几天，小唐胃不疼了，气喘也好了许多，算是从"鬼门关"闯了过来。

小唐过这样的"鬼门关"并非只此一次。

他二十岁那年夏天，连续多日高烧39—40度，畏寒怕冷，烈日当头，他却要穿上棉衣盖上被子，整个人像面条一样软弱无力，没有精神。

医院再次建议放弃治疗，让刘清夫妻把小唐带回家去，准备后事。

一家人依然不愿意放弃，大医院不治就到小医院挂水、打针、吃药。

折腾了几天，小唐又一次恢复了过来，再次闯过"鬼门关"。

虽然又一次死里逃生，但小唐的病每况愈下。

小唐二十三岁那年，上海的亲戚告诉刘清，上海长征医院可以给小唐手术，小唐的爸爸和刘清再次把小唐带到了上海。

专家经过会诊，发现小唐的法洛四联症伴发肺动脉闭锁，很严重。

法洛四联症本来就是复杂性心脏畸形，而肺动脉闭锁更是一种非常少见的复杂性心脏疾病。

所谓肺动脉闭锁，指右心提供肺部血液的肺动脉闭塞，仅仅依靠动脉导管未闭借用右心房血液供给，或者在主动脉上会有一些新生血管，也即通过侧支血管供血。

医生对手术进行了风险评估，依旧告诉小唐的爸爸和刘清：风险太大，上了手术台，死亡的概率大于存活率。

听了医生的介绍，夫妻俩既恐惧又紧张。

奶奶听说后，坚持不让手术，就这样，小唐又被带了回来。

小唐长成了大人，对悉心照顾他的家人充满感激，他很爱这个家。

奶奶一直把他当作心肝宝贝，小唐记得，小时候家里穷，买不起鱼和肉，为了给他增加营养，奶奶亲自下河为他摸小鱼小虾熬鱼汤。

刘清虽是后妈，却比亲妈还亲，不仅在生活上对小唐照顾得无微不至，而且在他发病坚持不住的时候，总是给他鼓励和安慰，使他一次又一次挺了过来。

父亲长年累月在外打工，为了他，为了这个家，付出了许多辛苦，头发早早地就花白了。

小唐同父异母的弟弟知道哥哥有病，从不与哥哥争执或让哥哥生气，兄弟俩从没红过脸。

小唐也有几位关系很好的同学，有几个初中同学对他不离不弃，只要有空就会到家里来看他。

小唐喜欢电脑打字和游戏，每天在家待着无聊，又觉得很惭愧，这么大个人不能给家里挣一分钱，每天还要一家人养活和照顾，于是天天都想着要为家里负担点什么。

那天小唐在县城溜达，走着走着，看到一家电脑公司有个广告牌，上面写了一条招聘启事，招收一个送件员，就是为公司送电脑配件，每个月800元。小唐觉得这个工作简单，骑个电瓶车也不用走路，不辛苦，很适合自己。小唐参加了招聘，居然被聘用了。

回到家，刘清不放心不让他去，奶奶却鼓励说，小唐这么大了，天天在家待着太闷了，出去做点事挺好，工资虽然不高，但是800块钱一个月也够他自己的生活费了。

小唐有了工作，能像正常人一样上班下班了，很兴奋。

在公司，小唐小心翼翼，尽量不让同事发现自己的身体情况，生怕被同事知道自己患有严重的先天性心脏病。

但是，这个秘密守了一个多月，还是暴露了。

那天，公司派小唐去给县医院心胸外科送打印机墨盒。小唐是县医院的老病号，尤其心胸外科的医生、护士基本上没有不认识他的，也都知道他的病情。

胸外科医生见到来送打印机墨盒的竟然是小唐，大吃一惊：这么严重的先心病人怎么能够在外面奔波送货呢？出了事怎么办？

第二天，电脑公司老板找到了小唐，委婉地将他辞退了。

那天，小唐很难过，回到家就把自己关在房间里，一天都没有出来。

此后，小唐也去饭店、超市等应聘过，为了避免再被辞退，他就老老实实地告诉了人家自己的病，老板们听了都摇摇头，没人敢要他。

2018 年初，奶奶被检查出食道癌，晚期的时候吃什么吐什么，连口水都咽不进去，弥留之际对小唐的爸爸和刘清说："孩子命大不要去手术了，就让他能活多大就活多大。"

奶奶把刘清的手攥在手里，说："对不起你，这么多年太难为你了！"又望着小唐，说："别开刀了，太危险了，弄不好命就没了。"

尽管孙子已经二十八岁了，八十七岁的奶奶依然放心不下，她是带着一脸的不舍离开人间的。

奶奶的去世对小唐打击很大，他的病又开始发作起来，而且这一次他预感到自己可能活不了了。

他不想死，渴望活着，一想到死，他就十分恐惧，但他很无奈。

2019 年 5 月的一天，刘清路过县医院门前，心佑工程正在进行义诊和先心病咨询，现场围了好多人，刘清挤上前，咨询了小唐的病情。

心佑团队的医生告诉她，小唐的病必须手术，否则很危险，而且手术做好了好好调理保养，至少生活质量要提高很多，以他们家的经济情况，只要乡和村出具贫困证明，心佑工程会尽力给予帮助。

刘清喜出望外，立即把这个消息告诉了小唐和他在外打工的父亲。这让小唐看到了一线生机。

此时的小唐已经二十九岁，个头只有 1.6 米，体重只有 103 斤，不能吵闹，不能激动，手指像个鼓槌，指甲、嘴唇发紫，不能久立，喜欢蹲着，时常心跳突然加速加重，心慌气短，心脏功能已经开始衰竭。

小唐知道，自己只有两个选择：要么手术，而手术很可能不再醒来，要么等死。

他又想到了奶奶临终前的叮嘱。

难道自己就只能这么被动地等待死亡的降临？

那天，小唐无聊地翻阅着一本杂志，一篇文章的一段话吸引了他："小草即使脆弱，却不曾自暴自弃，向命运低头；小花虽然脆弱，却从不认为自己弱不禁风，仍然迎着朝阳笑看未来。大自然给我们的生命，是让我们珍惜它，利用所拥有的生命去创造出无尽的可能。"

这段话深深触动了小唐。

手术有风险，甚至可能下不了手术台，但手术是唯一生存下去的机会，不手术就只能等死，不管成与败，与其等死，不如奋力一搏，尽自己所能创造出属于自己的未来。小唐下了决心。

"妈，我不想死，我想活着。我一定要去手术！"小唐央求道。

"好的，好的，你没事的，不要想太多，我带你去医院，陪你去手术！"刘清保证。

手术至少需要 10 多万元，一家人七拼八凑也只有 3 万多元，虽然医保可以报销一部分，但他们县里规定，不可以直接转诊，只能看完病凭发票回来报销。也就是说，手术费用要自己先行垫付，上哪弄这么多钱？

公立医院有一整套财务审计制度和规定，几乎没有哪家医院愿意让病人赊账看病或手术的。尤其是小唐的手术费并非小数目，这在时下几乎任何一家医院，小唐的手术都只能等费用筹齐了才能做。

即便是按照心佑工程的救助模式，寻求基金帮助解决一部分费用，通过医保再报销一部分，可是这些资金最终到达医院还要有一个过程，尤其是申请基金救助需要审批，那么手术前，谁来垫付这笔费用？！

小唐的手术一天都不能等了！

小唐的父亲在广东白云机场的一个工地打工，原本要赶回来，可他一走，工作就可能被别人顶了。

刘清独自一人带着小唐和家里仅有的 3 万元积蓄，来到了南京，住进了二附院心血管中心。

小唐曾被医生判定只能活三年，后来医生又几次判定了死期，劝其放弃治疗，其实这并不是没有根据，类似小唐的情形，医学史上最长的活到二十二岁。如今，小唐已经二十九岁了，不能不说他创造了生命的奇迹。

虽然如此，但经过检查，小唐的法洛四联症已经出现了红细胞增多症、继发性心肌肥大、心力衰竭等不祥症状，如不进行手术，生命随时都有可能因心脏衰竭而终止。

几家医院的专家意见一致，手术风险确实很大，这样的病人进了手术室，下不了手术台的并不鲜见。

那么多专家都不愿意做手术，自有其道理，有的怕承担手术风险，有的怀疑手术的价值。人命关天的手术，不仅要达到手术成功的目的，还要考虑术后身体康复的可能。情感替代不了科学。

然而，心佑工程团队只想着尽最大努力挽救小唐的生命，其他的并没有想太多。

每个人的生命只有一次，生命对于每个人来说都无比珍贵和重要！

"先手术救人吧！"面对小唐求生的渴望和刘清的请求，李庆国说。

以心血管中心副主任李小波为主刀的救治团队对小唐的手术方案讨论了一遍又一遍，目标只有一个——竭尽全力让小唐通过手术顺利地延长生命！

小唐很想在手术前见父亲一面，他已经很久没有见到父亲了。

说心里话，小唐对手术的风险已有思想准备。这么多年来，父亲没完没了地在外打工，所挣的钱大部分都花在买药维持他的生命上，父子俩分多聚少，进了手术室，小唐不知道此生还能否再见到父亲了。

最终，小唐没有让父亲赶回来。

他知道，父亲打工的收入是家里唯一的经济来源，自己这么大的手术本来就欠着账，还要花很多钱，况且父亲不是医生，回来也只是心理安慰。

手术前一天，小唐同父异母的弟弟赶到了。

刚刚大学毕业不久的弟弟鼓励他："哥，我已经工作了，家里生活会好起来的。你要坚强，不用害怕，你手术肯定能顺利的，等你康复出院，我来接你回家！"

2019年6月26日，手术时间到了。

其他心脏病人手术时都是躺在手术床上，由护士推进手术室，但小唐谢绝了，他要求自己走进去。

小唐看着刘清，双眼满含热泪："妈，谢谢您这么多年照顾我，辛苦您了！"说罢，毅然走进了手术室，躺上手术台。

麻醉科主任姚昊亲自给他打了麻药，小唐觉得一分钟都不到就眼前一片漆黑，失去了知觉，什么都不知道了。

小唐醒来的时候，身上插着许多管子，他眨了眨眼睛，看到了天花板，手指动了动，他想自己应该是躺在重症监护室。

小唐知道自己还活着，十分兴奋。手术成功了，他又一次闯过了"鬼门关"，他想到了奶奶说过的那句话："这孩子心脏没长好，阎王爷是不会收的。"

小唐感到特别地口渴，嗓子很干，他看到了床边的女医生，用眼神表达了喝水的愿望。

小唐住进医院的这段日子里，在各种身体检查期间，已经认识了二附院心血管中心的大部分医生和护士，他知道眼前这位漂亮的女医生是重症监护主任陆凤霞。

陆凤霞向他摇了摇头，告诉他，刚手术完，还不能喝水。

小唐昏昏沉沉中眼睛又眨不动了。

"小唐！小唐！"

又不知过了多久，小唐听到了熟悉的声音，他使劲睁开眼，看到刘清正望着他，赶紧应了一声。

"你可醒过来了,吓死我了！"刘清说着说着眼圈红了,眼泪流了下来。

小唐手术的时候，父亲几乎每隔十分钟就要给刘清打一次电话问情况。

小唐从手术室出来被送进重症监护室，李小波告诉刘清手术很成功。刘清赶紧给小唐的父亲打电话，告诉了他这个好消息，夫妻俩都激动地哭了起来。

这么多年，他们为给小唐看病，吃尽了辛苦，为了多挣钱，夫妻、父子无法团聚，而小唐被疾病折磨所受的罪，他们更是心疼又无奈。

为了小唐的这一天，他们等了太久太久，今天真正看到了希望！

后来小唐才知道，他的手术进行了六个多小时，手术中出现过许多情况，但都被李小波化解了。

出了重症监护室的小唐像换了一个人，脸上有了血色，嘴唇由紫变红，青紫的指头开始变成肉色，饭量也增加了不少，整个人的精神状态也好多了。

2019年7月14日，在小唐的康复阶段，我在二附院心血管中心见到了他和刘清。

一想到出院后基本上能像正常人一样活着，小唐激动的心情溢于言表。

小唐说，出院后就想找个工作，能够自食其力分担父母的压力，毕竟父母年纪都大了。至于找个姑娘结婚，他不敢奢望，能像正常人一样生活，已经是他这辈子最大的造化，可以告慰九泉之下的奶奶了。

刘清，一位看上去就善良贤惠的女性，此时心情轻松了许多，她对我说，尽管小唐手术成功了，但他的心脏毕竟有这么多年的畸形，而且并发了后遗症，还需要调理和吃药。不过医生说了，出院后只要坚持服药，基本上可以像正常人一样生活，压在一家人心头的一块大石终于可以卸下了。

刘清觉得，他们夫妻年纪虽奔六了，身板却还硬朗，还能打几年工。如今小儿子也有了工作，他们一家的苦日子快到头了！

小唐的手术费、住院费等，算下来需要10多万元。他们所在的县医保与医院还没有联网对接，应当报销的部分费用，只能等他出院回去后凭发票报销，算一算，还是有一半费用要自费。

为解决小唐的手术费用，心佑工程的工作人员钟小雨从小唐入院起就一直在与几家基金联系，但有的基金对小唐的手术进行评估后，认为风险太大，没有同意帮助救治。

这可急坏了钟小雨。

一次次上门，一遍遍解释、求助，最终，香港海星基金救助了3万元。

这样，除去小唐家人带来的3万元，心佑工程还得为其垫付和减免余下的费用。

一位胃癌晚期父亲的心愿

黑瘦的中年汉子姜旭奇拿到连云港市人民医院的最终诊断结果，确认自己得了胃癌，而且是胃癌晚期时，脑子里轰的一下炸开了。

"怎么会？我才五十岁，而且每天还在工地上干活的呀，怎么会得这个病？！"姜旭奇问医生。

医生看了看他，脸上流露出同情却肯定的表情。

走出诊室，姜旭奇仰天长叹："天哪，我前辈子做了什么，命运怎么对我这么无情？！"

是的，姜旭奇怕死，他太想活着，但他怕死与其他人怕死不是一回事。他死不起呀！

幸福的家庭是相似的，不幸的家庭各有各的不幸。

姜旭奇家里有父母两位老人，有一个智障、说话不知东南西北的妻子，还有两个女儿和一个儿子。大女儿遗传了妈妈的基因，十三岁了，100以内的加减法算不过来，而且有先心病；小儿子不满一周岁，虽然智商正常，却也得了先心病。

此时此刻姜旭奇无法想象,若他死了,这个家会怎么样。姜旭奇是儿子，是父亲，是丈夫，更是支撑家庭的一棵大树，他倒下了父母妻儿怎么办？

尤其他本是独子，好不容易有了儿子，儿子却得了先心病！

姜旭奇年龄不大，只念过初中，受封建传统观念影响很深。

由于贫困，姜旭奇过了而立之年仍未结婚。在他们那儿，过了三十岁找不着媳妇，基本上就要打光棍了。

姜旭奇不甘心，心里急：姜家只他一棵独苗，岂能在他这儿断了"香火"？

后来乡邻给他介绍了一个姑娘。姑娘长相还行，可是智力有问题，当地人叫她"傻大姐"。"傻大姐"二十多岁了连10元和100元的钞票都分不清，指东向西，说话叫人丈二和尚摸不着头脑。

姜旭奇想，自己这么大年纪了，以他家这种条件，聪明伶俐的大姑娘谁瞧得上他呢？结了婚，姜家"延续香火"就有了希望。这么一想，他同意了。

婚后不久，媳妇给他生了一个女儿"毛丫"。

毛丫刚出生的时候挺正常，可随着她慢慢长大，姜旭奇发现毛丫不仅没有一般孩子的那种天真活泼，而且经常感冒。到医院一查，毛丫不仅遗传了母亲的智障，还患有先心病——房间隔缺损，心脏的心房有个洞。

医生让姜旭奇送孩子去大医院做手术，他一问，手术费要好几万，而且得去南京。看毛丫能吃能喝的，姜旭奇心存侥幸。家里就指望着几亩地吃饭，也拿不出钱，于是毛丫的病就这么拖着。姜旭奇一门心思要生个儿子，把希望寄托在下一个孩子身上。

两年后，媳妇又怀上了，生下来却还是个女孩，起名"二丫"。幸好，二丫虽是女孩，却健康活泼，身体和脑子都没问题。

春夏秋冬，日子一天一天过去了。姜旭奇已有了两个孩子，家里还有两个老人。人家住上了小楼，他家还挤在三间空荡荡的平房里，但重男轻女的姜旭奇决意要生个儿子。

又是两年，姜旭奇如愿以偿，媳妇生了个儿子。他给儿子起了个很阳光的名字"阳阳"。在他的心里，阳阳就是姜家的"一轮冉冉升起的小太阳"。

阳阳生下来时，一哭身体就发紫。起初姜旭奇有些担心，但不愿去多想，以为是儿子哭的劲大憋气憋的。

可到医院一检查，姜旭奇担心的事还是发生了：先心病，房间隔缺损，心房有个洞。医生告诉姜旭奇，阳阳的先心病越早手术越好，过几年可能就失去手术的机会了。

姜旭奇很着急，可5万元的手术费让他很犯难，几亩地只能解决口粮，唯有出去打工挣钱。

姜旭奇到工地上搬砖头、拌泥浆，他年轻力壮，力气有的是。他没有时间埋怨生活，下决心打工攒钱给儿子手术。

阳阳的房间隔缺损越来越严重，时常感冒。

姜旭奇本来就有胃溃疡，隐隐作痛，他没当回事，痛起来就吃几片止痛药。伴随着劳累和焦虑，他越来越感觉到胃疼在加重，有时痛得吃药也不起作用，干不了活，不得不去县医院检查。

县医院给他做了胃镜，医生告诉他，他的胃病很严重，癌症指标很高，诊断为胃癌，必须马上住院。

屋漏偏逢连夜雨，船迟又遇打头风。

姜旭奇愣住了："怎么会，我只是有点胃痛，我还能在工地上干活的呀？！"

医生看了看他，无奈地摇了摇头，说："等你干不动的时候就已经晚了！"

胃癌晚期的姜旭奇，在患先心病的儿子和女儿得到心佑工程免费救治的两个月后，离开人间。

第五章　生命的呐喊

康复后的阳阳。

"我这病住院得花多少钱，能治好吗？"姜旭奇问。

医生说："这么重的病看好看不好难说，肯定得马上住院治疗呀，命要紧，看了至少可以延长生命呀！多少钱？十几万至少吧！"

姜旭奇依然心存侥幸：毕竟是县医院，万一是胃镜不准呢，或是做胃镜的医生看错了呢？

这么一想，他又来到了市人民医院检查。

当市人民医院的医生再一次确诊为胃癌晚期，并告诉他须立即住院时，他彻底绝望了！

"医生，可否请你实事求是告诉我，我这个病还能活多久？"姜旭奇努力控制住自己的情绪问道。

医生看了看他，说："如果不治疗，差不多半年左右吧。"

半年，六个月，一百八十天？

自己在这个世界上只剩一百八十天了？！

姜旭奇哀叹，"天有不测风云，人有旦夕祸福"，这句老话真是至理明言，祸不单行，说来就来，你根本就没得想，无力反击。

走出诊室，姜旭奇瘫坐在医院的石椅上。

自己才五十岁，尽管生活很辛苦，可姜旭奇舍不得离开这个世界，就算受苦受累，毕竟活着还有个盼头。而更让他揪心的是，他有父母、妻子、儿女，哪一个都需要他，都离不开他。尤其想到一哭就浑身发紫的儿子，他的心就揪成一团。

姜旭奇慢慢平静下来，他必须接受这个事实，自己这病说走就走了，儿子的手术却耽误不起。他必须在自己离开人间之前，给儿子把先心病手术做了。儿子健康地活着，他才会走得心安。反正自己已经是胃癌晚期，治不治都得死。

姜旭奇做了一个决定：放弃治疗，不惜一切救儿子，必须抢在死神到来之前给儿子做手术。

可姜旭奇也清楚，他打了几年工，一家人省吃俭用，也只攒了12000元，儿子手术要5万元，这点钱不够啊！家里又没什么值钱的东西可以变卖，上哪去弄这么多钱呢？

姜旭奇想到了邻里乡亲。

回到村里，姜旭奇挨门逐户一家一家向乡邻如实地讲述了自己的病情和想法，求大家凑点钱帮他给儿子做手术，100元、200元的也不嫌少，他会交代儿女以后长大了还。

乡亲们对姜旭奇的遭遇十分同情，你家300元，他家200元，一个村子为他凑了近2万元钱。

姜旭奇怀揣着3万多元现金，带着儿子来到南京，顺利地住进了二附院心血管中心。

那时，姜旭奇还不知道心血管中心有个心佑工程。

医生经过诊断，给阳阳排了手术期。

因为血液紧张，根据要求，所有手术的患者家属要去献血站献血，凭献血单安排手术。

临床医生赵向东给姜旭奇开了一张献血单，要他就近去大桥南路的献血站抽血，当晚9点钟之前把献血单交给他。

姜旭奇二话没说，拿着献血单就去了。

大桥南路献血站采血工作人员化验了他的血，发现他的指标异常，一问才知，他是胃癌晚期病人，他的血不符合采血标准。

姜旭奇绝望又着急：自己已经成了废人，血都不能给儿子用了，没有抽血单，就排不上手术，这可怎么办呢？

姜旭奇回到病房，蹲在地上沉默了。

为了儿子，他自己的病可以不治，需要自己的任何器官都在所不惜，可是自己的血不能用，南京这儿人生地不熟，现在又这么晚了，这找谁去献血啊？！

赵向东查房时发现姜旭奇没有按时交抽血单，以为他故意逃避献血，有点生气，此前这样的事也发生过。

"姜旭奇，你的献血单呢，怎么没交？"赵向东问。

姜旭奇低头不语，把头埋得很低。

"姜旭奇，明天你儿子就要手术了，必须要有献血单才能够手术的呀！"

……

"这点血对身体没有任何影响的。"赵向东以为姜旭奇怕献血影响身体。

姜旭奇还是沉默不语。

赵向东急了："姜旭奇你到底想不想给儿子手术啊？！"

"呜呜……"听到赵向东这一问，姜旭奇像个孩子一样哭出了声。

"这，这，不去献血怎么还哭开了。"赵向东有些莫名其妙。

"我，我不是怕抽血，我去了。为了儿子，我的血抽干都行呀！"姜旭奇哽咽着说。

"那去了怎么没有抽血呢？"赵向东问。

"医生说我的血不行，人家不要我的血。"姜旭奇老实说。

"怎么会，为什么？"赵向东更糊涂了。

"我有病。"

"你有病？什么病？"

"胃癌，晚期，医生说我只有半年到一年的时间。"姜旭奇一脸无奈。

赵向东愣住了："胃癌，胃癌晚期？"

姜旭奇点了点头。

"你怎么会得这种病啊？！"赵向东十分惊讶。

姜旭奇从包里拿出自己的胃镜检查报告，递给赵向东。

"唉，你、你这么重的病怎么不住院治疗呀？"赵向东看完姜旭奇的病历报告，不可思议。

"唉，家里没钱，这钱还是我跟全村乡亲借的。我想死前给儿子把手术做了。"姜旭奇老实说出原委。

"哦……"赵向东听了心里很不是个滋味，默默地回到办公室。

明天要给阳阳手术，姜旭奇献不了血，怎么办？

几乎每个先心病家庭都有这样那样的困难，赵向东见得多了，可是像姜旭奇这样"胃癌晚期的父亲放弃治疗救先心病儿子"的情形，不多见。

赵向东想了一会儿，看了看挂在墙上的钟，叫来值班医生做了交代，脱下白大褂，下了楼。

走出医院大门，赵向东骑上自行车，直奔大桥南路的献血站。

第二天，阳阳的手术正常进行，李庆国主刀修补了他畸形的心脏。

手术完毕，赵向东把姜旭奇家的不幸向李庆国做了汇报。

"他这么不幸？"李庆国也很震惊。

李庆国把姜旭奇叫到办公室，做了进一步了解。从姜旭奇的嘴里，李庆国知道了他家里居然还有一个大女儿也是先心病。

"老姜，你家的情况很特殊，你不用担心和悲观。我们有个心佑工程，专门帮助贫困家庭先心病患儿免费救治，你儿子、女儿符合我们心佑工程救助条件，我们来帮助你！"李庆国对姜旭奇说。

听了李庆国这番暖心的话，姜旭奇激动地流下两行热泪，不知说什么好了。

李庆国立即叫来汪露、耿直等人商议。

"姜旭奇胃癌晚期，虽然他放弃了自己的救治，凑到了给儿子手术的费用，但他还有一个女儿也是先心病无钱手术，对于这样一个不幸家庭，我们心佑工程责无旁贷，一定要帮助他。"李庆国说。

于是，李庆国做出了三个决定：一是派专人去姜旭奇老家，将他的大女儿毛丫接到医院，免费手术；二是全科医护人员进行募捐，同时各自发朋友圈募捐，众人拾柴火焰高；三是请张国强、周桂华通过媒体报道，寻求社会救助。

"重病父亲放弃治疗，省下钱为儿子手术"，伟大的父爱首先感动了心血管中心的医生和护士。

全科行动，你捐200元我捐300元，心血管中心的医护人员基本都奉献了爱心。他们还将姜旭奇一家的遭遇转发到各自的朋友圈，并立即引起了关注。

于是，爱心的接力在二附院全院悄然传递着。

那天还没下班，二附院其他科室的医生、护士们就纷纷来到心血管中心，有的100元，有的200元，有的500元，大家丢下钱就走了。到了下班，捐款行动更是达到了高峰，心血管中心人来人往，像菜市场一样热闹，捐款的人络绎不绝。

第二天，姜旭奇的大女儿毛丫被接到了医院，很快就安排上了免费补心手术。

看着女儿从手术室被推出来，姜旭奇含着泪说："心佑工程救了我儿子和女儿，我死而无憾了！"

李庆国依然牵挂着姜旭奇。

李庆国知道，姜旭奇是这个困难家庭的顶梁柱，毛丫和阳阳的先心病虽然治好了，可他上有老下有小，一家人根本离不开他。尽管姜旭奇已经是胃癌晚期，但只要有一丝希望，就要尽力挽救他的生命，哪怕多延长一天也好啊！

姜旭奇的胃癌到底发展到了哪一步，还有没有可能延长他的生命？二附院的消化医学中心和胰腺中心在省内外皆有口碑，有条件通过手术进行病理分析检查。

李庆国向院长季国忠请示后，再次决定免费为姜旭奇进行胃癌手术。

姜旭奇被送进手术室，胰腺中心的外科专家钱祝银打开他的腹腔，虽然从CT上看，还有切除肿瘤的可能，但是打开后发现他的癌细胞已经扩散，显然已经没有治愈的希望，只能在局部使用化疗药物，然后将手术的创口缝合，做尽力延长他生命的努力。

姜旭奇手术后要出院了，他对李庆国说："你们是我们一家的救命恩人，我无以为报。我在这个世界上时日不多了，能不能将我的器官捐献给你们医院？"

姜旭奇并不知道他是胃癌病人，他的身体器官已达不到捐献的条件。但是李庆国觉得，他有这份心已经很高尚。

李庆国对他说："老姜，在你的身上有很多中国人的优秀品质，值得我们学习。你放心，我们已向你们当地政府反映了你家的困难，政府会帮助你们的！"

姜旭奇带着儿女出院离开南京，回到了家。

到家不久，姜旭奇给李庆国团队写了一封信：

第五章 生命的呐喊

兄弟们、姐妹们：

　　我已经失去了和你们说再见的权利，因为我已不久于人世了，但是我会让我的孩子永远记住你们的大恩大德。经过近两个月的相处，让我读懂了人间自有真情在的真言，感激之情，无以言表。

　　由于赶车原因，我不能一一道谢、告别，只能在这里深鞠三躬：谢谢我的兄弟，谢谢我的姐妹，谢谢我亲爱的兄弟姐妹……

小阳阳的爸爸姜旭奇　敬别
2016年8月18日

姜旭奇写给医护人员的绝笔信

六十七天后，姜旭奇走了。

2016年10月末的一天，一位老人背着一个旅行袋来到二附院心血管中心，他告诉医护人员："我是姜旭奇的父亲，是毛丫、阳阳的爷爷。"

医护人员赶紧让老人坐了下来。

老人说："姜旭奇走了，他走之前要我一定要代他来医院看望你们，感谢你们，我们农民没什么好东西，这是家里地里种的山芋和花生，都是从地里刚刚扒出来的，你们不要嫌弃！"

……

一捧哀愁一掬泪

2019年8月14日。

按照约定，这天我要采访李小波。

虽已是秋日，却依然烈日炎炎。

上午九点，我如约走进李小波的办公室，没见其人。

汪露告诉我，李小波正在抢救一个病人，还没有下手术台，让我在他办公室坐着等一会儿。

没坐一会儿，有人敲门。

"请进！"我边说边走至门前拉开门。

一位个头不高的中年男子身背双肩包，手牵着一个四五岁的小男孩，满头是汗，风尘仆仆地走了进来。

"你是来找李主任的吧？"我问。

"对，对，我们从山东过来的，刚下车。李主任不在吗？"中年男子看上去四十来岁，有些谢顶。

"李主任正在手术哩。"我说。

"我与李主任约了的，请他给我儿子复查的，儿子手术两个月了，李主任给做的。"中年男子说。

"我也在等他，要不你先坐坐吧。"我说。

中年男子放下双肩包，坐在我的对面。那小男孩倒不畏生，东摸摸，西瞅瞅，一刻也不闲着。

反正无事，我与中年男子聊了起来。话题自然离不开孩子的先心病。山东人实在，说起孩子的病，中年男子有一肚子苦水要往外倒。

于是，我了解到这些年他和他的家人所受的磨难。

可谓"先心病的人家，家家都有一把泪"。

中年男子叫王生峰，时年三十九岁，来自山东菏泽，一个盛产牡丹的地方。

菏泽，古称曹州，是中国牡丹之都，"曹州牡丹甲天下"。牡丹，国色天香，象征着富贵荣华，但荷泽在我印象里，并不富裕。我两年前刚去过，没有机场，不通高铁，有的农村更穷，甚至没有一条像样的公路。

王生峰有兄弟五个，他排行老五，最小。母亲八十三岁，父亲去世已有十年。

因为住在偏僻的乡村，兄弟多，负担重，王家的生活过得很艰难。

偏偏王生峰的二哥又得了先心病，是法洛四联症。

王生峰说，他二哥的病小时候还不算重，只是不能走急路、参加体育运动和干重体力活，发病的时候喘不过气，面色青紫，平时容易疲劳，精神欠佳。

其实像王生峰二哥这样的情况，现在只要在患儿三至五岁期间手术，大多数可以根治，根治了就是正常人。但是那会儿，我们国家能做这种根治手术的医院、医生寥寥无几，得了这种病只能听天由命。而且，那会儿人们对先心病知之甚少，甚至觉得一旦得了这种病，说得难听些就是只能等死。而即便能够医治，连吃饱肚子都成问题的王家也拿不出手术的费用。

就这样，日复一日年复一年，王生峰二哥的病随着他年龄的增长不断加重。

因为二哥的病，王生峰一家人的生活更加艰难。

好不容易兄弟们长大了，家里的日子稍好些的时候，王生峰的父亲带着他的二哥去过菏泽市和省城的大医院。

医生对他二哥的病直摇头,告诉他们在山东看不了这种病,建议去北京、上海手术。一问费用,要几十万,还不一定能看好。

没办法,父亲只能遗憾地带着他二哥回到家。

后来,父亲得了绝症,死前望着病恹恹的儿子直叹气,依然放心不下。

转眼二哥已经四十一岁了。自然没人肯嫁给他,至今二哥仍单身一人。

四十一岁的男人正值壮年,但长期的病痛折磨使二哥显得很苍老,看上去像七十岁。由于缺氧引起手指或脚趾端毛细血管扩张增生,引起局部软组织和骨组织增生肥大,手指或脚趾端膨大像鼓槌,手指、脚趾关节已经起包凸起,变了形。

以前,二哥还能勉强做做轻一点的农活,现在连走路20米都会气喘吁吁,不得不蹲着歇半天。

鉴于二哥的病,村里给他评了低保户,起初每个月有100多元的低保生活费,而他一个月的药费就得500元。

由于兄弟们都已分别成家,自立门户,二哥就跟着八十三岁的母亲生活。八十三岁的老母亲白发苍苍,自己也一身病,背已经佝偻,还得忙里忙外,照顾重病的儿子。

王生峰说,自己还没成家时,也曾经带二哥去济南两家最大的医院做过检查。医生告诉他,在法洛四联症患者中,像他二哥这样活这么大已属长寿,成人法洛四联症的手术风险本来就较小儿大得多,而他多次发生过心力衰竭,难以手术,如同癌症已经到了晚期,失去了手术意义,不手术也许还能再活几年,进了手术室可能就出不来了。

王生峰很纠结,不敢擅自作主,最终只能买些药让二哥维持生命。

王生峰也清楚,二哥虽然是低保户,医保可以多给报销一些费用,但是也只限于在当地治疗,而出了山东,异地手术的费用只能报销40%—50%。这个病不是三万五万甚至八万十万可以解决问题的。

没有办法,二哥只能这么熬着。

王生峰说,一看到二哥骨瘦如柴、上气不接下气的样子,他心里就很难受,特别是看到他发病时痛苦的样子,心就像刀割一般,毕竟是同胞兄

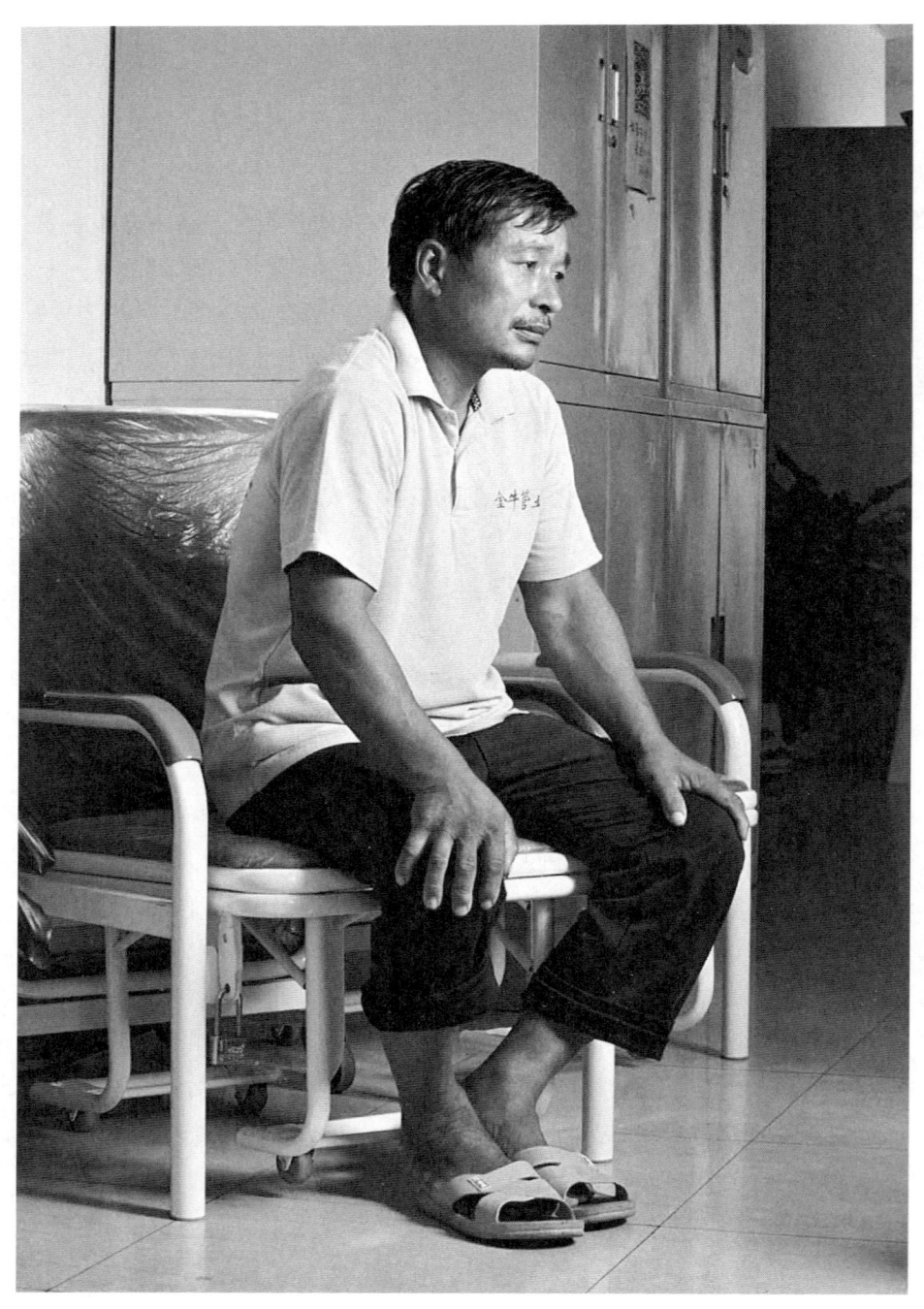

儿子患有先心病，多年未治，拾荒的父亲口袋里仅有400元，一筹莫展。

弟呀！但是，他没有办法救二哥，只能在生活上能照顾就多照顾一些。

到后来，王生峰也自身难保了。

因为贫穷，父母也没有什么财产，成家立业，娶妻生子，一切都得靠自己。

王生峰初中没毕业就离开了家乡，到济南一家饭店打工。开始是打杂，后来觉得打杂工资太低，想学个手艺，就拜了师傅开始学厨。

王生峰凭着吃苦耐劳，学成了手艺，攒了些钱，盖了四间砖瓦房，娶了媳妇成了家。一年后，媳妇给他生了个女儿。

在农村，只有女儿没有儿子，不算圆满。两年后，媳妇又给他生了个儿子"毛豆"。

王生峰儿女双全，厨艺在身，收入也不错，对生活充满了憧憬。

好日子没过几天，祸从天降。

王生峰压根没想到自己的儿子毛豆，也会得跟他二哥一样的要命的先心病。

毛豆出生后就经常感冒，吃奶以及哭闹等情绪激动时会呼吸困难。这是孩子因右心室的血液无法顺畅地流向肺部，不能进行正常的气体交换，血液中氧气不足，而出现的一系列缺氧症状。

王生峰不懂这些，只以为孩子小没带好，免疫力差，没有多想。

毛豆三个月的时候，高烧不退，咳嗽不止，当时只有出气没有进气，甚至抽搐、昏厥，这是因为本来就狭窄的肺动脉又出现了痉挛，狭窄更加严重，发生梗阻，导致脑供氧严重不足。

许多孩子就是由于缺氧而导致死亡。

王生峰把毛豆送到县医院，医生说孩子得了肺炎。

他们又去了市医院，医生检查后说孩子得了先心病，挺严重。

王生峰抱着孩子再到济南的大医院看，诊断结果是法洛四联症，而且很严重，不手术的话活不到三岁。

王生峰一听就蒙了。他想到了他的二哥，就是这个法洛四联症，折磨了他一辈子，痛苦了一家人。王生峰想不通，王家怎么会连续两代人都患上了先心病呢？

在济南的大医院，医生仍是说，他们也不能做这种手术，最好到上海、北京的大医院找专家。

王生峰打听了一下，上海、北京的大医院手术费用需要二三十万，家里一时半会拿不出这么多钱，他只能把孩子抱回家。

开始王生峰和家人还遮着掩着，不敢对邻里说孩子得了先心病，怕人家说闲话。

王生峰找到医保部门，工作人员告诉他，孩子的病在当地就医可以报销80%，异地就医只能报销40%—50%，而且异地就医还不能转诊，所有的治疗费用只能自己先垫付，出院回来凭发票报销。

听说民政部门对大病有补贴，王生峰去咨询，工作人员说，不怕你不开心，你这孩子病太重，这个补贴救活不救死，救你一个孩子的费用能救很多孩子。

王生峰很失望地回到家。

顾不上别人闲言碎语了，王生峰只能如实地说出孩子的病情况，求爷爷告奶奶地四处借款。

村里人见状都估摸着王家的这棵苗活不了了，有的就劝王生峰：算了，省得人财两空，趁年轻再生一个吧！

王生峰不肯，这是一条命呀，孩子来到世上是与他们有缘，做父母的不能眼睁睁地看着孩子就这么没了，就算倾家荡产逃荒要饭，也要给孩子做手术。

王生峰整整借了一个月，七拼八凑，凑够了手术费用，抱着孩子来到北京儿童医院，他打听过这家医院可以做此手术。但是，全国慕名而来的患者太多，他始终挂不上号。

听说上海一家大型民营医院有个儿童心脏病专家技术了得，人也和善，王生峰夫妻又抱着孩子辗转来到上海，走进这家民营医院，找到了传说中的那位专家，他就是李小波。

李小波果然名不虚传，不摆谱，没有专家架子，很快为孩子进行了检查诊断。

李小波告诉王生峰夫妻，毛豆的法洛四联症伴肺动脉发育极差，属于肺动脉闭锁类型，是先心病中最严重的一种，而幼小的毛豆病情则更加严重，只能进行姑息手术，一次手术根治不了，过两年还得二次手术，甚至三次手术。

就这样，毛豆住进了医院，一住就是八十六天，近三个月。

毛豆的手术虽然很成功，但在重症监护中时常出现新情况，一出情况就得抢救，住院近三个月，毛豆待在重症监护病房就有两个月。

出院的时候，一结账，26万元。

实际上，毛豆做的各种检查带抢救时使用的各种进口药，加起来花了40多万元，许多昂贵的检查和进口药费用是不在医保报销范围内的。

为了省钱，王生峰让妻子陪儿子睡一张病床，自己就在病房走廊打了近三个月的地铺。

虽然孩子的一次手术就让王生峰倾家荡产、负债累累，但是不管怎么说，经过手术，儿子的病总算好了许多。

当夫妻俩抱着孩子回到山东老家时，乡邻看到很是惊讶，原来王生峰带孩子在上海待了近三个月，村里人都以为孩子没救活，王生峰夫妻受不住打击，不想回村，出去打工了。

26万元的治疗费用，医保报销了11万元，不到43%。

经过一次大手术，孩子元气大伤，发育迟缓，比同龄人要矮一个头。

手术后的毛豆虽然病情得到了缓解，但是并没有根治。

毛豆根本离不开人，王生峰的厨师干不成了，只能回家种地带孩子。

两年后，问题又出现了。毛豆时常感冒，有时会突然呼吸急促，另外红细胞增多，出现栓塞症状，活动耐力下降。

王生峰说，孩子有时发病严重的时候，"像刚杀了的鸡扔在地上乱扑腾"，他这做父亲的看了心疼呀，眼泪止不住地往下流。

心脏彩超显示血流量小，核磁共振发现孩子的心脑血管与正常人不一样。

二次手术迫在眉睫。

王生峰没有忘记李小波的叮嘱，两年后要做二次手术，但他们知道，医院看病没有赊账的，没有钱二次手术就做不了，他们只能拼命地挣钱。

2018年5月，毛豆四岁了，王生峰计划着等秋天粮食收下来卖了，就带孩子去二次手术。

王生峰想，得先与李小波联系挂个号，一问才知李小波已到了南京医科大学第二附属医院。

李小波听了王生峰的介绍，看了毛豆的各种检查报告，要他尽快带孩子来手术。

王生峰在电话里很为难，他老老实实地告诉李小波，手术的费用还没有攒齐，想等到秋收之后再去手术。

李小波告诉他，孩子的手术不能再等了，他们的团队正在做心佑工程，对贫困家庭患儿会尽可能地给予帮助。

王生峰听说后，立马带着孩子赶到南京。

2018年5月18日，李小波给毛豆做了第二次手术。相对于第一次手术，二次手术更加艰难，但李小波以其高超的技术成功完成了手术。

这次，毛豆住了两个月的医院，手术费用一共12万元，当地医保给报销了5万元，还有7万元的费用，心佑工程帮助筹集了3万元，王生峰家里只花了4万元。

这让王生峰内心对心佑工程充满感激。

王生峰说，二次手术后的毛豆身体恢复很好，走呀跑呀的呼吸不急促了，两个月来偶尔感冒，打一针吃点药很快就好了。

王生峰还说，孩子现在跟着电视能认200多个字了，已与幼儿园联系，这次复查后就让他上幼儿园。这样，他可以抽身到离家50余里的县城打工挣钱，逐步将给毛豆治病拉下的债务还清。

从自己的二哥到自己的儿子，王生峰对先心病，尤其对法洛四联症给他和他们一家所带来的痛苦与身心磨难，刻骨铭心。

"一家人什么都可以没有，就是不能有人得这个病，太折磨人了！"王生峰对我说。

半颗心女孩重生记

我们几乎所有人,都有一颗完整的心。

完整的心,有左心房、左心室、右心房、右心室四个腔,位于横膈之上,两肺之间,偏左,主要由心肌构成。

心脏的收缩分为两个阶段:第一阶段,左右心房同时收缩,将血液压送到左右心室;第二阶段,左右心室一起收缩,将血液射出心脏。

正常、完整的心脏有节奏地收缩和舒张,推动血液在全身的血管系统中不停流动,同时,也把氧气和营养物质输送给全身各部,又把身体各部位产生的代谢产物带到肺脏、肾脏、皮肤等器官和组织,进而排出体外。

左右心房与左右心室不仅缺一不可,而且功能必须齐全。

但是,就有这样一个半颗心的人。

2018年9月4日,心佑工程接收了江苏省南通市十岁的先心病女孩悦悦。

在悦悦的家人找到心佑工程之前,他们已经辗转去过多家大型医院,但是得到的专家意见几乎一致:悦悦已经失去手术的意义,而且手术风险巨大,费用至少40—50万元!

悦悦的心脏大动脉移位

动脉瓣狭窄,动脉导管未闭,最要命的是她还患有功能性单心室。

一般人都有左右两个心室,左心室向头部和身体供血,右心室则将经过氧合后的新鲜血液供给左心室。

但是,悦悦的心脏只有一个心室,左心动脉导管的血压很强,功能很强,但右心功能很弱,打出来的血压极低。

医学上,心功能分级是一种评估心功能受损程度的临床方法——Ⅰ级:患者有心脏病,但日常活动量不受限制,一般体力活动不引起过度疲劳、心悸、气喘或心绞痛;Ⅱ级:心脏病患者的体力活动受到轻度的限制,休息时无自觉症状,但平时一般活动下可出现疲劳、心悸、气喘或心绞痛;Ⅲ级:心脏病患者体力活动明显受限制,小于平时一般体力活动即可引起过度疲劳、心悸、气喘或心绞痛;Ⅳ级:心脏病患者不能从事任何体力活动，休息状态下也出现心衰症状。

悦悦的心功能早已达到Ⅳ级。

悦悦的血液回到肺里进行氧合后，因心脏收缩无力，血液泵入大脑和微循环的压力不足，血液停留在心脏里，淤积在肝脏里，造成肝淤血。

这是一个"青蛙心"的女孩。这类患儿属于极其复杂先天性心脏病，占先天性心脏病的 3%，手术难度和风险系数都很高。

悦悦由于心功能衰竭，导致体内水分潴留，肚子膨胀，下肢浮肿，免疫力差，营养不良，发育迟缓，就连喝水也是一种奢侈。

这样一个半颗心的孩子，童年失去了太多的欢乐，而半颗心带给她的是无尽的痛苦——她不能跑，不能跳，有时甚至不能动，一活动就会气喘，甚至无法平躺。

你见过离开水的鱼吗？它的身体弓起，尾巴徒劳地拍打着。死亡，会在下一秒来临。

在新生儿中，单心室患儿的自然存活率非常低，50% 以上会在出生一个月内夭折，还有一部分会在出生半年内死去，极少部分患儿可以通过手术治疗痊愈。

而悦悦除了单心室，还患有大动脉移位、肺动脉瓣狭窄、动脉导管未闭，世界上的类似病例皆无法活到成年，最长寿命仅有十二岁，而国内的类似病例最长寿命只有九岁。

悦悦十岁了，已经是个奇迹，但她生活完全不能自理，大人必须寸步不离，"病入膏肓"的成语用在她身上再准确不过。

几十万元的救治费用，本就非一般家庭所能承受。

悦悦的父母原是做生意的，家境还算不错，但是为了给悦悦治病，一个还算富裕的家庭早已入不敷出、负债累累。

每次带着孩子外出治疗，为了节约费用，他们只能买最便宜的硬座。在北京求医时，他们就住地下室，空气污浊，洗不了澡，上厕所都要排队……

悦悦的父母不忍放弃，不愿放弃。为了挽救悦悦的生命，他们带着她四处求医，却四处碰壁，不是医生看不了这个病，就是他们付不起手术费，每一次都满怀希望地走进医院，每一次也都失望至极地走出医院。

显然，悦悦已危在旦夕，若不进行医学干预，将随时有生命危险。

但是，医学干预治疗又谈何容易！

悦悦的父母慕名带着悦悦北上北京，南下广州，到过上海五大医院，专家最终否定了悦悦的手术。极高的手术难度和极大的手术风险，让专家们望而却步。

有的专家告诉他们：即便手术成功，侥幸活下来，心功能变化也不会太明显，孩子只是苟延残喘，撑不了几日。

有专家甚至直接建议他们：完全可以放弃治疗，别再东奔西跑折腾自己，折腾孩子了。别说你们已经承受不起这巨额的医疗费用，就是你们有再多的钱，孩子也难活着下手术台呀！

一次次的打击，使悦悦的妈妈痛苦不堪，以泪洗面；一家人为悦悦的病担心、焦虑、牵挂，几无欢乐。

即便如此，悦悦的父母依然不肯放弃，发誓倾家荡产，哪怕卖血，也要留住女儿的命。

2018年8月底，悦悦的父母听说了心佑工程，听说了南医大二附院心血管中心的专家让许多其他医院已放弃手术的先心病患儿走出了病房，他们又一次看到了悦悦的一线生机。

"但是，我们与心佑工程医护人员素昧平生，悦悦的先心病如此严重，不是救助三五万元能解决的，他们会帮助我们吗？许多大医院专家都对悦悦的手术放弃了，心佑工程会接收吗？"

这一切，悦悦的父母心里没底。

悦悦的妈妈诚惶诚恐地拨通了李庆国的电话。

让她喜出望外、热泪盈盈的是，李庆国了解了孩子的病情和求医经历后，对她说："来吧，抢救孩子要紧，我们会竭尽全力救治！"

当小悦悦出现在二附院心血管中心医护人员面前的时候，她的肚子是鼓鼓的，脚肿得穿不下鞋子，左胸廓明显高于右胸廓，十岁的孩子却只有40斤重，因为无力，是妈妈抱着上病床的。

悦悦有个八岁的小妹妹，因为没人看护，也跟着父母过来了。健康的妹妹比姐姐虽小两岁，可个头早已超过了姐姐，活泼好动，跑前跑后，一会儿帮姐姐，一会儿帮妈妈，与悦悦形成了鲜明的对比。

看到妹妹的活泼劲儿，悦悦羡慕得直叹气。

悦悦虽然重病在身，有气无力，连一句"我叫悦悦，今年十岁"都讲得气喘吁吁，却很坚强，不哭不闹，打针从不喊痛。

悦悦刚被送来时，也有医护人员犹豫过，认为心佑工程几年来手术中没有发生一起医疗差错，没有一个孩子下不了手术台，而悦悦这种情况手术成功率并不高，万一手术不成功，将影响心佑工程的声誉。

然而，看到懂事的悦悦那纯洁的目光，看到父母为孩子求生那渴切的眼神，李庆国与伙伴们很快决定："心佑工程必须尽一切可能救她！"

心佑工程决心救治半颗心的悦悦，也是因为他们团队有一张"王牌"，他就是从上海到南京加入团队的小儿心脏外科专家李小波。

半颗心支撑了十年生命，李小波既感叹生命的顽强，也明白他将面临的是又一次高手术风险的挑战。

接下来，悦悦接受了各种身体检查和指标检测，一切都在按部就班地进行。

平静的表相背后，是狰狞的死神与医者仁心的较量。

虽然对悦悦的身体状况早已有所判断，但是检查完以后，李小波及助手们还是吃了一惊。

悦悦的心脏病比预想的还要复杂得多，她的心脏内部结构与正常人完全不同。正常人的心脏有左右两个心室，在左右心房和对应的心室之间各有一个瓣膜；而悦悦的心脏只有正常人心脏的一半结构，仅有一个心室和一个共同房室瓣，而且早已脆弱不堪。

必须将悦悦这个破损的心脏瓣膜更换掉。

而在医学界，单心室患儿的瓣膜置换可以说是生命的禁区，即便在美国等发达国家，不处理其他畸形，只为单心室患儿做一个类似的瓣膜置换手术，死亡率也超过60%。

不仅如此。

悦悦心脏外部的血管连接也有很大的问题，部分血管狭窄，部分血管存在着连接的错位，整个心血管系统如同破败的老城区乱七八糟的违章建筑。

李小波认为，要想挽救悦悦的生命，必须为她重建一个完整的、健康的心血管系统。但是，重建又谈何容易？

求生是一种本能。

是坚持手术治疗，还是放弃，心佑工程团队又一次面临抉择。

北京放弃了，上海放弃了，广州放弃了，到了南京，放弃也本属正常。

但李小波选择一搏，不放弃。凭借自己多年的临床手术经验，他觉得救治悦悦的手术虽然风险很大，但尚有一线生机。

作为医生，抢救生命，只要有一分希望，就该百分之百努力，不该放弃！况且，这是心佑工程救助的患儿。

李小波决定，明知山有虎，偏向虎山行，竭尽全力挽救悦悦的生命。

为了手术，团队集结了心外科、麻醉、重症监护、护理各方面的全部精英人马，群策群力。小悦悦的每一个指标、每一张CT，医生们都了然于心。

为了手术成功，李小波与医护人员讨论了各种情况下的应急策略，为悦悦的生命保驾护航。

2019年9月15日，悦悦的心血管系统重建手术即将开始，如同一场战役，决战的时刻到来了。

李小波和他的助手神情庄重地进入手术室，进行各种术前准备。

小悦悦知道这个手术对她意味着什么，生命的冲刺，在此一搏。

小悦悦从病房被推出来，进入手术室的时候，悦悦环顾四周，依依不舍向护士长请求："阿姨让我走几步好吗？"

汪露鼻头一酸，她强忍着眼泪，挽着悦悦的手走到了最近的窗前，指着窗外林立的高楼，说："悦悦，咱们看看窗外的风景，放松放松，手术做完出院后你就可以在大街上玩啦！"

悦悦十分留恋地看了看窗外，露出可爱的微笑。

悦悦的妈妈在一旁实在控制不住自己，哭了。

这么多年，她付出了太多太多。她知道悦悦这次的手术凶多吉少，上了手术台，也就进了"鬼门关"，能否冲过"鬼门关"，她没有把握。

"别哭……别哭，妈妈，我知道你……心疼我，我不怕……我也不紧张。等我病好了……就……能上学了。"悦悦气喘吁吁上气不接下气地安慰妈妈。

上午九点，手术正式开始。

无影灯下。

监护仪在不停地响。

李小波虽久经沙场，但是他知道这个手术非同一般，对他来讲也是一次挑战。李小波很镇定，他有信心。

锋利的柳叶刀切开前胸，胸腔里出现了心包，心包里包裹着的就是鲜红的心脏。

七个小时后。

手术完成了，打开的心包和胸腔只等缝合了。

此时，李小波必须等撤掉人工心肺机，悦悦心跳恢复后才能缝合心包和胸腔。显然，在心脏恢复正常跳动后，人工心肺机撤除，手术才算成功。如果人工心肺机撤除，心脏没有恢复正常的跳动，就必须再接上人工心肺机替代心脏；而如果人工心肺机停不下来，手术就失败了。

就在准备撤除人工心肺机的时候，问题出现了！

悦悦的心率、血压等各项指标都处在危急状态，全手术室人的目光都落在了李小波身上。

难道所有的努力都白费了吗？难道这样一个小生命就要到此结束了吗？

李小波眉头紧锁，突然间一个英文单词从他嘴里脱口而出："ECMO，上 ECMO。"

李小波找到了问题的原因所在：悦悦的心脏衰竭十年，大修后，畸形虽然得到了矫正，但功能的恢复需要个过程，脆弱的心脏在经历这次手术后并不能很好地工作，需要外力带动，减轻心脏的负担。

助手们立刻明白了李小波的用意。

ECMO 是一种高级生命支持设备，简单来说就是"人工心脏＋人工肺脏"

的集合体。

ECMO价格昂贵，仅仅是拆一个ECMO套包就需要5万元，上一天就是3万元的费用！一般手术中，患者家庭没有决心是不会使用的。

虽然二附院心血管中心已经多次使用ECMO设备，拯救了一位又一位危重症患者，但用在这么低体重的儿童身上还是第一次。

生命消逝的速度让人来不及顾虑太多。

一声令下，外科医生、麻醉医生、体外循环医生、监护医生组成的ECMO小组迅速开始运转。

当ECMO机器的管道顺利置入小悦悦的身体，机器平稳运行时，所有人都暂时舒了一口气。

三天后，小悦悦的心跳恢复了正常，生命体征终于平稳，ECMO被撤除。手术的成功，对于抢救悦悦的生命来说，仅仅是开始。

进入监护室不久，悦悦就迎来了第一个问题：肾功能的恶化。

心脏手术对全身脏器打击极大，尤其是依赖血液的肾脏，极易发生肾功能衰竭，而身体的排毒器官罢工，后果不堪设想。

时间就是生命，医疗团队当机立断，应用CRRT——持续血液净化设备代替悦悦的肾脏去过滤身体的毒素，平衡身体的水分。

很快，悦悦的循环与肾脏功能慢慢地稳定了。

就在小悦悦的家人庆幸于ECMO设备的撤除时，李小波团队却丝毫不敢掉以轻心，因为经验告诉他们：病魔从不会如此轻易地放弃对生命的吞噬！

果然，重症感染与肝功能衰竭接踵而至，他们需要选用合适的抗生素，监测血药浓度，积极给予营养管理，通过胆红素吸附改善悦悦的肝胆功能……

为了观察小悦悦心脏的术后动态，他们每天要给小悦悦做一次心脏彩超，既要看清心脏，又不能触碰伤口，探头必须避开切口。负责为小悦悦做心脏彩超的苗芃只能小心翼翼，快、准、狠，每次五分钟做完。

一个又一个团队加入了进来。

终于，在手术后的第二十四天，小悦悦的各项指标都恢复了正常，顺

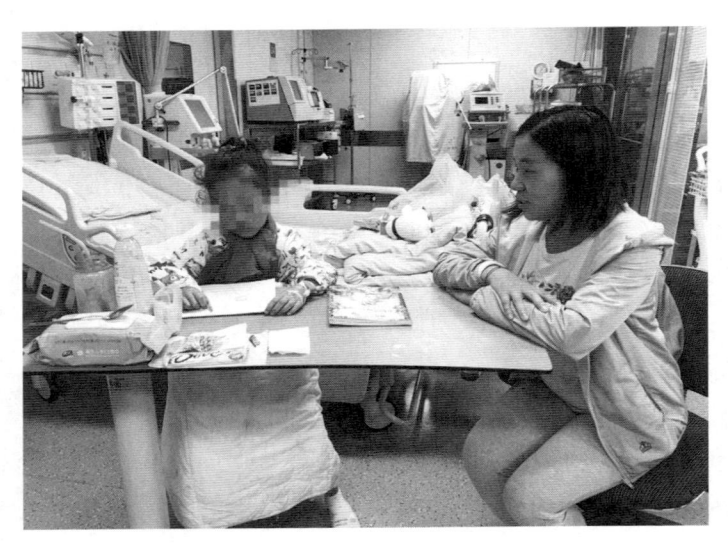

术后的悦悦在病房里画画。

利地转入了普通病房!

　　李庆国对我说,悦悦术后经历了感染休克和多脏器功能衰竭的关口,手术的成功刷新了国内目前治疗复杂先心病的一个空白。

　　经过一个多月的护理,小悦悦得以康复,顺利出院。悦悦入院的时候是妈妈抱着上病床的,而今她步行走出医院大门,回到了温暖的家!

　　又两个月后,小悦悦的妈妈带着她来医院复查,她是欢快地跳着来到医护人员面前的。

　　汪露问悦悦,身体好了想干吗?她说:"最想到学校读书,长大了想当一名医生,医生太伟大了!"

第六章 真情无价

在同一片蓝天下

心佑工程是由李庆国团队发起的一项健康扶贫公益活动。

李庆国团队就是二附院的一个科室，所有的医护人员与其他科室的医护人员一样上班、下班、加班，拿工资、奖金。

心佑工程每年要帮助多少个贫困家庭先心病患儿免费手术，并没有人给他们下达指标。

心佑工程免费为贫困家庭先心病患儿进行手术治疗，首先得解决救助资金的问题，救助资金充裕，就能多帮助几个先心病患儿，让他们与正常孩子一样快乐、健康地生活。

自心佑工程开展以来，救助资金主要来源于四块：首先是对所救助孩子的治疗、手术、医护人员人工费用的减免；其次是社会公益基金，由于并无固定的基金支撑，这就需要团队与各类公益慈善基金去沟通和争取，社会公益慈善基金都有严格的核查、审批程序，数额也都有一定的限制；其三是南京医科大学第二附属医院的基金会，每年都会给心佑工程一定数额的资金扶持；其四，对于一些亟须手术的患儿或遇到求助资金一时审批不下来的情况，只能通过新闻媒体的宣传，向爱心企业和爱心人士募集捐款。

心佑工程团队为筹集贫困家庭先心病患儿的手术费用，想尽了办法。

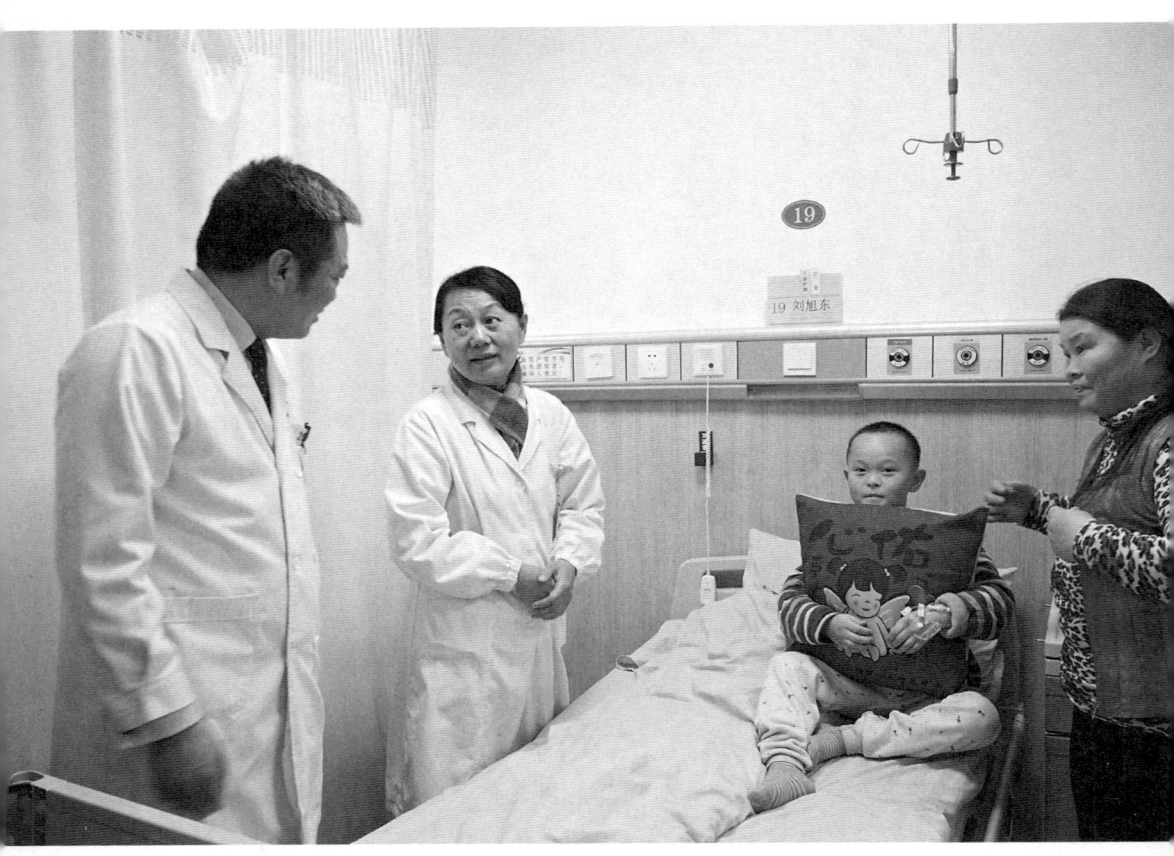

心佑工程免费为贫困家庭先心病患儿进行手术治疗，首先得解决救助资金的问题，救助资金充裕，就能多帮助几个先心病患儿，让他们与正常孩子一样快乐、健康地生活。

泗洪县三岁的小新月出生不到一个月就被查出动脉导管未闭。

动脉导管是存在于主动脉和肺动脉之间的一条血管，这条血管在胎儿时期是保证胎儿下半身血供的重要结构。在出生以后，大部分孩子的动脉导管都发生了闭合，一部分没有发生闭合，就称为动脉导管未闭。

由于动脉导管未闭，这条血管存在于主动脉和肺动脉之间，主动脉压力高于肺动脉，血液就会由主动脉经动脉导管流向肺动脉，加重心脏负担，从而导致心脏的扩大和肺循环血流的增多，容易发生肺动脉压力的增高和引发肺炎，而由于肺血增多和血液由主动脉经动脉导管到肺循环，所以体循环可能会缺血，造成孩子发育的障碍和发育的落后。

主动脉和肺动脉的压力差值大，分流血液流速快，会冲击心内膜，损伤内皮细胞，容易引起感染性心内膜炎，一旦发生死亡率很高。

得知女儿患此重病后，小新月亲生妈妈在她刚满月的时候就离开了她。

小新月看到别的孩子有妈妈，就吵着问奶奶要妈妈。奶奶哄她说，你有妈妈，奶奶就是你妈妈呀！小新月说，你不是妈妈，你是奶奶。奶奶无法哄住孙女，只好说，妈妈去很远的地方了，过不久就回来了。小新月听了当真了，天天问奶奶：妈妈回来了吗？

小新月患的是法洛四联症，这种病必须早做手术，否则出现并发症就做不了手术了。

小新月的家人问了医院，手术费用要10多万元，但小新月家里没有钱，全家就靠5亩地生活，一年只有几千块钱的收入。

2018年5月，耿直等心佑工程团队的医护人员来到小新月所在的泗洪县曹庙乡进行免费筛查，看到了小新月，发现她的病一天天在加重。由于长期缺氧，小新月发育迟缓，个头比同龄人矮了一大截，时常发生呼吸困难的情况。

耿直告诉小新月的家人，如果小新月再不进行手术，就会错过最佳治疗期，很可能无法痊愈，甚至再也看不到这个美丽的世界。

小新月的父亲急了，卖了家里的粮食，与新月的爷爷、奶奶带着小新月和全家仅有的6000元钱，从泗洪来到南京，住进了二附院心血管中心。

这6000元只是10万多元手术费的零头。

小新月的手术费用高，许多项目又不在医保报销范围内，基本等于自费，医院为他们减免了一部分费用，可差距依然太大。

为了凑钱尽快给小新月手术，小新月的父亲不得不丢下她上工地打工。

小新月住进医院后，爷爷奶奶连吃饭钱都舍不得花，点一份面条都是等小新月吃剩了两人再吃。

钟小雨是一位退伍女兵，美丽活泼。2016年，她加入李庆国团队，负责心血管中心的文秘工作，兼管心佑工程与各类公益基金的对接、沟通与申请事宜。

为了救治小新月，钟小雨联系了好几家公益基金，都写了申请。有两家基金表示愿意给予帮助，但是也只能解决4万元，尚有6万多元的缺口。

怎么办？

周桂华和张国强告诉李庆国，江苏省广播电视总台城市频道有个《零距离》栏目，是全国第一个内容完全自采的大型新闻资讯类直播栏目。因为节目关注民生，聚焦热点，长期以来，该栏目的收视率雄踞南京地区电视节目收视排行榜榜首，并在全国产生了广泛的影响力。如果能通过这个节目，将小新月的不幸遭遇传播出去，可能会得到社会上更多爱心人士的帮助。

于是，李庆国让耿直、钟小雨找到了《零距离》栏目组，向其求助。

以百姓为中心的《零距离》栏目组立即派记者前往采访。

在二附院心血管中心，记者看到了没有母爱的小新月嘴唇青紫，一个人坐在病床上吃着一碗没有菜的白米饭，对自己的病情茫然无知，一旁的爷爷奶奶唉声叹气，以泪洗面。

记者对小新月的不幸遭遇十分同情，除了答应做专题报道，还出了一个很好的主意：某大型网站有个实名认证的"轻松筹"活动，专门帮助大病急难的不幸家庭，可在《零距离》专题报道的同时发起帮助小新月获得手术救治的"轻松筹"。

心佑团队的医护人员立即进行了总动员，帮助小新月在网上发起实名认证的"轻松筹"，发动亲朋好友收看《零距离》栏目关于小新月不幸遭遇的专题报道，拨打《零距离》热线为小新月的手术筹款。

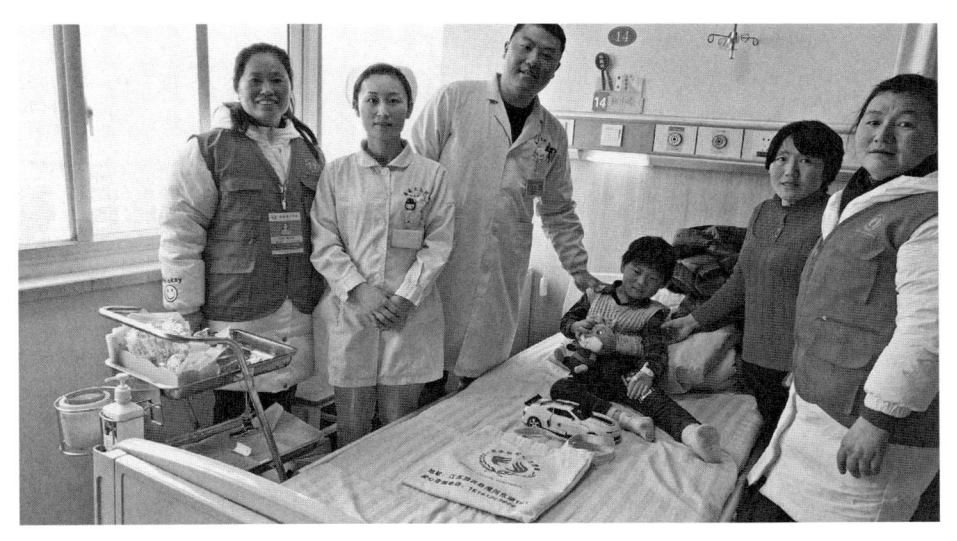

心佑工程团队的医护人员与《零距离》栏目组记者共同努力，为一位贫困家庭先心病患儿进行"轻松筹"，得到了许多人的关心和帮助，爱心人士为她募集了6万多元的善款。

在心佑工程的医护人员与《零距离》栏目组的共同努力下，节目播出之后，"轻松筹"效果很好，小新月得到了很多人的关心和帮助，爱心人士为她募集了 6 万多元的善款。

就这样，小新月成功进行了心脏修补手术，经过一个多月的护理，康复出院，可以像普通孩子一样正常地学习、生活和玩耍了。

受"轻松筹"的启发，心佑工程团队的医护及工作人员平时都会关注网络平台及新闻媒体的公益活动。

2018 年 9 月，钟小雨发现某网站平台有一个"99 公益配捐"活动。这个平台自 2016 年起每年拿出 3 亿元，对一些公益项目进行实名认证后，在 9 月的 7 日、8 日、9 日三天公开在平台推出，面向社会大众进行公益筹款，随机配捐。平台对所有参与筹款的公益项目，根据社会大众认捐的数量、数额，进行随机配捐，参加的人越多，认捐的数额越多，得到的配捐就越多。

心佑工程向该网络平台进行申报后，很快通过审查，得以上平台参加配捐活动。

钟小雨、汪露等发动了全科人员，全科人员又动员了自己的亲朋好友，共同参与这个配捐活动。

你捐 100 元，他捐 300 元，三天下来平台收到捐款 5 万多元，心佑工程最终获得平台配捐 2.4 万元。

钱虽然不多，却汇聚了浓浓的爱心。

"又可以帮助一个先心病孩子免费手术了！"钟小雨和汪露很开心。

爱心是雨，滋润干旱的树；爱心是树，撑起一片绿荫。

缘定今生

江苏广电总台综艺频道有一档节目《缘定今生》，主持人叫章珊，是一位美丽感性的女主持人。这个节目是电视台与江苏省慈善总会"聚力爱"公益项目共同主办的。

"聚力爱"，顾名思义，即凝聚爱的力量，帮助需要帮助的人，开启他们的幸福人生。

《缘定今生》每一期都会邀请请一位当事人，讲述一个需要社会大众给予援手的真实故事。观众收看节目，了解他们的故事，如果愿意帮助故事的主人公，点击平台软件上的"我要捐款"，填写相关信息就可以完成捐款，并将收到经过认证的捐献证书。

这是一档爱心助力的节目。

2017年，耿直听说了这个节目，辗转联系上节目组，请求走进现场。

一个十岁的女孩虽然得到了心佑工程的救助，可以免费手术，却无钱购买昂贵的药品以巩固手术疗效。耿直要为这个女孩寻求帮助，筹集爱心款。

节目制片人听完耿直的请求，同意他和他的伙伴走进节目现场，讲述这位先心病女孩的故事。

女孩的父母亲靠捡垃圾为生。

他们本来有个儿子，但十五年前溺水身亡了，后来他们又生了女儿，可她偏偏又患上了复杂先心病。

女儿的到来，没有给他们带来快乐和希望，却带来无尽的煎熬。

这是一个不幸的女孩。

这是一个不幸的家庭。

耿直与他的同事头一回进入电视栏目录制现场。

因为对女孩及其家庭太了解，因为太期待有人能帮助这个女孩，使她能拥有跟正常孩子一样的心跳，耿直娓娓道来的真情讲述，感人肺腑。

《缘定今生》节目已播出多期，主持人章珊也主持过多次感动人心的讲述，但是，在主持这期节目的过程中，她还是为之动情，几次潸然泪下。

让我们回放这档节目。

主持人：今天的"缘分"发起人耿直，是一名来自南京医科大学第二附属医院心血管中心的主治医生，这些年来，他一直致力于贫困家庭先心病患儿的治疗。在这个过程中，他认识了一位名叫徐婷的患者，在他们之间，发生着怎样的缘分故事？

第六章　真情无价

耿直医生，今天您来到我们的平台，有一个什么样的诉求？

耿直：今天来是为我的一个患者，她叫徐婷，一个患有先天性心脏病的小朋友，我来为她募集术后康复的医药费用。

主持人：您和这个小朋友及她一家子是怎么认识的呢？

耿直：算是因病结缘吧！这个小朋友患有很严重的先心病，来自苏北的贫困地区，家里很穷，我们心佑工程在那里进行筛查时，发现了她。我跟她父母讲，我们可以帮助孩子手术，费用她家里能出一部分，其余我们想办法给她减免和寻求基金救助。由于她这个心脏病比较严重，手术做完之后，还需要吃一段时间的药来维持治疗效果。但是，这是一种进口药，费用比较昂贵，这个家庭很困难，很难支付，而如果她不能按时服药的话，就不能如期康复，还将被疾病折磨。所以，我今天特意到这里来寻求帮助，看看能不能给她传递一份爱心。

主持人：听说你们刚刚接触到这个小女孩的时候，她的情况已经非常危急了？

耿直：对。我们都知道先心病有一个手术治疗的期限，一般来讲，如果治疗及时的话，绝大部分的孩子可以恢复得跟正常人一样。但是，这个孩子由于家庭经济条件原因，已经失去了最佳的治疗机会，如果病情再进一步恶化的话，手术也很难做了，只能通过服药来延续生命，没有办法康复，生活质量差，寿命也不会长。

主持人：这孩子现在是多大？

耿直：十岁。

主持人：她这个病的最佳治疗时间指的是多大？

耿直：应该在一岁左右。

主持人：她已经拖到了十岁，就是说她这个病已经到了几乎不能够用外科手术解决的境地。

耿直：如果再迟一两个月，就意味着没有康复的可能了。

主持人：幸好她在这个临界点上遇到了心佑工程。你们是怎么找到这个孩子的？

耿直：从 2014 年 5 月开始，我们发起了一个专门免费救治贫困家庭

徐婷的家。徐婷的父亲徐景山靠捡垃圾为生,一心要为女儿治病,再苦也未言放弃。

先心病患儿的活动，叫心佑工程，已在我国的新疆、青海、贵州、安徽和陕北等地区救治了许多贫困家庭先心病患儿。

因为苏北是江苏经济欠发达地区，距我们最近，心佑工程有一个目标，就是帮助苏北所有贫困家庭先心病患儿得到免费救治。我们带着仪器，利用节假日到苏北进行大规模的筛查，筛查出来的孩子符合免费治疗的条件，我们就给他们手术。今天这个孩子就是其中之一。

主持人：因为那些地方信息不发达，医疗条件较差，对于医学发展不了解，你们就带着仪器到乡下去挨家挨户筛查，近距离接触他们。做这个心佑工程，您觉得遇到最大的困难是什么？

耿直：最大的困难主要还是经济方面，无论我们去筛查也好，孩子找上门来手术也好，都需要钱。但是，有时候孩子的病是不等人的，比如说今天这个孩子，再等一两个月，很难想象还能否手术康复。可能等有钱时，她已经失去了手术机会。

主持人：爱心善款没能及时到位怎么办？

耿直：我们会先救治，因为生命总归比什么都重要。很多时候，病人的病治好了之后，我们就在烦恼这个钱的问题，如果有病人实在拿不出钱来，我们只能捐助。

主持人：您觉得是一种什么样的动力，支撑着你们一直去做这个心佑工程？

耿直：是作为医生的一种责任感吧，这个是没有前提的！

主持人：其实，你们已经帮徐婷小朋友完成了手术，为什么还要来到我们的平台帮助她？

耿直：徐婷虽然手术成功，但还需要两年的药物支持。

主持人：为什么您特别想帮助她？

耿直：我们社会弘扬真、善、美，我在他们身上看到了这三点。从"真"来讲，她的病是真的，她家穷是真的；从"善"来讲，她的父亲朴实、善良，朴实善良可能很多人都有，但是我还从他们身上看到了"美"，比如他们在与疾病抗争的过程中表现出来的爱与坚强，包括对美好生活的向往。所以我特别想也特别愿意去帮助她。

主持人：耿直医生反复强调，今天的诉求是想帮助徐婷小朋友筹集手术之后康复所需的医药费用。今天，我们也把徐婷的父亲请到了节目现场。接下来，有请今天的"缘分"主人公徐景山。

［旁白］今年十三岁的徐婷已经上小学六年级了，可是和同龄的孩子相比，她的身形显得特别瘦小，她在刚出生没多久就被确诊患有先心病。由于家庭贫困和当地医疗条件有限，徐婷的病一直没有得到良好的治疗。

在重重困难面前，作为父亲的徐景山从没想过放弃，即使靠捡垃圾为生，也一心想着给徐婷治病，为了女儿的平安、健康，负重前行。

在这个六旬老父亲身上，究竟发生着什么样的缘分故事？

主持人：徐爸爸，您好，您是什么时候知道徐婷生病的？

徐景山：是她刚出生的时候，那个时候她在保温箱里面待了四十多天，当时我们就知道孩子生下来健康情况不太理想。

主持人：医生当时就告诉您女儿得了先天性心脏病？

徐景山：对！

主持人：当时你们是怎么给她治疗的？

徐景山：就是打打针吃吃药。

主持人：你们没有及时给她手术，为什么？

徐景山：当时医生说孩子这个病他们治不了，要花很多钱，我们家经济条件也跟不上，没钱给她治疗。

主持人：您和徐妈妈都做什么工作呢？

徐景山：拾破烂！

主持人：拾破烂？

徐景山：对。孩子生病，我们俩寻思，想攒点钱给孩子看病，没承想刚攒点钱，她就来一场病，一个月不来两次病、不到医院去，那都不是她。

主持人：那你们攒下的钱给她平时看病够吗？

徐景山：就是不够嘛！钱还没攒多少，孩子就来一场病，攒的钱不够她看病的。

主持人：所以这个病一直拖着，虽然也是一直在治，但并没有得到根本性的治疗？

徐景山：是。

耿直：先天性心脏病是在中国新生儿出生缺陷中占第一位的疾病。我们在下乡筛查的过程中了解到，一对夫妻如果有一个孩子患先心病的话，这个家庭就很难脱贫，为什么？首先，夫妻两个得有一个人专门照顾孩子，这无形中就损失了一个劳动力；第二，先心病的孩子特别容易得肺炎，一住院可能这个家庭月收入的一半就要送到医院去了，而没什么固定收入只种地的人家，如果说没有外力的介入和帮助，日子会很艰难。有扶贫方面的数据显示，60%以上的贫困家庭，都是因病致贫或者因病返贫。

主持人：徐爸爸，你们拾破烂给孩子看病，这十几年辛苦吗？

徐景山：唉，那苦没法说了，苦呀！有一次，孩子还小，在人民医院住院时，医生说，这孩子病看不好，看下去你们恐怕人财两空，孩子活不了，病太严重了，花钱没用。我们听了很难受，当天晚上我们一夜没睡。

主持人：医生给你们一个建议，说考虑一下，有可能得放弃，不然人财两空？

徐景山：对呀，我们也知道孩子病太重了，不知哪天就没了，我们太吃力了。我们很矛盾，睡不下去，到夜里（凌晨）三点多钟，我跟媳妇讲，一人弄一张纸条，看是留，还是放弃。我俩写了之后，一起打开纸条，我写"留"，她妈写了"留下"。

主持人：您和孩子妈妈当时心情很矛盾，用抓阄的办法做选择？你写了一个"留"，孩子妈妈也写了"留"？

徐景山：孩子的妈妈写的"留下"，现在孩子的小名就叫"留留"。

主持人：所以你们就坚持给孩子看病，再难也不放弃，有多少钱就治多少病，一定要保住徐婷？

徐景山：那一夜的时间是最难熬的。我们只有徐婷一个女儿，在她上面，我们本有个儿子，早些年落水淹死了。儿子走了以后他妈妈身体就不是太好了。

[旁白]1999年，徐景山的儿子溺水身亡，对妻子打击太重，一直怀不上孩子。

2007年，夫妻俩终于生下了徐婷，却又患有先天性心脏病。

这一连串的打击，使得徐婷的母亲极度抑郁不振，这一次，徐婷在南京接受治疗，母亲因身体原因无法陪伴左右。

虽然这个命运多舛的家庭经历着一次又一次的磨难，但在亲情面前，徐景山夫妻没有放弃。

主持人：在遇到耿医生之前，你们的求医道路其实是非常坎坷的，也没有一个特别清晰的方向？

徐景山：对，我们农村人不知道在哪里能看这种病，找什么人看。

主持人：耿直医生说，先心病是可以治愈的，但是要及早进行治疗，您当时知道这个病其实不能耽误吗？

徐景山：知道，但我们一要攒钱，二要打听哪里能给治。

主持人：十年了，南医大二附院心佑工程找上门来了，这是机缘巧合？

徐景山：是的，我们想不到会有这么好的运气，耿直医生一说这病真的不能再耽误了，我们就赶紧回家收拾收拾，往南京来了。

主持人：孩子要手术，那么这个手术的费用您担心吗？

徐景山：费用肯定担心啊，但是，耿直医生说了，这个费用呢，他们帮我们解决一部分。

主持人：当时说解决多少？

徐景山：听人家说徐婷的治疗费用要十几万，我们肯定承担不起，但耿直医生给我们吃了一颗定心丸。

耿直：如果徐婷在很早之前手术的话，5万就能解决，因为拖到现在，很重了，她的手术包括整个治疗费用应该是在10万左右。我对他说，你回家准备准备，看能拿出多少钱，余下的我们来想办法，相当于是给他吃一颗定心丸，所以他赶紧回家准备了一下就过来了。

主持人：当时如果徐爸爸那边一分钱都拿不出来，咱们这个手术能照常进行吗？

耿直：我们会想办法，手术不能再拖了！

主持人：徐爸爸，后来咱家凑了多少钱呢？

徐景山：凑了3万块钱。

主持人：3万块钱怎么凑来的？

徐景山：家里能卖的都卖了，差太多了，卖了老家房子。

[旁白]3万元对于徐景山一家来说，是他们的全部家当，他卖掉了老家的房子，换来1万多元现金，再靠变卖垃圾，换得一些微薄的收入，零零总总地拼凑起了给徐婷治病的费用。

3万元钱给孩子看病，家里一分钱也没了。

在血浓于水的亲情面前，徐景山夫妇没有一丝犹豫，他们倾尽全部，只为换来女儿的平安健康。

主持人：当时听到医生跟您说，手术费用有多少就拿多少，剩下的我们来帮你解决，手术肯定给您做，这样的话您之前听到过吗？

徐景山：从没有听到过。

主持人：听到这句话您当时是什么心情？

徐景山：他说了这句话，我，我听了太感动，心里边有话说不出来……

主持人：这是不是女儿患病十几年以来，您第一次听到一个特别充满希望的声音和一个承诺？

徐景山：对，对，我不会言语，都在心里了。回家我跟她妈说"孩子有救了"，她妈高兴地哭了！

主持人：当时，你们特别感激耿医生和这个心佑工程吧？

徐景山：嗯，感觉像救命稻草一样的恩人出现了，我们拽住了。我知道只有他们可以救我的女儿。

主持人：现在孩子的情况怎么样？

徐景山：手术顺利，孩子现在很好，就是，就是这个手术后的药费又难住我们了。耿医生说，孩子还要吃两年药，那种药一年要三四万吧，我们一年挣不到这么多。

安徽凤阳的农民胡广才在心佑工程团队的帮助下，走进江苏综艺频道《缘定今生》栏目，说起先心病儿子艰辛的求医经历，泪流满面。

主持人：徐婷手术已经有半个月的时间了，这个药一直在吃，而吃药是要花钱的。到目前为止，她吃的药其实也是心佑工程团队的医护人员提供的，这件事是我们记者去采访的时候，在与医生聊天的过程中得知的。徐爸爸，您知道吗？

徐景山：这个我才知道哩。

耿直：手术之后的这个药当然是要花钱的，而且也不在医保报销范围内，但是，徐婷家目前拿不出钱来买，我们医护人员就自发地捐款把这个钱先垫上了。

主持人：徐爸爸，您知道这事是什么心情？

徐景山：我，我感谢呀！

［旁白］南医大二附院减免了徐婷部分手术费用，术后昂贵的康复药也一直由医护人员的捐款免费提供。

但徐婷病情严重，术后仍需要两年的时间持续服用药物才能得以康复，这笔高昂的费用对本就贫困的徐景山一家来说无疑是雪上加霜。

主持人：在整个治疗的过程当中，包括这十几年，您的女儿是个什么状态？

徐景山：她从两三岁起就晓得自己有病，打针不哭，大人给她吃药不叫苦，拿起来就吃。

耿直：对比很强烈，很多城市里的孩子生病打针，家里可能来五六个人，打一针，吵得全病房都听到。小徐婷打针不哭不闹。很多孩子在监护病房里哭啊闹啊，我们可能要好几个护士去安慰他哄他。小徐婷不一样，她做完手术醒了之后嘴巴里插着管子，身上有好多引流管、尿管，手上还绑着东西，其实是很痛苦的，但十多天的时间，她从不哭闹！

主持人：这个手术即便是在大人身上也是难受的、痛苦的，但是这个十岁的孩子却不掉一滴眼泪，不喊一声苦。

耿直：手术后，我对她说，不能动，这样病就好了，你要听话，你爸爸妈妈在外面等你。她在监护病房里没有哭也没有闹，真是让我们觉得又可怜又可爱又心疼。

主持人：徐爸爸，之前您女儿可能很容易生病，比如说感冒发烧，一个咳嗽可能就会气喘不上来，现在手术之后，她的状态和之前有很大的区别了吧？

徐景山：区别太大了，好多了，饭量也上来了！

主持人：哦，饭量也上来了！女儿现在的这个状态其实是您梦寐以求的，经历十几年这么艰辛的求医道路，终于得以实现，因为认识了耿医生，因为有了这个心佑工程，这给您带来的感受是怎样的？

徐景山：非常高兴啊！

主持人：孩子妈妈也特高兴吧！

徐景山：我打电话给她妈，我说，孩子妈，孩子从监护室到普通病房啦，他妈一边说一边哭，高兴啊。

主持人：终于等到这一天了。

徐景山：对。

主持人：徐爸爸，这十几年有不幸，有遗憾，但也有幸运，在一个月以前你们认识了耿医生，得到了心佑工程的救助。其实还有一个幸运的，就是听说您这次带徐婷来南京看病，一个人忙不过来，有一个好心人就跟着您一起来照顾女儿了。

徐景山：是，姓卞，是卞奶奶，门口邻居，她一直在照顾小徐婷。

主持人：是您的一个邻居，她知道您女儿生病，就跟着过来照顾她？

徐景山：打小一直照顾到今天了。

主持人：接下来我们有请这位好邻居卞家芳。

卞家芳：我叫卞家芳。

主持人：给我们说说，您是他的邻居是吧，多少年的邻居了？

卞家芳：十几年啦。

主持人：那您是看着徐婷长大的？

卞家芳：对呀。刚出生一点大的时候。

主持人：每一步的成长您都知道，也包括她生病。所以这次您跟过来了。是什么机缘巧合？

第六章　真情无价　　239

卞家芳：他女儿叫我，奶奶，您跟我一起去呗，孩子叫我跟她一起过来，我说好，就答应了。

主持人：一个月的时间呢，不是一天两天的。

卞家芳：对，我就待一个月嘛！

主持人：您是不假思索地来了。徐婷是不是已经把您当成亲奶奶，您也把她当成亲孙女儿了？

卞家芳：对对对，就是。有次放学我去带她，有个同事问，这个小孩是谁家的，我说是旁边邻居家的，她就来气了！问我，您怎么能说我是人家的呢，您不是说我是你孙女吗？我说我错了，对不起啊，她才高兴。

［旁白］隔壁邻居卞家芳，时常看到徐婷的爸妈要外出捡垃圾，没有时间照顾徐婷的饮食起居，于是从徐婷周岁起，卞家芳就一直主动去家里照顾着她，到后来一日三餐都由她来照料。

十几年来，卞家芳给了徐婷比血浓于水更深的爱。

如今读小学六年级的徐婷，每天中午下课以后都会去她家吃午饭，晚上放了学也是卞家芳每天去学校门口接，春夏秋冬，刮风下雨，从不间断。

主持人：其实是邻居家的一个孩子，为什么那么愿意帮她，从她一岁左右的时候就帮忙带，把她当亲孙女一样照顾着？

卞家芳：当时看他们外出拾破烂，挺忙的，小孩子就撂在家里面，没人带，我没事就去望望。不放心，就带回了家。带着带着，与小孩子越来越有感情了。

主持人：在医院这一个多月的时间里，徐爸爸住在医院那个走廊的椅子上，椅子睡得也很硬啊，就这么坚持着。

卞家芳：对，对！

主持人：那奶奶呢，您住哪啊？

卞家芳：我陪孩子，病房里有个板凳拽出来就可以当床。

主持人：就是陪护床，可以收起来，当板凳。

卞家芳：小孩子手术出来后，我说我睡的这个板凳膀子挺疼的，猜她

耿直走进江苏电视台综艺频道《缘定今生》节目现场，为先心病患儿徐婷募集医药费。

第六章　真情无价

跟我说什么,奶奶,今晚您上床睡,我在这个板凳上睡,我说那可不行啊,你是病人呀。她笑了。

主持人:那这孙女没白疼啊!

耿直:卞奶奶与他们就像一家人一样,对徐婷就像对亲孙女一样。中国有句古话,叫得道者多助,失道者寡助,我觉得他们可能谈不上什么道吧,就是善良的人自然有善良的人来帮忙。

主持人:因为有相同的真善美,所以卞奶奶跟这一家子其实没有关系的人,真正地联结成了一大家子。

卞家芳:孩子挺听话的,出院前一天我要回家了,她跟她爸闹着也要回家,哭着喊着要跟我回家。

耿直:她们感情很深!那是小朋友在医院里第一次哭,因为奶奶先走一天,他们要等我从外面回来,给他们办出院的手续,就差了一天,徐婷不让奶奶先走,打针都没哭,插管也没哭啊,就为这事儿哭了。

徐景山:真亏她呀,不然我们徐婷走不到今天。她帮我们带孩子,我和徐婷她妈妈才能到外面去捡破烂挣钱给她治病啊!

主持人:卞奶奶内心就是觉得这是她的孙女儿,没觉得带孩子有多辛苦!

卞家芳:对呀,孩子也是这样想。八月十五中秋节,我上太太家吃饭,她也非要跟我上太太家吃饭,玩了一上午。

主持人:我们记者在了解他们的故事的时候,发现徐景山和卞家芳两个人都不善言辞,他们在生活中也不会与别人聊这些事情,但是他们做的事真的非常了不起。我问徐爸爸,您有想过放弃的时候吗?"从没有",很简单的三个字,能够感受到一个父亲对于孩子的那份心。卞奶奶带一个先心病孩子一定不是一件容易的事儿,十几年就这么义无反顾地帮衬着,把这个孩子当自己的亲孙女一样带着。所以,耿医生开场就说,为什么有这么强烈的愿望要帮助徐婷,因为这家人的故事真的很打动我们。相信现场的观众和我一样,都能够感受到这家人身上那份纯真的爱。

[旁白]中国老话说，远亲不如近邻。

今天我们住在高楼大厦里，看到的好像都是水泥森林，而在这个现场，我们听到的是在我们日常生活当中也许疏远了的一份感情——近邻情感。

因为有这个懂事的、乖巧的小女生的存在，才会使得卞奶奶如此心甘情愿地去帮他们，才会使得她的父亲那样执着地说，我别无选择，我一定要把她留下来，也才会使得耿直说，愿意倾尽全力去救护她。

出于对孩子的保护，也因为徐婷尚在康复期，那天，她没能来到演播厅，在第二现场，主持人章珊连线了她。

主持人：徐婷你好！我们之前有见过面，所以我们不用紧张，就聊聊天好不好啊？

徐婷：好的。

主持人：跟我们说说你现在的身体状况怎么样？

徐婷：正在恢复中。

主持人：身体感觉好点没？

徐婷：好多了！

主持人：刚刚耿医生、你的父亲、你心爱的卞奶奶在现场都聊了很多关于你的故事，你在第二现场都听到了，对吧？

徐婷：对。

主持人：你有什么话想对爸爸和奶奶说吗？

徐婷：爸爸、妈妈，你们为了我辛苦了！奶奶，谢谢您在我住院期间照顾我。虽然您不是我的亲奶奶，但我一直把您当作我自己家的奶奶。爸爸、妈妈、奶奶，我爱你们！

主持人：徐婷在这个年龄本应生活得无忧无虑、健康快乐，可是十几年的疾病折磨，让这个孩子饱受创伤！因为长期生病的原因，徐婷比同年龄的孩子要瘦小些，不喜欢多说话。我跟她见面时，有个镜头很难忘。她喝酸奶时，喝到嘴边上了，我替她把它擦掉，我说你都变成"白胡子老爷爷"了，她突然间就绽放了非常童真的笑容，就那一刹那，我觉得孩子的那份天真依然在她身上，她并没有被病魔所压垮。那一笑，我特别感动，我觉得这个孩子美好的童年生活应该要回来了。这，就是耿医生今天来到我们节目中的诉求。

我觉得，徐婷与我们有缘，希望今天现场的观众，包括电视机前的观众，可以尽自己的一份努力来帮助节目中的这个小朋友，她现在最需要的就是手术后康复必需的两年医药费用，我们奉献上自己的一份爱心，就可以让徐婷彻底康复，从此能够拥有一个健康幸福的完美童年。

徐景山：感谢好心人能帮助我们，孩子那个医药费实在太昂贵了。感谢大家！

耿直后来告诉我，节目播出后，社会反响强烈，有位观众致电道："在节目中，我们看到了徐婷弱小的身躯背后是一颗坚强感恩的心，我们看到了徐景山这个苦难家庭的背后是一份如山的父爱，我们看到了卞家芳付出的比血浓于水更深的情，我们也看到了心佑工程医护人员的医者仁心。"

耿直说，节目播出后的两天内，栏目组通过社会各界爱心人士共为小徐婷募集了爱心善款5万多元。

徐婷术后康复所需的医药费用解决了。

谁言寸草心

贵州农村小伙子张广怀如今已是个名人，包括江苏电视台、中央电视台在内的几十家新闻媒体都报道过他，著名主持人白岩松、著名电影演员宋春丽都曾声情并茂地向世人讲述过他的故事。

身为一个大山里的山娃子，张广怀做了什么，何以成为名人？

1995年2月出生的张广怀，家住贵州威宁县大山脚下。他一家七口：奶奶年老体弱；父亲张泽学、母亲廖肆肆都是老实巴交的农民；兄妹四人，两个姐姐与大他十二岁的哥哥，与他同父异母。

张广怀一家与当地村民一样，日出而作，日落而息。光秃秃的大山里，山路崎岖，山地贫瘠，交通、信息闭塞，生活过得很艰辛。

1996年，两岁的张广怀因为一次感冒，到医院被检查出先心病，而且是法洛四联症，病情很严重，应尽快手术。可一问手术费，要近10万元！这让张广怀的父母目瞪口呆，别说10万，让他们拿1000元也无异于要他们的命一般。

　　无奈，夫妻俩只能把广怀抱回家。

　　其实，张广怀生下来时就是一个"蓝婴"，浑身紫绀，时常感冒，只是当地医疗条件有限，当时并没有查出是先心病，广怀的父母也没钱带他去大医院细查。

　　医生说，随着年龄的增长，广怀的病情会越来越重。夫妻俩拼命地劳作，风里来雨里去，想着能攒些钱给孩子治病，可是一家七口人的生活负担太重了，一年忙下来，也只能勉强填饱肚子。

　　广怀五岁那年，他的母亲只身离开家，去江苏打工去了。五岁的广怀只能由奶奶带着，奶奶成了他生活上的依靠。

　　因为先心病，广怀上不了幼儿园，上不了小学。

　　慈祥的奶奶没有文化，教不了他看书识字，却能讲很多很多他爱听的故事，给他讲许多做人的道理。

　　奶奶的故事和朴实无华的做人道理，滋润着广怀幼小的心。

　　日子一天天过去，奶奶一天天老去，广怀的病一天比一天严重了。他不能跑，不能爬楼梯，更不能进行爬山这样剧烈的运动，连走路走长了点都会让他觉着"心里憋得慌"，气都喘不上来。

　　父母外出打工，平时在家里，张广怀没法干重活儿，只能做一些轻微的家务活，做个饭，扫扫地。疾病使他的发育十分缓慢，十八九岁的小伙子却只有1.5米的个头，体重90斤都不到。

　　在外打工的母亲不识字，只能在工地上打杂。除去生活开销，余下的钱只够广怀平时吃药所需，攒不足给他手术的钱。

　　2014年2月，相依为命的奶奶患病撇下广怀走了。临死前，奶奶对广怀说："奶奶不能疼你了，照顾不了你了，你去找你的妈妈吧，把病治好。"

　　奶奶的去世使广怀失去了生活的依靠。虽然他已十九岁，但生活无法自理，而家里两个姐姐早已出嫁，哥哥也外出打工了，他的父亲年逾花甲也是一身病。广怀想活着，想把病治好，打工挣钱，自食其力。

广怀的母亲把他接到了自己在江苏泗阳县打工的地方。

此时，母亲已查出得了肝硬化，但她依然每天打工。

放心不下广怀一个人留在宿舍，母亲就用电瓶车驮着他上下班，广怀能做的就是帮妈妈做做饭。

成龙是张广怀最喜欢的明星，因为成龙在电视里"总是很厉害，又能爬最高的山，又能在火海里战斗"，那种勇武的形象深深地吸引着他。在成龙身上，张广怀看到的是梦想中的自己——拥有一个健康的身体，能走远路，能运动，能像正常人一样按部就班地上学和工作。

小时候，张广怀老爱幻想，假如突然某一天他的病好了，成了一个正常人，他要好好规划，干好多好多事情。

可是长大后，张广怀慢慢明白，自己的心脏病很难治好，很多事情都难以做到。他开始绝望，不再规划未来，"能活到什么时候就什么时候"，"反正什么都干不了"。

2015年11月10日下午，广怀的母亲下班骑车带着广怀回宿舍，就在半道上，坐在后座的他突然发病晕倒在地。母亲手足无措，急得大哭，路上行人赶紧提醒她拨打120电话求助。

在当地医院经过抢救，张广怀苏醒过来了。医生告诉广怀的母亲，广怀患有严重的先心病，必须马上转院到南京的医院住院手术。

广怀被转送到南京医科大学第二附属医院。

医生们经过会诊，决定对广怀的身体做个全面检查后马上进行手术，并安排了手术日

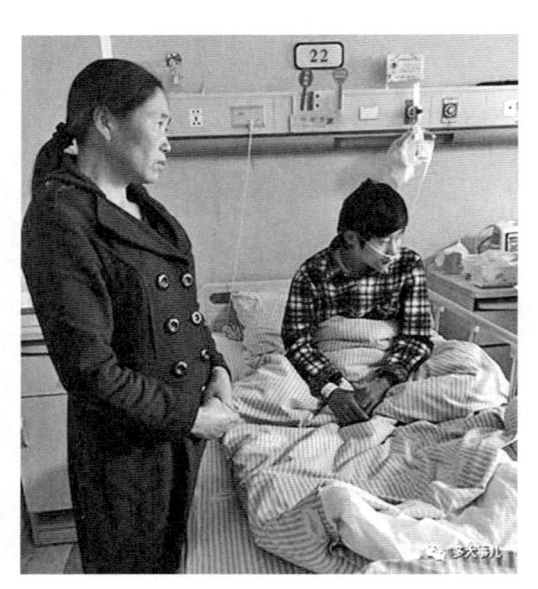

张广怀的母亲省下自己治疗肝病的费用，给儿子做先心病手术。

期。因为广怀患的是复杂先心病，手术风险和难度较大，他的手术费用需约 8 万元。

广怀的母亲心急如焚，她知道广怀的病很重，手术费加住院费 8 万元钱已经是照顾他们了，但对于她来说，依然很绝望。娘俩每天的基本生活都需要钱，而她自己还有肝硬化，本就疾病在身，打工省下来的钱只有 5000 元。

上哪去弄这么多钱给广怀手术？

病房里其他病人和家属都看到，这对母子自住院以来，中午只订一份餐，母亲总是等儿子吃过了，再把剩下的吃完。

广怀知道，母亲为了节省每天的开支，有时就跑到医院楼下买烧饼充饥。

心佑工程团队很快了解到这对母子的境遇。

李庆国说，无论如何得帮助他们，张广怀的手术不能耽误，"救人要紧"，决定开启绿色通道。

"母亲患肝硬化依然打工，儿子先心病严重亟待手术救命"——周桂华、张国强将这对贵州母子的遭遇发到了龙虎网，希望南京能有好心人伸出援助之手，帮助母子俩度过眼前的难关。

张广怀母子的故事得到了社会上很多好心人的响应，医院的医生和护士也自发地为张广怀捐款。

手术很成功，张广怀顺利地从手术室转到重症监护室，再从重症监护室转到病房。

张广怀见心佑工程的医护人员一直在为他募集手术及住院费用，十分感动，眼泪直在眼眶里打转。

又过了二十天，张广怀病愈可以出院了，所有费用经过医院的减免，算下来需要 72632 元，但是心佑工程募集到的爱心款距此还差 3 万元！

张广怀的母亲不知如何是好，急得团团转。

张广怀想了想，找到了李庆国，请求说："李院长，我家实在凑不出这 3 万元，这个钱先欠着，我先写个欠条，我病好出院后打工挣钱来还，可以吗？"

第六章 真情无价

望着张广怀一双真诚的眼睛，李庆国答应了。

张广怀没念过书，凭借自学的几个字歪歪扭扭地写下一张欠条。

病人欠钱看病，这在市场经济下的医院是不多见的；而欠了3万元手术住院费的病人，出院时没钱只打了个欠条，更是少见。

一般来说，欠医院的治病钱，"不还钱"可以说是常态，"还钱"才是反常态。

其实，李庆国的心血管中心已经有过这个先例。一个病人突发心脏病送来抢救，只交了5000元押金，说是先抢救后交款，可手术完了也没交款，一直采用拖延战术。病人住院两个月，基本康复了，费用10万多元，结果钱没交，人跑了。于是，这笔钱只能从李庆国团队的奖金里扣。

耿直说："当时我们知道张广怀家根本拿不出钱，他没文化，外出打工挣不到高工资，家里又缺钱，医护人员垫付的这3万元手术费和住院费，根本就没有想过他会还。病人出了院，欠医院的钱还会还？虽写了借条，可是中国这么大，上哪去找他的人？如果能还这笔钱，岂不是奇迹吗？"

但是，让耿直没有想到的是，这个奇迹还真的发生了！

2016年12月1日。

南京的冬天，寒蝉凄切，冷风瑟瑟。

一列从贵州遵义开往南京的火车，停靠在南京站的站台。

一对风尘仆仆的母子拎着深色大包走下车来，母亲五十多岁，儿子十八九岁的模样。他们出了车站，坐上开往市内的公共汽车。

母子在萨家湾车站下了车，四处寻找着什么，忽然小伙子眼睛一亮，看到了附近的银行自助取款机。他们匆匆走了进去。

没错，他们就是张广怀和他的母亲廖肆肆。

张广怀母子千里迢迢，火车、汽车辗转来到南京，只为兑现一年前的承诺——还钱。

那天，母子俩特意起了个大早，拎着一大包家乡的特产核桃，赶最早的一班车，从山区赶到县城，颠簸了七个多小时，又从县城坐车到六盘水车站，再经过三十多小时的火车来到南京。

给了自己新生的二附院心血管中心就在附近，就要见到为他手术治疗的医生护士了，张广怀心情很激动。

也许是太激动了，又是第一次用ATM机取钱，也许是舟车劳顿，张广怀竟然在ATM取款机上三次都输错了密码，银行卡因此被冻结。张广怀急得满头大汗。

张广怀赶紧找到银行，工作人员告诉他，他的银行卡需要到当地开户行办理解冻。张广怀犯难了，他这张卡是在老家威宁办的，补办还得回威宁。

无奈，要还钱，唯有返回威宁。

言而有信，一诺千金！

为了节省路费，张广怀让妈妈留在南京，自己又急匆匆再次返回贵州威宁。

一路上，火车转汽车，汽车转火车，一去一回，折腾了好几天。张广怀心中只有一个念头，赶紧把欠南京二附院的费用还上。去年手术后回到老家，这3万多元医药费的欠账，就一直在他心里存着，每天都在琢磨怎么把钱还上。

张广怀不懂什么是人品、何为诚信，他的想法很简单：南医大二附院的医生们给了他第二次生命，心佑工程有那么多好心人帮助捐款使他度过难关，让他幻想了无数次的愿望终于可以梦想成真，虽然他现在还无法感谢和报答他们，但欠款是必须还的。

张广怀出院后回到老家就去了一家饭店打工，由于他不识字、没文化，只能打杂，一年下来并没有余多少钱。

3万元医药费的归还，得益于贵州推出的惠民政策。

那年，政府规定，贫困家庭可以申请最高5万元的贷款。张广怀一家申请到了3万元。

贷款下来后，张广怀立即对父母说："是南医大二附院心血管中心的医护人员给了我第二次生命，我现在病好了，一年来医院虽然没有催我交医药费，但是我天天想着尽早将欠医院的医药费还了。"

张广怀向父母保证，用这贷款先还所欠医疗费，所欠贷款由他打工还。

知恩图报，善莫大焉。

张广怀父母虽然贫穷，但心眼实在，都赞成广怀的决定。

2016年12月9日上午，张广怀母子二人面色红润、步伐稳健，再次出现在南京医科大学第二附属医院心血管中心。

"李院长！"张广怀在医院病房走廊上见到了李庆国，喊道。

"你是？"李庆国一时没认出来。

"我是贵州的张广怀呀，您去年给我做手术的。"张广怀说。

"哦，想起来了，你是来复查？"李庆国问。

"不，我来还钱。"张广怀说。

"还钱，还谁的钱？"李庆国已经忘了张广怀写过的那张欠条。

"还我欠你们医院的医药费呀，我写过欠条的。"张广怀老老实实地说。

"哦哦哦，我想起来了，你们大老远过来就为来还钱？"眼前这一幕，令李庆国有些难以相信。

"是是是。"张广怀边说边从包里拿出3万元现金捧到李庆国的面前。

医生、护士们也认出了张广怀，纷纷围拢过来，对这一幕都难以置信：眼前这个面色红润、说话中气十足的小伙子，真是一年前那个因患法洛四联症晕倒在泗阳街头，送来救治的张广怀吗？

张广怀的母亲捧出核桃硬塞给医生、护士们，说："谢谢你们救了我家广怀，尝尝我们老家产的核桃吧！"

对于张广怀能专程到医院偿还所欠的费用，心佑工程的医护人员十分意外。他们了解张广怀一家生活情况，经济来源全靠种田，一年的农作物毛收入不到2万，张广怀的母亲肝硬化要治疗，他的父亲也是一身病，都要靠这点收入。而3万元对他们一家可不是个小数目。

看到张广怀从贵州赶到南京偿还医药费，还给医护人员带来当地特产，李庆国深受感动，不禁感叹，真可谓"淡看世事去如烟，铭记恩情存如血"！

好事做到底！李庆国亲自为张广怀做了术后康复的复查。

一切检查显示，张广怀的身体恢复得很好，如今的嘴唇和手指由手术前的发紫转变成红润，说话时中气也非常足。张广怀说，再也没有出现晕

南京医科大学第二附属医院授予张广怀建院以来第一张"诚信患者"荣誉证书。

厥的情况了。

母亲看着康复良好的儿子,脸上流露出微笑,内心充满着感激。她对李庆国说:"是南医大二附院和南京的好心人救了我的儿子,我们一家都不会忘记南京!"

李庆国后来接受记者采访说:"(欠条)当时就是一个君子协定,因为医院要记账,履行一个财务手续。我们没有规定张广怀还款期限,甚至他不还钱,我们也不会去找他,他欠的钱我们医护人员已经用奖金垫上了。哪里想到,不到一年的时间,张广怀竟贷款把钱送来,还提了一大包家乡的核桃来。"

耿直说:"在当今社会,大家都在怀疑诚信的时候,作为弱势群体中的一个患者,张广怀能够贷款将一年前所欠的医药费还上,我们非常感动,对这个小兄弟的人品陡生敬意。张广怀将独自一人在南京打工,希望康复后的张广怀在南京的路途能够走得顺利一些。我们将电话号码给他了,加了他的微信,让他在南京如果有什么事情需要帮助,可以随时打电话给我们。我们心佑工程的医护人员都把他视作朋友。"

诚实守信,是做人的责任;以德报恩,是人性的本真。

2016年12月16日,南医大二附院研究决定,授予张广怀二附院建院以来第一张"诚信患者"的荣誉证书。

张广怀应当是全国第一个获得"诚信患者"荣誉的人。

时任院长季国忠说:"张广怀虽然年岁不大,没上过学读过书,但是本性厚道,做人靠谱、诚信,这是当下多么稀缺的品质。本领不会,可以学,但本质上的东西,怎么样也变不了。"

张广怀的故事引发了强烈的社会反响。

贵州省毕节农业银行考虑到张广怀家的实际困难,免除了贷款。

共青团贵州省委授予张广怀"诚信好青年"称号,并给予他3万元的奖励。

收到共青团贵州省委3万元的奖励通知后,张广怀忐忑不安,很快做出一个决定。他联系了共青团贵州省委和心佑工程,说:"我的病已经好了，我有手有脚，能够打工养活自己。家乡还有很多像我这样的先心病孩子，得不到及时救助和手术，这3万元应当帮助像我一样的先心病孩子。"

张广怀毅然将这3万元的奖金捐给了心佑工程，作为"心佑工程贵州行"的救助基金。

多么朴实善良又心怀诚信之本的小伙子。

心佑工程没有辜负张广怀的善心，决定将张广怀3万元的奖金专款专用的同时，正式发起心佑工程贵州行，对贵州贫困家庭先心病患儿进行免费救助行动。

贵州省遵义市政府驻南京办事处主任陈世奎来南京很多年了，一直关注着家乡的一点一滴，当他闻及心佑工程即将走进贵州后，给予了特别支持，并主动帮助联系当地卫健委。

在陈世奎的协调下，来自南京医科大学二附院的专家组走进张广怀的家乡，为那里的孩子进行义诊和筛查，并将先心病患儿接到南京治疗。

张广怀的故事引起了新闻媒体的关注。

凤凰卫视记者专门对此做了专访，评论道：

面对一年前的一张欠条，张广怀一家，作为社会上最普通的劳动人民，用实际行动诠释出了信用的分量。而一家三甲医院，坚持把"治病救人"放在第一位，急病人之所急，想病人之所想。一张小小的"欠条"，让医患关系变成了温暖人心的力量。

江苏电视台专门为张广怀5000公里还钱路制作了一期《一个诚信的人和诚信的故事》的专题节目，著名电影演员宋春丽发自内心地感动，声情并茂地给大家讲述了这个故事。

江苏电视台的记者现场问宋春丽，为什么要推荐张广怀的这个故事？

宋春丽说："其实，对于我们在座的每一个人来说，5000元也罢，3万元也罢，6万元也罢，似乎不是什么太大的事，但是为什么会感动？我觉得在这个小伙子身上体现了当今社会要大力倡导的'诚信'两个字。孩

共青团贵州省委授予张广怀"诚信好青年"称号,并给予他 3 万元的奖励。

子很有意思，对于银行贷款给他的钱也好，别人捐给他的钱也好，原话都是说，我用不上这些钱呢。其实他父母等着过上好的生活，他的哥哥和姐姐都等着过上好的生活，还是用得上的。可是他觉得，不是我亲手赚来的钱，不是我亲手给家人的幸福，那都是用不上的。这特别朴实，值得我学习。"

宋春丽若有所思，接着说："张广怀没有经历过学校教育，教他更多做人道理的其实是他已经在天堂的奶奶。这使我想起，我们中国人过去都有家训，普通老百姓的家训里没有那么多形成文字或者上升到概念理论的东西，但是他们的一些简单朴实的做法耳濡目染，一代一代传下来，这就是家训。我觉得广怀他奶奶的这个家训，就是很简单的一句话：借人家的东西要还！"

江苏电视台记者在采访张广怀时，问他："急着把钱还给医院，用全家人的名义申请了贷款，这是为什么？"

张广怀说："奶奶在世的时候就说过，别人的东西，用了就要还。我是奶奶带着长大的，她经常说的就是我们要学会做人，要知恩图报这些，所以我一直就是按照她说的这些去做。"

记者又问："为什么不将贷出来的钱用来做小生意，这样的话赚到钱之后，家里的生活负担减轻了，那时再去还医药费呢？"

张广怀说："如果用这个钱做生意，或做其他的，比如盖房子啊什么的，我会心不安的。人家对我那么好，帮助了我，有了钱就得先还上。虽然这个贷款不是我亲自赚的，但是我可以慢慢还，我用这笔钱来给他们一个诚信。"

2016年12月16日，中央电视台二套早间栏目《财经第一时间》，主持人张静在介绍了张广怀的故事后，点评道：

生存的本领我们可以学，但是诚信这个事儿，我们还真的得用心学。

希望小张今后都能够顺顺利利的，也希望大家伙儿在得知这样的新闻之后，广泛地传播一下，让人们看到在我们这个社会上，一诺千金的还是大有人在。

2016 年 12 月 24 日，中央电视台一套《新闻周刊》栏目播出了张广怀的事迹，著名主持人白岩松点评道：

张广怀的故事震撼了社会。一家火锅店主动聘请他上班，张广怀很意外，这笔诚信债居然让自己收获了人生第一份工作。

在生活中，贫穷还是富有，有时候真的很难说得清，比如说有人穷得只剩下钱了，可是有人没什么钱却是精神贵族、心灵富翁。打工小伙子张广怀看病的时候欠着费出院了，穷啊，但是一年之后，他贷款也要来还钱。你说，他是穷还是富有？

2019 年 11 月，我在南京见到了张广怀。我问他，今后有什么打算和愿望？他说："我的打算就是打工挣钱，我的愿望就是挣钱给妈妈看病。也想跟奶奶说：您放心吧，您的孙子没让您失望，您在天上好好地看着我，我会多做让您为我骄傲的事情的。"

张广怀没文化，却很喜欢音乐，有作词作曲的天赋，有了灵感就会用手机语音录下来。

广怀从小是奶奶带大的，每当想奶奶的时候，他总是默默流泪。

有一天，他萌生了为奶奶写一首歌的想法。

小时候怀揣着梦想，
来到繁华的城市，
才知道有多不容易。
每次在外碰壁总是想起您曾经的叮咛和嘱咐：
孩子，在外面照顾好自己，
做个好人其实很容易。
在每个孤独的夜里，
总会想起您，
当我想您的时候只能看着天边的星星。
奶奶，我的好奶奶——

如果还有来生我愿还做您的孙子，
……

歌词虽然略显凌乱，但这是张广怀怀着感恩的心写下的对奶奶的思念。

张广怀说，他还想写一首赞美心佑工程及二附院心血管中心医护人员和南京好心人的歌，以表达他的感激之情。

第七章 艰难的心佑

爱在左，同情在右；
走在生命的两旁，随时撒种，随时开花；
将这一径长途，点缀得花香弥漫；
使穿枝拂叶的行人，踏着荆棘，不觉得痛苦；
有泪可落，却不是悲凉。

常常不受待见

我们是人民医院的医务工作者，
我们有这个技术和能力。
我们以医护人员的初心，通过心佑工程，竭尽所能，帮助贫困家庭那些心脏破损的先心病患儿（者）心跳正常；
让他们能够与正常孩子一样享受童年少年的欢乐时光，健康成长；
让他们的家庭卸下沉重的负担，不至于因病致病、因病返贫，在小康路上不掉队。

这是李庆国团队发起心佑工程的宗旨与承诺。
心佑工程借八方之力，帮助贫困家庭先心病患儿进行手术救治，无疑是一件利国利民的好事。

但是，好事做起来并不容易，有时还十分艰难。

七年来，李庆国团队在心佑工程的实施过程中收获了很多人间真情，也饱尝了许多酸甜苦辣。

2015年11月27日至28日，中央扶贫开发工作会议在北京召开。习近平总书记在会上强调，消除贫困、改善民生、逐步实现共同富裕，是社会主义的本质要求，是中国共产党的重要使命。全面建成小康社会，是中国共产党对全国人民的庄严承诺。脱贫攻坚战的冲锋号已经吹响。要立下愚公移山志，咬定目标、苦干实干，坚决打赢脱贫攻坚战，确保到2020年所有贫困地区和贫困人口一道迈入全面小康社会。

脱贫攻坚是一场硬仗，各地都抽调了机关人员组成扶贫工作队，派驻到各县和乡镇。

因病致贫，因病返贫，可谓脱贫攻坚战中的顽疾。

不怕穷，就怕病。

有调查表明，在我国现存的400万先心病患者中，相当一部分是因为贫困而没有及时进行手术根治；而其中200万先心病患儿中，因为贫困而没有及时进行手术根治的达70%以上。

在农村，特别是在经济欠发达地区，一个家庭若有一个先心病患儿，那么这个家庭很快会沦为贫穷。

心佑工程救助一个先心病患儿，就是拯救了一个家庭。

耿直说，刚开始去各地做心佑工程筛查时，以为地方上虽然不会有鲜花掌声，但至少会笑脸相迎、热情支持的，因为心佑工程虽然能力有限，但救助一个患儿就可能减少当地的一个贫困户。后来才发现，他当时想得太过天真了。

打电话联系当地要去开展先心病筛查，讲清楚了是免费筛查，筛查出的先心病患儿也将免费手术，可人家并不感兴趣，听筒里传来的常常是不耐烦的声音，不是"没时间"，就是"不需要"。

拿着介绍信上门，也常常不受待见。

有的地方有关部门给的答复永远是"工作太忙，排不开，抽不出人手"。

在农村，特别是在经济欠发达地区，一个家庭若有一个先心病患儿，那么这个家庭很快就沦为贫穷。心佑工程救助一个先心病患儿，就是拯救了一个家庭。图为作者走访的一个贫困先心病患儿家庭。

第七章 艰难的心佑

这难道不是他们工作的一部分吗？耿直不解。

耿直说，有的地方勉强同意他们组织筛查，但声明抽不出人手来协调，于是他们只能自己组织，扯起横幅进行宣传。

当地群众见到有人免费来给他们筛查先心病，而且声称为贫困家庭患儿免费手术，根本不相信几万甚至几十万的一例手术费用能说免就免，就怀疑他们是骗子，还报了警。110警车呼啸而来，民警又是查证件又是盘问，弄得他们好不尴尬。

对于筛查出的先心病患儿，心佑工程为他们安排手术需要有关部门出具"贫困户"证明，这就更加难了。

因为在一些地方，贫困户是有指标的，而许多做不起先心病手术的家庭并不在贫困户的指标和名单中。

有些干部拒绝为这些患儿开具贫困家庭证明，生怕一旦开了证明，以后这个"贫困户"会来找自己要救济，找"麻烦"。

某地一户人家的儿子患有先心病，十七岁了，做不起手术。一家6亩地被村里租给了一个养鱼的，一亩地每年只给2000元补贴，弟兄俩每家一年只分得4000元，一个月区区几百元收入。他们这家连医保的费用也交不起，几年没办医保。

但是，这样的家庭并没有被列入"贫困户"名单，没有取得"低保"资格。

有的地方虽可出具贫困证明，但办理异地看病手术转诊手续又成了大麻烦。不办转诊手续，就无法与异地医院联网同期支付医保范围内的费用。

某县至2019年之前，依然一律不办理异地转诊手续，规定看完病回来凭发票报销。

一个简单先心病手术需要3—5万元，复杂先心病手术则需要8—20万元不等，医院是不能赊账的，这意味着患儿（者）家庭必须自己先垫付这笔钱。

然而，一个贫困家庭，上哪去筹集到几万甚至几十万的现金呢？

没有办法。于是有的患儿（者）家庭就因垫付不了手术费用，而不得不摇头叹息，放弃救治。

曲妙人不能尽和

沭阳,一个患儿的父亲,得知孩子有先心病后,只身前往海南打工,三年未归。

这位父亲想的是,一定要攒够孩子的手术费再回来。

耿直拨通了这位父亲的电话:"回来吧,孩子心脏手术不能等,钱攒够了,孩子的手术就晚了。现在有医保,医保之外的部分我们心佑工程帮你想办法。"

话说出口了,但办起来其实太不容易。

患儿的父亲将信将疑地回来了,将孩子送到了二附院,顺利地做了手术。但是,为了解决他医保之外的费用,心佑工程的工作人员得想很多办法。

南医大二附院成为先心病治疗定点单位后,江苏省内先心病患儿在南医大二附院的治疗费用,符合医保报销政策规定的,报销比例可达70%,部分县区可达90%。

要说明的是,医保报销比例每个地区有每个地区的标准,每个患儿病情不一,所需药品、手术条件和专家不一样,医保和非医保费用也不一样。

综合计算下来,平均一个患儿(者)个人要自费承担的部分约为总费用的40%—50%。

我对心佑工程已救治的先心病患儿的实际医保报销费用和纯自费费用做过一个统计:

一般贫困户

王××:安徽滁州人,总费用48436.82元,不在医保报销范围费用2913.8元,个人自费总费用24817.6元,自费比例51.2%;

张××:贵州毕节人,总费用40401.82元,不在医保报销范围费用3704.7元,个人自费总费用26553.69元,自费比例65.7%;

肖××:江西吉安人,总费用101642.4元,不在医保报销范围费用4332.8元,个人自费总费用56190.17元,自费比例55.3%;

刘××:江苏宿迁人,总费用31692.47元,不在医保报销范围费用

738.6 元，个人自费总费用 9647.2 元，自费比例 30.4%；

刘××：江苏淮安人，总费用 72322.48 元，不在医保报销范围费用 6683.9 元，个人自费总费用 26450.7 元，自费比例 36.6%；

建档立卡贫困户

杨××：江苏连云港人，总费用 55774.29 元，不在医保报销范围费用 3633.1 元，个人自费总费用 25325.05 元，自费比例 45.4%；

崔××：江苏连云港人，总费用是 139500.1 元，不在医保报销范围费用 9606.1 元，个人自费总费用 62635.54 元，自费比例 44.9%；

钱××：江苏宿迁人，总费用 53303.69 元，不在医保报销范围费用 3938.8 元，个人自费总费用 22233.4 元，自费比例 41.7%；

低保户

胡××：安徽凤阳人，总费用 58421.17 元，不在医保报销范围费用 9104.5 元，个人自费总费用 18721.86 元，自费比例 32%；

许××：江苏连云港人，总费用 69580.43 元，不在医保报销范围费用 2387.3 元，个人自费总费用 19371.63 元，自费比例 27.8%；

……

由此可见，如果一个贫困家庭的先心病患儿治疗总费用为 5 万元，除去非医保必须自费的部分，医保能报销的也只有 60%—70% 左右，个人仍然需要自费 2.5 万元左右。

这笔费用若是拿不出、交不起，手术就没法做。

心佑工程要做的，就是帮助这些家庭解决医保报销部分之外"拿不出、交不起"的治疗费。

社会公益基金和公益组织的资助，成为心佑工程的主要资金来源。

尽管几万元就能挽救一个孩子的生命，改善一个孩子的生活质量，改变一个家庭的命运，但是心佑工程寻求资金支持的路走得并不容易。

如今的公益基金和公益组织琳琅满目、种类繁多，每个基金都有自己特定的救助项目和人群，专门救助先心病患儿的基金寥寥无几。

心佑工程，是一个完全由医护人员发起志愿开展的公益行动，除了有

在我国每年大约30万名新出生的先心病患儿中，全年手术和介入治疗的先心病患者加起来只有8万例左右。图为心佑工程团队医生走访苏北出院的先心病患儿。

第七章　艰难的心佑

所属的南京医科大学第二附属医院的支持外，既无"背景"，又无"靠山"，医务人员的人脉资源也极其有限，因此，说服各类基金和公益组织参与心佑工程，对贫困家庭先心病患儿给予援助，并非易事。

而且，无论是由个人创办的还是由企业创办的公益基金和公益组织，都有严格的财务制度，有一整套对救助项目和人群的审批程序。

退伍女兵钟小雨如今是心血管中心的内勤，心佑工程的统计及救助基金申报工作也归她管。她告诉我，为一个先心病患儿的申请救助基金的流程很复杂：首先要向基金组织汇报所要救助对象的基本情况，符合他们救助条件的，才会让你写救助申请书，填写上报救助对象情况、病情、家庭情况（贫困程度）、所需救助款项等，基金会对所报材料进行评估、核算、调查、审批，而后才能拨付款项。一般一个流程走下来，快的十天，慢的要两个星期以上。

基金对先心病患儿的救助标准一般只占所需医疗费用的20%—30%，也即5万元医疗费，可以申请1—1.5万元，10万元的救助费用，可以申请2—3万元左右的救助费用。

社会上极少有公益基金是专门用于救助先心病患儿的，因此这些公益基金和公益组织能给予心佑工程支持，已属特殊照顾，说得直白些就是给面子了。

因此，钟小雨的工作量很大，平时很忙，二十六岁了，漂漂亮亮的退伍女兵还是快乐的单身女。俗话说，找对象，找对象，得去找，没时间找哪成呀！

但是，有些人并不理解。

曲妙人不能尽和，言是人不能皆信。

2019年8月17日，我正在李庆国与李小波的办公室里采访，一个穿着讲究、拎着名牌皮包的"时尚妇女"走了进来。

跟着"时尚妇女"一起进来的还有一位年长的和一位与她年龄相近的女性，以及一个六七岁的男孩。

"时尚妇女"进来后就问："李庆国院长呢，我们找李院长。"

"李院长正在手术，你们从哪里来？找他有什么事呢？"李小波彬彬有礼地问。

"我们从某地来，李院长让我们带孩子来做先心病手术的。""时尚妇女"说。

"李院长约的？要不你们外面坐一会儿，等等他吧。"李小波说。

"我们问一下情况，还有其他事呢！""时尚妇女"有点着急。

"那要不你们先去一楼门诊办一下住院手续吧！"李小波说。

"办住院手续要交钱吗？"

"一般要先交个3000元押金的吧。"

"李院长跟我们说是你们有个公益项目免费给先心病孩子手术的，怎么还要交钱呢？"

"我们是有个心佑工程帮助贫困家庭先心病患儿免费手术，但是押金还是要交的，这是医院的规定。"

"交了押金就退不出来了，算了，这个手术咱们就不做了。"

"孩子患了先心病手术宜早不宜迟啊！"李小波善意地说。

"我们孩子查是查出来有先心病，可是他能吃能喝哪像有病的？"

"有些先心病患儿早期没有明显症状，但一旦出现症状，手术可能就晚了！"

"可是说好免费手术的，为什么要我们交3000块钱呢，能不交吗？"

"没办法，我们有规定，符合条件的才免费治疗的。"

我实在忍不住了，问道："请问这孩子是你们亲生的吗？！"

"时尚妇女"看了看我，没有搭理我。

这时，耿直走了进来，了解了情况，看到"时尚妇女"手里拿着的汽车钥匙，说："我们免费手术的先心病患儿必须是贫困家庭，有低保证明或贫困证明，从你们的穿着和开的车子看，不像是贫困户啊！"

"怎么不是？贫困户就不能穿好点吗，贫困户就不能开车了吗？""时尚妇女"强词夺理。

"算了，我们不在你们这看了，换家医院。"说罢，"时尚妇女"带着人扬长而去。

后来得知，李庆国曾应邀到他们的家乡讲课，提到过心佑工程，承诺对贫困家庭先心病患者一律费用全免。"时尚妇女"想到了姐姐的儿子查出的正是先心病，就马上带着他们来了。

谁知听说要交 3000 元押金，本是再正常不过的事，也是最起码的，但他们却不干了。在他们的思维逻辑中，你讲了是免费手术，怎么可以还要收钱呢，即便是押金也不行。

这样的故事在青海也发生过。

那年，袁振茂、汪露等在海南州贵南县进行筛查，在基本完成筛查工作后，有个年轻貌美、穿着时髦的女子带着一个孩子过来，说她的孩子有先心病，要求到南京免费治疗。

袁振茂马上给孩子进行了检查，确诊了孩子患有室间隔缺损，准备把孩子列入免费治疗的名单。

这时，正在现场的江苏援青干部孙志明发现了，对这个女子说："孩子的确有先心病，需要手术治疗，但是咱们这个心佑工程免费治疗的范围是贫困家庭的孩子，家庭富裕的先心病孩子建议自己去治疗，不要占用贫困孩子的名额！"

女子听了，悻悻地走了。

袁振茂问孙志明："孙主任您怎么知道这个女子家庭富裕？"

孙志明说："这个年轻时髦的妈妈手指上戴着金戒指，手腕上戴着金手镯，脖子上戴着金项链，这些东西的价值就够给孩子治病的了！"

这让袁振茂、汪露等对孙志明的眼力钦佩不已。

这样的情况耿直遇到过不止一次。

有一次，他们在某县筛查时，有个中年男子开着车找到耿直。

"听说你们心佑工程免费给先心病孩子手术？"

"是的。"耿直说。

"我孩子也刚查出有先心病，给登记一下。"男子说。

"孩子呢？"耿直问。

"我孩子在家，孩子的诊断报告在这哩！这是某某医院的诊断。"男子边说边从口袋里掏出诊断报告。

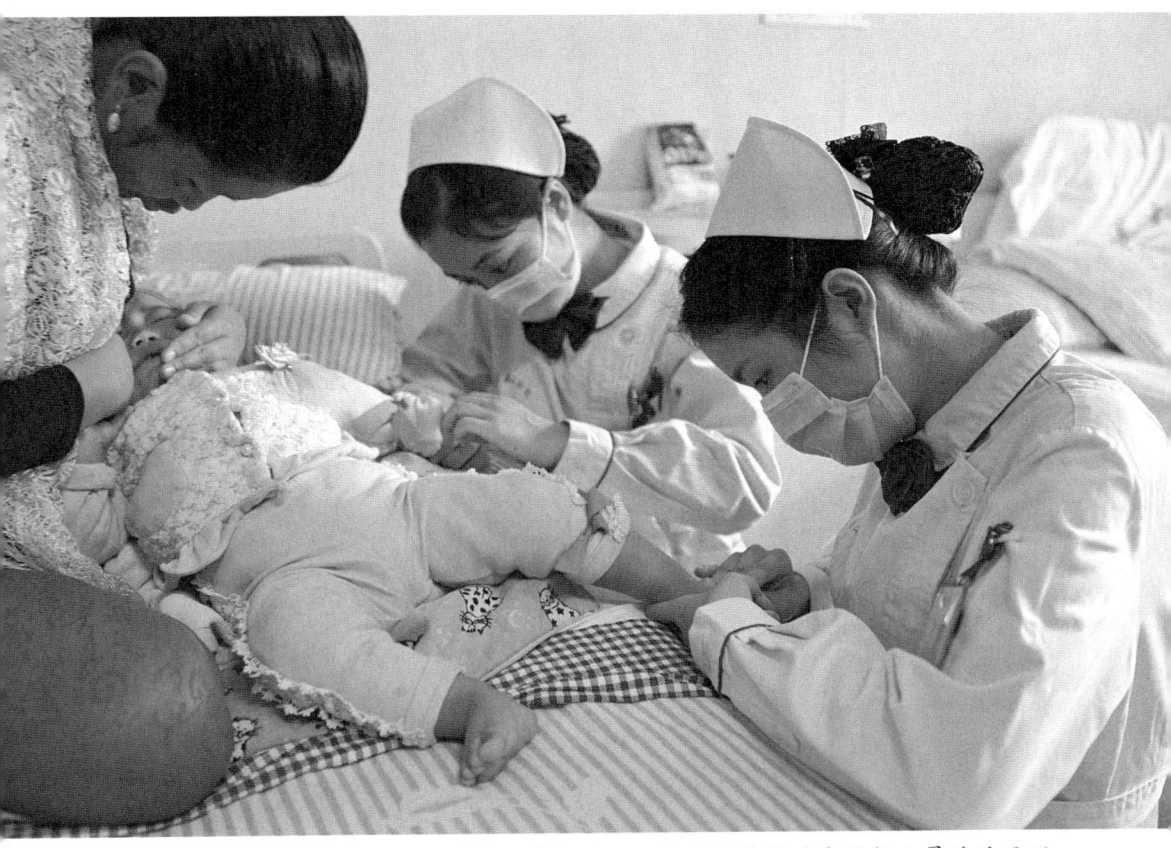

心佑工程护佑的是先心病患儿破损的心，体现的是新时代医护人员纯洁无瑕的爱心。

第七章　艰难的心佑

心佑工程帮助救治的农村先心病患儿，康复后健康成长。

耿直看到孩子的诊断报告是省城一家儿童医院出的：动脉导管未闭。"您孩子这个先心病应尽快去手术。"耿直看了诊断报告说。

"是啊，所以就来找你们啦！"男子说。

"您是哪个乡哪个村的，有低保证明吗，或者是乡里村里的贫困证明？"

"这，还要这个？"男子想了想，马上说，"这好办！"他立即掏出手机开始打电话。

耿直看到男子使用的手机是iPhone，而且是当时市场上最流行的一款，一台需要大几千元。耿直又多打量了一下面前这个男子，见他浑身上下穿着挺讲究的，都是品牌货，心里有了数。

男子打了一通电话后，说："我已经与某乡长说了，他们会帮助我开贫困证明。"

耿直实在忍不住了："这位大哥，我们心佑工程是专门救助贫困家庭看不起病的先心病患儿的，从你这行头、气度、人脉看，也不应该是贫困家庭啊。"

"怎么不应该呀？"男子问。

"贫困家庭哪能用得起最新款的苹果手机，哪能说给乡长打电话就打电话？大哥，咱们还是别往这心佑工程挤啦，这里都是贫困人家，求您啦！"耿直说。

"我，我去找你们领导！"男子忿忿地走了。

耿直顺着他的背影发现，男子的私家车就停在马路边，他开门上车一溜烟就不见了踪影。

2019年6月19日，为了实现张广怀的心愿，耿直和袁振茂专程赶到贵州某地对一批先心病患儿进行筛查确诊，其中有5个患儿家庭贫困，符合心佑工程救助免费手术的条件。

耿直和袁振茂回南京后立即为他们安排了住院和手术，最先进行手术的是只有十六个月大的梦琪。

梦琪的爸爸叫李军，三十三岁，生活在一个不幸的家庭：李军的父亲

第七章　艰难的心佑　　271

因为负担重、压力大患上了精神病，母亲在他上中学的时候就离家出走，再也没有回过家。

梦琪三个月的时候被发现心脏有杂音，县医院却没查出来原因；六个月的时候常常患感冒，送到遵义医院后查出来是先心病，室间隔缺损。

室间隔缺损不大的一般一岁以下可能自愈，但梦琪到一岁做检查时，发现缺损越来越大。梦琪发育不良，一次连150毫升的牛奶都吃不完，十六个月时体重只有19斤。

考虑到梦琪家庭的困难，她被最先安排手术。

2019年7月5日，梦琪的父母带着她赶往南京。由于没有直达南京的高铁或火车，为免他们一路转车辛苦、长途劳顿，耿直为一家三口订了飞机票。

陈志远和徐长达两位医护人员专门赶到机场迎接，给他们送了鲜花。

医院床位本就很紧张。与其他人一样，医护人员给李军一家准备了一张病床。李军不干了，责问管床医生於文达："三个人睡一张床，床又这么小，怎么睡得下？"

於文达跟他说："医院病床床位紧张，一个病人只能占一张床，医院一般允许一个大人陪护，其他家属有条件的可以在宾馆开房，没有条件的晚上一般都在走道椅子上睡。你们孩子小，孩子的妈妈可以带孩子睡。你晚上也可以在走道椅子上睡。"

"这怎么睡？被子都没有。"李军不以为然。

"我给你想办法找床被子！"於文达说。

问题虽然这么解决了，可是李军很不愉快。

因为要联系救助基金，还要进行术前讨论，梦琪是周四住院的，很快又是双休，手术便排到了下周二。这下李军又不开心了，他直接找到了耿直。

"我们来这么久了怎么还不手术？我家里很忙的。"李军说。

"稍等几天，正在为你协调基金，解决你们的费用，医生还要做术前讨论，也需要时间。"耿直说。

"你请我们来手术，怎么不提前准备，让我们在这儿等这么久？我是电焊工，还要打工挣钱养家哩！"李军急了。

"为你们孩子争取的手术费用正在审批之中,再说你们人不来住院,人家基金是无法审批的!"耿直也差点忍不住脾气了。

在像李军一样的患儿家属想来:我自己并没有要求让孩子做手术,是你们请我来的。既然请我们来,就要管我们吃、管我们住,来了就要马上安排手术,不能让我们等,不能让我们出一分钱。做不到这些就是骗人!至于医护人员有什么困难,那可不关他的事。

带着微笑,仰望天空

对于心佑工程,在医院内外其实也有不同的声音。

有的认为他们是"为了出名",有的认为他们是"为了争病源,扩大社会影响",有的甚至认为他们"寻求社会公益基金和社会赞助为贫困家庭先心病的孩子手术,是借助公益创造单位的经济绩效"。说白了,是为了从中获取名和利。

像耿直这样眼里容不得沙子的年轻人,偶尔听到这些议论,开始时会觉得被侮辱,气得饭都吃不下,甚至不想做了。

有一次,耿直听了一些讥讽的议论,想想为做心佑工程所受的委屈,心里实在不顺,与李庆国说:"既然这样,咱们这心佑工程还是停了算了!"

"为什么呀?"李庆国问。

"这些患儿和他们的家庭与我们非亲非故,我们心佑工程做得怎么辛苦,怎么付出都没关系,不支持、不理解也没关系,可不应该把屎盆子往我们头上扣呀!"耿直憋不住心里的愤怒。

李庆国没有正面回答耿直的话,问他:"咱们心佑工程是做给谁看的吗?"

耿直一时语塞,想了想,说:"当然不是呀。"

"既然不是,管别人怎么着,说什么呢?!"李庆国笑着说。

李庆国这一问,耿直一下就想通了。

李庆国接着说:"公益不是一件华丽的外衣,咱们做心佑工程,踏踏

爱心是冬日的一抹阳光，使饥寒交迫的人感到人间的温暖；爱心是沙漠的一泓清泉，使身处绝境的人看到生存的希望；爱心是飘荡在夜空的一曲歌谣，使孤苦无依的人获得心灵的慰藉；爱心是洒落旱土地的一片甘霖，使心灵枯萎的人重获情感的滋润。

实实地做，一点一滴地做，不求鲜花与掌声，只为一份踏实和心安。"

就为这一份踏实和心安，包括耿直在内，大家慢慢习惯了，对种种非议也就见怪不怪了。

是的，他们很委屈。

七年来，心佑工程免责救治贫困家庭先心病患儿，经中央电视台和《人民日报》等媒体报道后，成了一块响当当的公益品牌。而为了这块牌子，整个团队背后的付出是巨大的。

2014年6月，心佑工程刚发起那会儿，每个双休日，全科除了值班的医护人员，几乎全体出动，长途奔波，深入苏北等地进行义诊、筛查和先心病科普宣传。

现在，虽然因为住院病人多、手术多，腾不出更多的人手下乡，但七年来，科里的医护人员轮换利用双休日去筛查、义诊和科普宣传，从来没有间断过。

在心佑工程新疆行、青海行、陕北行、贵州行、皖北行和西藏行中，医护人员长途跋涉，风尘仆仆，翻山越岭，在这些贫困和经济欠发达地区进行义诊、筛查、科普，所付出的辛苦以及所遭的罪更多！

耿直和袁振茂前往西藏那曲开展筛查，担心高原反应缺氧，甚至悄悄地做了最坏的打算，连"身后事"都做了准备。

心佑工程团队的医护人员虽然平均年龄还很年轻，但大部分人都是上有老、下有小。一周紧张的工作之后，谁不想轻松一下，谁不想处理点个人和家庭的事，干吗非要去吃这份辛苦、遭这份罪？

在市场经济背景下，哪个医院加班没有加班费，哪个人出差没有差旅补助？而心佑工程团队的医护人员奉献了那么多的双休日，常常黎明时分起，披星戴月归，一个乡镇一个乡镇地赶，飞机、火车、汽车辗转各地，何时何人去计较过加班费和出差补助？

耿直2015年底买了车，平时就作为下乡义诊的专用车辆，五年的时间里自己当驾驶员跑了10余万公里，没有要过一分钱费用。要知道，在如今的汽车租赁市场，一台20万的私家车去一趟苏北，一天起码要1000

元租金，还不包括驾驶员的费用。

心佑工程团队的医护人员就是这样不畏艰难，不怕吃苦，哪里贫穷去哪里，哪家贫困去哪家，不放弃任何一个贫困家庭先心病患儿。

如果这样能出名的话，我们这个社会多么需要更多的人能加入这样一个群体中来啊！

如果这样能争取病源，扩大社会影响，创造效益，我们这个社会多么需要更多的医院和医务工作者参与其中啊！

而在心佑工程之外，有越来越多的非贫困家庭的先心病患儿家长，也带着孩子来到了二附院。

耿直做过统计，事实上，他们中许多人慕名带孩子去过上海、北京或者南京的其他大医院，或是交不上手术费用，或是没能看好，或是被专家判定了没有手术价值，这才找到二附院，找到心佑工程的。

在心佑工程免费筛查出来的先心病孩子中，因贫困做不起手术的家庭会带孩子到二附院接受救助，而家庭经济条件好的则大部分带孩子去了其他医院手术。

对于先心病患儿，近几年国家和一些地方政府虽然出台了一些救助政策，但是，在天天病患排队"门庭若市"的大部分医院，很难专门定期安排人员下乡筛查，只能等待病人上门，而且无法实现对先心病患儿免费进行筛查和医治。

心佑工程由李庆国团队的一群医护人员发起，只为能以医者的初心，利用团队的技术实力，帮助贫困家庭看不起病的先心病患儿手术，使贫困家庭能减轻负担，轻装上阵奔小康。他们的付出，何止是精神和体力上的？

凭李庆国、李小波等专家的技术实力，心血管中心成人和孩子的心脏手术早已做不完，在二附院 15 病区连走廊都铺上了病床，躺着等待手术的病人。况且，心佑工程救治的又是贫困家庭先心病患儿（者），单从经济效益计算，一台成人心脏手术的费用少则 10 来万元，多则几十万甚至上百万元，而一个简单先心病手术费用只有 3—5 万元，也就是说，一个成人心脏手术的经济价值远远高于先心病患儿（者）手术几倍甚至十几倍，似乎没有必要把精力放在简单先心病患儿身上。

心佑工程照片记录墙。

所谓"增加医院自身的经济效益",根本无从谈起。

而且,病床周转率是医院考核各科室的重要指标,与科室的业绩、医护人员的奖金直接挂钩。一个简单先心病患儿从入院到手术再到康复出院,加上申请救助基金的时间,需要住院十天至十五天,一个复杂先心病患儿则需要十五天至三十天,有的危重先心病患儿甚至需要两个多月。

某种程度上说,对于心血管中心而言,心佑工程可谓"劳民伤财"。

作为公立医院,对于药品、耗材都是零加价,进价多少钱,开给病人就是多少钱,医院还要贴上保管、管理、流通和人力成本的费用。

心佑工程在救助这些贫困家庭先心病孩子的过程中,医院往往减免了很多原本是医护人员劳动报酬的费用,简单说就是医院不挣钱,医生护士由于减免了原来可以作为奖金基数的费用,也没有增加收入。

两年前,异地就医的医保报销比例同比当地就医要低许多,很多地区还不能转诊同步结算。近两年,大多地区异地就医的报销比例虽然提高了许多,也可以转诊同步结算,但是,仍然有很多家庭承担不了不在医保报销范围内以及需要自费的部分,此外还有住院期间吃喝拉撒的花费。

更有许多失去了最佳手术时机的复杂先心病患儿,术后如徐婷一样还需要服用药物,而许多药物也是医保报销不了的。

还有一些家庭连每人每年二三百元的医保费用都交不起,患儿所有的手术费用只能自费!

面对这样的情况,心佑工程的工作人员要去联系各类社会救助基金和公益基金,甚至寻求媒体帮助向社会大众募集爱心资金。

基金审批总有一个过程,常常是患者手术结束要出院了才能到位,而且最终审批下来的救助金也只是实际手术治疗费用的一小部分。

通过媒体向大众募集救助资金,需要有人去讲故事,而且得会讲故事,还要有一个传播发酵的过程,而孩子的手术不能等。

这种情况下,患儿的手术费用就只能由医护人员先行垫付。

其实,每一个得到心佑工程救治的孩子及其家庭,都承载着李庆国团队医护人员的付出——技术、体力、精力,更有经济上的奉献。

做心佑工程,李庆国团队的每个成员都捐过款,而且不止一次。尤其刚开始的时候，社会公益慈善基金没有落实到位，或时常发生变化，社会赞助有限，而孩子又亟须手术，这时孩子的医疗费用基本上都是由医护人员捐款垫底的。

一般来说，先心病患儿（者）的手术救治费用中，材料费和药品费要占一半，还有手术费、护理费、检查费、床位费、诊疗费等。材料费和药品费是市场价，无法减免，只能在救治和手术过程中的人力、技术费用上做文章，而医护人员的奖金基本上是靠这些计算的。

以平均一个孩子的救治费用为5万元计算，其中人工与技术费用约为1.5万元，心佑工程已救治了405个孩子，就是600多万元。

其实，要算经济账，还有一大笔：正常人到医院做一次心脏彩超就需要280元，还不算挂号费。七年间，心佑工程团队已为5万名群众进行了先心病筛查，都是免费的，这要是都收费得收千万余元！

这些尚不包括医护人员的差旅费、人工费和捐款。

张博晴有一次捐了600元，按照规定，捐款要登记并配发证书，但是他拒绝了。

有一个孩子手术做完要出院了，孩子的家长对耿直说没有回去的路费，耿直正好发了500元夜班补助，二话没说立即从身上掏出来，全部给了孩子家长。

邵峻开了一个微信公众号"开心的邵伊森"，由于文章写得好，经常得到一些网友的打赏。2018年，打赏累计到1万元，邵峻全部捐给了心佑工程。

2016年，汪露生了二胎，爱人会买一些玩具给孩子，但总发现刚给孩子买的玩具常常"不翼而飞"，后来才知道这些玩具都被汪露带到了医院，送给接受心佑工程救助住院手术的先心病孩子了。

作为心佑工程的主要发起人、二附院心血管中心的学科带头人，李庆国一家几乎都成了心佑工程的志愿者和义务宣传员。

李庆国的爱人庄艺是南京艺术学院的一位老师，她的微信朋友圈里时常有关于心佑工程的介绍，平时只要有机会就向别人介绍心佑工程。

因为忙于学业和事业，李庆国结婚较晚，心佑工程发起时，他的大女儿正在上小学二年级。

　　为了培养女儿乐于助人的品德,他经常给女儿讲贫困家庭先心病儿童生活的艰难,需要大家的关爱和帮助。于是,女儿不仅把自己的压岁钱和玩具捐给这些住院的小朋友,而且喜欢画画的她画了很多画贴在医院先心病患儿的病房和走廊的文化墙上。这些画不仅给病房增添了色彩,也减轻了住院孩子的压力,活跃了他们的生活。

　　学校老师对她的行动很是赞赏,在老师的帮助和支持下,她还专门在班里发起成立了"心佑工程小分队",经常跟着老师到医院病房里慰问和看望那些住院手术的先心病儿童。

　　不仅如此,女儿甚至参与到了父亲为先心病儿童做手术的过程之中。

　　2016年,李庆国专程前往新疆克州为十二岁的女孩阿丽娜做先心病手术。

　　女儿听爸爸说,阿丽娜姐姐病很重,手术难度大,她专门画了一张画,要爸爸带去送给她。女儿还特意录制了一段视频,她在视频里说:"姐姐,这张画送给你,画上有两个小朋友,一个是你,一个是我。给你手术的是我的爸爸,他很厉害的,你不要害怕,加油!"

　　本来,阿丽娜在手术前因为害怕,精神很紧张。

　　李庆国将女儿的画送给了她,又把女儿录制的视频给她看。阿丽娜看完视频马上开心地笑了,精神也不紧张了。

　　这些心佑工程背后的点点滴滴,又有多少人知道?

　　尽管如此,他们从没有后悔,没有放弃,没有退缩!

　　但行好事,莫问前程。

　　不畏浮云遮望眼,只缘身在最高层。

第八章 一片冰心在玉壶
心佑工程团队人物素描

一个人是谁并不重要,重要的是当他站在那里的时候,在他身后站着一群什么样的人。

人物素描之李庆国

当年从滨海县八滩医院走出来的李庆国,那个腼腆、憨厚、勤奋的村娃子,如今已是颇有名气的心外科专家、教授、博士研究生导师。

李庆国平时西装革履、衣着整洁,永远给人一种干净利落、彬彬有礼的印象。

西装革履、彬彬有礼,这是李庆国对二附院心血管中心医护人员的素质要求。他说,作为医生、护士,特别是心外医生,首先要对自己所从事的职业给予充分的尊敬。

李庆国把心外科医生这个职业看得很崇高、很神圣。

他常说两句话。头一句是:"竭尽所能去挽救每一个生命,是我们医生最基本的职业素养,作为心外科医生,不到万不得已绝不轻易放弃。"即对待危重心脏病人,只要尚有一线生机,就绝不放弃抢救和手术的机会。因此在二附院,只要有病人送过来,只要找到李庆国,他从没有拒绝和放弃的。

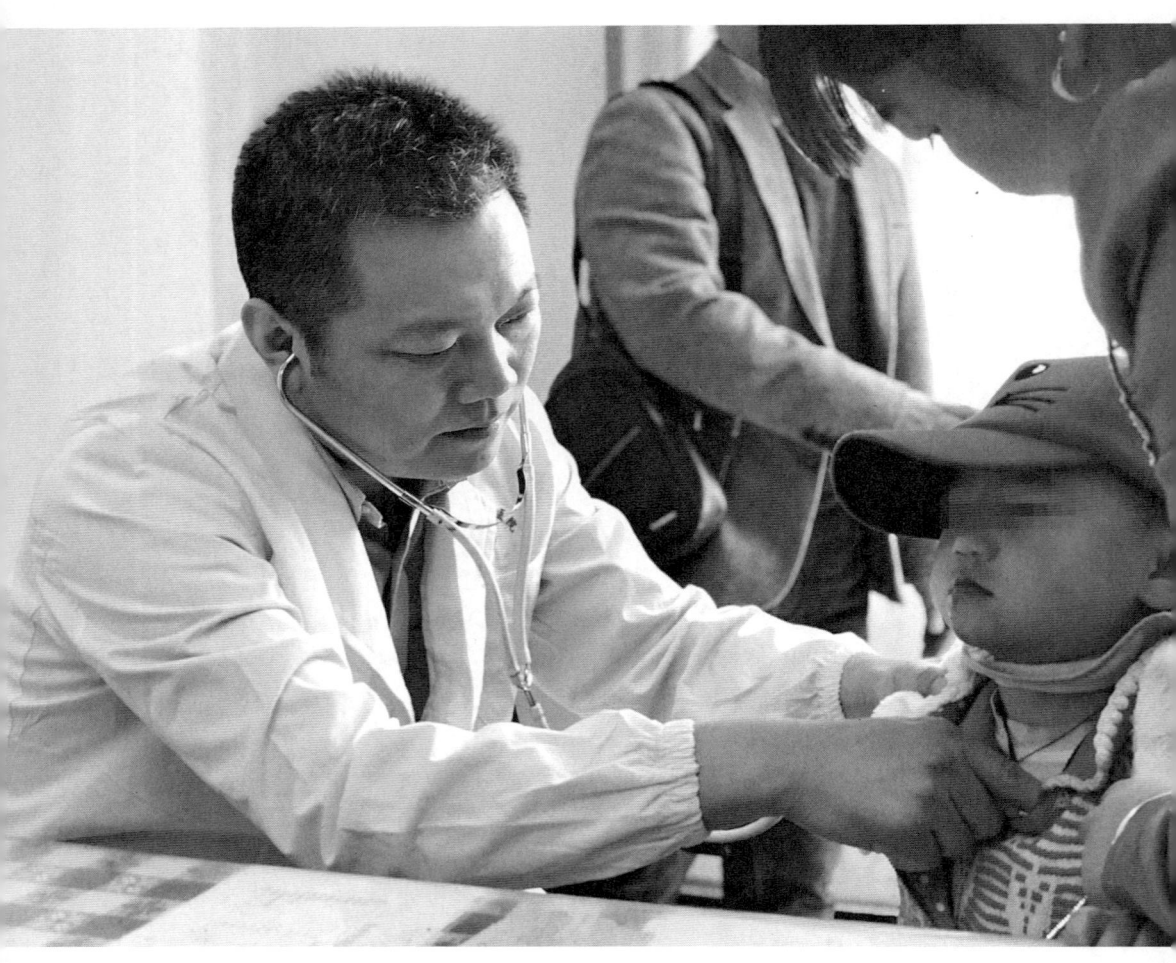

李庆国说:"公益不是一件华丽的外衣,咱们做心佑工程,踏踏实实地做,一点一滴地做,不求鲜花与掌声,只为一份踏实和心安。"

从鼓楼医院到南医大二附院后，李庆国收治过许多从其他医院转过来"被判了死刑"的危重病人，经历过一次又一次高难度的手术挑战，让一个又一个危重病人从死亡线上回到人间。

在二附院心血管中心，无论是小儿心脏手术还是成人心脏手术，成功率都很高。七年来，心佑工程救治的先心病患儿手术均获成功，无一例外，没有一个孩子倒在手术台上。心血管中心的走廊上、楼梯口挂满了锦旗，锦旗上什么样的感谢话语都有。

李庆国的第二句话是："医生看病，既要看病，更要看人。"即医护人员要把病人当作自己的亲人、家人，对他们关心、尽心。

李庆国说，每一个病人身后都有一个家庭，都有亲朋好友，医生看病不能居高临下，要学会尊重病人，要站在他们的角度去制定手术治疗方案。"将心比心"，这是李庆国经常挂在嘴边的。

李庆国认为，对于所有的医患矛盾，作为医院、医生和护士，首先要检讨自己身上存在的问题。一个巴掌拍不响，如果医院、医生、护士的服务更周到一些，治疗更用心一些，手术更完美一些，大部分医患矛盾是发生不了的，即使有了误会也很容易消除。

二附院心血管中心自成立以来，没有发生过一例因医疗事故而引起的医患纠纷。

二附院心外科组建后，几乎所有的简单先心病手术，像房间隔缺损、室间隔缺损、动脉导管未闭、肺动脉瓣狭窄等，都采用了介入、小切口微创无血手术，而不在胸口上大切口。

修补心脏畸形的手术，从胸口切开，心脏呈现在面前，缺损畸形一目了然，手术自然容易。反之，在右侧腋下通过肋骨间隙修补心脏畸形的手术，相对而言难度、风险会增加，医生自然会麻烦一些。因此，一直以来很多医院都是采用大切口手术的。

李庆国认为，医生如果怕一时麻烦，孩子就会一辈子麻烦，简单先心病手术从胸口切开修补心脏畸形，有可能造成胸骨愈合畸形，更会在胸口上给孩子留下永久的伤疤，而且伤疤会随着孩子成长而长大，特别是对女孩来说，影响身体的美观，自然也会影响孩子的心情和自信，甚至影响孩子的命运。

李庆国说，想想如果患者是自己的女儿，会怎么样？

耿直曾经自豪地说，在二附院做简单先心病手术的孩子很容易辨认，看看胸口有无疤痕就知道了。

我在跟随心佑工程团队医护人员前往苏北农村进行先心病筛查和复查时，果然发现接受心佑工程免费手术的简单先心病孩子，大多是在右腋下找到手术的小疤痕或者在大腿根处才能找到已经愈合的针眼，不仔细找根本发现不了。而许多在其他医院做简单先心病手术的孩子，一解开衣襟，胸口正中就是一道长长的手术疤痕。

对于简单先心病手术，1966年Rashkind开发房间隔切开术，开创先心病介入治疗的新纪元，20世纪80年代初期开展先心病介入治疗。进入21世纪，国产器械问世，先心病介入治疗在我国得到广泛开展，中国先心病介入治疗出现划时代的变化，从此走出"丑小鸭"时代。手术切口缩小且隐蔽，使心外科手术更容易为患者所接受。

近两年来，小切口、介入手术技术已经开始普遍应用于普通先心病的手术。心外科技术正迎来微创大潮，全国越来越多的医院开始常规开展小切口、侧切口和腔镜手术，其中二尖瓣病变（29%）、简单先心病（40%）和房颤（9.8%）居微创手术前三位。

然而在这场微创大潮中，简单先心病的微创手术率仍然只占40%。

在这一点上，心佑工程帮助手术的孩子很幸运。2014年起，李庆国团队就对简单先心病患儿全部采用这一技术了。

在二附院心外科，小儿心脏方面的复杂先心病由李小波主刀，成人心脏方面的重大手术由李庆国主刀。尤其是成人心脏方面主动脉夹层之类的重大疾病，一是发病突然，二是多在晚上送来，三是必须迅速组织抢救，麻醉、手术、重症监护都得上，争分夺秒，每抢救一个病人都像一场战斗。

身为医院副院长和心血管外科学科带头人，又是心外科大手术的主刀，李庆国的手术排得很满，学术研究、医院院务方面的工作也很忙，闲下来的时间不多，但心佑工程一直占据着李庆国的心，再忙也不忘。

2019年8月，我在二附院目睹了李庆国快节奏的一天：

早上八点，正常查房、开会；

九点，开始一台手术；

十二点，手术结束，换下白大褂，与耿直开车出发去盐城市人民医院洽谈先心病救治合作事宜；

晚上八点，赶回医院；

晚上九点，上手术台，这是一台大手术，做到次日上午八点才结束。

南京到盐城300多公里，仅路上来回就需要六个多小时。而通宵手术到第二天上午八点的李庆国，当天又排了两台手术，还要开一个会，为第四批青海先心病患儿安排手术。

每天，李庆国基本上都是这么过来的。

作为二附院的副院长，医院本部有李庆国的办公室，但他只有到本部开会时才会去一下，平时基本上不在。李庆国在他的心血管中心病区有个办公室，不大，与心血管中心副主任李小波两人共用。一道屏风隔开，里面放了一张小床，有时通宵手术完了就在床上躺一会儿。

因为心佑工程，因为常常应邀参加学术会议、专家会诊和手术等，李庆国出差频率很高，行李箱就放在办公室，处于随时出发的状态。

2019年9月10日下午，我约了李庆国采访。他是晚上十点的飞机去西宁，五点时我起身告辞。我说，你今晚要出差，赶快回去与老婆孩子吃个晚饭告个别吧。他笑了笑说，早上上班时已告别过了，不回去了，一会儿直接从办公室去机场。因为忙，李庆国的爱人与孩子自然会有些意见。不过，李庆国处理得很有智慧，妻子和孩子不仅已经习以为常，而且很理解他。

耿直因为天天在外奔波，顾不了家，结婚时间不长却让年轻的爱人独守空房，连周末看场电影、吃个晚饭的机会都很少。爱人有意见，耿直也觉得挺委屈，小两口一度有点小别扭。李庆国知道了，对耿直说："赶紧向爱人认错。你成了家，娶了人家，照顾不了家，照顾不了她，人家说几句气话，发泄一下怨气，都在情理之中，理所应当。咱们理亏，态度要端正，就不能跟人家争什么啦！"这是李庆国的经验。正因为有这个态度，他的妻儿才对他报以最大的理解。

第八章　一片冰心在玉壶

李庆国经常向科里成了家的医护人员传授夫妻相处的秘诀：无论一个家庭还是一个单位，都得有人付出更多，当你对家庭付出较少时，就要有一个良好的态度，人家讲什么就应什么，心里就算不服也不要争辩，哪怕她误解了，讲错了，你受了委屈，也得认真听着，勤点头，至少可以让人家心里舒服些，事后再解释不迟。

虽然西装穿在身，但是李庆国骨子里依旧保持着苏北人的憨厚、朴实和谦卑。不仅是先心病患儿的救治，每一个得到心佑工程手术救治后康复的患儿（者）也是李庆国心中的牵挂。

2016年，克州女孩阿丽娜因为先心病病情严重，不适合长途奔波，李庆国专门带着助手和手术器材飞到克州为阿丽娜做手术。

此次行程中还有一项安排，就是去看望心佑工程第一批救助的两位克州先心病患儿。其中，大男孩托依达力的家在玉奇塔什草原，距克州首府阿图什市350公里，因为是山路，路上需要六个多小时，来回就是十多个小时。

布拉克对李庆国说，你行程太紧，不然打电话叫托依达力到阿图什来吧。

李庆国考虑到当时正是草原放牧的季节，牧民们正忙，不能影响他们，坚持要去托依达力的家看看。

李庆国带着助手早晨六点出发，颠簸了六个多小时，终于到达玉奇塔什草原。

在一顶帐篷门口，迎接他们的正是托依达力。两年过去了，托依达力不仅身体恢复健康，而且已经是新疆大学建筑设计系的学生。

托依达力一家专门宰了一头羊，以当地最隆重的礼仪，接待远道而来的儿子的救命恩人。

围坐在毡房内，布拉克与托依达力情不自禁地跳起了民族舞蹈，面对此情此景，李庆国脸上笑开了花。

值得一提的是，江苏省对口援助克州前方指挥部鉴于克州是先心病高发地区，与江苏省人民医院和苏州大学附属医院发起成立了"润心计划"，"继续进行先心病免费诊治"。"润心计划"由内地派心外医生定期到克

李庆国赴新疆给先心病患儿手术时,专程前往玉奇塔什草原为康复后的托依达力复查。

第八章 一片冰心在玉壶

州进行先心病筛查和手术，在此过程中，培养克州当地心外医生，解决克州普通先心病的手术治疗问题，这样不仅省却了克州先心病患儿及家长的长途奔波之苦，也可以节约费用。

授人以鱼，不如授人以渔；骑车带人，不如教会人骑车。

三年来，"润心计划"不仅救治了 100 多名当地先心病患儿，而且培养出了克州本地的心外医生，他们已经能够开展简单先心病手术。

2017 年 12 月 26 日，李庆国作为中组部、团中央第 18 批博士服务团成员到青海挂职，任西宁市市长助理，协助分管卫生的副市长工作。这使得李庆国对青海的心血管类疾病发病及治疗状况有了更深入的了解。

任职虽然只有一年，但李庆国为改变青海地区心血管疾病发病率高，而心血管外科在很多领域比较薄弱的状况，发挥了建设性的作用。

——一年中，李庆国帮助青海省心脑血管医院等开展了 A 型主动脉夹层、冠心病心脏不停跳搭桥等 40 多例手术。

——李庆国大胆创新专科疾病整治新模式，与同批挂职青海省人民医院心脏内科的张虎博士共同成立心血管病联合门诊，解决了很多病人得了心脏病却不知道该看心脏内科还是心脏外科的问题，为很多病人提供了合理化的诊治建议，为多名病人进行了手术及介入治疗。

——2018 年 7 月，李庆国牵头组织了"江苏—青海心脏大血管学术论坛"，邀请了江苏省医学会心脏大血管学会沈振亚主任一行 10 余位专家与会，这使得江苏、青海两省心血管专业合作成为常态。

——2018 年 9 月，李庆国邀请南京医科大学第一附属医院 6 位专家到达西宁，牵头组织举办了"2018 年江苏医疗援青工作会议暨人才与学科建设论坛"。李庆国促成南京医科大学第一附属医院心脏中心在青海三家医院投资 60 余万元，免费帮助当地医院建立了心脏冠脉分中心，帮助西部地区开展冠心病诊治工作。

——2018 年 9 月，作为学科带头人，李庆国依托青海大学附属医院，申请成立青海省心血管临床医学研究中心和青海大学心血管中心，切实帮助推动了青海地区心血管专业的发展。李庆国成为青海大学附属医院特聘专家、博士研究生导师，着力青海心血管医学专业人才的培养。

人物素描之李小波

生长在上海,喝黄浦江水长大,为人低调、不喜张扬的李小波出生于军人家庭,父亲曾经是跟随许世友、聂凤智、迟浩田等将军转战南北的军医,是军队放射性损伤与防护方面的专家。

李小波本人也是军人出身,有三十年的军龄,不过受家庭环境影响,长大后成了白衣使者,从事小儿心脏病专业三十余年。

身材颀长的李小波,温文尔雅,讲话慢声细语,我在他的办公室,亲眼见过他接待几位并不贫困却想占心佑工程便宜的先心病患儿家长及陪同亲友时的情景。当时他们强词夺理,咄咄逼人,蛮横不已,我作为旁观者都急了,李小波却不急不躁,耐心细致,不厌其烦地与他们讲道理。

我不禁怀疑李小波这辈子是否有"义愤填膺、怒发冲冠"的时候。

李小波是小儿心脏病专家,擅长各类复杂先心病的手术、成人心脏病的再次手术,在全国像他这样的小儿心脏专家应该不超过 30 人。

人们都知道,家人得了大病、重病要往上海、北京的大医院送,因为那里不仅有先进的医疗设备,更有一流的专家。

李小波就是上海小儿心脏方面的专家代表,全国各地慕名找他做手术的人天天都有。

李小波到了南京,很多先心病患儿的家长就找到了南京。

1963 年出生的李小波在手术台上身经百战,事业正处于高峰期,原来的工作单位国内外知名,给他的待遇不低,父母和自己的家也都在上海,他却在此时走进了南京医科大学第二附属医院心血管中心,加入了李庆国的团队。

李小波说,这个选择并不属于偶然。他说,一条路走的人再多,志同道合的不过几个,遇上了,错过了,再回头,可能已来不及去牵他的手,余下的只能留待梦中。

二附院心血管中心便捷高效、张弛有度的一站式一体化工作环境,以及憨厚朴实、说话带笑、永远满面春风的李庆国和他年轻、团结、民主、充满爱心的团队,深深吸引了李小波。

对于心佑工程，李小波觉得，作为由医务人员发起和组织的旨在救治贫困家庭先心病患儿的公益活动更纯粹、更真诚。救治每一个先心病患儿，不仅仅是技术、体力上的付出，而且还有利益上的付出，这在公益活动中难能可贵。

李小波虽性格温和，但思想独立。在多年的小儿心脏救治工作中，他看到了医疗体制中官本位带来的弊端，他看不惯市场化后某些医院包括某些专家为了经济效益而不择手段的情形。

长期处在治病救人一线，这些年，李小波目睹了许多怪现象。

有患者要做一个阑尾炎手术，手术本来很简单，但医院让患者住院挂水，结果挂到穿孔；手术排期从第一天早上改到第二天下午；手术时本来局部麻醉就行，却给患者上了全麻，更过分的是还上了腹腔镜。

杀鸡用宰牛刀。

一个阑尾炎手术花了 5 万元。

在胸外科，肺大泡、肺小结节这种手术很简单，打一枪就可走人，一天可以打 20 枪。但病人送到医院后又是做 CT，又是做胸腔镜，五天才打一枪，结果费用算下来 6 万元。

李小波对自己的定位很明确，他就是一个医生，想在一个商业利用弱化、学术氛围浓厚的工作环境中，取长补短，相互学习，攻克一个又一个难题，不断提高自己的业务水平，救治更多的生命。

当李小波准备换一个让他心情舒畅、价值取向一致的工作环境时，有好几家医院找过他，但他到了南医大二附院心血管中心后，决定留下来。

从考察到入职，李小波仅仅用了一周的时间。

李庆国后来跟我说，他原本虽然知道李小波，但并不了解，可当他看到李小波自信、沉着、坚定的眼神时，他立即感觉到这正是他们团队需要的专家和合作伙伴。

李小波不仅拥有一流的小儿心脏疾病手术技术，还是一位有情怀、有大爱的专家。他之所以选择李庆国的团队，还有一个因素，就是心佑工程。

李小波是许多公益组织的志愿者，参加过多个救助基金项目，贵州、山东、江西、福建等老区都有他的身影，他到二附院之前一直在做这些公益活动。

最让李小波难忘的是，他曾经在六年里去了六次西藏阿里，参加"爱里的心"救治先心病儿童公益活动。

李小波是"爱里的心"主力专家。"爱里的心"每次都会请北京、上海许多大医院配合，每次专家都会换，唯有李小波没换过，直到他加入了心佑工程。

李小波觉得，作为由一线医务人员发起和组织的旨在救治贫困家庭先心病患儿的公益活动，心佑工程更纯粹、更真诚。救治每一个先心病患儿，对医护人员来说，不仅是技术、体力上的付出，还有利益上的付出，这在公益活动中难能可贵。

也因此，李小波加入李庆国团队后，立即参与到心佑工程中，跟着大家下乡筛查，承担了几乎所有的复杂先心病患儿的手术，挽救了许许多多其他医院专家放弃治疗的患儿的生命。曾被五家医院拒绝手术的半颗心的女孩悦悦的成功救治案例，只是其中之一。

六岁的崔明旺出生之后，发育缓慢，身体一直长不开，就连哭声都比其他小朋友微弱，身高与体重比同龄人落后一截。

家人带明旺去了上海一家医院，检查发现他患上的是一种很棘手的先心病——肺动脉闭锁合并室间隔缺损和动脉导管未闭。

肺动脉是右心室的出口，身体循环静脉回流的血液从右心房进入右心室，再由右心室进入肺动脉进行气体交换，以后再进入左心房，继而入左心室经由主动脉射向全身。

肺动脉是静脉血通往肺部的主要血管，肺动脉闭锁合并室间隔缺损和动脉导管未闭，使得崔明旺的血液无法像正常人那样到肺部进行氧合，而这样很少见的严重先天性心脏血管畸形手术难度极大，风险也很高，医生直摇头。

崔明旺六岁了，病情加重，面容紫绀，走不动路，活动能力很差，一家人陷入了绝望。当父母带着他来到南京走进二附院的时候，李小波检查发现，小明旺已经错过了手术的最佳时机，自身肺动脉差，肺血主要靠体肺侧枝血管供应，手术的难度剧增，这样的手术无疑成功率低、死亡率高。

小明旺虽然喘口气都已吃力，但两只大眼睛滴溜地转，对没见过的东西依然充满好奇。

李小波不忍一个可爱的生命还不曾长大就要凋零，决定挑战这个不可能。

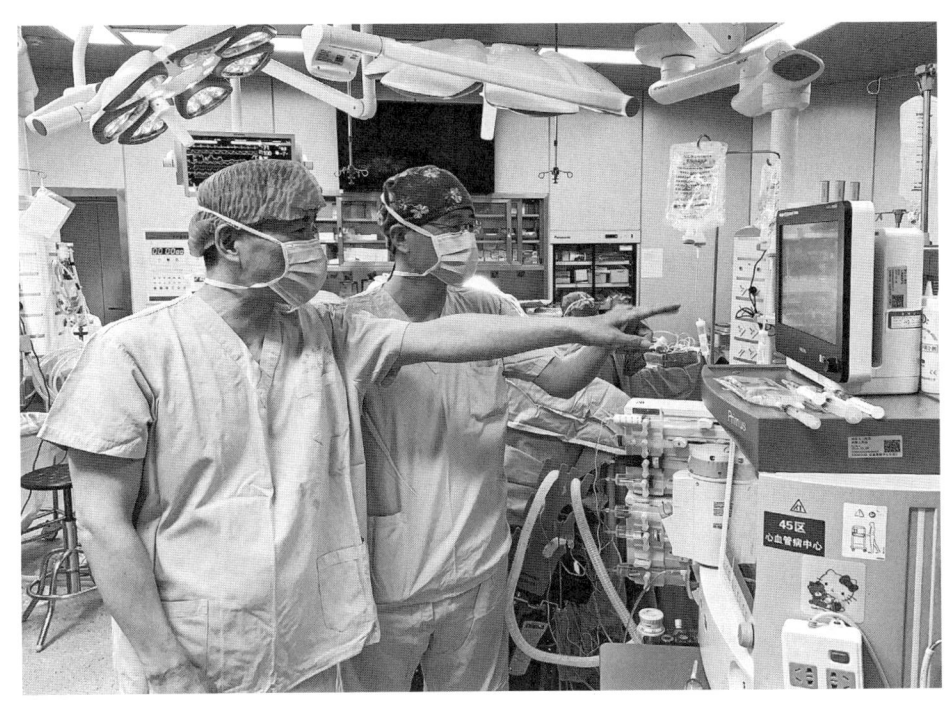

李小波说，复杂先心病手术常常惊心动魄、争分夺秒，手术过程中历尽千辛万苦，但是手术成功后，最后看到我们手术的结果是完美的，看到患儿畸形的心与正常孩子的心一样跳动，大家心里都很开心，也随之忘却一天的疲劳，感觉值了。

手术计划多次调整，目的在于一点一点拓开原本没有的肺动脉。

长期缺乏正常血流供应的肺部，有着很多细小的侧枝血管，这些侧枝血管的存在就像私自搭建的违章电线，一方面它们使得原本没有正常血液供应的肺部得到了一点少量的血流供应，另一方面它们不是正常的供血血管，在安全性、耐久性和血流控制方面会产生很大的不利影响。

在手术中，李小波打算用合适的人工血管重建原来没有的肺动脉，同时拆除已经形成的侧枝血管。

人工血管的选择与重建又谈何容易？血管选大了会导致原本缺乏血流供应的肺部难以适应如此大的流量，就像一块久旱的土地突然遭遇洪水，会产生致命的影响；血管过小则不能提供足够多的血流。

手术将不得不分多次进行，逐步更换合适的人工血管，使得崔明旺能够健康长大。

由于崔明旺的心脏病极为复杂，第一次手术之后就遇到了很多问题：较差的心脏功能需要很多药物的帮助才能维持跳动，而长期缺少血液供应的肺部更是使得崔明旺在手术后肺部功能极差。

第一次手术，李小波与助手们在手术台上整整工作了七个小时，崔明旺终于脱离危险。

李小波说，经过了第一次手术以后，崔明旺将来还要面对二次手术、三次手术，而后期的手术将要面对组织的粘连、解剖结构的破坏，手术难度比第一次手术还要大。

但是，李小波有信心、有把握做好接下来的手术，千方百计，只为崔明旺的心脏能与正常人一样跳动。

李小波对我说，复杂先心病手术常常惊心动魄、争分夺秒，手术过程中历尽千辛万苦，但是手术成功后，最后看到我们手术的结果是完美的，看到患儿畸形的心与正常孩子的心一样跳动，大家心里都很开心，也随之忘却一天的疲劳，感觉值了。

虽然上海到南京的高铁很多，行程时间也不长，但是来往高铁站上车下车也是很折腾的。

李小波平时手术排得也很满，只能利用节假日回上海的家。而心佑工程都是利用周六、周日的时间下乡筛查,这样一来,他回家的机会就变得很少,常常是想回家的时候又接到需要做大手术的患儿。

虽然心佑工程的手术是义务劳动,但李小波觉得很充实、很快乐。他觉得自己能够尽力多救治几个先心病患儿,让他们拥有一颗健康的心脏,值!

人物素描之汪露

个头不高、形象可人的护士长汪露是二附院心血管中心的大管家,除了护理工作还负责全中心的后勤保障。

汪露为了跟随李庆国来二附院创办心外科,提前半年辞职,做了半年的待业青年。

十八年职业护理生涯,养成了汪露温柔、细致、耐心的性格和脾气。她觉得,要做好护士工作,爱心、关心、耐心、责任心、微笑,一样都不能少,不能忘记当初头戴燕尾帽身穿白大褂,站在南丁格尔画像前许下的誓言:燃烧自己,照亮别人,救死扶伤,不求回报。

汪露是心佑工程的主要发起人之一,心佑工程自然是她的牵挂。

2014年,汪露刚刚到二附院参与创建心外科,她的女儿才六岁,正上幼儿园大班。心外科开张,接着心佑工程启动,她经常要出差,下乡义诊、筛查,根本顾不上家里和孩子。

汪露的爱人很大度,对汪露从大医院中层干部位置上辞职表示理解,对她所忙活的事业也给予了支持。他是南京大学毕业的才子,原本在一家生物科技公司上班,为了家,为了孩子,也从单位辞了职,忙家务,接送孩子,成为"家庭妇男",这样保证了汪露能够说加班就加班,说出差就出差。

早期心佑工程苏北行大义诊、大筛查,汪露不仅仅是组织者,有时候还兼任司机。

因为义诊、筛查都安排在双休日,为了赶时间,汪露和伙伴们周六早

汪露觉得，要做好护士工作，爱心、关心、耐心、责任心、微笑，一样都不能少，不能忘记当初头戴燕尾帽身穿白大褂，站在南丁格尔画像前许下的誓言：燃烧自己，照亮别人，救死扶伤，不求回报。

晨六点起床，七点多就上了路，一天要跑好几个乡镇，十分辛苦。

2016年冬，汪露开着她心爱的"蒙迪欧"私家车带耿直到泗阳县联系安排先心病筛查。泗阳安排妥当后，他们急着赶回南京，中午饭没顾上吃就上了路。

在上高速的时候，本来走在右道上的一辆卡车突然左拐调头，汪露没有思想准备，眼看就要撞上了，她立即打方向盘左转，只听"砰"的一声，她开的车被抛了起来，直接冲上了隔离带。

隔离带撕开的铁皮，从车窗刺进来，把副驾驶的椅子都穿破了。

个头高、平时喜欢坐在汽车前排的耿直，吓得一身冷汗，因为那天他正好有点疲劳，想眯一会就坐在了后面，如果坐在前排的话后果不堪设想。

这场车祸把汪露吓呆了，半天回不过神。

李庆国闻讯后，立即开车从南京赶了过来。

汪露的车被拉到了4S店。"蒙迪欧"是美国福特系列的一款，一向以结实著称，修车师傅发现这车不仅外壳撞烂了，而且发动机也被撞坏了，师傅直感叹："一个护士能把车撞成这样，不简单！"

有道是，三分病，七分养。

心脏病的术后护理对患者手术效果的巩固和身体的恢复十分重要。

心脏病护理尤其是先心病患儿的护理与其他疾病护理不同，相比于其他器官，心脏地位特殊而且脆弱，先心病患者大部分是儿童，因而不能用成人护理的方法对待他们。

心佑工程救治的先心病患儿多是农村贫困家庭的孩子，比起城里的孩子要自卑、内向些。汪露经常对护士进行培训，让他们护理要用心，对患儿多欣赏、多鼓励。

来自连云港的胃癌晚期病人姜旭奇十五岁的女儿毛丫由于智障，没上过学，没有出过家门，平时也没有孩子跟她玩，反应迟钝，很自卑。刚住院时话不敢讲，头不敢抬，不敢看人，动也不敢动，坐在那儿发呆。

汪露主动与她交朋友，逗她开心，把自己的衣服拿给她穿，这让毛丫感受到了从未有过的温暖和爱。很快，毛丫把她当成了大姐姐，也把她当作了妈妈，性格逐渐开朗了。

出院的时候，毛丫抱住汪露，依依不舍。

来自新疆、青海、西藏的小朋友住进医院后，初到陌生的、与自己生活地区完全不同的环境，开始时很紧张，虽然大点的孩子会讲普通话，但语境不一样，也不敢讲话。

汪露不仅一日三餐专门为他们订民族饮食，还主动与他们接近，并从家里带来许多玩具，教他们玩。

孩子们看到穿白大褂的管床医生会害怕，汪露就根据管床医生的形象特点，给他们起了好记又可爱的绰号，如伏超医生脸上满是络腮胡子，就叫"大胡子医生"，有个医生胖乎乎的，就叫"毛毛虫医生"，孩子们一听就笑了。甚至手术出院回去几年了，还记得"毛毛虫医生""大胡子医生"。医生们也十分配合，有时间也会经常逗他们开心，这些孩子与医护人员都成了好朋友。

家住安徽明光的高女士跟爱人一起在高淳打工，她做梦也没有想到，自己的第三次怀孕会是三胞胎。

高女士发现自己怀孕时，因已有两个小孩，自己身体又不好，正吃着药，起初不打算要这个小生命，因此用药没有注意。

身体稍好些的时候，高女士决定去做流产。可就在做完B超后，医生告诉她，她的肚子里有三个小生命。

高女士懵了，这样的奇迹居然会出现在自己身上？！

犹豫再三，舍不得三个小生命离开，高女士毅然决定将这三个小生命生下来。

怀孕第三十五周的时候，高女士依然跟往常一样干活，可是三个小生命在肚子里开始不安分起来了，家人赶紧将她送到离家最近的医院。

2017年8月20日，三朵金花提前出生呱呱坠地，每个婴儿只有2公斤重。宝宝被送到了新生儿的保温箱里，一个月后才来到高女士的身边。

高女士发现，其中两个宝宝回到家后就不间断地感冒、咳嗽和发热，家门口医院的医生诊断为支气管肺炎，可是治疗了几个月仍不见好转。

2017年底，高女士一家人带着孩子来到南京医科大学第二附属医院儿童医院就诊。二附院儿童医院的医疗水平、护理质量、就医环境和服务标准均为国内先进水平，在业内首屈一指。

入院后，医生经过心脏彩超检查，结果显示是室间隔缺损、肺动脉高压，两个小宝宝老是生病的源头找到了——先心病。医生告诉高女士，宝宝此时手术正是时机，宜早不宜迟。

但是，高女士及家人犯愁了，五个孩子，三个嗷嗷待哺，夫妻俩都要打工，而且因为给孩子看病，已经借遍了所有的亲戚朋友。

无奈，高女士与家人商量后，决定放弃治疗，推说家里有事，要出院回家。

儿童医院的医护人员了解了高女士一家的窘境，告诉她，二附院心血管中心有一个心佑工程，可以帮助家庭贫困的先心病患儿治疗，他们来帮忙问问。

医护人员将高女士三胞胎中两个患先心病无钱手术的情况告诉了心佑工程的工作人员，得到的答复是可以帮助他们免费手术。

听到这个消息，高女士激动地哭了。

两个小宝宝被送到了心血管中心，李小波亲自为她们做了室间隔缺损修补术，而患儿由于长期静脉输液引起周围血管塌陷、硬化导致不易穿刺，因此还对其采用了锁骨下静脉穿刺术。

手术成功了，孩子太小，血液少，身体变化快，很容易出现问题，接下来就靠护理了。

汪露守在重症监护室，两眼紧紧盯着监护仪的屏幕。

到凌晨一点时，两个宝宝情况出现恶化，突然出现了心律下滑、血压下降，眼看心跳就要停了。

汪露立即喊来值班医生孙煦抢救，十多分钟的抢救中，汪露站在一旁，不停地按压复苏气囊，给孩子人工供氧供气。

孩子们的心跳恢复了，汪露坐在旁边不敢打盹，一直不停地为她们抽血吸痰。第二天早上，接班的护士到了，她不放心，依然没有离开重症监护室，两眼还是紧盯着监护仪屏幕，直到孩子的情况彻底稳定。

汪露守了整整二十六个小时……

两个孩子刚做了手术，需要营养，而高女士要哺育三个孩子，奶水根

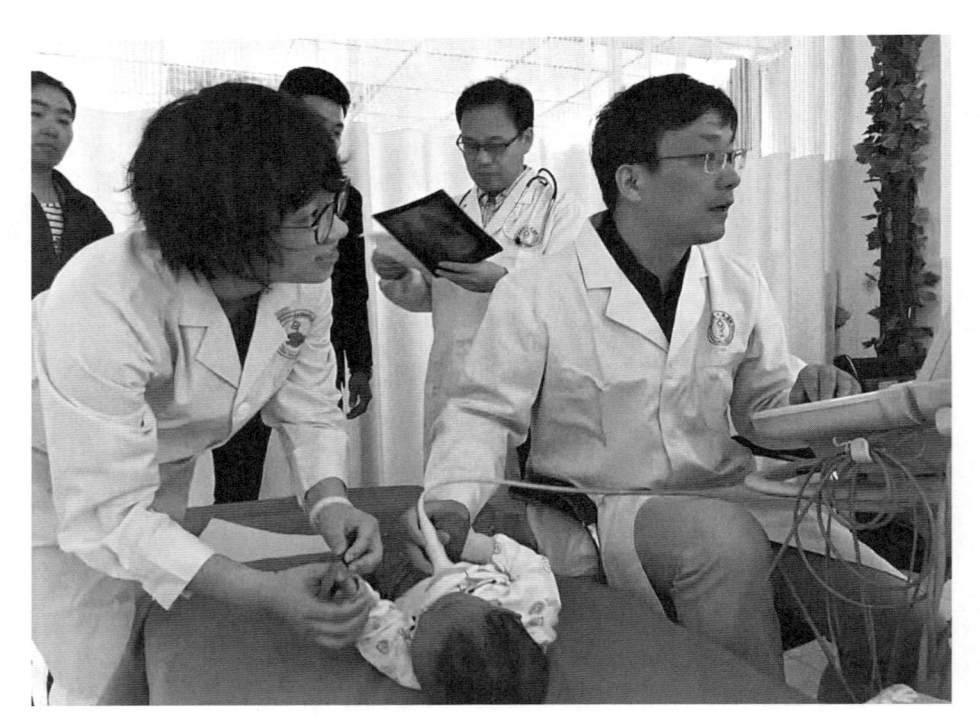

汪露、袁振茂和赵向东给青海患儿做检查。

本不够。汪露专门给孩子买了奶粉，孩子康复出院的时候，她怕高女士买不到同样的奶粉，特意为她准备了够孩子吃三个月的量。

为了心佑工程，汪露去过青海筛查，体会过高原缺氧的痛苦，苏北更是去了几十次，以及新疆、青海、西藏、贵州、陕北等地的患儿远道而来，他们的入院出院、迎来送往，汪露基本上都参加了。

近七年来，为了心佑工程，汪露虽然吃了很多苦，甚至遭遇过危险的车祸，但她很开心、很满足，因为在心佑团队对手术出院的患儿进行回访的过程中，无论是新疆、青海、西藏还是苏北，患儿和家长们都记得她，都会请回访的医生向她问好。这让汪露觉得很值得。

当然，汪露内心也深感愧疚，觉得这些年对不住丈夫和孩子，丈夫为了她牺牲了自己的事业，而她陪伴孩子的时间太少了。

人物素描之耿直

每次找耿直都很难，因为他不是在高原地区筛查，就是在去苏北筛查的路上。

江苏团省委主办的《风流一代》杂志曾经以《这个医生，走过苏北200个乡镇，筛查万名先心病患儿》为题介绍过耿直的事迹，称赞他"用脚步丈量苏北大地，为一个又一个先天性心脏病患儿带去重生希望的同时，也在践行着一名共产党员的职责与使命"。

耿直在大学就是学生会主席，而且还入了党；毕业后当过两年警察，做过派出所的内勤，相当于办公室主任，组织协调能力很强；又是心血管外科专业的硕士研究生，是心外科大夫。因此，自从他加入李庆国团队后，心佑工程的对外联络、组织、协调工作就自然地落到了他的身上。从新疆、青海、西藏、陕北、安徽、贵州到苏北，心佑工程所到之处都有耿直的身影。

苏北是心佑工程的重点工作地区，从2014年到现在，耿直的大部分时间都是在苏北的乡镇度过的。这些乡镇的名字和一些患儿的面孔重叠，深深地扎根于他的心底。

七年来，耿直为了心佑工程，已经走过了苏北15个县的200多个乡镇，包括沭阳、泗洪、泗阳、宿城、宿豫、灌云、灌南、滨海、阜宁、响水、建湖、东台、金湖等，其中沭阳、泗阳、泗洪、灌云、灌南、滨海、响水、宿豫等县区的每一个乡镇都留下过他的足迹。

每到一个乡镇，耿直都会先把乡村卫生所、卫生院和防保所的医生集中起来，给他们做培训。耿直觉得，他们是预防先心病的第一道关卡，让他们了解先心病的常识，就能让更多患儿被更早地发现。

接着，是进行义诊和先心病筛查，每次义诊和筛查现场都热闹非凡，老人小孩很多。

如今心佑工程在苏北已经家喻户晓，成为响当当的品牌，群众不再质疑他们是骗子了，而把他们当作贵人、恩人，现场他们常常被围得里三层外三层，工作人员不得不手拉着手筑起隔离人墙，维持秩序。

在义诊和筛查时，耿直和团队伙伴几乎一刻不停地给当地孩子听诊、做心脏彩超。耿直记得，他与袁振茂最多一次在一个乡镇做了170多台心脏彩超，结束后腿都软了，耳朵都磨出了血。

有一次，他们在宿迁的学校筛查，为了不影响学生上课，6个人分成6个组，分别到各班级利用自习时间挨个听诊筛查，三天里筛查了15000人。

耿直是心佑工程的总协调人，他平时要联系县、乡卫健委有关部门和医院安排义诊、筛查，对筛查出来的先心病患儿要核实家庭收入情况是否符合心佑工程救助条件，对符合条件的要安排联系基金或募集费用，以及排手术期，进行术前准备，做好术后康复，患儿出院后还要进行回访。这些工作相当烦琐。

耿直的手机基本上没有安静的时候，他的微信朋友圈里也全是心佑工程的消息。

耿直的老家是沭阳，父母也在沭阳，但他每次回沭阳的时候很难得能回家里看望，都是电话问候。

因为平时医院的工作也很忙，所以心佑工程的义诊和筛查基本安排在周六、周日，但耿直负责打前站，一般周五晚上要赶到当地，周日忙完晚上再赶回，而且都是自己开车，回到南京通常已经深夜了。

耿直一直记着李庆国在那次谈话中说的：心佑工程不是做给人看的，不求鲜花与掌声，只为一份踏实和心安。

耿直在学校筛查。今天撒下的是种子,收获的将是先心病患儿"心"的希望。

大家带着超声设备、易拉宝、宣传材料，一个乡镇一个乡镇地跑，为了多跑几个乡镇，时间往往安排得非常紧凑，有的乡镇之间距离较远，中午只能随便吃一点就继续赶路。

耿直有一次曾在两天里跑了 6 个乡镇。有时，他会一个人到各个乡镇去联络，自己一个人开车，一路上也没人陪着说说话。困了，就到服务区停一会儿，用冷水洗把脸，然后继续赶路；饿了，买个 20 块钱的盒饭垫垫肚子。

耿直在苏北各县卫健委和乡、村医院、卫生所可谓大名鼎鼎，许多老百姓也都认识他，只要他来了，都会热情地邀请他到家里坐坐。

2016 年冬天，天寒地冻，南京下起了大雪。耿直一行结束了两天的灌南义诊筛查，启程回南京。

虽然微信朋友圈已经被南京的大雪刷屏，但是苏北还没有大面积下雪，耿直他们对于回程路况心存侥幸，有点盲目乐观。

下午三点不到出发返宁，上高速的时候天空飘起鹅毛大雪，他们只能以每小时 80 码的车速前行，沿途不断看到各种车辆碰撞事故。

越靠近南京雪越大，路面积雪情况越严重，打滑很厉害，他们降速至 50 码缓缓滑到二桥路口，结果南京绕城公路封路，前面排起了长队，无法前进。没办法只好在花旗营出口下高速，却发现高速口只下不上。好不容易从花旗营开出扬子江隧道，沿途又遇到高架封路，唯有另寻他路，30 码龟速前行。

待回到家一看表，200 公里不到的路程，竟走了将近九个小时，所幸安全抵达！

耿直还常常为心佑工程的救助资金发愁发急，为了推广心佑工程，他也算是拼了。

一次在沭阳老乡联谊会上，耿直一边给大家敬酒，一边介绍心佑工程，桌上几位企业老总对耿直半是当真半是玩笑地说，你每喝一壶，我们就出资救助一个孩子。

耿直当真了，2 两的壶那天他喝了十几壶，醉得记忆断了片，第二天怎么也想不起昨晚是咋回的家。

沭阳老乡们没有食言，第二天就把钱打到了医院基金会。这让耿直觉得醉得挺值。

作为心佑工程的主力队员，七年间耿直经历了很多，受过白眼，听过讥讽，有过委屈，有过愤怒，有过不屑，有过埋怨，但现在的他心里很坦然，也很平静。

耿直一直记着李庆国在那次谈话中说的：心佑工程不是做给人看的，不求鲜花与掌声，只为一份踏实和心安。

虽然自己才过而立之年，但耿直觉得这七年的经历让他成熟了许多。

忘不了陕北绥德的筛查，15个先心病患儿，竟有12个失去了手术根治的机会，其中一个患儿的家长与他热线三个月后戛然而止，原来孩子已不在人世；忘不了安徽凤阳县的先心病患儿亮亮，父母都有智障，跟着奶奶生活，几乎不曾离开家门，四岁了还不会说话；忘不了苏北一户人家，五口人，只靠半百年纪的男主人一人耕作和打零工度日，而其妻子和大儿子都有智力障碍，两个女儿身患先心病……

耿直说，每每想到他们，鼻子就会发酸，就觉得做心佑工程很值得。虽然，心佑工程帮不了天下所有的贫困家庭先心病患儿，但是，至少帮到了他们所遇到的家庭和患儿，也算是聊以欣慰的。

1987年出生的耿直，结婚三年，爱人是他大学同窗，因为两人聚少离多，到现在还没有孩子。

有一段时间，爱人很不理解他。耿直天天在外奔波，甚至爱人生病的时候也不能陪伴在她身边，为此爱人与他怄过气。

耿直在外很辛苦，回到家又见爱人生气，心里挺委屈，两人一度闹过小别扭。幸亏李庆国"传授经验"，两人才和好如初。

耿直告诉爱人，由于长期以来，先心病知识普及不够，苏北的老百姓对先心病的理解还停留在二十年前。囿于传统观念和医疗条件，许多患了先心病的孩子不能得到及时发现、确诊和手术，甚至失去了手术的机会，不仅本人生活质量很差，而且拖垮了整个家庭。现在，他们所做的心佑工程救治一个先心病患儿，不仅是拯救了一条生命，而且是拯救了一个家庭。听到这里，爱人很快就理解了。

心佑工程已为苏北救治了300多个贫困家庭先心病患儿，筛查了几万人，有的患儿及其家庭的命运就此改变，这让耿直很有成就感。

尽管耿直的电话已经很繁忙，但每一次他都会把手机号码留给病人，告诉他们有什么事就打他电话。

我问耿直每天要接多少个电话，他说："每天至少几十个电话，最多的时候一天能接100多个。虽然我也不认识他们，但他们能向我咨询、联系手术，便是心佑工程这项行动的意义。"

因为今天撒下的是种子，收获的将是先心病患儿"心"的希望。

希望，萌发在种子播下时。

与所有的年轻人一样，耿直喜欢用微信，朋友圈里记满了他的工作日志。当然，耿直的工作日志里所记录的多是他参加心佑工程的经历。不过，作为当过两年警察的心外医生，耿直的工作日志并不是流水账，还常常有他的感悟与思考。

在这里，我们截取两条。

2019年10月15日耿直的微信朋友圈：

今天在沭阳卫校给全县村医讲先心病的防治知识，分享心佑工程五年来的心路历程，很多同行感同身受，反响强烈。全场数次热烈鼓掌，有些女同志泪眼朦胧。

我们做的一点微小的工作，得到大家的认同和鼓励，让我很开心。

一坐下来，我戏称我每次到苏北讲课，都是自己一个人开车来，分文不取，完全公益，一杯水都不喝，讲完就走。结果一位老前辈马上出去倒了一杯水放在讲台上给我，让我心中涌起暖意。

讲到一半，有位前辈老师拿了一个纸条走上讲台，说要给我写个评价，然后工工整整地写在黑板上，真的让我很意外，觉得非常感动，同时又很惭愧。

农村很多老百姓是享受不到三甲医院服务的，他们的生命健康是由我们农村的基层医务工作者来维护的。他们拿着微薄的薪水，承担了繁重的工作，我们平时在推崇白衣天使的时候，不应把眼光只放在我们大医院，很多村医，俗称的"赤脚医生"，他们的付出不应该被我们所忽视。

每年跑苏北估计得上百次，很多人说，你还算个医生吗？我说，我们科室少我一个人，手术正常做，但是苏北很多地方贫困家庭先心病患儿的救助、基层医生的培训、医联体的建设，如果我们不去做，可能就会有很多人得不到帮助。

医疗强，得强在基层，老百姓才能真正得实惠。

今天看到新闻，很多药物价格大幅度下降，未来的医疗器械价格也会趋于合理，同时，增加医务人员的劳动价值，让医患双方都得实惠。我想，这才是医改的正途。

2019年11月21日耿直的微信朋友圈：

第一周的滨海筛查，包含蔡桥、五汛、通榆、正红、天场、农业产业园区6个乡镇，与其说是筛查，不如说是健康扶贫+农村心脏病发病状况调查更为贴切。

感触很深。

首先，农村心脏病的存量手术病人太多。尽管通知比较仓促，没有充分发动群众，但是在每个乡镇还是可以看六七十号病人，相当一部分是需要手术的病人。

很多心外科医生看着连年下降的全国体外循环手术量，不知道心外科的出路在哪里——很简单，就在农村。

他们没有手术的原因基本有三个：没钱、不敢、不知道。

"没钱"需要通过提高农民可支配收入和提高医保报销比例解决；"不敢"可以通过加大科普力度，宣传心脏手术安全性解决；"不知道"可以通过培训基层心超医生，将心脏彩超普及到乡镇，并加入体检内容解决。

第二，省内病人外流严重，医保资金压力巨大。在复查的术后病人当中，80%是在上海手术，花费普遍高于南京，一个先心介入花了7万，一个单瓣置换花了17万，病人和政府负担都加重了。

问了病人为什么去上海，有的是因为上海医院有熟人，比如同村有个邻居在长海医院胸心外科做护工，所以就去长海手术了；有的是因为不信任南京的医院，或者觉得跟上海比，南京没有技术优势。

其实，真正有能力自费手术的病人，或者南京真正做不了的手术，去外省手术可以理解，但是那些并不富裕的家庭拼了命去上海手术，回来因病致贫或者因病返贫，这里面就有问题了。

我觉得都市的大医院还是要主动下沉优势医疗资源到基层，让百姓知道、信任，进而选择，降低病人和医保负担。如果有可能，在一些条件成熟的县级医院帮助开展心脏手术。比如低收入患者在县内看病是先诊疗后付费，而且报销比例很高，低保户报销比例甚至可达 90%，但是病人去南京做手术就享受不了这些政策，低收入患者想外出做手术经济上有困难，如果能在县医院做手术，就好办多了。

屈原说，长太息以掩涕兮，哀民生之多艰。看到几个先心病孩子都已经错过了手术机会，非常惋惜。本来花个两三万块钱就可以解决的问题，由于经济或者认识的问题，拖到无可救药。

结束一周的筛查，迎着落日，驾车行驶在乡间的路上，油然而生一种使命感。不忘初心，牢记使命，习主席说没有全民健康，就没有全面小康。问问自己，能为祖国做什么？

今天在朋友圈里看到一个同事早上坐滴滴，被家里有四五套房子的滴滴司机教育了。哈哈，社会分工是有不同，付出不一定有物质回报，但是一定会精神富足，这可是钱买不来的独特感受。

人物素描之袁振茂

心脏彩超室主任袁振茂的性格与李小波颇为相似，都是那种温和型的"暖男"。

所不同的是，李小波在手术台上面对的是已经深度麻醉的患儿，而袁振茂面对的则是一个个活生生的孩子，心脏彩超仪器的探头贴着患儿心胸的时候本不痛也不痒，但是许多孩子都十分惧怕。特别是五岁以下的孩子，躺在检查床上的时候，不知道医生会把他怎样，吓得又哭又闹。

此时，袁振茂就会像妈妈一样特别温柔地说："小朋友，你瞧这是什么呀，多好玩啊！""小朋友真听话，好勇敢哦！""小朋友，我们来打个电话好不好啊？"

这让患儿的家长很感动，也让来现场采访的电视台记者称叹：多么感人的一位"奶爸"！

虽然平时医院的诊查工作繁忙，不能像耿直那样天天泡在心佑工程里，但袁振茂也是心佑工程的铁杆主力队员。

刚加入团队的时候，他向妻子和女儿承诺每个周末都回去陪她们；可是入职以后，他的双休日基本上都给了心佑工程。

女儿开始还生过爸爸的气，后来听爸爸一解释就想通了，为爸爸所做的事情而自豪。

袁振茂曾在微信朋友圈里专门写过一篇《一个心超医生的心佑工程故事》，记录了他参加心佑工程的经历与心路，转录于此。

2019年6月，是咱们医院发起的免费救治贫困家庭先心病患儿的心佑工程五周年。为了感谢各方面的爱心人士，同时为了号召更多的爱心人士加入心佑工程，进行了一系列的纪念活动。我下定决心把我和心佑工程的故事写出来，希望更多的人能加入我们心佑工程。

到南京工作应该是一个极为偶然的决定。

2016年11月之前的时候，我还在南通过着早八晚四的悠闲生活，一个人统治着老东家（一家民营医院）的心超室，下午四点多就可以偷偷溜回家做一个"家庭煮夫"，带带孩子。

11月底的某一天，一个在南京鼓楼医院的兄弟一顿"臭骂"，突然打破了我宁静的小日子："你再在南通悠哉游哉，你那一身心超'武功'就废了。我这有一个三甲教学医院缺个心超室主任，你要不要来？我帮你介绍！"

也许是厌烦了平淡的工作和生活，没有和家人仔细地商量，我第二天就登上了去南京的动车。

刚加入团队的时候,袁振茂向妻子和女儿承诺每个周末都回去陪她们;可是入职以后,他的双休日基本上都给了心佑工程。

第八章 一片冰心在玉壶

到了南京，直奔二附院。

鼓楼医院的兄弟已经做了铺垫，和二附院李庆国副院长见面很顺利，他带我看了看刚成立不久的心血管中心。人家服务行业有一站式服务，没想到心血管中心也有了一站式，这不仅整合了资源，方便了医生，又解决了老百姓看病难的问题，说实在的，觉得挺开眼界。

与李庆国副院长随便聊了几句，他就说："你尽快来上班吧！"

我根本意想不到，一直觉得入职公立三甲医院程序挺复杂的！

到南京上班就意味着从此要放弃南通的悠闲生活，而且夫妻俩得分居两地。

考虑了一晚上，觉得还应以事业为重，不然真的废了。

第二天就和单位的领导打了辞职申请。在这里，要特别感谢老东家，批准了我的辞职申请以后，领导说："辞职穷三月，转行苦三年，而且你辞职后我们这里一时也找不到好的心超医生，反正你每个星期也要回南通的，你一个礼拜来上半天班赚点车旅费呗。"我被领导感动了，一口答应了。

12月10号正式到南京医科大第二附属医院，俺没有操心入职手续就全部办妥了。

在南京工作不久，有天李院长跟我说："我们有个心佑工程，是免费为贫困家庭的先天性心脏病孩子手术的，你周六周日有没有兴趣去苏北筛查先天性心脏病的孩子，带着你的心超机！"

当时我挺为难的，周六日去苏北，我就不能回南通了，而且我一直深信一句话"送上门的东西不值钱"，所谓"医不叩门，道不轻传"嘛，我们去苏北筛查先天性心脏病的孩子，那些家长会不会认为我们是骗子啊？

刚到一个新单位，领导叫你做事，直接回绝不太好，俺勉为其难地答应了。

到了苏北以后，我的观念却转变了。

我第一次去义诊筛查先心病的县是泗洪，天挺冷。到了指定的筛查地点，来的孩子们很多，绝大多数是爷爷奶奶带过来检查的。

有个大孩子，走路有点喘，是他爷爷带过来的，我心超一看，一个比较大的室间隔缺损，室水平已经是右向左分流，左室小，已经是先天性心

疲惫的袁振茂。在苏北筛查时，袁振茂一天做了 176 例心脏彩超，而一天常规的工作量是 30—40 例。

脏病的晚期，没有办法手术了。

我当时挺生气的："你们怎么带孩子的，一个简单先心病活生生地拖到晚期，没有办法治疗了！"

"孩子一出生，他父母就外出打工了，我们老两口不懂啊，也没有本事带他到医院看病，孩子不舒服挺长时间了，今天你们过来义诊，孩子才有机会过来看病。"孩子的爷爷老泪纵横。

我当时就愣了，"你们镇上医生不能看吗？"

"我们怀疑孩子有心脏病，但是我们没有心超，没办法替孩子确诊。"当地的工作人员告诉我。

我当时就感觉我以前"医不叩门，道不轻传"的坚持可能是错的。

在这个镇上，我们筛查出了好几个孩子有先心病，其中家庭十分贫困的，我们带回来免费治疗了。

当时我有一个疑问：免费替孩子治疗，我们工作人员可以不要钱，但是药物、器械都是要钱的啊！这个钱是哪里来的呢？我在回南京的路上实在忍不住，问了和我一起下乡的耿直同学。

"我们的奖金啊！"耿直理直气壮地告诉我。

我当时就懵了，"啊？！"

"还有医院的基金。然后农保对贫困家庭先天性心脏病孩子报销挺多的！我们医院和咱们科室替贫困先心病孩子支付一部分。"耿直说。

我明白了。

可惜这一两年，农保并入医保以后，先心病的报销比例一下子下降很多。我们替贫困家庭先心病孩子免费治疗的时候就比较困难了，经常要找各类的公益基金申请免费的治疗基金，然而有些基金审批程序比较复杂，这些孩子在手术前等待时间就比较长，增加了这些孩子的住院时间，也影响我们的床位周转率。有时也是比较郁闷。

在2017年的时候，咱们去连云港灌云义诊，有个孩子是奶奶带过来的，也是室缺，我的搭档耿直和孩子奶奶谈话，告诉她孩子的病情，但是老奶奶耳聋目花，讲不清楚。耿直问："孩子爸爸呢？"老奶奶讲了半天，还是讲不明白。一旁的工作人员告诉我们，医生告诉孩子爸爸治病要五六万元，孩子爸爸去外面打工挣钱已经两年没有回来了。耿直告诉孩子奶奶，赶快把你儿子叫回来，带孩子到我们医院来，我们免费替孩子手术。第二个礼拜，孩子爸爸就带孩子到咱们医院做了手术。

心佑工程成了我们科室的一项工作，大家都自觉参与其中。我们作为先期诊断确诊的心超室更是义不容辞，责任挺重。几年来，除了苏北，我与苗苁等同伴还去过青海、贵州、西藏、安徽、陕北等。特别难忘西藏那曲行，那里先心病患儿多，太需要心佑工程这类先心病公益项目的参与了。

外出义诊筛查先心病孩子，我们医务人员都有付出。耿直有时几个星期不能和新婚的老婆见面。我也是经常回不了南通，开始的时候，我丫头也是很多抱怨，埋怨我不像在南通的时候陪她、带她玩。我告诉了丫头我们做的事情，特别是那么多先心病的小朋友不能像正常孩子一样玩呀跳呀，甚至不能多走路，需要我们的帮助后，她就不埋怨我了。这以后，孩子妈妈说，孩子比以前更好管教了。这个也是失之东隅收之桑榆吧！

先心病的免费筛查治疗比我们平时在工作中获得的成就感更多，因为我们每救治一个孩子，就能使一个家庭改变命运。

我们下乡筛查都是义务的，有一次我们汪露护士长知道我们在乡下筛查，每天都100多人，工作量是平时上班的2—3倍，很辛苦，想给我们发放一些下乡补贴。我们都谢绝了，我们觉得为心佑工程的付出很值得，再说我们工作已经有工资收入了。

由于苏北农村有很多留守儿童，爷爷奶奶很难把孩子带到大医院治病，而很多农村乡镇没有心超检查条件，先心病的孩子很难确诊，有的把先心病当肺炎治，好多孩子误诊漏诊，失去了手术根治的机会，很痛惜。

我把这事和李庆国院长讲了。李院长当时就说："你的心超业务不是挺好吗，把乡镇卫生院有兴趣开展心超检查的医生接过来，咱们免费培训，我去向医院申请免费提供住宿。"

很快，第一批心超进修医生就过来了。

值得骄傲的是，经过培训，咱们第一批有个进修生叫陈静林的，回去的第二天，就用普通的腹部探头诊断了一个"A型夹层"，其实咱们心超诊断主动脉夹层挺难的。这让我及我们心超室的小伙伴十分高兴，更觉得去培训县、乡医院的心超医生太必要了。

我一直觉得2016年到南京来工作的决定挺英明的。感谢那位将我骂醒的兄弟，还有心血管中心的小伙伴们，所谓"人以群分，物以类聚"就是如此吧！

人物素描之钟小雨

这天中午，小天爸爸在办公室门口拦住钟小雨："钟医生，能不能借一步说话？"没等她回应，小天爸爸一把将她拉到楼梯间的监控死角下。

钟小雨心里大概明白将要发生什么事，这几年做心佑工程，类似的事情发生不止一次了。

小天爸爸瞥了一眼，见楼道里没人，迅速掏出红包，硬往钟小雨白大褂口袋里塞。

"你这是干什么呀？这个钱我不可能收的！"钟小雨一甩飘逸的长发，语气坚决。

"我，我知道你们每天都很忙，我在这里等您一个中午了，没其他意思，我孩子手术费只能指望您了，麻烦您费心！"小天爸爸红着脸说。

小天爸爸两眼布满血丝，显然，为了孩子手术费用愁得没睡几个好觉。

"孩子手术费用我们已经在想办法了，正在与基金会联系，基金会要核实、审查，会有个过程。你放心，很快就会有结果，你这个钱我不能拿。"钟小雨极力解释，想要让他明白她可不是那样的人。

"钱不多，一点心意，收下吧，算我求你了！"小天爸爸急得要哭了。

"大哥，你家里困难，孩子手术费用都筹不齐，我怎么会要你的红包呢？再说，我们医院有严格规定是不准收患者家属红包的！"钟小雨口气不容置疑，转身挣脱要走开。

小天爸爸再一次拉住钟小雨，央求道："钟医生，我没怎么读过书，不太会说话，可我实在没有别的法子了。我知道你们有规定，我真不想给你们添麻烦，麻烦您多费费心，救救孩子！这个钱您不收，我们心里一点底都没有啊！我和孩子妈天天吃不下饭，更睡不着觉！"

钟小雨看着面前这个只比自己大三岁的男人，却又黑又瘦，显大了许多，心中一阵感慨。

此时，见钟小雨拒收红包，态度坚决，小天爸爸急得眼眶都红了。

钟小雨感觉实在为难，过去这种事，拒绝也就拒绝了，没遇到这种情况。显然，今天不收下这个红包，他的心会一直悬着。

其实，钟小雨自从小天入院，就一直在联系基金救助，为此做了大量工作。

但她不想解释。

这终究是一个只看结果的事儿，只有得到基金会确认救助后，她的工作才算圆满。在此之前，她究竟做了多少努力，于家属而言，没有太多意义。

钟小雨没再说什么，收下红包。

"谢谢钟医生！谢谢钟医生！"小天爸爸连声道谢，似感觉办成了一件大事。

同样穿着白大褂，天天要和病人打交道，总被呼作"钟医生"，其实"钟医生"不是医生，她是心血管中心的行政人员。

正值芳华的钟小雨身材高挑，一头乌黑闪亮的秀发自然地披落下来，像黑色的锦缎一样光滑柔软。经历过直线加方块的军营生活，一颦一笑之间流露出一种别样的风韵。

六年前，钟小雨从中央军委一号台退伍回到家乡南京。

她是独生女，做生意的父亲想找机会给她安排个轻松、稳定的工作。

等待中，钟小雨无意看到二附院心血管中心的招聘启示。刚退伍回来，对于前途一片迷茫的她，抱着试试看的心态，参加了应聘，没成想一下就应聘上了，更没想到，这一干就是六年。

经过部队大熔炉锻炼的钟小雨进了二附院心血管中心，适应能力强，工作上手很快。

钟小雨慢慢接手了心血管中心的行政工作，具体负责的事务很多，心佑工程本不是她的主业。由于救治贫困家庭先心病患儿要争取社会公益慈善基金支持，必须得有人具体了解掌握患儿家庭情况，与社会公益慈善基金进行联络、沟通，进而从中协调、完成申请流程，而钟小雨普通话好、语言表达能力强、心细，这个工作自然就落到了她的身上。

也因为如此，心佑工程这几年救助的贫困家庭先心病患儿及家长很多都记得钟小雨这个年轻漂亮的"女医生"。因为钟小雨具体经办争取社会公益慈善基金救助事宜，患儿家长更是把她当作传递福音的"天使"。

钟小雨攥着小天爸爸送的红包，内心除了一种被需要的欣喜，更多的是一种道不明的无奈。

她不太明白，小天爸爸说自己心里没底，是在跟她的短暂接触里，对她这个人心里没底，还是对这个社会心里没底？

她也不知道，收下红包，是否真的可以换来他此刻的心安？

他刚满十个月的儿子小天被确诊为复杂先心病——法洛四联症，手术预计要花费12—14万元，除去医保报销部分，至少要自费6万元左右。

也许很多人难以想象，6万元就能让一个男人为难甚至落泪。

这个男人未满三十，上有老，下有小。

孩子奶奶有智力缺陷，爷爷患肝疾，干不得重活，在生活上，父母帮不上忙，一直是他和媳妇在照料。

好在政府给小天奶奶上了低保，一个月有几百元的生活补助，小天没有来到世上之前，他们一家的生活还算过得去。

可小天的出生打破了这个家庭的宁静。

小天经常生病，一生病就得住院，没个把星期好不了。医生说小天患的是复杂先心病，法洛四联症，很严重，需要带去大城市医院做手术。

为了早日给小天手术，小天妈妈留在家里照顾老小，小天爸爸外出打工，虽知去远些的地方打工能多挣些钱，但他不敢走远，一家三个病人，儿子又是复杂先心病，倘若突然出点啥事，媳妇一人在家根本照应不过来。

他算过了，省吃俭用，一年能挣个4万元，干两年，儿子就能做上手术。

对于打一天工拿一天钱的人来说，最怕下雨天，雨天工地就得停工，停工就少了一天收入。他跟钟小雨说，不干活的日子，一天吃一顿饭就行

在心佑工程团队中,钟小雨具体经办为患儿争取社会公益慈善基金救助事宜,患儿家长更是把她当作传递福音的"天使"。

了，吃多了浪费。

可他挣钱的速度远赶不上儿子生病花钱的速度，这边刚发点工资，那边就得给医院送去。

这样下来，不仅没存下钱，还欠下了不少外债。

老父亲心疼孙子，自己偷着把治疗肝疾的药停了。

孩子的病愈来愈重，他们带孩子去了上海一家大医院，医生嘱咐，孩子这个病得赶紧做手术，越拖越难，手术费要十几万。

一家子犯了难：这么多钱从哪里来？

尽管他知道借钱难，像他家这样的家境，借钱更难，但他还是腆着脸，一家一户去借。

好在村上人知道他一家虽穷，却本本分分，连借带送凑了3万元。

可孩子手术费要十几万呀，除去能走医保的部分，也还差6万多元。何时才能凑够这么多的钱呢？！

就在这时，他们遇到了心佑工程下乡义诊的医生。医生把情况摸了个大概，留了联系方式和地址，对他们说："你们到南京来吧，我们尽量给你们想办法！"

就这样，他们来了，带着3万元钱和全家的希望来了。

临床上很快明确了诊断，确诊了小天的病情严重程度及手术难度，治疗费用大体也有了数，缺口至少3万多元。

小天一家把最后的希望寄托在心佑工程上。

钟小雨从下乡义诊的同事口中得知小天一家的境况，随即找到家属，梳理家庭信息，包括家里几口人，都做什么，家庭收入及支出，这几年家庭是否有变故，等等。接着上传家庭各项证明材料，写成文稿，向基金会汇报。

心佑工程合作的基金会不止一家，若细究下来，每一家基金会所接受申请的条件略有不同。这就需要钟小雨从患者家庭情况与不同基金会接受的申请范围中权衡，最大程度避免无效申请，使得贫困患儿能以最快的速度完成基金救助审批，接受手术。

钟小雨苦笑着对我说，心佑救助是个情感活，这几年眼泪流了多少次，她自己都记不清了。

申请基金救助,首先要了解患儿家庭的贫困情况。通常,她会和患儿家属找个人不多的地方具体了解情况,遇见情感丰富的,说着说着就会从哽咽到大哭,于是她也总情不自禁地跟着哭。

可把她说哭了也不行啊,救助的钱不是她从自己口袋里掏给人家的,该办的手续一个都不能少。

她还会遇见一些连日常生活都难以维系的家庭,在等待基金审批的过程中,患儿及家属住院期间的生活成本对于这些家庭来说,也是一笔不小的开支,但基金会只能提供医疗部分的资金救助,很难对生活方面给予补贴。

钟小雨心肠软,她经常主动拿出自己的饭卡,让患儿家属去食堂吃饭,并多次在朋友圈发起捐款,为极贫困患儿的日常生活寻求帮助。

在和基金会合作的近四年里,钟小雨直接经手了100多个贫困家庭的申请工作,累积了一些经验,对小天的情况还算有把握。

当然,能否救助,救助多少,她没有决定权,基金会说了算。

她能做的,就是尽可能地帮助心佑工程救助病人。

救助申请递交基金会后,小天一家在等,她也在等,小天一家在煎熬,她也在煎熬。

她的煎熬,来自同事。临床已经明确了诊断,手术方案也已制定,可她这边的救助款还没有到位,而后面还有两个先心病患儿在等床位。

她的煎熬,更来自这个家庭。他们焦急地等待着她的消息,一家三口就这样在医院干耗着,一天的生活开支再节省也要上百元。

每天,她都下意识地尽量绕开小天的病房,可小天爸爸总能不经意地出现在她的面前,他不说话,就起身问个好,然后望着她走开。

他的每一次谦卑出现,都令钟小雨心头一颤:"收了人家的红包",却还没有好消息要带给他们。

忍不住了,钟小雨再一次拨通了基金会的电话:"您好,我是二附院心血管中心小钟,我这边的患儿小天的救助有新消息了吗?"

"小钟,我刚好要联系你,你的补充申请我们看到了,前期资料很齐

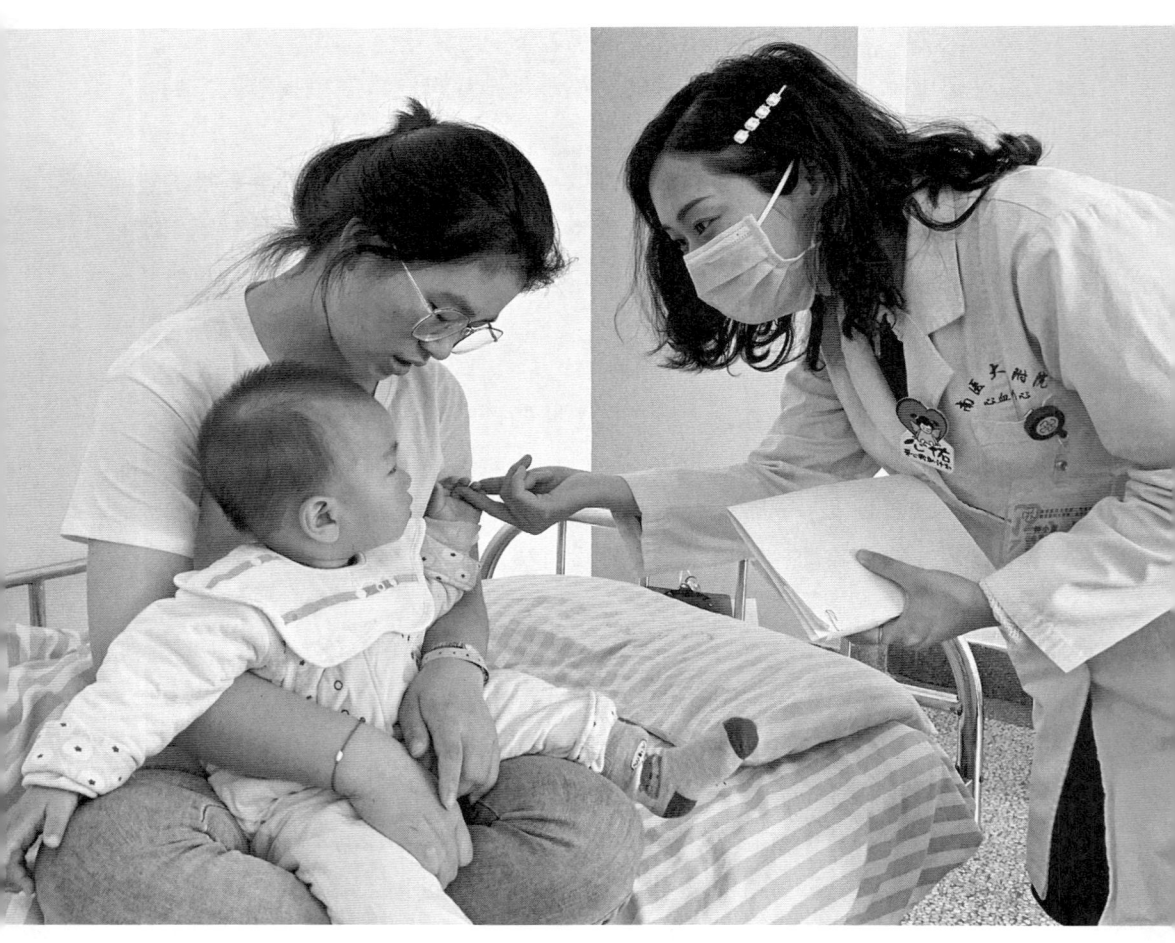

钟小雨说，心佑救助是个情感活，这几年眼泪流了多少次，自己都记不清了。

全，我们对这个家庭的遭遇表示同情，我们开会讨论决定给予3万元的救助。请你配合家属尽快将后续材料准备充分，希望手术一切顺利！"

挂了电话，钟小雨如释重负，立即在工作群发布通知：患儿小天救助费落实，请尽快安排手术。

那边安排妥当，钟小雨又确认了同事已帮忙把小天爸爸给她的红包里的钱，转至小天在医院的治疗账户里，这才去病房看望这一家三口，告知救助基金已落实，让他们安心住院，等待手术安排。

小天爸爸激动无比，不停地搓着手，跟在钟小雨身后，把她从病房送到了办公室门口。

手术挺顺利，术后小天转入重症监护室。

小天的爸爸妈妈成天就在家属休息区待着，等待着小天从重症监护室转到病房。

家属休息区正对着钟小雨办公室，每次看到她，小天的爸爸妈妈都要站起身跟她打声招呼，目送着她走过去，感激的眼神里夹杂着日夜等候的疲惫。

终于，小天转入了普通病房。

小天爸爸再次找到钟小雨时，她知道他儿子很快就要出院了。

钟小雨协调家属完成了基金申请的后续流程。

直到办理出院手续时，小天爸爸才知道，他送给钟小雨的红包，她分文未动，早被转至自己儿子的治疗账户上了。

小天爸爸在给钟小雨道别的微信里写道："谢谢您钟医生，这段时间您费心了。我会一直记着您，等我儿子大了，我一定要告诉他，你们就是他的救命恩人，让他好好读书，好好学做人，向你们学习，长大了做个对社会有用的人。等下次来医院复查，我们一定来看您。"

钟小雨家住江北，每天开车上下班往返要一个多小时，碰上堵车或雨雪天就没准了。

其实，在钟小雨加入二附院心血管中心不久的时候，家人曾给她安排过一份相对轻松且离家很近的工作，但她没去。

虽然工作事无巨细，尤其心佑工程联系基金救助是个烦琐而又要"求

第八章 一片冰心在玉壶　　　323

人"的事，但钟小雨觉得，这个工作对她而言很有意义。

这个"红包情"的故事曾被发在南医大二附院心血管中心的公众号上，点赞者众，很多素不相识的网友给钟小雨留言。

"烟雨扶苏"：医者仁心，钟医生的作为是对这四个字最好的诠释。
"西九"：看似平淡无奇，却是跌宕起伏，人美心更善，感恩！
"张怡"：永远奋斗在救助路上的爱心美女，不放弃，不抛弃，加油！
"征途"：感恩有你，护佑生命的女神，给你点赞！

第九章 只要人人都献出一点爱

爱心是冬日的一抹阳光，使饥寒交迫的人感到人间的温暖；爱心是沙漠的一泓清泉，使身处绝境的人看到生存的希望；爱心是飘荡在夜空的一曲歌谣，使孤苦无依的人获得心灵的慰藉；爱心是洒落旱土地的一片甘霖，使心灵枯萎的人重获情感的滋润。

用我的心护佑你的心

也许只是一根小小的木桩，就可以救活一个溺水的人；也许只是薄薄的一条毯子，就可以温暖一个冻僵的人；也许只是一句话、一双温暖的手，就可以唤回失望者的希望。

社会需要爱心，人类需要帮助。

心佑工程护佑的是先心病患儿破损的心，体现的是新时代的医护人员那一颗颗纯洁无瑕的爱心。

一人是人，二人为从，三人成众。

一个又一个感人肺腑、触动心灵的故事，在社会激荡起一波又一波爱的浪花。

大学毕业后开始创业不久、在南京做户外运动装备的某公司总经理庄金昌是耿直的朋友，他在朋友圈里看到了耿直发的心佑工程正在帮助救治贫困家庭先心病患儿（者）的消息。

联想到了自己也是生长在一个并不富裕的农村家庭，当年曾因交不起学费差点辍学，庄金昌立即与耿直联系，表示自己虽然刚刚创业，公司正在滚雪球似的发展，钱对他来说也很重要，手头上没有多少余钱，但是他决定每年捐出3000元资助心佑工程。

庄金昌后来对我说："3000元不多，但哪怕能给他们医护人员下乡筛查加个油也行啊！"

耿直还有一位沭阳老乡吴鹏，在一家国企工作，在耿直的朋友圈看到青海省海南州贫困家庭的先心病孩子正在二附院心血管中心接受手术救治的消息后，特地带着儿子赶到医院看望，给他们送来牛奶、饼干等食品，还为他们买了书包和文具。在医院听说了心佑工程的故事，他立即向心佑工程捐了1万元。

心佑工程的病房里，经常出现前来看望先心病患儿的南京市民和机关干部。图为江苏苏宁足球队队长、国足队员吴曦看望先心病患儿。

王瑞夫妻是钟小雨的闺蜜，每年结婚纪念日都会花1000元去吃情侣牛排套餐。那天，他们从钟小雨的微信朋友圈看到了心佑工程救助的一个苏北的孩子，住院期间因家里困难只能吃白米饭。小夫妻俩马上商定将这1000元省下来捐给他们，让孩子在住院期间增加营养，结婚周年纪念日改在家里吃面条，长长久久。

　　南京市栖霞区公安局有位"全国优秀人民警察"，看到江苏电视台综艺频道《缘定今生》节目播出的安徽凤阳县一对智障父母没钱给先心病儿子手术的故事后，第二天就带着孩子来到二附院，捐了1000元。

　　还有一位名叫吴昊的女律师，经常为心佑工程救助住院的贫困先心病孩子慷慨解囊，1000元、2000元、3000元……她自己都不记得一共捐了多少钱。

　　六岁的刘旭东出生在苏北的一个贫困家庭，他上面还有两个正读小学的姐姐，一家五口人，三个孩子，全靠旭东父亲一人在外打工挣钱。

　　旭东三岁时被诊断为先心病，动脉导管未闭，家里拿不出手术费，一拖就是三年。

　　心佑工程团队在当地筛查时发现了小旭东的情况，经检查，旭东的病情已很严重，再不手术就很难有手术机会了，为了不耽误他的治疗，心佑工程医护人员决定凑钱为旭东手术。

　　南京外国语学校高二学生马浩源得知情况后，主动将参加国际数学竞赛获得的3000元奖金全部捐给了小旭东，希望他早日康复。马浩源说："我能用我的奖金参与心佑工程，帮助一个小弟弟，我觉得很开心。"

　　二附院的张益红医生回家把"患儿来南京住院治疗期间，因家中贫困每天只能吃没菜的白米饭"的故事讲给自己的孩子听。孩子立即表示，把自己过年时爷爷、奶奶和外公、外婆给的2000元压岁钱捐给他们。张益红十分高兴地满足了孩子的心愿。

　　看到病房里等待手术和手术后正在康复的孩子们没有什么好玩的，张益红专门在病房走廊给他们定做了一个图书角，买了很多图书供孩子们阅读。

　　香港海星基金会有很多志愿者，他们的工作是帮助基金会了解救助对象的实际情况。南京大学的一位位大学生志愿者负责与心佑工程对接,了解先心病患儿的情况。每个患儿的救助基金少则2万多则几万,但他每次到二附院都是挤乘公交车,一来一回得两个小时,舍不得花钱打车。

二附院东院的门口有一个水果店。

2018年5月,来自青海的第三批先心病患儿住院手术。钟小雨知道当地水果很少,像荔枝、山竹之类的南方水果这些孩子更是吃不到,有的甚至都没见过。她来到医院门口的水果店,想给孩子们买点时令水果。

老板得知钟小雨买水果是给心佑工程救助的孩子吃的,马上说:"我小本生意,帮不上你们大忙,就尽点心意,不赚你们的钱,这水果只收一半的钱。"他还特意给钟小雨办了一张卡,对她说:"只要为心佑工程救助的孩子买水果,凭此卡均半价。"

有一家新闻媒体的记者闻讯前来采访这位水果店老板,他不让公布自己的水果店名称和位置,怕引起广告宣传的嫌疑。他说:"我收了一半钱,又不是全免费,没什么值得宣传的。"

南京有个爱之翼公益服务中心,是由一群母亲自发自愿组织起来的,她们有一个"八月妈咪"的微信群,群里的成员都是8月生娃的年轻妈妈。

2012年4月20日,网名叫"小桃红"的年轻母亲到南京市儿童医院看望亲戚的孩子,同病房还有一个婴儿叫宏伟,是福利院送来的,生下来就没有肛门,被亲生父母遗弃。

有妈的孩子像个宝,没妈的孩子像根草,"小桃红"觉得孩子好可怜,回家后就和群友们聊起了这个事儿。

群友陈岑提议,干脆建一个群来帮助这些孩子,于是一个叫"妈妈抱抱宝贝"的微信群诞生了。最早的时候,这个群里有13位妈妈轮换着照顾宏伟;一个月过去了,100多位妈妈加入了这个群。

后来,群友们听说还有与宏伟命运相同的弃婴,提议尽力多养几个,大家租房、雇保姆,由陈岑出面,与福利院签订了寄养协议,收养了13个弃婴。

当这群爱心妈妈们知道了心佑工程后,纷纷要求参与到救助贫困家庭先心病患儿的活动中来。

小新月出生一个月就被诊断出患有先心病，亲生母亲离家出走，新月直到五岁才在心佑工程的帮助下入院手术。爱心妈妈们轮流为她做好吃的，还专门为照顾新月做了一个送餐排班表，把新月每天的中饭、晚饭都包了下来，直到她康复出院。

江苏泗洪县有个爱心志愿者协会，2014年7月成立，创办人叫满少萍，今年已经五十二岁了。

自1989年参加工作至今，在三十多年的时间里，她用自己微薄的力量，为素不相识的贫困家庭和大病儿童四处奔波、费尽心思，让无数贫困儿童和家庭走出阴霾，被人们亲切地称为"爱心妈妈"。

满少萍走上公益之路，源于家庭的影响。

她记得，当年她家在泗洪开了个小饭店，每到饭点常常客满，但是仔细一看穿着，很多人其实不是食客，而是讨饭的。

是母亲常常把讨饭的叫进来，把热饭热菜递上，尽管只是粗茶淡饭。

满少萍一直记着母亲说过的一句话："人活着谁没个难处，顺手拉人一把，就是拉自己一生。"

2010年2月，当泗洪有了义工组织时，满少萍毫不犹豫地申请加入，不久便成为孤贫孩子组的负责人。

在帮助一些孤贫孩子的过程中，满少萍看到，患儿家庭不仅失去了往日的欢声笑语和生活的宁静，而且债台高筑、家徒四壁，原本就困难的家庭被推向了绝境。

而那些因为没钱只能放弃治疗的孩子，更是令人揪心！

后来，满少萍开始专门关注特困家庭的大病儿童，为救护一名白血病患儿，她甚至拿出家中的房产证去银行办抵押贷款。

满少萍深深地感觉到自己身单力薄，而孩子的生命等不起。这时，她萌生了一个想法：组建团队，让更多的爱心人士参与进来，共同救助大病儿童。

在满少萍的影响和带动下，充满爱心的志愿者慢慢地聚集到她的周围。

几经周折，2014年7月，泗洪爱心志愿者协会这个充满爱心、给社会带来温暖的志愿者协会诞生了。

满少萍一直记着母亲说过的一句话:"人活着谁没个难处,顺手拉人一把,就是拉自己一生。"

从注册登记至今，泗洪爱心志愿者协会共救助了 102 名处于困境的大病儿童，其中 71 名已经完全康复，部分孩子重返校园。协会策划并组织了各种大小义演义卖募捐活动 16 场，筹得善款数额 600 余万元，全部用于患病儿童的治疗。

在满少萍帮助的大病儿童中，就有先心病患儿，因为在泗洪当地做不了先心病手术，所以每次既要为患儿筹款，又要联系南京的医院，排队挂号，还要来回接送，十分辛苦，效率也不高。

得知心佑工程来到泗洪县后，满少萍马上与心佑工程的工作人员联系上了，义务协助他们到乡下筛查，为患儿办理贫困证明等救助手续，并负责来回接送心佑工程救助手术的患儿。

满少萍几乎是全职做公益，每天不是下乡看望受助的孩子，就是在办公室接待求助的孩子，或是送患儿去医院，整天都与孩子们在一起。

满少萍每天奔波在乡村，对泗洪的贫困家庭及大病患儿了解较多，但为此，这些年她也受了不少误解和委屈。

2019 年 7 月 16 日，我们在泗洪县见到了满少萍，她这样对我们说："为了那些处于困境的孩子，哪怕有再多磨难，我也会坚持把公益做下去，我相信这个世界会因为爱出现奇迹。"

2020 年 3 月 13 日，我与满少萍微信聊天得知，在全国新冠肺炎疫情得到基本控制后，她正在为三个受助孩子募集生活物资而奔波，其中两个是年前手术康复的儿童，一个是等待手术的先心病患儿。

一滴水能映照太阳的光辉，无数颗爱心便能温暖世界。

2015 年 10 月 29 日，星期四。下午，月牙湖小学五年级的三位小记者诸乐、马鑫瑞、许文馨在老师金亮的带领下，来到南医大二附院，参加由龙虎网和小萝卜儿童关爱中心组织的采访心佑工程援疆医生活动。小记者们将采访收获写成稿件在学校开展宣传活动，让心佑工程的爱心传遍整个校园。

南京银行某支行每年都会开展一些公益活动，2015 年初得知心佑工程后，行长带着工作人员专门到医院看望心佑工程救治的先心病孩子，觉得这种定向定点捐助效果更好，决定每年向心佑工程捐款 20 万元。

2016 年 7 月 1 日，南医大二附院东院 15 楼心血管中心的新病房正式启用，启用仪式上，南京一家爱心企业赞助 10 万元用于贫困先心病患者免费治疗。

2019 年 12 月 19 日，由江苏省对口支援青海省海南州前方指挥部、海南州卫健委联合主办，南京市卫健委、南京市儿童医院、海南州红十字会支持的心佑工程 2019 冬季"暖心行动"——先心病患儿筛查救助活动在海南州人民医院启动。

江苏省对口支援青海省海南州前方指挥部总指挥陈明介绍，自 2017 年 3 月心佑工程青海海南州行启动以来，已先后五次赴海南州开展先心病患儿免费健康筛查，筛查出亟须手术治疗的 54 名先心病患儿获得免费手术救助且全部康复。

心佑工程青海海南州行在江苏省少儿基金会、南京市儿童医院医疗发展救助基金会、弘爱慈善、南京汇银乐虎、苏州光彩事业促进会等爱心机构的支持下，累计募集慈善资金 180 万元。

当天，专家组成员为海南州数十位先心病患儿开展术前筛查。

用生命温暖着生命，用臂膀撑起关爱的天空。

心佑大舞台，有你更精彩。

心佑工程一直沐浴着阳光。

2015 年 7 月，江苏省卫生健康委员会确定南京医科大学第二附属医院为农村儿童先心病新型农村医疗省级定点医院，这就意味着，符合条件的先心病患儿在南医大二附院治疗，治疗费用报销比例可达 70%，部分县区可达 90%。

心佑工程发起不久，就引起了长期从事医学教育领导工作的王长青的注意。

2017 年 7 月，王长青出任南京医科大学党委书记，在基层调研时，专门听取了二附院心佑工程的汇报，对李庆国团队的义举给予肯定和支持，并到二附院心血管中心看望和慰问正在手术治疗的先心病患儿和医护人员。

南京的小朋友为先心病患儿送上自己的绘画作品，表达最美的祝福。

王长青高度赞扬心佑工程，他说，党的十九大报告中，习近平总书记强调，人民的健康是民族昌盛和国家富强的重要标志。医务人员对于国家和社会的发展来说，扮演着极为重要的社会角色，担当着无比重要的社会责任。李庆国率领的心血管中心团队"不忘医者初心，牢记健康使命"，他们发起并坚持了七年的心佑工程，竭尽所能扛起社会责任，立足岗位实际，参与健康扶贫，无私奉献，用自己的实际行动践行自己的承诺，表现了新时代医护人员的忠诚与担当。

2019年6月4日上午，南京医科大学第二附属医院举办了心佑工程五周年的感恩活动，江苏省对口援助青海的干部来了，慈善基金会的负责人来了，社会各界的爱心人士来了。心佑工程能有今天的成果，离不开他们一路上的支持。

2019年7月，江苏省卫生健康委员会主任谭颖到苏北调研时，了解到心佑工程在苏北免费救治贫困家庭先心病孩子，立即给予了充分肯定。

回宁后，谭颖专门与副主任兰青、李少冬一同来到二附院，看望和慰问接受心佑工程救治正在住院准备手术的先心病患儿。

谭颖赞扬和勉励医护人员，说：你们奋斗在临床一线，守护健康，救死扶伤，在自己的岗位上忙碌奔波，用爱心守护生命，用真情呵护健康，一步一个脚印，用自己的恒心、真心、爱心，全心全意为人民服务。心佑工程体现了我们医务工作者"把初心书写在工作岗位上，把使命融入到具体行动中"的时代精神，为人民服务，我们永远在路上。

江苏省卫健委贯彻落实江苏省委"守初心，担使命，找差距，抓落实"的总要求，围绕健康江苏建设和群众关心关注的焦点问题，推出一系列健康惠民举措，其中第一项就是救治一批低收入人口先心病患儿。苏北一批低收入家庭先心病患儿被心佑工程接收，准备手术救治。

心佑工程在南京医科大学第二附属医院从最初的发起到先心病患儿的救治，离不开二附院领导的支持。

季国忠，消化科专家，现任二附院党委书记。二附院引进李庆国团队创建心外科不久，他接任调任南京医科大学副校长鲁翔的二附院院长之职，对李庆国在心外科基础上组建心血管中心及其"一站式"服务病患模式给

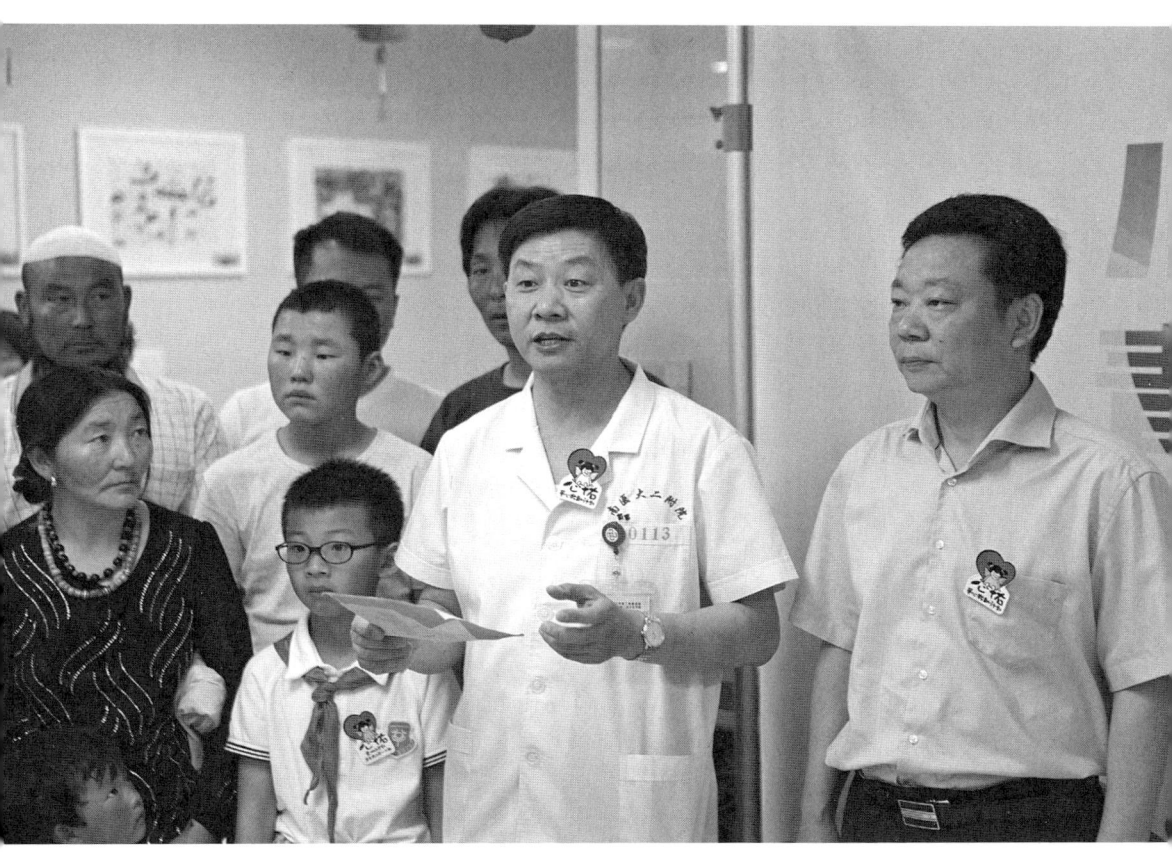

季国忠说:"我们是人民医院,帮助那些不幸患儿和家庭理所应当。"

第九章　只要人人都献出一点爱

予了鼎力支持，对于心佑工程更是热心参与和热心帮助。

心佑工程刚开始为先心病患儿进行手术时，季国忠每次都要前去看望；欢送新疆、青海、西藏等地先心病患儿康复出院，季国忠再忙都会抽出时间参加。

2016年，姜旭奇放弃自己胃癌晚期的治疗，省下钱来救儿子，时任院长的季国忠知道后，专门到病房看望。

当李庆国提及姜旭奇还有个大女儿也是先心病需要手术，而这个贫困又不幸的家庭根本离不开姜旭奇，心佑工程有心帮助他们，让他们父女也能手术，但三个人的费用要20余万元，一时难筹时，季国忠马上表态："我们是人民医院，帮助这样的不幸家庭理所当然，他们一家三人的手术费用应当全部由医院基金承担。"

季国忠认为，心佑工程由医护人员发起，尽自己所能，让贫困家庭先心病患儿的心与正常孩子一样跳动，秉承了"敬佑生命、救死扶伤、甘于奉献、大爱无疆"的医院精神，践行了"至精至诚、至善至爱"的宗旨，心佑工程应当成为二附院医护人员共同浇灌培育的一朵鲜花。

顾民，泌尿外科专家，江苏省应急救援中心办公室副主任，曾经担任江苏省人民医院副院长，2018年调任二附院院长。他不仅关心支持心佑工程，还主动帮助心佑工程联系基金资助。

江苏瑞华投资控股集团有限公司及董事长张建斌个人共同发起设立的瑞华慈善基金致力于帮助贫困患者就医。在顾民的介绍下，瑞华慈善基金每年都会帮助心佑工程解决部分贫困先心病患儿的手术救治费用。

2020年，瑞华慈善基金会决定和心佑工程联手，专门救助淮安市淮阴区贫困先心病患儿。

二附院有个医学发展和医疗救助基金，院里有几十个科室，几乎每天都有情况特殊需要帮助的病患，但对于心佑工程，院里总是尽力支持。

陕西省榆林市绥德县人民医院是南京医科大学第二附属医院对口支援的基层医院，也是苏陕医疗帮扶的内容之一。

绥德，位于陕北黄土高原，丘陵沟壑。无定河从寸草不生的毛乌素沙漠汩汩而出，在广袤的黄土高原上蜿蜒而行。站在这片世界上最大的黄土堆积区之巅，纵目远望，山荒岭秃，沟壑纵横，就像一张饱经风霜的脸……

因为地处黄土高原，气候条件恶劣，地方经济条件差，绥德的先心病发病率高发，一直都在12‰以上。

整个陕西的医疗中心在西安，患儿得了先心病大多去西安看，西安解决不了就去北京。

在对口帮扶的过程中，顾民到访绥德的时候，就向县医院院长刘军委介绍了心佑工程，商定在绥德免费开展贫困先心病患儿救治工作。这样的好事，刘军委自然非常支持。

2019年2月20日，由医务处李其栋带队，袁振茂、耿直、汤璞石等医护人员组成的心佑工程小分队前往绥德进行先心病筛查。

让小分队没有想到的是，刚到绥德，对县医院已经确诊的第一批15个先心病患儿进行心超检查后，发现只有3个患儿可以手术，其他的孩子都已错过了手术的最佳时机，即使手术，成功率也是微乎其微。

这个结果无疑让大家十分沮丧。

这些孩子或是因为家长不重视，或是因为贫困，或是因为当地医疗条件有限，病情被延误，从而失去手术机会。

虽然责任不在他们，但是他们总觉得是自己来晚了。

顾民对我说："先心病群体中基本是婴幼儿和少年儿童，教育上说不能让孩子输在起跑线上，而我们医务工作者的责任和义务是不能让先心病孩子倒在健康之路的起跑线上。他们是国家未来的一部分。习近平总书记号召全国脱贫攻坚奔小康，无论是农村还是城市，只要一个家庭没有病人，个个身体健康，怎么着都能够自食其力，过上小康生活；但是一个家庭若是有一个孩子患了先心病，却得不到及时的手术医治，这个家庭就很容易因病致贫、因病返贫。心佑工程帮助救治一个孩子，就是帮助一个家庭，十分有意义！"

2020年，南医大二附院联合爱德基金会筹款20余万元，继续前往绥德地区开展心佑工程，救助当地贫困先心病患儿。

心佑工程由李庆国带领的心外科团队发起，如今声名鹊起，其实它也凝聚着很多其他科室医护人员的爱。

"孩子,别怕,有我们,用我的心,滋润你的心,用我们的心,护佑你们的心,用南医人的心,燃起服务健康中国的心!"——2019年南京医科大学八十五周年校庆,李庆国率领的心佑工程团队被评为第六届"感动南医"群体。

十三岁的新疆克州女孩阿依夏至今念念不忘护士姐姐吕家梅。

吕家梅是二附院老年科的护士，本不属于心血管中心。2014年1月心外科刚组建时，借用的是老年科病房，就这样，老年科与心外科医护人员成了一家人。

一头长发的阿依夏来自单亲家庭，她跟着父亲生活，患有房间隔缺损和室间隔缺损，是心佑工程救助的新疆克州第三批先心病患儿之一。由于从未离开过家乡，成长过程中从小少有母爱，正值青春期的她刚入院时非常害羞，不敢与人讲话，回答别人问话时也总是低着头，显得很孤独。

吕家梅年纪不大，那时刚结婚，她主动接近阿依夏，对她说："叫我姐姐吧！"吕家梅为她梳头扎辫子，给她讲好玩的故事逗她开心。阿依夏的毛衣有一个洞，吕家梅给她补好了，还给她买衣服和布娃娃。

几天下来，阿依夏真把吕家梅当成了亲姐姐，有什么心里话都跟她说。

要手术了，那天本不该吕家梅当班，但阿依夏有些害怕和紧张，吕家梅就特意换了班。有姐姐陪着，阿依夏不再害怕和紧张了，手术很顺利。

十多天的相处下来，阿依夏越来越喜欢吕家梅这个姐姐，康复要回新疆时，她依依不舍，眼睛都哭红了。至今，阿依夏还时常与吕家梅打长途电话。

与吕家梅一样，陶立翠也不是心外科人员，她是老年病病区护士长。对待心佑工程救治手术的孩子，陶立翠如同对自己的孩子一样无微不至地关心、照顾着。

孩子刚做完心脏修补手术，尤其是复杂先心病的胸口大手术，医护人员最担心的是孩子剧烈的咳嗽，那样不仅会引起伤口疼痛，还会影响手术效果。

有个孩子做完手术后嗓子里痰多，忍不住想咳嗽，陶立翠一边用自动排痰仪帮助其排痰，一边不间断地用手拍其后背，每次十五分钟。虽然这个不是重体力活，但是十五分钟机械性地拍下来，仍是手臂酸痛，浑身是汗。

2019年10月10日，南京医科大学迎来八十五周年校庆，李庆国率领的心佑工程团队被评为第六届"感动南医"群体。

颁奖词这样写道：

孩子，别怕，有我们，用我的心，滋润你的心，用我们的心，护佑你们的心，用南医人的心，燃起服务健康中国的心！

高山无语，我们自能感其巍峨；大地无语，我们自能感其广博；朝阳无语，我们自能感其温暖；大爱更是无声无息，我们能感其心灵的力量。

在心佑中净化心灵

愁态自随风烛灭，爱心难逐雨花轻。

心佑工程已经救治了405个贫困家庭先心病患儿，405颗畸形破损的心得到了修复，开启了与我们正常人一样健康的心跳，405个家庭的命运得以改变。

在心佑工程救治的405个贫困家庭先心病患儿中，每一个患儿都有一个让人心酸的故事，每一个家庭都有一段让人心酸的经历。

这些患儿是不幸的。

在缺氧的状态下，他们的身心备受折磨，在本该天真烂漫的幼年、童年、少年，他们却享受不到应有的快乐。

这些患儿的家庭是不幸的。

一人生病，一家人跟着焦虑、煎熬，父母倾其所有整天为孩子的病东奔西走、发急发愁。

然而，他们终究是幸运的。

因为有了心佑工程，有了南医大二附院李庆国团队白衣天使们的一颗颗爱心，他们畸形的心脏得以矫正，破损的心得以修复。他们重新获得喜怒哀乐的自由，重新获得原本属于他们的想笑就笑、想跳就跳的快乐。

爱之花开放的地方，生命便能欣欣向荣。

而随着患儿的康复，压在一家人身上的石头终于掀掉了，家人得以轻松地走进农田耕作，走入城市加入打工的队伍，创造属于自己的小康幸福

一批又一批的先心病患儿接受心佑工程的帮助，得以进行"修心"手术。

生活。

我看到李庆国、李小波、耿直、汪露、袁振茂、邵峻、姚昊、陆凤霞、赵向东、钟小雨，还有张国强、周桂华等，尽管他们为了心佑工程，为了先心病孩子付出了很多，吃了很多辛苦，遭遇了很多误解、怀疑，但每每谈起心佑工程，他们总是一脸灿烂，很开心，很快乐。

心超室医生苗芃撰文《拉萨漫行——心生向往》，坦露了自己2020年6月参加心佑工程西藏行的心迹。

似乎冥冥之中就有天意，小时候，第一次和父亲去迪厅，就被一首歌所吸引，耳畔响起《回到拉萨》，心中暗流涌动——那是怎样一个神奇的地方？

今年科里的一次活动，原本是心超室袁主任前往拉萨去给先心病患儿做检查，临走前两天，袁主任突然胆囊炎发作亟须开刀治疗，我便临危受

第九章　只要人人都献出一点爱　　　　　　　　　　　　　341

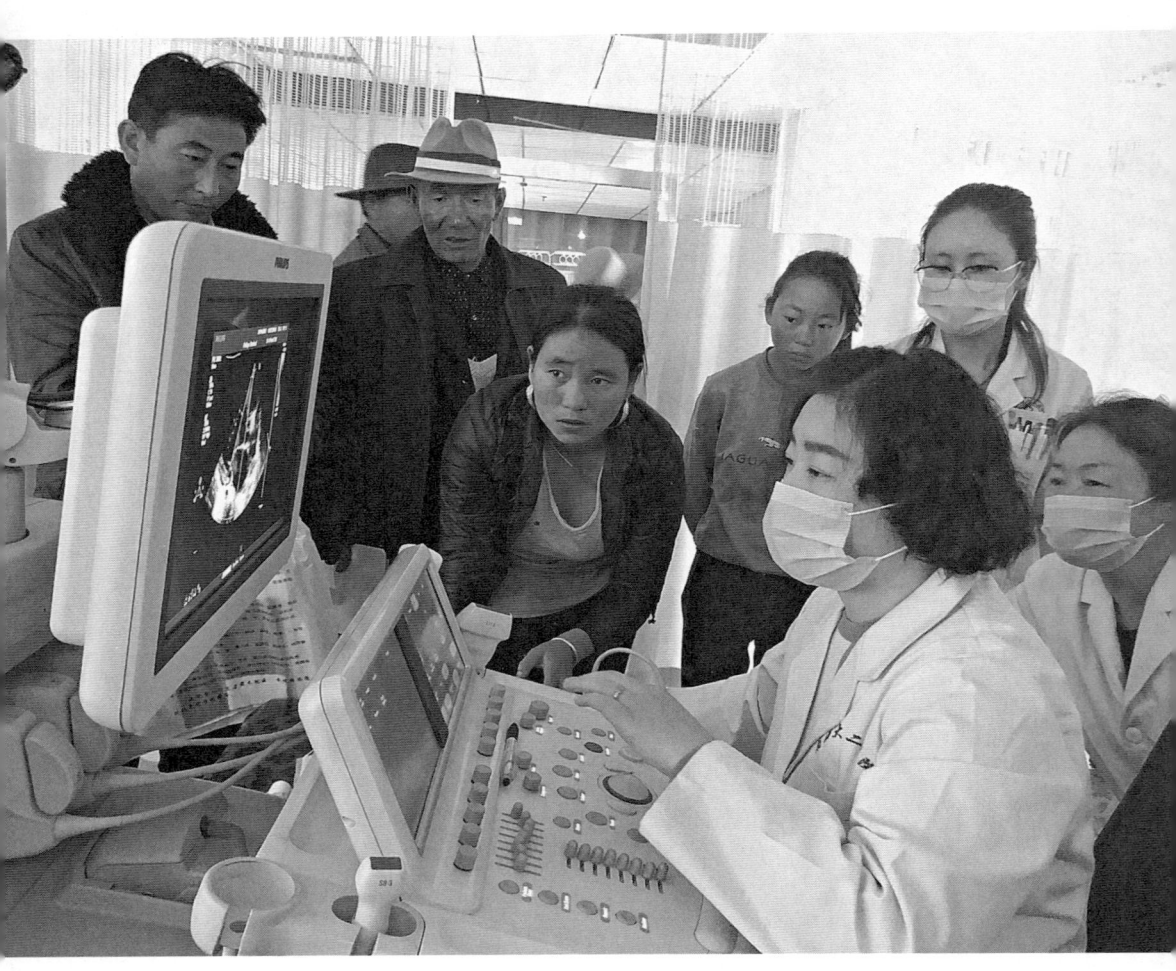

心超室医生苗芃在青海筛查。在救治一个个先心病患儿的过程中,首先得到心灵净化的是心佑工程的医护人员。

命接下这次的任务。由于中间转机重庆，我们只能随身带个小箱子，哪知一路狂奔，最终飞机在拉萨的天空盘旋十多分钟，因天气原因还是转飞到了成都临时降落。同行的耿直医生一脸淡定，他已是第三次进藏，可能早有所预料，我只能看看手机，打发机上等待的时间。后来才知道，他也很郁闷，只是不能让我看出来，不然怕我崩溃。好吧。机组人员换了一批，重新起飞前往拉萨，终于安全到达拉萨贡嘎机场。

晚上十点多，拉萨下着小雨，害怕高原反应，我和同行的耿直医生拖着小箱子小心翼翼地向出口走去。由于疫情，飞机上只能提供面包和矿泉水，所以我们一天都没有吃顿像样的饭了。接待我们的是红十字会的领导，车行到路口小饭馆，稍息片刻。听说刚到高海拔地区，不能吃得过饱，我们也只能吃点面条填点肚子，准备回酒店休息。

可能也是希望我们赶紧回去休息，司机师傅加足马力朝前飞奔。接着我的头就晕了起来，心里一紧，莫不是高反降临？定定神，头还是晃得厉害，心里想着，高反不会这么快吧？倚靠着车窗，闭目养神，紧接着胃里开始不舒服。在包里翻出塑料袋，以防万一，不能给他人添麻烦；但是抑制不住，一个急刹车，刚刚吃的食物全吐了出来，同行的领导赶紧吩咐师傅去药店，给我买了抗高反的药。这时候，已经感觉全身无力，头晕得更厉害。到了酒店，感觉连下车的力气都没有。好不容易挪到酒店大堂的沙发，瘫软无力；办好手续，突然站都站不起来，人家只好弄了辆轮椅把我推到酒店房间，生平第一次坐轮椅就献给了拉萨。到了房间，移到床上，已无知觉！整晚排山倒海，头痛欲裂，只能躺在床上，动弹不得。

第二天一早，同行的耿医生电话关心了我的情况，我好不容易摸到手机，发现举起手机都很费力，本来计划今天为先心病孩子做检查的，听闻已有近30个孩子到达医院，挣扎着起来。简单地梳洗一下，头还是疼得厉害，在包里摸了颗止疼药，匆匆准备下楼，刚走两步，就瘫坐在地上。好吧，只能不顾形象地继续坐轮椅到车上。到医院一路的美好风景，我已无心欣赏，心想赶紧到医院，把孩子的检查做完。一到医院，领导便让我先去吸氧休息，等情况好点再给孩子们做检查。感谢领导的照顾，又派来了一位省里援藏的医疗干部陈医生为我检查。在医院吸了近一小时的氧气，终于感觉人活过来了。中途，院领导、主任、红十字会的会长都过来慰问我，心里很受感动，同时也有点自责，身体太不争气，耽误了大家的工作。有了力气，主动请缨，去看看孩子，领导还是不放心，吩咐给我带了两个氧气罐，让我一边吸氧，一边给孩子做检查。一进诊疗室，我有点吃惊：按以往的经验，让病患等了这么久，通常病人家属多少会有点怨言；可是，我刚上楼梯，看到藏族的孩子和家长一个个恭恭敬敬地在门口排好队等着我。他们衣衫平常，额间冒着汗珠；孩子们天真无邪，一双双波光粼粼的大眼睛打量着我。我甚至有些自愧不如，眉头一紧，步伐有力了许多，赶忙摆好心超机，为他们进行诊疗工作。

高原地区由于缺氧，孩子患先天性心脏病的发生率要比平原地区高很多。拉萨当地因为医疗水平不足，诊疗设备不完善，人员紧张，有些检查没有能力进行，很多孩子其实一出生就有症状，但一直未得到确诊或治疗。特别是藏族的孩子，因为文化的差异、语言的障碍和对先心病的无知，很多孩子家长并不知道先天性心脏病的严重性。所以，我们带上我们的心超机，一路从南京背到拉萨，目的就是给当地的孩子们做心脏检查，同时帮助他们发现问题。如果有心脏的问题，就帮助他们治疗；没问题就告诉他们，让他们放心。这样既不会耽误病情，也打消了他们心中的疑虑。孩子们一个接一个，都是自觉排队；家长把孩子抱上诊疗床，毕恭毕敬。奇怪的是，诊疗室里虽全是孩子，竟然没有吵闹声。一个身穿藏族服饰的小男孩检查完偷偷跑到我跟前，用汉语和我说他长大了也要当医生，我心里鼓舞极了，身上又有力气了。当我告诉孩子家人孩子没事的时候，旁边的医生帮我用藏语翻译，他们听了后，孩子的爸爸用汉语跟我连声说谢谢。顿时，我觉得很开心，什么都值得了。

任务完成，共发现了10个需要手术的孩子，后续我们将为他们进行治疗。工作暂告一段落，中午在当地的市妇幼医院食堂吃了便饭，可能高反不适明显减轻，有了食欲，大快朵颐。第三天我们继续为当地的医生进行了简单的培训，让他们进一步了解先天性心脏病的诊疗过程。毕竟来了西藏，中午我和同行的耿医生去周围逛逛，打卡了罗布林卡，在布达拉宫的外围照了游客照，虽然没勇气爬上去，也算见识到了一种震撼！藏民的虔诚，一步一叩首的朝拜，包括司机师傅口中的佛教故事，也许看之听之不能理解，但是不得不承认，这是个令人心生向往的神奇地方！

任务完成，再加上身体不适，虽然高反症状减轻，但在拉萨的三晚都没怎么睡得着觉，匆匆回了南京。心里总有个声音：下次还会再来！

其实，在心佑工程救治一个个先心病患儿的过程中，首先得到心灵净化的是心佑工程团队的医护人员，还有后来陆续加入的成员。

毕业于安徽医科大学的心脏彩超医生徐长达对我说，刚到心血管中心，知道医生们在参与心佑工程，为所有贫困家庭先心病患儿做的手术都是义务的，对交不上治疗费用的贫困家庭，还允许他们赊账看病，甚至有医护人员垫钱给患儿看病时，觉得不可思议。

徐长达说，一直都知道"医者仁心"这句话，也会唱"只要人人都献出一点爱，世界将变成美好的人间"，可直到后来参加心佑工程，才真正读懂了"医者仁心"这四个字的意义，理解了那句歌词蕴含的爱。

心血管中心只有两位男护士，刘希利是其中之一。

刘希利毕业于徐州医学院，老家在连云港赣榆区农村。当初，他上大学时选择护士专业，就是为了方便就业，减轻家里负担。

2008年，刘希利到南医大二附院工作后还有换岗位的打算，毕竟一个大男人，也不能一辈子做护士。

2014年，刘希利加入了李庆国的心外科团队，觉得这是一个有情怀的团队，也就在这个团队，他打消了换岗的念头。

刘希利记得2016年7月30日，夜里十一点刚下晚班交班的时候，姚昊问他愿不愿意去新疆，跟李庆国去克州，为心佑工程救助的先心病患儿手术。

刘希利从没有去过这么远的地方，也没有坐过飞机，但他二话没说，当晚就跟着李庆国、姚昊等飞往新疆克州，从此成为心佑工程的一员。

有一个先心病患儿经常流鼻血，父亲去世，母亲重新组建家庭，家人开始没引起重视，直到十一岁的时候才诊断出先心病。手术很成功，但麻药药效过了后，伤口很疼痛，而此时患儿如果打喷嚏、咳嗽，都会影响伤口愈合。为促进患儿肺扩张，避免打喷嚏、咳嗽，刘希利每隔一会就要轻轻拍打孩子后背，有时一拍就得数十个小时，因为他护理得好，患儿恢复得很快。

这让他感受到了自己的价值，十分开心，再也没有提过换岗的事。

刘希利是全二附院 1000 多个护士中，夜班上得最多的，一年上了 100 多个夜班。

河南有个七岁的小男孩刘顺宇，患有复杂先心病，三年前刘顺宇的父母带着他在上海找到了李小波，做了双向 Glenn 术。但这种病要完全康复，还需要进行三次以上的手术。

三年后，因病情发展，刘顺宇需要进行二次手术，父母带着他辗转来到南京，再次找到了李小波。

术中诊断为完全性心内膜垫缺损、肺动脉瓣及瓣下狭窄、房间隔缺损、右室双出口、二尖瓣前叶裂伴中度关闭不全、三尖瓣中度关闭不全、永存左上腔，须双侧双向 Glenn 手术。

手术费用需要 11 万元。

刘顺宇父母打工攒下的钱在孩子第一次手术时就已花完，除去医保部分，加上借款，最终还差 4 万多元，缺口依旧很大。到哪里去筹措这笔钱？刘顺宇父母急得唉声叹气，吃不下饭，睡不着觉。

为了不耽误孩子的手术，李庆国决定通过心佑工程来帮助他们。

2018 年 10 月 25 日，进行全腔静脉肺动脉连接术，二次手术风险、难度更大。李小波凭借高超的手术技术化风险为神奇，手术十分成功。

然而，刘顺宇术后的监护也十分艰难。

某大医院心胸外科重症监护室主任陆凤霞应邀前来会诊。

陆凤霞不仅重症监护业务能力过硬，而且年轻漂亮，柳眉弯弯、明眸皓齿、琼鼻秀挺、宜喜宜嗔。

袁振茂说，他刚到二附院工作时，有一次，因为一名复杂先心病重症患儿术后出现情况，中心请了小儿重症监护专家陆主任参加抢救，他以为这位陆主任一定是一位资深前辈，可是当陆主任出现在他面前时，他吓了一跳：咋这么年轻，还这么漂亮？

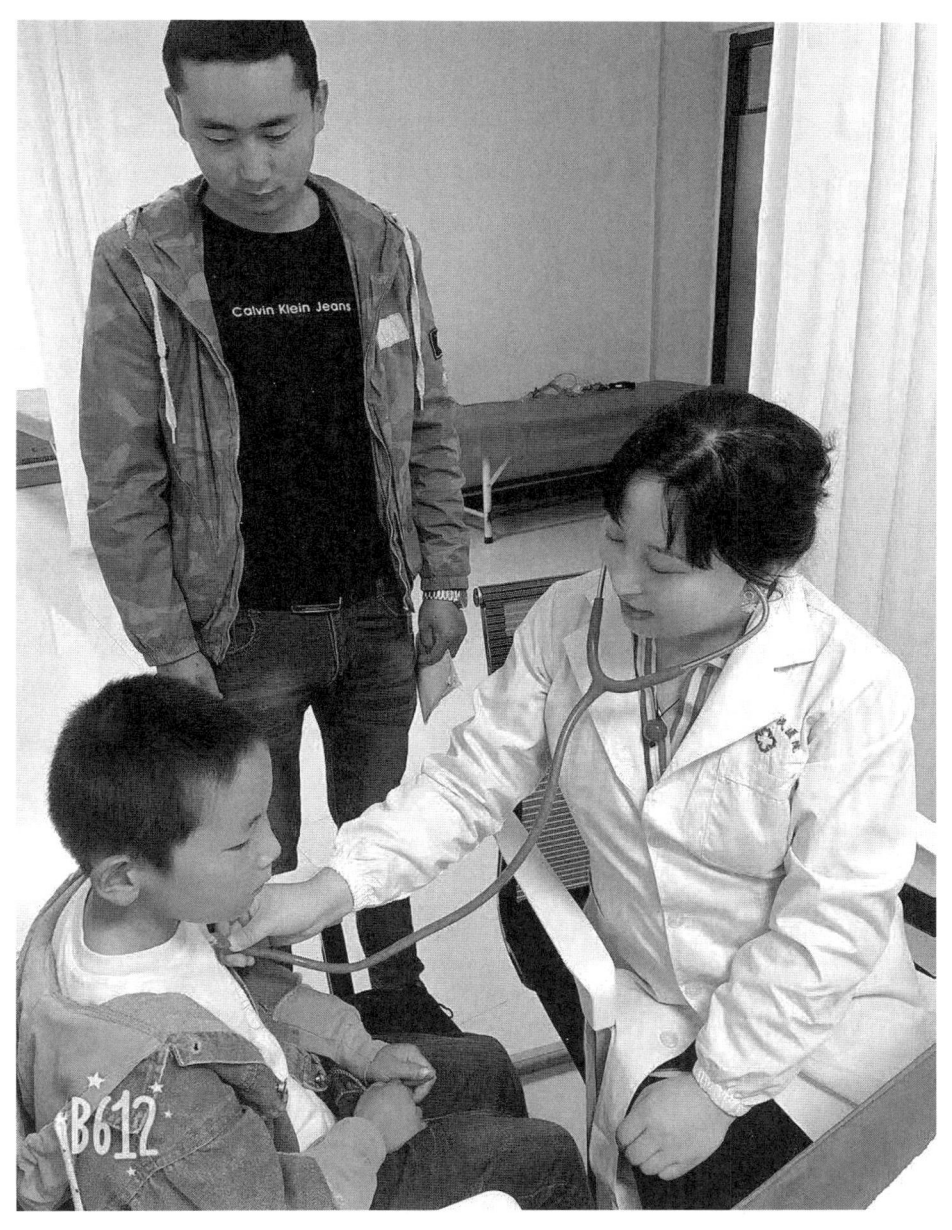

心佑工程医护人员凑钱给先心病患儿买药感动了陆凤霞,她最终加入了心佑工程这个无私奉献的团队,成为心佑工程的志愿者。

刘顺宇术后肺阻力高、低氧，血压维持困难，需要使用曲前列尼尔降肺压。

陆凤霞原本以为，这虽是进口药，很贵，但在南京花钱就能买到，并不难。然而，她想不到的是刘顺宇的父母早已掏空了家底，孩子的手术费用尚要求助于心佑工程，还没着落，而一支曲前列尼尔的价格要1万多元，根本不是他们能够承受得起的。

怎么办？

李庆国与李小波一合计，还是由科里的医生和护士凑钱，从院外买回一支曲前列尼尔给刘顺宇用上了。

这一切，重症监护室外的刘顺宇父母并不知道。

这种事对于心佑工程的医护人员来说，已经习以为常，却深深地触动了陆凤霞：这年头居然还有医护人员自己凑钱给患儿买这么贵的药？

因为时常有复杂先心病患儿手术后在重症监护室出现情况，陆凤霞总是被请来会诊、指导，有医护人员就跟她说："陆主任，干脆到我们医院来吧！"

陆凤霞虽然也很喜欢李庆国心血管中心团队的氛围，但她毕竟在省城一家知名大医院担任中层，真正要离开，这个决心并不好下。

"你们与患儿家庭非亲非故，为什么会这么做？"陆凤霞问李庆国。

李庆国憨厚地嘿嘿一笑，道："患儿生命危急，家里拿不出钱，临时筹款来不及，我们不凑，患儿不就等着悲剧发生吗？作为医生、护士，怎么能眼睁睁地看着这种悲剧发生在我们眼皮底下？况且，我们发起心佑工程不就是希望力所能及地多帮助几个先心病患儿手术吗？我们每人凑一点也凑得起，无非是这个月少拿个几百块钱。"

军人家庭出生、性格豪爽、重情重义的陆凤霞突然认真地问李庆国："我愿意到你们这儿工作，你们还要人吗？"

李庆国满脸笑开了花，说："这还用说，你也看到我们心佑工程救治的大多都是孩子，重症监护室就缺你这样的小儿心脏护理专家，可你是大医院的主任，我们庙小呀！"

2019年3月1日，陆凤霞最终下定决心加入了二附院心血管中心这个无私奉献的团队,并成为心佑工程的志愿者。

一滴水放进大海里,才永远不会干涸;一个人只有当他把自己和集体的事业融合在一起的时候,才最有力量。

得未曾有,心净踊跃。

纵然艰难,无忘真爱,只为日落的背后正酝酿一轮新的黎明。

绿叶对根的情意

种下一棵树,收获一片绿荫;献出一份爱心,托起一分期望。

近七年来,最让心佑工程团队成员欣慰的是,他们以自己的爱与奉献,不仅修补了 405 个孩子畸形的心脏,而且改变了 405 个家庭的命运。

托依达力在南京治好了先心病,考上了新疆大学。

对手术康复出院的孩子进行复查、回访，是心佑工程团队的一项制度。2019年8月以来，我跟随李庆国、耿直、张国强等人去过新疆、青海，也去过苏北，参加过他们对手术康复出院的孩子的复查、回访。

平凡的人做着不平凡的事，诠释着生命的新意。

我看到，那个从"倒霉蛋"到"幸运儿"的于小军，听说我们来看他，骑着自行车赶到村口迎接我们，而当年于大雄带着他找到二附院的时候，他连走路都很困难。

于小军现在已经初中毕业，由于之前生病，学习成绩不很理想，上高中有难度，他正琢磨着学个什么手艺。父亲于大雄在外打工，每月能挣4000多元，他再也不需要两头牵挂，辛辛苦苦挣得的钱都给儿子买药了。

而且听邻居说，于大雄正在攒钱准备娶媳妇成家呢！

我看到，那个因为女儿先心病没钱手术，导致肺动脉高压并发症，被高昂的医药费用压垮，几近崩溃的徐华，带着女儿小雅一脸轻松地出现在我们面前。

徐华在煤矿井下挖煤十多年，身体不算很好，现在不打工了，主要照顾家庭，好在每月拿退休金，生活有基本保障；爱人在无锡打工，每个月有4000多块钱工资；小雅的姐姐在上海开了一家花店；小雅如今上小学，成绩还不错。

徐华不住地说：如今苦日子熬出头了，老天有眼，让我们遇到了心佑工程，救了孩子，也救了我们这个家，一家人总算过上无忧无虑的日子了。

六年前，十一岁的小雅被父亲带到二附院时，由于长期心脏供血缺氧，连出租车都上不去，体重只有40多斤。如今，小雅的个头已经有163厘米，体重110斤，尤其过去脸上、手指和嘴唇的绀蓝都没了，脸色白里透红，已出落成一位含苞待放的美少女。

"就是太胖了，要减肥了！"小雅有些不好意思地跟我们说。

我看到，那个因为法洛四联症苟延残喘了二十九年，预感自己命数已到，向继母求生，明知手术风险巨大却毅然走上手术台的小唐，如今他虽然还在吃药，但生活已经能够自理，并且如愿以偿地找到了一份文印社打字员的工作，实现了自食其力的梦想，对人生开始充满憧憬。

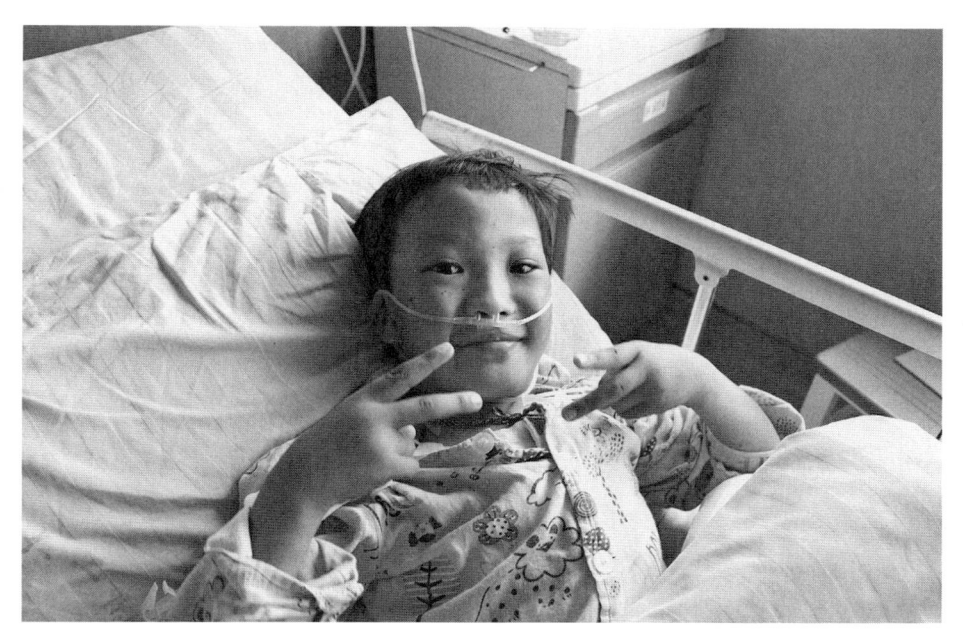

叶西卓玛患动脉导管未闭，家里每年的 2 万元收入都花在她吃药打针上。心佑工程为卓玛免费手术后，她十分开心。

卓玛手术康复后上了学，个头长高了，家里的生活也开始富裕了。

我还看到，耿直走进江苏电视台综艺频道《缘定今生》节目现场，为其募集两年康复药费的徐婷，虽然她的父母依然在捡破烂，每月4000多元的收入，但再也不用为女儿动不动来一场病而烦恼，一家子吃饱穿暖没有问题。而徐婷已经是小学四年级学生，她告诉我们，期中考试她的语文、数学拿到了双百。

远在新疆的托依达力，如今刚从新疆大学建筑系本科毕业，正在找与自己所学专业对口的工作。而且小伙子已经谈了女朋友，漂亮的女友毕业于昌都卫生学校，已经成为一名白衣天使。

青海海南州的那些被心佑工程救助的患儿家长，听说南京心佑工程的医生要来回访，家家都准备了长长的或洁白或金黄的哈达。

在青海湖民族寄宿制学校，耿直对"母亲改嫁远方，父亲车祸身亡，跟着年近八旬爷爷生活"的彭毛切吉的身体进行复查后，她的爷爷索南才仁非要邀请我们去他家里坐坐。

海南州贵南县卫健委的工作人员告诉我们，我们要去的下一个回访家庭到索南才仁家基本顺路，拐个十来公里就可以。

我们答应了老人的邀请，这样，老人开心地骑上他的摩托车为我们带路。

老人的家住在连绵的大山脚下一块开阔的地带，门前就是茫茫的大草原，牛羊成群。

迎候在门前的彭毛切吉的奶奶、舅舅、姨娘，还有彭毛切吉的小妹妹，热情地招呼着我们上炕，端上热腾腾、香喷喷的酥油茶和满满一锅刚煮好的羊肉。

老人一家不会讲普通话，但是，他们以他们的热情和真诚的眼神，向心佑工程医务人员表达着内心的感激。

2019年7月6日下午，我们来到了2018年3月心佑工程第三批筛查救治的青海先心病患儿之一、贵德县尕让乡的叶西卓玛家里。

当时，卓玛动脉导管未闭，病情很重，个头只有1米，体重40斤，身体基本停止了发育和生长，很快就会并发肺动脉高压。

卓玛的母亲娘家在果洛，那是一个出虫草的地方，每年虫草季节，当

他们以他们的热情和真诚的眼神,向心佑工程医务人员表达着内心的感激。

地人就靠挖虫草创收。当地规定，挖虫草都要收地皮费，本地人除外。但每年挖虫草的时节，只能有卓玛母亲一人去挖，她父亲哪都去不了，整天得守着她。家里每年的 2 万多元收入都花在了她平时的打针、吃药上。

2018 年 5 月，卓玛到南京手术康复后，仅一年，个头长高了 4 厘米，体重增加了 30 斤，而且活泼好动。我们与她的父亲刘尕才聊天的时候，调皮的小卓玛一会儿骑到爸爸的腿上，一会儿在旁边对我们做鬼脸。

刘尕才告诉我们，卓玛去年手术康复后上了学，他就与爱人一起在果洛打工，虫草季节挖虫草，一年毛收入 6 万多元，除去家里的开支，还了很多欠账。他觉得，按这个速度，家里再过两年就可以脱贫致富了。

就在我们告别的时候，刘尕才拿出早已挑选好的 6 根虫草，送给耿直，说这是他和卓玛母亲的心意。

耿直赶紧从口袋里掏出 500 元，刘尕才死活不肯收，耿直说这是医院给的慰问金，他才收下。

还记得那位不幸的乡村藏医索南夫壮吗？他在宝贝女儿南玛拉毛要到南京免费手术前夕，因为心脏病不幸猝死。

2019 年 7 月 7 日，我们来到南玛拉毛的家。她的妈妈杨世先、一位美丽的藏族妇女抱着她，和家人等在村口路边迎接我们。

孩子的爷爷为我们一个个献上了哈达，家里门前走廊长长的桌案上也早已摆上了酥油茶、自制的酸奶，还有各种藏民们喜欢吃的面点。

因为手术康复刚过去三个月，三岁的南玛拉毛依然怕生，在妈妈的怀抱里不肯下来，不过她那一双水汪汪的大眼睛，滴溜溜地看着我们，粉红色的小脸和翘翘的鼻子十分可爱。

张国强举起相机，不停地按着快门，给母女俩拍照。

这时候，灿烂的阳光越过树梢照进藏家庭院，洒在杨世先母女的身上。

我觉得，这抹阳光也许就是南玛拉毛的爸爸索南夫壮在天国里的微笑。

第十章 长风破浪会有时

只恐双溪舴艋舟

人是经济社会发展的基本要素和动力。

据国家统计局统计，2018年，我国出生人口为1523万；2019年，我国出生人口为1465万。

中国是世界人口大国，也是出生缺陷和残疾高发的国家之一。

生一个健康的宝宝，对于育龄青年来说，是再寻常不过的期望。然而，对于相当一部分人来说，这种期望却成了奢望。

权威数据已经表明，我国每年约有30万名新生儿确诊为先心病。

也就是说，每九十秒我国就新增加1名先心病婴儿，而在其中，只有8万名左右的新生儿可以得到及时手术，这意味着20多万名不能得到及时手术的孩子以及他们的家庭将因此饱受痛苦。

数字是惊人的、沉重的，而现实中先心病患儿及其家庭的艰难、痛苦和挣扎，更让人揪心。

2019年，某大型网络平台在为贫困家庭先心病患儿募集救助资金时，讲述了这样几个故事：

故事一

李沈名扬，男，2015年3月22日出生于浙江省建德市。名扬的家庭本来还算富裕，但名扬快一周岁的时候被确诊为法洛四联症，从此，这个家庭的境遇几经磨难，一落千丈。

2016 年 3 月 29 日，名扬一周岁时，父母带他在上海的医院做了法四根治术，手术费用 116550.21 元。

没想到，名扬术后因为营养不良，导致左肺动脉发育不全，反复肺炎。肺炎影响心脏，心功能不全就很容易感冒，反复的恶性循环，导致孩子在 2016 年的 7 月 21 日到 12 月 29 日的五个月里住院六次（其中有四次进重症监护室）。2017 年 6 月，名扬又做了开胸手术，在左肺装了支架。

2018 年 4 月 23 日，名扬再次因浮肿、缺氧住进了 PICU，当晚插了呼吸机，直到 7 月份才出监护室。

连医生都说名扬这次能出监护室，生命力很顽强，可是医生还说，看孩子的情况，他仍需再做心脏手术，可能一次也可能多次，一次手术费用预计 20 多万。

然而，这个家庭已无力承担治疗费用：两年多来，为医治名扬的病已花去 70 多万元，耗光了家里的积蓄，还欠下 30 余万元外债。

看着体重只有 12 斤实际却已经三岁多的孩子，名扬妈妈心痛如绞。

故事二

刘学言，女，2017 年 3 月 5 日出生于贵州省遵义市。因为学言的妈妈输卵管堵塞，治疗了九年做试管以后才怀上了她，所以对于这个期盼已久的孩子，夫妻俩非常疼爱。

没承想，孩子在半岁时查出法洛四联症。2018 年 5 月，他们东拼西借了 10 万在遵义做了手术，术后的第三天，医院下达了病危通知书，学言在外科重症监护室住了二十五天后，6 月 12 日转到了儿科重症监护室，他们连陪在孩子身边都是奢望，隔天才能去探望五分钟。

医生在学言的病历上写道：患儿患有重症肺炎并呼吸衰竭、中毒性脑病、肝功损害；小儿腹泻并脱水；侵袭性真菌感染；法洛四联症术后心功不全；毛细血管渗透综合症；癫痫；低蛋白血症……

看着密密麻麻的病症，夫妻俩泪如雨下。

医生告诉他们,学言的这个病只能进行姑息手术,而且要想保住孩子,还得做几次手术。

而学言在 PICU 中,一天的花费就是 5000 元,夫妻两个都是农民,家中只有几亩田而已。

他们真的非常害怕失去女儿。

故事三

孙诗雅,女,2015 年 4 月 3 日出生于江苏省昆山市,患有法洛四联症。

诗雅的上面还有一个哥哥和一个姐姐,妈妈小时候因为发烧引起了小儿麻痹症,语言和肢体协调等方面都不正常,父亲也是个残疾人。他们兄妹三人外加父母都由奶奶一人照顾,因此家庭条件很差。

诗雅出生没多久就被诊断为先心病和唐氏儿,家里亲戚都主张放弃治疗,但是诗雅妈妈不忍心将怀胎十月的孩子扔下,坚持在上海给诗雅做了

柯族先心病女孩得到心佑工程帮助免费手术康复后,她的母亲露出欣慰的笑容。

第十章　长风破浪会有时

第一次手术。这个手术之后，诗雅每隔一两个月就会因为肺炎住院，诗雅妈妈带着孩子在上海走街串巷卖水果为生。

此后，在好心人的帮助下，诗雅做了第二次心脏手术，可是医生说还需要一次手术才能保住诗雅的生命，手术费还得十几万元。

诗雅的妈妈才三十三岁，头发都愁白了，靠着蹬三轮车卖水果什么时候才能凑到十几万元的手术费用呢？

只恐双溪舴艋舟，载不动许多愁。

他们想活，却活得太痛苦、太艰难；他们想拥抱明天的太阳，却无力抬起沉重的双臂。

小小年纪的他们面临着一次又一次的手术，他们的父母、他们的家人又何尝不在经受一次又一次的折磨？

曾经有一位四个多月的先心病患儿的妈妈告诉我们："住院四十多天了，只能在固定的时间段有几分钟的探视时间，以解相思之苦！"

也曾有一位母亲，在重症监护室门口，对着手术后无法出监护室大门的孩子，跪在地上失声痛哭，而囊中羞涩又如何能挽留爱子在身边？

穷怕病，富怕贼，这是中国自古就流传的老话。

有一段顺口溜：救护车一响，一年猪白养；住上一次院，三年没条件；若是你往病床倒，钞票一看会越少；十年努力奔小康，一场大病全泡汤。

对一个普通家庭来说，一旦孩子身患大病，轻者用尽积蓄，重者倾家荡产、债台高筑，而相比之下，农村家庭就更加脆弱、不堪一击。

中央电视台《经济半小时》曾经讲述过这样一个故事：

山东平度有这样一个家庭，农民官玉辉有两个女儿，姐姐茜雅、妹妹雪琴，看着两姐妹天真烂漫的笑容，不知道的人会觉得这是一对快乐无忧的小姐妹。

然而命运无常，不幸接二连三地降临在她们身上：姐姐茜雅两岁时被查出患有先天性心脏病，手术费用需要4—5万元。

官玉辉一家只有几亩地，年收入1万元左右，一下子根本拿不出这么多钱来，只能去打工，想攒够给茜雅手术的钱。

茜雅一次次和死神擦肩而过，她胸闷，嘴唇青紫，活动耐力越来越差，在她来到人世的第十三个年头时，夫妻俩终于攒够了茜雅的手术费用。

眼看着就要跨过这个坎，不幸再次从天而降，一向健康活泼的小女儿雪琴突然被查出患上了白血病。医院已经给雪琴下了病危通知书，必须尽快化疗，医生说治疗雪琴的病至少要 20 万元。

就要挣扎出困境的家庭，一下子就被这个噩耗推向了深渊。

而医生告诉他们，茜雅因为病情延误太久，已出现了严重并发症，肺动脉高压越来越严重，脱垂越来越严重，潜藏极大的危险，需要尽快手术，否则，孩子得心肌膜炎的几率比较高，再手术就难了。

雪琴病危，必须尽快化疗，茜雅的病也已不能再拖了，官玉辉夫妇很清楚，对于救治挣扎在生死边缘的两个女儿，他们的家庭无力负担和支撑，他们无法回避最后的抉择。

十多年来攒下的 5 万多块钱该救姐姐还是妹妹，夫妻俩在巨大的矛盾和痛苦中倍受煎熬。

有人劝他们，姐妹俩只能救一个，雪琴的病花费太大，他们那点钱杯水车薪，还是放弃吧！

正在夫妻俩一筹莫展的时候，姐姐茜雅给父母跪了下来，央求说，她已经十四岁了，手术不用做了，妹妹还小，救妹妹吧！

茜雅的举动，让她的父母眼泪像断了线的珠子，哗哗流淌。

为了挽救病危的雪琴，最终家里还是决定赶紧给雪琴进行化疗。

雪琴在医院一住就是四十七天，病情暂时稳定了，可是 5 万多元花得分文不剩，还欠下许多债，这是这家人辛辛苦苦攒了十年的救命钱呀！

接下来的问题是，雪琴的病至少还需要花费 20 万元！而茜雅还等着手术！

绝望之中的官玉辉想到，他们一家都参加了农村合作医疗，这让他燃起了一线希望；可是，当得知最终的报销额度时，他再一次陷入了极度失望。光住院费就花了 33000 元，医保报了 13000 元。这意味着，按这个报销比例，仅仅是雪琴后续的治疗费用，如果以 20 万来计算，他的家庭至少还要承担 10 多万元。打工加上务农一年只有 1 万多元收入的他们，如何能够承担？

"死亡"这个词，开始越来越多地出现在他们的脑海里。

官玉辉说，他们想到了卖房子，可是农村的房子不值钱；他们想去卖血，看看能不能卖点钱，可又不知找谁买？不管卖什么，哪怕乞讨呢，只要能救孩子的命。

后来，官玉辉一家的困难通过新闻媒体的报道，引起了社会的关注，青岛儿童医院心脏中心与青岛慈善总会共同建立的"心连心"公益基金帮助姐妹俩解决了大部分的手术费用，姐妹俩的生命得到了救治，一直心如刀绞的官玉辉夫妇终于舒展了眉头。

孩子身患重病是命运的无情，孩子生病没钱救治一定程度上是社会保障的缺失，可是令人动容的是，这些简单纯朴的父母，在这样巨大的不幸中，没有任何的怨天尤人，只是自责，只是想尽一切办法救孩子。

通过新闻媒体报道引起社会关注，救治没钱手术的患儿，帮助患儿家庭摆脱困境，当然是件幸事。然而，这只能是个案。

打开百度搜索引擎，输入先天性心脏病一词，你会发现众多先心病患儿和家庭的求助信息，类似上面的故事每天都发生在我们的身边。

这一个个脆弱的农村贫困家庭，如何能够让身患重病的孩子继续生活下去呢？

春有百花秋望月

我国约有 400 万先心病患者，其中一半是儿童，很多患儿（者）已经失去了手术根治的机会，只能通过姑息手术和药物延长生命、改善生活质量，有的正在等待或已经面临不幸的到来。

武汉新州区五十四岁的夏玉胜介绍，自己同四十八岁的妻子洪玉英生养了一双儿女，家中种了 4 亩多地，虽不富有但也感觉到幸福和满足。可天有不测风云，二十三岁的女儿夏婷突发心脏病，生命垂危，被送往同济医院急救，诊断为先心病，亟须做心肺移植手术。

手术费要50多万元，他们找亲友和村民借到的钱不及五分之一。夏婷住院抢救十九天后，因无钱手术，只好回家靠药物维持生命。半年不到，女儿病情恶化，不幸离世。

祸不单行，次年1月4日，十六岁的儿子夏岩放学途中突然昏厥，倒地不起，检查发现儿子与女儿同样患的是先心病，也亟须做心肺移植手术，手术费要60万元。

医生感到奇怪，就叫夏玉胜的妻子洪玉英做检查，结果查出洪玉英也患有先心病，儿女的病都遗传于她。

面对儿女的痛苦和不幸，洪玉英又愧疚又自责，觉得自己是一个给儿女带来灾难的母亲。她说，结婚前身体一直很正常很健康，当时结婚也没有进行什么"婚检"，如果早知道自己患先心病会遗传给心爱的儿女，就不会生育，或者不结婚了。

有数据显示，中国计划生育放开二胎政策后，人口并没有大幅增长，甚至新生儿出生率逐年下降。

新生儿出生率下降不可怕，怕的是先天性生理缺陷的病症不能得到及时纠正和修复，病残多了，那才是家庭和社会的灾难。

关键是，随着医学技术的发展与进步，先心病在所有生理缺陷疾病中，并不是最难啃的硬骨头，无须伤筋动骨，甚至不需要花太大力气，就可能得到有效扼制和解决。

不能说国家不重视。在"九五"期间，国家就为先心病三级防治立项，以加强对先心病的防治工作。

三级防治中，一级防治主要寻找引起先心病的因素，例如遗传、环境、药物、放射线，还有孕妇饮食习惯等。由于因素复杂多样，通过研究发现了一些高危因素，也发现了一些保护胎儿心脏的有利因素。二级防治是把住胎儿心脏是否正常的重要一关，孕妇在孕期四五个月甚至两个月时就能通过先进的仪器检查，根据胎儿的血流和结构判断是否有心脏病或者心脏病的种类，对于病情较轻的可以出生后治疗，对于较重的就应该考虑优生优育了。三级防治，是指给新出生的先心病孩子治疗。

江苏省人民医院妇幼分院小儿心胸外科主任顾海涛认为，国外在一级

心佑五年，收获满满的爱心。

防治的宣传上更好一些，而在我国一些偏远地区，人们对这方面的知识还不太了解。国外在食品中添加叶酸，有很好的预防效果，特别是对脊柱裂和先心病都有防治作用。我们的全民投放叶酸做得不够，备孕和妊娠的妇女都应该添加叶酸。二级防治我们刚刚起步，不像国外那么成熟，目前在大城市做得比较多，应该努力向农村和偏远地区推广。

对于三级防治，顾海涛认为，我们的大医院，如北京阜外医院、安贞医院或者其他大型心脏中心，医疗条件和国外比较先进的医疗机构相比，其实没有太大的差别，在个别病种上我们还有一些优势。但是，我们的发展不够均衡，到目前为止，治疗先心病的医院虽有所增加，但仍与实际需求相距甚远，主要集中在一二线城市大型医院，而在对复杂先心病患儿的治疗中，死亡率还比较高。

近年来，为切实解决城乡居民贫困家庭先心病儿童的医疗救治问题，减少因病返贫、因病致贫的现象发生，国家在部分省份已经给予政策，主要是针对年龄在一至十四岁，患有室间隔缺损、房间隔缺损、动脉导管未闭、肺动脉瓣狭窄、主动脉狭窄、主动脉缩窄、肺动静脉瘘、冠状动静脉瘘等的儿童，治疗费用部分或者全部减免。

2018年，国家卫健委妇幼司在上海、河北、山西等24个省（自治区、市）启动新生儿先天性心脏病筛查项目，利用双指标法为出生六至七十二小时的新生儿开展先心病筛查。

一些省、市也采取了积极措施。

2019年3月11日，江苏省卫健委做出规定，要求从2019年起，全省所有新生儿出生后三天内，全省所有妇保助产机构要对新生儿安排专科医生进行心脏听诊和脉氧检查，实现先心病早诊早治；在全省范围内成立先心病筛查工作组，从筛查、诊断、治疗三个层面，建立先天性心脏病治疗网络。

江苏省卫健委妇幼健康处处长刘益兵介绍，国家有规定，在医院出生的新生儿，一般七十二小时内就要做筛查。筛查相对来说比较方便，一是医生通过听诊，判断心脏到底有没有杂音；二是做血氧饱和度检测，这也是无创的。

心脏听诊和脉氧检查，可以筛查出90%以上的复杂先心病。

一旦发现有疑似心脏问题，新生儿会通过绿色通道，被转诊至上级医院进行诊断治疗。

刘益兵介绍，江苏将在基层妇保助产机构开展人员培训，对有困难的医疗机构进行资金和设备上的帮扶，争取实现全覆盖。

目前，江苏全省确立了五大先心病治疗中心，分别为：南京市儿童医院、江苏省妇幼保健院、南京医科大学第二附属医院、苏州大学附属儿童医院和徐州市儿童医院。

对先心病治疗中心，耿直解释说："县里面的医院只是接生单位，但不是诊断中心，县医院先把检查数据发到诊断中心，诊断中心收到数据之后，就会给这个孩子下一个诊断，诊断中心的数据再进一步上传，传到像我们这样有能力治疗先天性心脏病的治疗中心。"

在全国省、自治区、直辖市中，对儿童先心病、白血病"两病"实施免费救治政策的，江西省是第一个。

2010年8月，江西省从解决重大民生问题入手，本着"事先测算、量力而行、尽力而为、应救尽救"的原则，将儿童先心病和白血病免费救治作为重大民生工程，筹集经费1.3亿元，在全省开展儿童白血病、先心病两种重大疾病免费救治试点工作，并将救治范围扩大到全省城乡儿童。

与国家要求相比，江西省"两病"免费救治试点有四大特点：一是覆盖范围更广，国家要求在部分县（市、区）开展试点，而江西的免费救治覆盖全省；二是救治对象更宽，国家要求的救治对象为农村儿童，江西省则覆盖到城乡儿童；三是救治病种更多，在卫生部指定的6个病种基础上，江西省增加了4个病种，使救治病种达到10个；四是补偿比例更高，根据国家要求，患者家庭需要分担10%至30%的定额费用，江西省则是实施免费救治。

黑龙江省医疗保障局发布2019年1号文件，对贫困家庭儿童先心病进行免费治疗。政策执行起止时间为2019年1月1日至2020年12月31日。

黑龙江省的做法是，对贫困家庭先心病儿童采取医保基金定额支付一部分、社会基金出资救助一部分的方式实现免费治疗。单纯性儿童先心病治疗医保基金定额支付 1.8 万元，其余费用由社会基金支付；两种以上复合型（含小体重患儿）医保基金定额支付 2.3 万元，其余费用由社会基金支付。

黑龙江省规定，免费治疗的贫困家庭为建档立卡贫困家庭、最低生活保障家庭、低收入家庭、县级以上政府规定的其他特殊贫困家庭的儿童及特困供养人员中的儿童；免费治疗的儿童先心病为房间隔缺损、室间隔缺损、动脉导管未闭、肺动脉瓣狭窄四种单纯性及上述四个病种的复合型先心病。

但是，综观全国，先心病患儿的医疗费用基本上还是通过医保报销和个人自费解决的。

让我在这里再重复一次之前计算过的一笔先心病医保账：

目前，一例普通先心病医疗费用以 5 万元计，符合医保报销和政策补贴规定的为 50%—80% 计，即 2.5—4 万元，而实际可以报销 60%—70%，即 1.5—2.8 万元，另约 0.75—1 万元是需要自费的；非医保部分必须个人自费的是 10%—30%，即 2.5—1.5 万元。医保内未报销部分和非医保部分两项相加，5 万元医疗费个人需承担 3.25—2.5 万元。

复杂先心病的费用更高。

这也意味着，医疗费用越高，个人自费的比例越大。这里还不包括患儿和家长陪护的生活费用。这样的费用，对于低收入农村家庭来说仍是一笔沉重的负担。

我们的未来不是梦

不为昨天而叹息，只为明天更美好。

南京医科大学第二附属医院李庆国团队的医护人员在医院党委的支持下，发起心佑工程公益行动，以自己的医术技能、优质医疗资源和义务奉献，救助贫困家庭先心病患儿，在全国还不多见。

一个患儿连着一个家庭，一个家庭连着整个社会。

大爱救心，心佑工程诠释了人民医院医护人员全心全意为人民服务的宗旨。

欣喜的是，他们并不孤独。

2020年1月22日，九岁的藏族女孩扎西汉姆站在北京火车站安检口前，眼中噙着泪水，不停地向前来送别的人们挥手，迟迟不肯离去。

为孩子送行的，是一群退休退役的老军人，这是一群有"红二代"背景的退休退役老军人。

2017年，在一次老战友见面的时候，贺龙元帅的女儿贺晓明谈到，先心病如果不及时筛查治疗，随着年龄增长，病情会更加严重，治疗也会更加困难，随时可能有死亡的风险。

大家萌生了为先心病患儿做点实事的想法。

在中华慈善总会的大力支持下，中华慈善总会"红星"关爱贫困家庭先心病患儿基金于2018年6月正式成立。团队的主要成员都是由退休退役军人组成，他们中既有元帅的后代，也有卫国戍边的退休老将军，既有退役后靠自己打拼成长起来的企业家，也有曾经多次立功受奖的优秀军人。

2019年12月13日，四川省甘孜州理塘县22名先心病患儿来到解放军总医院第一医学中心和第六医学中心，免费接受手术治疗。

心手相牵，爱心无价。

近些年，一些公益组织和有关医院知名专家牵头，也纷纷开展帮助救助贫困家庭先心病孩子的公益行动。

中华慈善总会正式设立了先心病援助项目，联合在民政部登记的分支机构新闻界志愿者慈善促进工作委员会，发起"为了我们的孩子——对少数民族贫困家庭先心病儿童救助行动"，有计划、分批次、有针对性地开展救助工作。

中华慈善总会会长范宝俊介绍说，救助行动提倡以"1＋1爱心救助"形式开展筹募和救助工作，即提倡一个人救助一个孩子、一个家庭救助一个孩子、一个单位救助一个孩子、一个公司救助一个孩子的救助形式。

中国红十字基金会设立天使阳光基金，专项救助我国贫困家庭十四周岁以下的先心病儿童，其宗旨是动员社会力量，为国内贫困家庭的先

大爱救心，心佑工程诠释了人民医院医护人员全心全意为人民服务的宗旨。

第十章　长风破浪会有时

心病儿童提供医疗资助，保护儿童的生命与健康，使患儿得到高质量的手术治疗。

天使阳光基金《资金管理暂行办法》规定，受助人为参加城镇医保和新农合医保家庭，给予每个先心病患儿家庭1—2万元资助，原则上为一次性救助资助，同一患儿只有一次获得资助的机会，家庭自费金额不足1万元的不予资助。

北京安贞医院小儿心脏中心是国内综合医院中最大的儿童心血管病中心，在我国唯一实行小儿心血管疾病类外科医疗管理一体化专科模式，具有集心脏外科、心脏内科、重症监护、功能检查为一体的优秀团队，在医疗、教育、科研三个方面均达到国内领先、国际先进水平。

北京安贞医院与全国多家慈善基金会签订协议，为贫困家庭先心病患儿提供救助。

中国医学科学院北京阜外医院专门设立"春苗"儿童救助基金会，帮助十六周岁以下患有先心病的孤贫儿童。

台江县是贵州五大贫困县之一，是世界上苗族聚居最集中的县份，堪称"天下苗族第一县"。

2018年3月，由中共中央组织部驻台江县帮扶工作组、中国医学科学院阜外医院院长助理赵铧"牵线搭桥"，云南省阜外心血管病医院、北京阜外医院组织专家在台江县开展免费筛查和帮扶救治先心病。

云南省阜外心血管病医院副院长马林昆一行22位专家，在台江县9个乡镇筛查确诊49名先天性心脏病患儿，这些孩子陆续得到免费救治。

春暖花开的日子，解放军总医院、空军总医院、海军总医院和武警总医院组医疗队前往雪域高原，开展以救助西藏地区先心病患儿为重点的"慈善援藏"活动。

因3个孩子患有先心病，藏民洛卓一家几乎陷入绝境，他的遭遇引起医疗队员的关注，空军总医院将3个孩子接到北京，为他们成功做了"修心"手术。

一个个患儿重获新生，一曲曲爱的赞歌广为传颂。

大爱救心活动，不仅温暖了患者，感动了社会，更令人欣喜的是，它正带动更多的人汇入这股爱的洪流！

《中华医院管理杂志》曾刊载《先天性心脏病的疾病经济负担研究》，有关专家、学者组成的课题组对上海、石家庄和西安三地的先心病病人家属进行卫生服务和经济负担——包括直接医疗费用、直接非医疗费用和间接费用（如劳动收入损失）——的调查，采用发病率法，对我国新发先心病病例生命周期的经济负担进行测算，共调查了303个先心病病人家庭，发现每一新发先心病病例生命周期的经济负担平均是9.7万元，其中患者早亡经济损失所占比重为64%，直接卫生保健费用占32%，生存率和人均GDP等因素对疾病的经济负担有一定影响。

这个研究的结论是，先心病病人使家庭和社会承受了沉重的经济负担，因此，亟须对先心病病人及其家庭提供社会支持，以降低其经济负担。

在我国，如果要让所有的先心病患儿都得到诊治，每年的治疗费用约为120亿元。

先心病不仅是一个严重的公共卫生问题，而且已成为影响经济发展和人们正常生活的社会问题。

医保解决一部分，争取公益基金救助1—3万元，再由医院减免一部分——对于简单先心病患儿的救治，就能做到基本免费；对于复杂先心病患儿的家庭负担，就能大大减轻。

这是李庆国团队发起心佑工程的初衷。

医院与慈善机构的对接合作，是帮助贫困家庭解决先心病治疗难题的方式之一，但是社会公益的力量，还远不能帮助农村家庭摆脱因病致贫、因病返贫的命运。

我国先心病的发病率正在呈上升趋势，李庆国很赞赏全国政协常委、北京安贞医院小儿心脏中心主任刘迎龙的建议。

刘迎龙认为，应该由政府牵头主导，在全国推行先心病的防治工作。在国家卫健委的领导下，成立先心病的三级防治中心，指导全国各地组建分中心进行宣传和教育。在妇幼保健学会下建立先心病三级防治分会，主持先心病的学术研究，各地建立一所妇幼儿童心脏病医院，专门为心脏病的妈妈接生孩子，让有心脏病的孩子生下来能够得到及时治疗，同时妈妈

心佑工程爱心留言墙。

也能够安全地生产。

对于彻底解决先心病问题,李庆国有一个很好的思路。

李庆国曾经与我算过一笔账:以 100 万人口的县按每年新生儿出生量 2 万人计算,对新生儿 100% 进行筛查,每年约有 150 名左右的先心病患儿,每人以治疗费用 3—5 万元计,医保报销 60% 后,医院免除 10% 的费用,家庭出 10%(贫困家庭除外),政府通过民政等不同途径解决 20%—30%,县政府每年财政负担仅需增加 150—200 万元就可以做到先心病完全防控。

为此,我想——

我们的医保政策可否再加大对先心病治疗费用的报销力度,在先心病患儿(者)治疗费用中,对符合医保政策的部分能给予 100% 解决,而不仅仅是给予 60%—70% 的报销;

有关部门可否将所有先心病病种列入大病救治范围,我们的人民政府是否可以通过民政等途径,对于先心病给予更大力度的补助;

目前在农村,特别是欠发达地区的农村,医疗水平有待提高,乡村卫生院、卫生所医生的先心病筛查和诊断水平还很有限,我们各级卫健委系统可否组织更多国家三甲医院的医生和专家下乡,进行先心病筛查、义诊,使农村的先心病患儿得到及时发现、及早确诊和及早手术治疗;

当前,许多农村群众对先心病预防与治疗认知程度很低,知之甚少,我们可否加大力度利用乡镇一级卫生院、卫生所平台,进行先心病科普教育,提高群众对先心病的预防与及时治疗意识,培养妇女孕检和新生儿先心病筛查的良好习惯;

国家卫生健康委员会妇幼司已在上海、河北、山西等 24 个省(自治区、市)启动实施新生儿先天性心脏病筛查,但城市大量的农民工往往成为先心病筛查的死角。国家卫健委可否规定,各级医院只要有新生儿出生,都必须进行先心病筛查;

目前,先心病的手术材料和药品费用价格昂贵,导致许多低收入家庭看不起先心病,只能等攒够了钱才能给先心病患儿手术,而等钱攒够了,孩子的手术机会常常也错过了,我们的医疗监管部门可否降低先心病手术材料和药品费用，同时把治疗先心病必须服用的药物纳入医保报销范围；

我们的新闻媒体和文艺工作者能否对先心病给予更多的关注，多做几次报道，多做几档节目，让更多的老百姓了解先心病预防和救治知识，感召更多的爱心人士、企业家、公益基金参与到救助贫困家庭先心病患儿的公益活动之中？

只有信仰，才让思想迸出火花；只有希望，才让未来发出光芒。

尾声

2020年，对近14亿行进在民族复兴金光大道上的中国人民来说，这一次的跨年钟声，格外激荡人心；这一刻，寓意非同一般。

2020年，注定是我国历史上不同寻常的一年。

一元复始之际，一场病毒猖獗、世人震恐的新型冠状病毒肺炎疫情肆虐了湖北武汉及全国乃至全球。

历史上，饱经沧桑的大中国再一次到了紧急的时刻，历经磨难的中华民族又面临着严峻的考验。

危难中，在中国共产党的领导下，我们充分展现出集中力量办大事的制度优势，举国上下，众志成城，一体联动，联防联控，构筑起了一道抗击新冠肺炎疫情的坚固防线，取得疫情防控阻击战的全面胜利，谱写了一曲民族精神的英雄壮歌，创造了人类同疾病斗争史上又一个奇迹。

肃肃花絮晚，菲菲红素轻。

2020年的春天，就这样惊心动魄地滑过，滑过指缝，滑过梦想，滑过寂寞，滑过悲伤。

2020年，这是全面小康社会如期建成、我们党第一个百年奋斗目标成功实现之年。这一年，必将在中华民族发展史、世界社会主义发展史、人类社会发展史上留下浓墨重彩的光辉一笔！

"民亦劳止，汔可小康。"从两千多年前的《诗经》开始，"小康"作为丰衣足食、安居乐业的代名词，就成为中华民族追求美好生活的朴素

愿望是一粒种子，只要播撒在大地上，它就会生根、发芽、成长。大爱无声，心佑在路上。图为心佑团队医护人员接先心病患儿入院。

愿望和社会理想。

然而，在漫长的封建社会，"朱门酒肉臭，路有冻死骨"，小康对于广大百姓而言只是镜花水月。进入近代，列强入侵、危机重重，民生凋敝、水深火热，"四万万人齐下泪，天涯何处是神州"，小康更成为中国人遥不可及的奢望。

中国共产党自成立之日起，就坚定扛起为中国人民谋幸福、为中华民族谋复兴的历史大任，团结带领人民进行艰苦卓绝的斗争，取得新民主主义革命的胜利，建立中华人民共和国，确立起人民当家做主的社会主义基本制度。

久困于穷，冀以小康。与人民心心相印的中国共产党，最懂得人民站起来之后的所思所盼。

1954年9月，毛泽东主席在一届全国人大一次会议上向全国人民发出将"一个经济上文化上落后的国家，建设成为一个工业化的具有高度现代文化程度的伟大的国家"的号召。

1983年2月，邓小平在著名的苏杭之行中实地考察了"小康"目标的可行性。在此基础上，进一步提出包括"温饱——小康——中等发达国家水平"在内的中国分"三步走"基本实现现代化的战略构想。

习近平总书记在"不忘初心、牢记使命"主题教育工作会议上憧憬满怀："我们将努力实现第一个百年奋斗目标，全面建成小康社会。那将是中国历史乃至人类发展史上一个令人激动的重大时刻。"

在我国全面建成小康社会和"十三五"规划收官之年，中华民族伟大复兴的战略全局与世界百年未有之大变局两个大局相交汇，决胜全面建成小康社会与开启基本实现现代化新征程相交接。

作为一个肩负着"为全国发展探路"光荣使命的经济大省，江苏省委书记娄勤俭要求以永远在路上的坚韧和执着，重整行装再出发，一年接着一年干，高水平全面建成小康社会，积极开启基本实现现代化新征程，更好展现江苏发展的探索性、创新性、引领性。

往时僻壤成追忆，正趁东风逐胜春。

江苏为小康生活带来"诗和远方"，成为"鱼米之乡"的新风尚。

全面小康生活不仅仅是丰衣足食。

2014年12月，习近平总书记在江苏调研时指出，"没有全民健康，就没有全面小康。"

健康是人类永恒的追求，联结着千家万户的幸福，关系着国家和民族的未来。

"民惟邦本，本固邦宁。"

民生连着民心，人民的健康问题是习近平总书记一直关注的民生工作。2013年8月，习近平总书记强调，人民身体健康是全面建成小康社会的重要内涵。党的十八大以来，习近平总书记坚持以人民为中心的发展思想，亲自谋划、亲自推动健康中国建设，把人民健康放在优先发展的战略地位，全方位、全周期保障人民健康，为实现中华民族伟大复兴的中国梦奠定了坚实的健康基石。

在我国全面建成小康社会收官之年，一张14亿人口大国的健康"成绩单"令人瞩目：公共卫生防线更加牢固；基本医疗保障网覆盖全民；百姓看病就医方便可及；居民健康素养水平稳步提升；人民身体素质显著增强；人均预期寿命逐步提高。

当然，全民健康、健康中国，依然任重道远。

又是一个秋来到。

习习秋风，洋溢着笑脸，灿烂着每一朵花，用希望的手叩响了沉睡的天空，吹散了糜烂，吹走了哀伤，带来了清新，带来了温馨。

金秋十月，是一首动人的天籁曲。落叶沙沙，南雁啾啾，鹰击长空，鱼翔浅底，万类霜天竞自由！

李庆国和他的伙伴们永远很忙。病房的走廊依旧铺满了增加的病床，心血管中心等待住院的病人依旧排着队。

2020年10月27日，一个平常的日子。

走在秋天的甬道上，天是那么高，云是那么淡，阳光普照的地方让人有些晃眼，小风过处竟有一种被温暖包裹，抑或周身都被镀上了一层温暖的味道。

这一天，李庆国有一台主动脉夹层手术，手术排到了下午，这种大手术一般都要六七个小时。

在距离生命和死亡都最近的心脏外科，无影灯越来越先进，手术刀也不断更新换代，李庆国将在自己那个最熟悉的"战场"，用毕生能力构建一座生命之桥的初心，继续走得严谨而踏实、矫健而自信。

李庆国这一天还有一项重要的工作安排，他要利用上午进入手术室之前的时间，去一家基金会洽谈心佑工程合作事宜。

这家基金会曾经为心佑工程救助的两个贫困家庭先心病患儿提供资助，解决了4.5万元的手术费用。李庆国与基金会秘书长联系了，希望争取他们在明年给予更多的帮助。

这一天，李小波安排了两台手术，一个是正常家庭小儿心脏手术，另一个是心佑工程救助的贫困家庭先心病患儿手术。

这是一个复杂先心病手术，手术风险很大。

患儿父母带着他跑了几家医院，都没有被接收，最后找到了心佑工程。

李小波信心满满："手术后能保证患儿与正常孩子一样生活。"

这一天，漂亮的退伍女兵钟小雨依然很忙。

因为，在心血管中心45病区又接收了5位贫困家庭的先心病患儿，其中一个是法洛四联症，他们正在进行各项身体指标检查，等待手术。钟小雨要给3家基金会送去5名患儿的救助申请表和患儿病情、家庭情况的报告。

这一天，耿直奔波在从南京到盐城东台联系先心病筛查的路上。

2019年底以来，李小波、陆凤霞等去盐城市做过三次先心病筛查，耿直此行是为了组织第四次筛查。

盐城、连云港和宿迁是南医大二附院先心病救治定点地区，按照心佑工程2020年救助计划，年前要对这些地区的所有县、区、乡镇都进行先心病筛查。耿直打前站，负责联络、安排，任务不轻。

这一天，汪露又联系上了张国强、周桂华，请求他们对5位先心病患儿中的一位给予特殊帮助。

这位七岁患儿是法洛四联症，手术复杂，费用要9万多元。而这个家庭情况很特殊，既不是低保户，又没有参加年度医保。

按规定，全民医保每个人要交270元，都是上一年交下一年度的费用，一次性交；当年不交，下一年度看病就无法通过医保报销。当时这个家庭没钱，错过了缴费期限，这一年他们看病无法从医保中报销费用，而孩子的手术已经等不及了，孩子的父亲急得直想哭。

就算钟小雨能联系上公益基金解决一部分，缺口还是很大。

汪露请来张国强、周桂华，希望他俩能通过媒体报道，请社会上的爱心人士和爱心企业给予帮助。

周桂华、张国强在商议，该选择什么样的角度，来讲述这个家庭的不幸。

……

初心如磐，使命在肩。

李庆国和他心血管中心团队的伙伴们，以全心全意服务病患的初心、扎实过硬的专业技术和紧密协作的团队精神，让病患享受着最优质的服务。

与此同时，他们大爱无声，每一天都在心佑工程的路上砥砺前行。

作为一所三甲医院的副院长、心外专家和心佑工程的主要发起人，人到中年的李庆国每天奔跑在人生的跑道上，匆匆起，迟迟归，无暇空虚，真实地感受着生活。对他而言，忙碌是一种幸福，奔波是一种快乐，疲惫是一种享受。

说起心佑工程的现在与未来，李庆国有三个愿望。

他的第一个愿望是，不久后，国家正式出台文件，全国所有新生儿都能得到先心病免费筛查，所有先心病患儿都能够免费得到治疗。

当然，李庆国理解，毕竟我们的国家人口众多，要解决的问题太多，这个愿望的实现也许还有一个相当长的过程。

也因此，李庆国就有了第二个愿望，就是能在心佑工程的基础上，与爱心企业和爱心组织共同成立"中国心佑基金"，帮助全国低收入家庭先心病患儿免费手术，挽救先心病患儿的生命，改善他们的生活质量，改变他们及其家庭的命运，让他们健康成长，让他们的家庭不会因病致贫、因病返贫。

就在本书即将付梓之际，李庆国欣喜地打来电话说，江苏宏大集团董

但行好事，莫问前程。南京医科大学第二附属医院心佑工程团队（心血管中心）成立五周年时合影。

尾 声

事长韩亮愿意作为心佑基金会的第一位发起人！

宏大建设集团是江苏省响当当的市政基础设施投资建设集团公司。企业主要创始人韩亮是江苏滨海县八滩人。1990年，二十岁的韩亮怀揣梦想加入"民工潮"，在昆山打工一年后，创建了一个不起眼的陆扬土建工程队。七年后，他创建了宏大建设集团。从一名打工者到坐拥80亿资产的企业掌门，当选"江苏十大杰出青年企业家"以及江苏省政协第十届、十一届委员，韩亮的创业经历颇具传奇色彩。而他在社会上的良好口碑不仅源于他的奋斗史，更因为一颗对社会公益事业的炽热的心。宏大集团与共青团江苏省委合作设立的宏大青少年人才发展基金会发起"圆梦行动"，资助了3000多名大学生。

一个偶然的机会，韩亮听说了心佑工程，了解到李庆国有志发起成立心佑基金会，专门为低收入家庭的先心病孩子提供免费救治，主动表示：愿意作为心佑基金会的发起人，支持心佑工程事业。

当然，李庆国知道，成立"中国心佑基金"是心佑工程团队的努力方向，要准备注册需要的原始基金，要获得业务主管单位同意设立的文件，要组建理事会，等等，并非易事，需要有一个过程。

眼下最需要的是，先解决已经筛查确诊、正在排队等待手术的近百名低收入家庭先心病患儿的救治费用问题。

心佑工程是李庆国带领的心血管中心团队发起的一个公益行动，以他们的能力和影响，所能帮助的低收入家庭先心病患儿的数量是有限的。但是，排队等待手术的近百名贫困家庭先心病患儿，个个都是鲜活的生命，他们应当拥有快乐的童年，在同一片蓝天下，茁壮成长；家家都是我们中国全面小康大家庭的成员，他们应当与全国人民一道，在这个美好的新时代，共同迈进小康社会，过上稳稳的幸福的生活！

于是，李庆国眼下最迫切的愿望就是，能有更多的爱心人士、爱心企业、爱心公益基金能够参与到心佑工程中来，共同救助更多的低收入家庭先心病患儿，让他们的心能与正常人一样跳动！

此时，我又想起南京医科大学八十五周年校庆时，授予李庆国心佑工程团队"第六届感动南医群体"荣誉时的颁奖词："孩子，别怕，有我们，用我的心，滋润你的心，用我们的心，护佑你们的心，用南医人的心，燃起服务健康中国的心！"

愿望是一粒种子，只要播撒在大地上，它就会生根、发芽、成长。

没有理由不衷心祝愿李庆国的愿望都能实现。